A um passo de você

Também de Jamie McGuire

SÉRIE BELO DESASTRE

Belo desastre

Desastre iminente

Belo casamento

Algo belo

Quase belo

SÉRIE IRMÃOS MADDOX

Bela distração

Bela redenção

Belo sacrifício

Bela chama

Belo funeral

Todas as pequenas luzes

Red Hill

jamie mcguire

A um passo de você

Tradução
Cláudia Mello Belhassof

1ª edição
Rio de Janeiro-RJ / São Paulo-SP, 2025

VERUS
EDITORA

Título original
From Here to You

ISBN: 978-65-5924-386-0

Verus Editora Ltda.
Rua Argentina, 171, São Cristóvão, Rio de Janeiro/RJ, 20921-380
www.veruseditora.com.br

CIP-BRASIL. CATALOGAÇÃO NA FONTE
SINDICATO NACIONAL DOS EDITORES DE LIVROS, RJ

M127p
McGuire, Jamie
A um passo de você / Jamie McGuire ; tradução Cláudia Mello Belhassof. - 1. ed. - Rio de Janeiro : Verus, 2025.

Tradução de: From here to you
ISBN 978-65-5924-386-0

1. Ficção amaricana. I. Belhassof, Cláudia Mello. II. Título.

25-97629.0 CDD: 813
CDU: 82-3(73)

Gabriela Faray Ferreira Lopes - Bibliotecária - CRB-7/6643

Revisado conforme o novo acordo ortográfico.

Para Mama Dawn e seu docinho, Kelsey

1

Darby

A porcelana fria do vaso sanitário parecia gelo nas minhas costas nuas enquanto eu sentava, toda encolhida, sobre as camadas de tafetá e tule brancos do meu vestido de noiva. A torneira estava aberta, abafando o som da minha futura cunhada e dama de honra, Stacy, batendo na porta. Eu segurava cada ponta do palito branco entre os dedos, observando a segunda linha cor-de-rosa escurecer diante dos meus olhos.

O banheiro dos fundos da Primeira Igreja Batista do Livre-Arbítrio em Fort Hood, Texas, mal acomodava a pia e o vaso sanitário, mas de repente havia duas pessoas dentro do cômodo minúsculo, as paredes se fechando a cada segundo.

— Darby? — chamou Stacy outra vez. — Você não está vomitando, né? O Shawn não quer lidar com vômitos na noite do casamento.

— Na saúde e na doença, lembra? — disse minha dama de honra Carly. Eu não precisava vê-la para saber que ela estava irritada com Stacy.

Minha cunhada era uma versão feminina do irmão. Grossa, crítica e geralmente mal-humorada, e isso foi antes de ela ficar à vontade para demonstrar a real extensão da sua crueldade.

Fechei os olhos, segurando o teste contra o peito. O rímel engrossava as lágrimas acumuladas no meu rosto. Shawn e eu tínhamos nos conhecido havia quase um ano, apenas alguns meses depois de ele ter sido alocado em Fort Hood. Lembrar de como eu me senti quando ele entrou no Legend's Pub era o que me ajudava a esquecer como as brigas ficavam feias, as vezes que ele me empurrou no chão, me jogou contra a parede, me sufocou ou me deu um tapa na cara, até aquele momento quase silencioso na igreja. Shawn tinha ficado tão bom em rastejar e implorar que eu acabei concordando em me casar com ele depois do último pedido desesperado de perdão e da promessa de mudar. Segurei o teste de gravidez com mais força. Eu não podia mais me permitir tomar decisões ruins. Agora elas não afetavam apenas a mim.

Minha mão direita apertou o teste quando peguei o celular na bancada da pia e digitei com os dedos trêmulos. Minha mãe atendeu no primeiro toque. Ela havia se mudado para Baton Rouge pouco depois de eu fazer dezoito anos, exatamente dois anos depois do acidente. Eu era a única pessoa que ela detestava mais do que Shawn.

— Eu sabia. Sabia que você ia ligar. O que foi? Está precisando de dinheiro? — ela perguntou.

— Mãe. — Dei uma risadinha nervosa. — Alguma vez eu te pedi alguma coisa?

Ela suspirou.

— A família do Frank vem me visitar, e eu tenho coisas pra fazer. Se você não precisa de nada, por que me ligou?

— Hum, o casamento é daqui a alguns minutos. Eu queria que você estivesse aqui. — O único som do outro lado da linha era sua respiração, e eu imaginei as rugas ao redor dos seus lábios por fumar desde que tinha quinze anos se aprofundando enquanto ela se recusava a falar. Coloquei na testa a mão que segurava o teste de gravidez. — Como o Frank está?

— Ainda está de licença no trabalho. As costas, você sabe. Ele se mudou pra cá no mês passado. Por quê?

— Ah — comentei, pensando no apartamento de dois quartos e em como devia estar lotado.

— E o Johnny também.

— Johnny... o filho dele? Ele não tem mais de trinta anos?

— É, ele se divorciou. — Ela soprou no telefone, e eu me lembrei de afundar na poltrona quando era criança, evitando a névoa baixa de fumaça de cigarro sempre presente quando minha mãe estava em casa. Aquele não era um bom lugar para criar um bebê. Ela estava certa. A ligação era uma perda de tempo.

— Que ótimo. Estou feliz por você, mãe.

— Ãhã.

— Eu preciso, hum...

— É. Vai.

Apertei a tecla de desligar e me levantei. Coloquei o teste de gravidez na bancada, ao lado do celular. A torneira gemeu quando eu abri. A água fria me proporcionou uma sensação deliciosa ao atingir os dedos, como se eu não estivesse presa no minúsculo banheiro, tentando descobrir como fugir com o bebê de Shawn que crescia dentro de mim. Pensei nas minhas opções e, por mais que eu fosse grata por tê-las, a ideia de entrar numa clínica de aborto era absurda. Assim como um compromisso com Shawn pelo resto da vida, pois o vínculo de um filho era mais forte do que qualquer cerimônia de casamento.

A espuma escorregou da minha pele e desceu pelo ralo. O reflexo no espelho chamou minha atenção, e eu congelei. Na maioria dos dias eu não me reconhecia, mas o medo e a desesperança tinham se alojado nos meus olhos. Minhas lágrimas tinham formado linhas pretas que escorriam pelo rosto. Os cachos loiro-mel tinham escapado do coque, aparecendo sob o véu e emoldurando meu rosto arrasado, o mesmo que tinha ganhado o Miss Leste do Texas apenas quatro anos antes. Eu não sabia se ainda me lembrava de como era sorrir daquele jeito. Aquela garota tinha desaparecido.

Em menos de vinte minutos, Shawn estaria em pé no altar da igreja, esperando que eu prometesse, diante da família dele e de metade da sua base, que eu ia amá-lo e respeitá-lo. Ninguém saberia sobre a gravidez e, mesmo que eles soubessem, não tinham nenhuma pista de que o estresse adicional simplesmente deixaria o temperamento já explosivo de Shawn ainda mais assustador.

Peguei uma toalha de papel e usei para tirar o batom vermelho forte dos lábios.

— Darbs? — Uma batida mais leve soou. — Sou eu, a Carly. Posso entrar?

Tirei o teste da pia e abri a porta, dando passagem a Carly. Ela fechou rapidamente a porta antes que Stacy pudesse se espremer para entrar também.

— É tão pequeno aqui dentro, querida. Sinto muito — disse ela para Stacy enquanto fechava a porta na cara dela. O trinco travou quando Carly apertou o botão no meio da maçaneta, e ela apoiou as costas na porta. Contando comigo, o meu vestido, o vaso sanitário e a pia, não sei como Carly coube ali, mas, como em todas as situações, ela deu um jeito.

— Meu Deus, como ela é chata — sibilou Carly. — Os diabinhos dos filhos dela estão no outro salão comendo chocolate sem parar, e o inútil do pai deles não faz nada. Quanto foi que você pagou pelo vestido de daminha e pelo smoking daquelas crianças? Estão cobertos de chocolate. Tem certeza que você quer se ligar a isso pelo resto da vida? — Quando não respondi, ela ficou pálida. — Ah, meu Deus. Não.

— Liguei pra minha mãe.

— Ah, merda — disse ela, sem se preocupar em xingar dentro da igreja. Seu doce sotaque sulista mal transformava a palavra num xingamento. — Pra dizer que você vai desistir? Ela vem te buscar?

Balancei a cabeça e me encarei no espelho.

— Ninguém vem me buscar. — Minha voz parecia tão arrasada quanto eu me sentia.

Carly mexeu no meu cabelo.

— Escuta, se quiser fazer isso, vamos ajeitar seu cabelo, e você vai ficar linda. — O reconhecimento brilhou nos seus olhos. — Darby... me interrompe se eu estiver exagerando, mas, querida, meu carro está bem perto da porta lateral. Posso pegar as suas coisas quando ninguém estiver olhando e te levar pra onde você quiser.

Carly não dizia nada que não quisesse dizer. Ela era uma sulista loira deslumbrante, tinha olhos verdes reluzentes, estava sempre bronzeada, o cabelo quase branco de tão descolorido e toda cheia de brilho. Era casada com o primeiro-tenente J.D. Bowman havia oito anos, e eles tinham duas lindas menininhas loiras. J.D. era um bom homem e um oficial influente no Exército, e Carly administrava a casa; nenhuma esposa de Fort Hood era tão respeitada quanto ela. Ganhava muito dinheiro vendendo maquiagem, e suas festas pareciam retiros de empoderamento feminino. Ela tentou me convencer a não me casar com Shawn assim que descobriu que estávamos noivos. Também foi anfitriã da nossa festa de noivado.

— Não sei. Todo mundo está esperando.

— Ninguém ia se perguntar o motivo, Darby. Todo mundo sabe o que acontece na sua casa. Você consegue sair dessa sem a menor culpa.

Stacy começou a socar a porta de novo, e todo o meu corpo se sacudiu em reação.

Carly lambeu o lenço e limpou a pele sob os meus olhos.

— Se for isso que você quer, vou pegar o meu batom, porque você precisa de um pouco de cor. Se não for, vou pegar as minhas chaves e te esperar lá fora.

— E as suas filhas? E o J.D.?

Ela sorriu.

— Ele é um cara esperto. Vai entender. — O sorriso dela desapareceu. — Darby, este momento é importante. Importante demais pra você pensar em qualquer pessoa que não seja você. O que *você* quer?

Carly não tinha visto o palito branco que eu estava escondendo nas costas. Ela não fazia ideia de que aquela decisão era pelo bebê que eu estava carregando. Eu simplesmente não me importava tanto comigo mesma para fazer uma coisa tão vergonhosa e escandalosa.

Carly assentiu e pediu licença. Sua voz atravessou a porta enquanto ela inventava calmamente uma desculpa para deixar o salão da Escola Dominical que nós três usávamos para nos arrumar. Contei até cinquenta e abri a porta, sorrindo para Stacy.

— Até que enfim — disse ela, os cachos castanhos frisados já escapando do coque improvisado. — A Carly está lá fora. Ela tem um estoque enorme de batons. Ela quer que você vá escolher uma cor, pra não ter que trazer todos.

— Ah, isso é ótimo. Você se importa de verificar se a Allie e o Jonah estão prontos? O vestido da Allie ficou bom?

— Acabei de verificar os dois. Tirei a maior parte do chocolate. Juro que o Brian é burro como uma porta. Eles estão no salão do noivo com o Shawn e o Brian. O vestido ficou meio largo nos braços, mas ela está muito animada com a cesta de flores. E, antes que você pergunte, o Jonah sabe que tem que andar mais devagar desta vez.

Abri a porta e olhei para o salão. A cerimônia estava prestes a começar, o pianista tocava Pachelbel, conforme eu havia pedido: *Cânone em ré maior*. A família de Shawn e todos os nossos amigos em comum estavam no santuário, e a porta lateral estava a menos de três metros de distância.

— Ninguém vai te ver. Se você for pegar alguma coisa com a Carly, vai agora. Só temos alguns minutos — disse Stacy. Ela tinha o mesmo tom controlador de Shawn. Nada era um pedido. Nunca.

— Já volto — falei e saí. Meu coração estava disparado, minhas mãos transpiravam. Apesar de a liberdade estar logo ali fora, eu nunca tinha me sentido tão apavorada na vida. O teste escorregava da minha mão suada, mas fechei bem os dedos, me recusando a deixá-lo para trás. Shawn não precisava de mais um motivo para ir atrás de mim.

— Darby! — gritou Stacy, parecendo irritada.

Congelei.

Ela me entregou a carteira que tinha me dado no Natal anterior.

— Você pode precisar disso. Tenho certeza que a Carly vai querer cobrar.

— Obrigada — falei, pegando a carteira pela alça e me virando para trás. A porta lateral bateu atrás de Stacy quando ela entrou. Consegui respirar de novo.

Conforme prometido, Carly estava sentada no seu Lexus, que tinha o nome da empresa — Batom & Jesus by Carly — e o número do telefone em adesivo cor-de-rosa no vidro traseiro. Sentei no banco do carona, meu vestido de noiva se espalhando sobre o console.

Ela pegou a minha mão.

— Pra onde você quer ir?

— Qualquer lugar que não seja aqui.

— Rodoviária?

Olhei para a carteira no meu colo e assenti.

— Tenho duzentos dólares. Acha que é suficiente?

— Não se preocupe com isso. — Carly deu um tapinha na minha mão e deu ré no carro. Saímos da igreja e fomos para a rua.

Aumentei o volume do rádio, tentando abafar o som das muitas vozes que me alertavam das consequências de abandonar Shawn. Ele tinha me avisado dezenas de vezes o que aconteceria comigo se eu fosse embora. Às vezes, pelos seu olhar, eu tinha certeza de que ele nem me queria, mas não conseguia suportar a ideia de eu estar com outra pessoa. Durante muitas noites, eu ficava deitada acordada, esperando os ruídos de um ataque iminente.

Carly diminuiu o volume, pegou minha mão e apertou.

— Você está fazendo a coisa certa. Só vai melhorar, a partir de agora.

— Eu sei — falei, olhando pela janela.

— Você precisa de alguma coisa de casa?

Pensei na pergunta, sabendo que, a qualquer minuto, Shawn ia perceber que eu não estava lá e iria direto para casa para me pegar fazendo as malas. Estremeci ao pensar em ser pega num acesso de fúria dele.

— Não — respondi. — Não posso arriscar.

— Talvez eu consiga dar um jeito de entrar na casa e pegar algumas das suas coisas. E posso mandar pra você. Tem algo que você se lembre de imediato?

Suspirei.

— Álbuns de fotografia. Uma foto minha com o meu pai na mesa de cabeceira. Mas o Shawn provavelmente vai queimar tudo.

— Ah, Darby. Sinto muito.

Dei um sorrisinho.

— Não sinta. É um dia bom.

Carly balançou a cabeça, o cabelo se movimentando também.

— Eu sabia. Sabia que aquele filho da puta era... Vou falar com o J.D. quando voltar. Talvez, se o Shawn se meter numa encrenca, ele pare. Todos nós esperamos que ele não te procure, mas...

— Ele vai atrás de mim. Ele só vai precisar cobrar um favor.

— Você está falando do irmão do Shawn?

Fiz que sim com a cabeça.

— O Derek trabalha com alguma coisa de computadores para o governo. Ele não pode contar exatamente o que faz, e de qualquer maneira a gente não entenderia, mas ele mencionou ter se encontrado com Edward Snowden antes das revelações. Provavelmente é só uma questão de tempo. — Suspirei.

— Então precisamos te levar para o mais longe possível, para ele não te encontrar. Alguma ideia? Espera. Não fala. Não quero saber. Talvez você possa me ligar quando se instalar. Ficar fora do sistema e tal. Meu Deus, eu nem saberia como fazer isso. Dinheiro, acho?

— Deixei meu celular no banheiro. E não sei o seu número. Mesmo que você me diga, duvido que eu me lembre quando chegar ao meu destino.

— Sem problemas. — No sinal de trânsito seguinte, ela pegou um marcador preto na bolsa e abriu a Bíblia, anotando o número na página do título.

— Carly, não posso levar a sua Bíblia.

— Você vai precisar dela. Eu te mando tudo que puder quando as coisas se acalmarem por aqui — disse ela com a tampa da caneta na boca. — Tenho a sensação de que o Shawn vai me vigiar por um tempo.

— Não te invejo — falei.

O sinal abriu, e Carly acelerou. Depois deu uma piscadinha.

— Não se preocupe comigo. Sei lidar com aquele moleque. Ele não me assusta.

O cinto de segurança amassou meu peito quando Carly apertou o freio para não perder a entrada da rodoviária. Ela vasculhou a bolsa e colocou uma pilha grande de dinheiro na minha carteira.

— Não sei direito quanto tem aí. Pelo menos seiscentos. É o dinheiro da minha última festa. Deve dar pra você comprar uma passagem de ida para um estado longe daqui, refeições e uma muda de roupa.

Balancei a cabeça.

— É muito dinheiro.

— Você vai precisar mais dele do que eu. Só quero que esteja segura. Além disso, falta exatamente um mês para o Dia da Independência. — Ela ergueu o queixo, um sorriso orgulhoso suavizando as feições. — Você vai comemorar em dobro este ano. — Ela pegou a minha mão, colocou a palma da outra mão sobre a Bíblia e fechou os olhos. — Meu Deus, que a Darby faça uma viagem segura. Vigie e proteja-a. Que a próxima jornada da vida dela seja tranquila, que ela encontre a felicidade e continue a levar uma vida digna, para a glória do Senhor. Em nome de nosso precioso Jesus, amém.

— Amém. Obrigada.

— Não agradeça a mim. Agradeça a Jesus. É ele que vai te ajudar a passar por isso. Vai mesmo, Darby. Acredita.

Abracei Carly por cima da montanha de tule e tafetá brancos, secando o rosto no instante em que nos separamos.

— Tudo bem, agora chega — comentou Carly, pigarreando. — A sua vida começa aqui. É um momento feliz. Eu te amo. Boa viagem.

— Obrigada. Muito obrigada — falei, antes de puxar a maçaneta e sair. Guardei o teste de gravidez na carteira, abracei a Bíblia e dei uma olhada ao redor. As pessoas me encaravam. Eu me concentrei em empurrar as portas de vidro da rodoviária e descobrir o que estava procurando nos painéis, acima das bilheterias. O objetivo era ir embora, rápido e para bem longe. Texas e Louisiana estavam fora da lista. Oklahoma também. *Kansas, talvez?* Estremeci. Kansas não parecia um bom destino para uma aventura. O lugar com passagem mais barata, com o destino mais distante de Fort Hood e que havia um ônibus saindo em meia hora era Colorado Springs, Colorado. Minha esperança era de que houvesse assentos disponíveis.

O homem grisalho atrás do balcão não se deixou abalar pelo meu traje.

— Para onde?

— Ainda tem algum assento para Colorado Springs?

Ele digitou no teclado diante de si.

— Um.

— Eu quero! — exclamei.

Ele percebeu o vestido.

— É econômico.

— Perfeito.

Ele inclinou a cabeça para trás, olhando para o monitor do computador por baixo dos óculos bifocais.

— Tem bagagem para despachar?

— Não.

— Um-zero-um e oitenta e dois e sua carteira de motorista.

— Cento e um dólares?

Ele me encarou através dos óculos.

— E oitenta e dois centavos.

Contei o dinheiro e o coloquei no balcão, com a carteira de motorista. O homem atrás do balcão o pegou, e meu coração voltou a martelar no peito. Prendi a respiração enquanto a passagem era impressa e só expirei quando ele me entregou, junto com o documento.

— Próximo! — disse o homem, e eu me virei, procurando o número do terminal que estava na passagem. Meu vestido farfalhava enquanto eu caminhava até um banco vazio no canto. Pouco antes de eu me sentar, uma mulher com forte sotaque hispânico anunciou o embarque pelo alto-falante.

As pessoas com prioridade fizeram fila. Uma por uma, foram até o ônibus e subiram os degraus. A vontade de olhar para a entrada por sobre o ombro era impossível de ignorar. Imaginei Shawn correndo porta adentro, não chamando o meu nome em desespero, mas gritando comigo como um padrasto austero, fazendo uma cena. Meu joelho quicava, e os sapatos de salto Steve Madden de segunda mão, que eu tinha comprado no brechó, machucavam o calcanhar. As pessoas com prioridade claramente não estavam com pressa, e eu não sabia por que elas tinham pagado a mais para embarcar antes.

Soou a chamada para o embarque geral, e me levantei, tentando não forçar a passagem até a frente. Eu me perguntei se Shawn estava em casa ou ligando para assediar meus amigos e descobrir onde eu estava. Ele era esperto. Ele iria até a rodoviária, e eu tinha que estar no ônibus para Colorado Springs quando ele chegasse.

Segui a vovozinha miúda e arqueada à minha frente, ajudando-a a subir os degraus. Levantar a perna dela pareceu levar horas, e subir o próximo degrau pareceu levar anos. Por fim, ela embarcou e eu também. As pessoas que estavam sentando pararam de se ajeitar e ficaram boquiabertas ao ver meu vestido de casamento branco e enorme, sem dúvida notando meu rímel escorrido. Se alguém procurasse uma noiva em fuga, as pessoas da rodoviária iriam apontar facilmente na minha direção.

Meu vestido bateu em todas as pessoas nos assentos do corredor entre as fileiras um e dezoito, onde finalmente encontrei uma poltrona vazia na janela. Entrei e me sentei, agarrando a Bíblia junto ao peito.

— Por favor, meu Deus, por favor, me ajude a sair daqui em segurança — sussurrei.

Cada carro que parava na rodoviária e cada homem que saltava geravam um pânico profundo dentro de mim. A qualquer momento, Shawn podia aparecer de terno, cercado pelo cunhado, a irmã e os amigos, numa tentativa de me impedir de ir embora.

O motor do ônibus tinha um ritmo constante de zumbido, e eu observava enquanto o motorista e alguns funcionários da rodoviária carregavam as malas despachadas e discutiam alguma coisa que não era importante o suficiente para nos manter sentados ali por nem mais um minuto sequer.

Enfim, o motorista assentiu e subiu os degraus, ocupando seu assento. Ele pegou o radiocomunicador, a voz chiada e monótona enquanto tentava fazer uma piada, nos dizia para onde íamos e explicava os procedimentos de segurança dos passageiros.

Imaginei ver Shawn através das grandes janelas de vidro, abrindo caminho pela rodoviária, os olhos finalmente pousando em mim.

— *Por favor, por favor, por favor* — sussurrei baixinho. Meus joelhos batiam de novo, um grito se formando no meu peito.

Pouco antes que eu me levantasse e implorasse para irmos embora, o motorista fechou a porta e colocou o ônibus em movimento. Quando ele diminuiu a velocidade para entrar na estrada, eu me recostei no assento e suspirei ruidosamente.

Eu tinha escapado.

2

Trex

— Obrigado, Stavros — falei, pegando a cerveja gelada que ele tinha colocado na minha frente.

O sal no guardanapo parecia arenoso na mão, mais uma coisa conhecida no hotel familiar que eu tinha encontrado no início daquele ano. Era minha segunda estadia no Hotel Colorado Springs e, apesar de eu ter descoberto que os funcionários eram mais curiosos do que eu gostaria, as camas eram confortáveis, os lençóis, limpos e, embora estivesse lotado de bombeiros de elite, eu ainda conseguia ficar isolado.

— Nunca é cedo demais para uma cerveja. O hotel está movimentado, por isso não tive a oportunidade de te dizer: que bom que você voltou, Trex — disse ele, se virando para anotar outro pedido. Tive que observar sua boca se mexendo para entendê-lo, por conta do burburinho no saguão do hotel. Anos de explosões de granada próximas demais, explosivos e tiros tinham tornado difícil ouvir alguém num ambiente barulhento.

Mais de duas dezenas de bombeiros de elite me cercavam, falando de tudo, desde barreiras contra incêndio até casas de praia no México. Era uma vantagem tê-los ali, no mínimo porque era reconfortante não ser a única pessoa bebendo em pleno meio-dia. A conversa animada mais parecia um reencontro do ensino médio do que a base de dezenas de equipes interagências que se preparavam para combater o incêndio ambiental de Queen's

Canyon, que estava consumindo milhares de acres a poucos quilômetros de distância da cidade.

— O que te faz voltar sempre à cidade? — perguntou Stavros, afundando um copo na água cheia de sabão numa pia atrás do bar. Ele me lembrava dos bartenders que a gente vê nos filmes. O colete, a gravata-borboleta e a calça preta eram exagerados para um Holiday Inn falsificado, se você me perguntasse, mas ele não perguntava. Ele estava me fazendo uma pergunta que eu não podia responder.

— Trabalho — falei simplesmente.

— Qual? O incêndio? Não sabia que você era um dos caras interagências.

Dei um sorriso indiferente, despreocupado. Stavros estava prestes a acreditar na mentira que eu lhe contasse, e nós dois seguiríamos em frente. Omitir a verdade não era difícil para mim. Ter um pai rígido e pastor da Igreja Batista tinha me dado uma ampla prática com meias--verdades e mentiras absolutas. Regra número um: nunca entregue todas as informações.

Não seria muito difícil Stavros acreditar que eu era um dos bombeiros de elite, da equipe de solo, da equipe dos helicópteros ou do alto-comando. Minha ex reclamou mais de uma vez que eu não era muito de conversar, e ela estava certa. Falar sobre quem eu era e onde tinha estado levava a perguntas inevitáveis sobre o que eu tinha visto, e ninguém — muito menos eu — queria ouvir essas coisas.

— Eu simplesmente vou aonde me mandam ir — falei, tomando um gole.

Stavros não se convenceu.

— Ninguém te fala nada. Você me parece o chefe.

— Um deles — falei. Bom, *essa* era a verdade, mesmo estando no contexto errado. Meu celular vibrou, e eu pedi licença para me afastar do bar, jogando uma nota de dez dólares no balcão.

A ligação apareceu na tela como "desconhecida", uma pista de que era meu novo empregador. Fui até um dos cantos do saguão, um dos poucos espaços distantes dos ouvidos da crescente multidão de bombeiros.

— Trex — falei, levando o telefone ao ouvido.

— Olá, sr. Trexler. Meu nome é Bianca Calderon. Sou assistente administrativa do general Tallis e vou ajudá-lo a acessar a propriedade amanhã. É uma boa hora para falar?

— Pode continuar — permiti. Bianca trabalhava com os militares. Estava acostumada a respostas curtas e simples.

— Estarei esperando por você no primeiro portão às cinco horas. Vamos fazer os procedimentos ali, depois você e eu vamos passar pelos Portões Dois e Três. De lá, vamos entrar no Complexo. Depois de uma visita rápida, vou te levar até o centro de operações, e você vai se encontrar com a sua equipe às seis horas. E com o general, às oito.

— Minha equipe — repeti, tentando não parecer surpreso. — Todo mundo?

— Sim, senhor. Todos da sua unidade.

— Ótimo. — Olhei meu relógio de pulso. — Te vejo às cinco horas.

— Durma bem, sr. Trexler.

— É só Trex. Te vejo nesse horário, srta. Calderon.

— É Bianca.

Apertei a tecla de desligar e guardei o celular no bolso traseiro, levando a cerveja de volta para a poltrona que eu tinha ocupado. Eu não via minha unidade toda reunida havia cinco anos, e seria bom vê-los juntos de novo, mesmo estando cada um em diferentes estágios de reajuste à vida civil.

Agora, minha poltrona estava ocupada por alguém um pouco maior do que eu. O cabelo escuro era cortado com máquina, a pele parecia um caderno de rabiscos. Bati no ombro dele.

— Você está na minha poltrona.

O homem ergueu o olhar. Seu sorriso desapareceu, e ele se levantou — não porque estava intimidado, mas porque eu era a última pessoa que ele esperava ver ali.

— O que você está fazendo aqui? — ele perguntou.

— Calma, Maddox — falei, ocupando a poltrona. — Não estou aqui por sua causa.

As conversas ao redor silenciaram, e seus colegas de equipe se viraram em direção à comoção, formando um muro impressionante entre nós e o restante do saguão. Eu não podia culpá-los. A última vez que Taylor e seu irmão gêmeo, Tyler Maddox, me viram foi em Estes Park, quando eu carregava um distintivo federal e investigava um incêndio no campus de uma faculdade que poderia envolver o irmão mais novo deles. Até onde eu sabia, o caso ainda estava aberto.

— Então por que você está aqui? — ele sibilou, mantendo a voz baixa.

— Consegui um novo emprego.

— Você simplesmente conseguiu um emprego no Colorado? — ele perguntou, desconfiado.

— Por acaso, consegui. Agora sai fora, porra, e deixa eu curtir a minha cerveja. Tenho que me apresentar cedo. Amanhã é meu primeiro dia.

— Onde?

— Por que você se importa?

Maddox soltou uma risada nervosa.

— Quer dizer que você deixou um emprego de merda por outro?

— Não, é um serviço particular. Paga muito melhor. Agora, sério. Me deixa em paz, porra.

Maddox deu uma risadinha e tomou um gole antes de se juntar aos amigos do outro lado do salão. Eles eram mais jovens do que eu, porém tinham estado em mais situações difíceis do que poderiam contar. Eu respeitava o fato de eles correrem em direção ao fogo.

Stavros colocou outra cerveja no balcão e apontou com a cabeça para o grupo de homens atrás de mim. Maddox tinha comprado uma bebida para mim. Eu não queria gostar dele, mas não conseguia me convencer de que ele era um cara mau. Fiz um sinal de agradecimento com a cabeça e olhei para a frente.

— O que foi isso? — perguntou Stavros.

— Nada.

— Imagino que vocês dois se conheçam.

— O irmão mais novo dele pode ter se metido numa encrenca.

— E você ajudou?

— Não — respondi, pegando a nova cerveja.

— Você está mais estranho que da última vez que esteve aqui, e eu não achava que isso fosse possível.

— Estou? — perguntei.

— Imagino que o novo emprego tenha alguma coisa a ver com o Complexo da Montanha Cheyenne.

— O que é isso?

Stavros deu um sorriso forçado.

— O único segredo que pode ser mantido por aqui.

— Bom, parece muito mais legal do que o que eu vou fazer — falei, mantendo a compostura.

A última coisa de que eu precisava era que o bartender do hotel espalhasse o boato de que eu estava trabalhando para uma instalação supersecreta antes do meu primeiro dia. Stavros pareceu decepcionado e totalmente convencido de que não tinha acertado.

— Você veio sozinho? — ele perguntou.

— Só eu.

— Recomeço, é?

Eu tinha recomeçado algumas vezes, mas nunca parecia algo totalmente novo. Sair de casa para ser um fuzileiro naval, ir para o FBI e agora para a segurança particular. Como muitos veteranos, eu estava tentando controlar a minha vida depois de ter sido condicionado a obedecer durante anos. Uma dispensa honrosa depois que meu joelho foi destruído por fogo amigo já era ruim o suficiente. Uma década na Corporação, diversas convocações, incontáveis missões e uma criança de dez anos sequestrada com mínimo treinamento de combate acabaram com a minha carreira militar.

Toquei no meu joelho, sentindo as cicatrizes.

— Quem sabe? Talvez este seja o último.

— Ah, então você já fez isso.

Fiz que sim com a cabeça. Depois que meu joelho se curou do jeito que podia, liguei para um antigo colega que administrava a Deep Six Security.

Dirigir veículos à prova de bala mas com ar-condicionado pareceu uma promoção no início, mas proteger políticos sujos, fornecedores de armas e déspotas era algo que o contracheque nunca me ajudava a esquecer, além de ter meu ombro esquerdo queimado por uma granada de atordoamento durante uma incursão noturna. Quando fui aceito em Quantico, achei que finalmente tivesse encontrado minha vocação. Acabou que dois anos no FBI foram suficientes para saber que aquilo não era para mim. Meu chefe em Denver era decente, em comparação com o babaca de San Diego, mas meus colegas eram analistas e burocratas. Até os agentes de campo usavam terno e gravata para trabalhar. Ninguém que usava terno fazia o trabalho sujo. Trabalhar lá foi uma decisão desesperada que corrigi o mais rápido possível.

— Ela deve ter te fodido de verdade — disse Stavros. — Não vejo nem uma pontinha de arrependimento.

— Não. Eu ainda não a conheci.

— Ah. Você acredita na *pessoa certa*, é?

Sorri antes de tomar um gole. Eu tinha tido algumas namoradas, mas nunca consegui encontrar alguém que me ajudasse a afastar a sensação de que havia algo — alguém — a mais. Conheci Laura pouco depois do meu treinamento de campo. Ela poderia ter sido a perfeita esposa de militar. Moramos juntos por um ano, mas nós dois descobrimos que não era amor, e fui padrinho quando ela se casou com o meu melhor amigo três anos depois. Houve um punhado de encontros e muitas outras mulheres que minha irmãzinha Hailey chamava de "passatempos", mas não importava o quanto elas fossem incríveis, lindas, divertidas... eu sabia que nenhuma delas era a certa. Minha garota estava por aí em algum lugar, e eu a sentia do mesmo jeito que sentia Maddox e seus amigos encarando a minha nuca.

Meu celular vibrou no bolso traseiro, e eu me levantei, colocando uma nota de cinco dólares no pote de gorjetas.

— Eu estava pensando em você — falei, indo em direção aos elevadores.

— Claro que estava. Tudo ajeitado? — perguntou Hailey.

Andei por entre bombeiros, todos bebericando cervejas IPA com desconto.

— Ajeitado do jeito que é possível num quarto de hotel.

— Eles não arrumaram uma casa pra você?

— Não.

— Você ainda não me disse o que foi fazer em Colorado Springs.

— E nem vou dizer.

Hailey suspirou, e eu ri. Passamos muito tempo omitindo a verdade.

— Não posso conversar muito. Estou no meu horário de almoço. Mas estou empolgada por você estar a apenas três horas de distância daqui. Você vem pra casa na Páscoa? O papai preparou o sermão dez meses antes.

Apertei o botão do elevador e esperei.

— Não é a mesma coisa todo ano? O que ele precisa preparar? Além de decidir quais histórias vai contar.

— Para.

— Sério, você já leu os evangelhos? Havia um homem, dois homens, um homem e um anjo ou um anjo no túmulo? É diferente em Mateus, Marcos, Lucas e João. E é isso que ele chama de palavra infalível de Deus. — A porta do elevador se abriu e eu entrei, me sentindo imediatamente culpado. — Me desculpa, HayBells.

— Desde quando você se tornou pessimista?

— Desde a minha primeira convocação, quando li a Bíblia de verdade. Escuta, estou começando no emprego novo. Vou trabalhar durante muitas horas pra treinar a equipe, então não devo aparecer tão cedo.

O elevador estremeceu enquanto diminuía a velocidade até parar. As portas se abriram e eu saí, virei para a esquerda e, apesar de saber para que lado ir, verifiquei a placa para ter certeza de que estava na direção certa. O quarto 201 ficava no fim do corredor, e eu parei na frente da porta, procurando a chave enquanto segurava a voz da minha irmãzinha no ouvido, com o ombro.

Hailey tagarelou sobre o baile de formatura, o garoto da vez e as inscrições em faculdades. Eu não podia culpá-la pela ignorância em relação a como era a minha vida no ensino médio. Os gritos, as regras, a falta de privacidade. Eu era o exemplo vivo. Eles tinham aprendido comigo a não afastar um filho. Meu pai tinha relaxado, minha mãe batia o pé com mais frequência. A infância de Hailey tinha sido quase normal.

— Você me ouviu? — ela perguntou quando a tranca do quarto clicou, e eu abri a porta.

— Desculpa, você falou da viagem da missão. É para Honduras desta vez, certo?

— Foi Honduras na última vez também. Acho que você devia ir. Eu me sentiria mais segura com você por lá.

— Bem que eu queria, Bells. Começo um novo trabalho amanhã. Não vou ter folga por um tempo.

— É só uma semana. Você pode sair por uma semana.

Caí de costas no colchão duro e frio, olhando para o teto bege. Nem me preocupei em acender a luz, já que o sol espalhava alguns raios por uma abertura nas cortinas blecaute.

— Estou com saudade, garota.

Dava para ouvi-la fazendo biquinho pelo telefone, e isso me fez sorrir. Ela sempre pensou o melhor de mim. Era um trabalho de tempo integral fingir ser o cara que ela achava que eu era.

— Também estou com saudade de você, Scottie.

— Fala pra mamãe e pro papai que eu os amo.

— Pode deixar. Boa sorte amanhã.

Quando ela desligou, o quarto pareceu vazio e mais escuro. Hailey tinha luz própria. Ela, meus pais e minha infância em Goodland, Kansas, estavam a poucas horas de distância. Por algum motivo, isso não era reconfortante como deveria ser. Hailey faria dezoito anos em poucos meses. Ela poderia entrar em um carro a qualquer momento e dirigir para me ver. Eu adoraria passar um tempo com a minha irmãzinha, mas guardar segredos era mais fácil quando eles estavam à distância de uma viagem de avião.

Olhei para o meu relógio de pulso. Mais sete horas para matar antes de escurecer. Fechei os olhos, pensando em um cochilo de meia hora, na esperança de que fosse longo o suficiente para recarregar as energias e curto o suficiente para impedir os pesadelos.

Alguém bateu na porta, e meus olhos se abriram.

— Um minuto — falei e fui atender. Então vi Taylor Maddox e alguns amigos dele ali. Fiquei tenso, pronto para brigar.

— Vamos sair pra almoçar no centro da cidade. Quer ir? — perguntou Taylor.

Comer era melhor do que encarar homens sem rosto com fuzis cuja munição nunca parecia acabar no instante em que eu adormecia.

— Vou pegar minha camiseta.

3

Darby

O piso de cimento sob a mesa de madeira à qual eu havia sido conduzida pela recepcionista era grudento, mas os vidros que fechavam o restaurante mexicano que eu tinha escolhido eram uma proteção contra o vento e a fumaça terríveis de um incêndio que acontecia a pouca distância da cidade. O fato de o jornal e o molho serem gratuitos era um bônus.

Meu vestido de noiva estava pendurado em uma loja de penhores ao norte do centro da cidade de Colorado Springs, e os quatrocentos dólares que ele rendeu pagaram a calça, a camisa social, o sutiã, as calcinhas de algodão e a sandália que eu estava usando. Receber metade do que eu tinha gastado no vestido menos de seis meses antes era doloroso. Minha mochila de brechó guardava o casaco azul-marinho de capuz e uma calça de moletom cinza que eu tinha comprado ali, mas eu precisava de alguma coisa para fazer entrevistas, e as roupas sociais femininas estavam com cinquenta por cento de desconto. Então vendi o vestido e guardei o anel de noivado para o caso de precisar de dinheiro numa emergência futura, e tentei não pensar muito nele. Eu não devia mergulhar de cabeça em qualquer oportunidade de dinheiro imediato.

Meu joelho quicante ficava batendo na mesa, atraindo a atenção de algumas crianças pequenas por perto. Eu não conseguia evitar. Sentia que, a qualquer momento, Shawn ia aparecer com a caminhonete idiota dele e me arrastar de volta para o Texas pelos cabelos. Eu estava livre, mas ainda com medo, e isso me deixava com raiva.

O garçom deixou uma caneta com a conta para eu assinar o recibo do cartão de crédito, sem saber que eu ia pagar em dinheiro os sete dólares por um queijo quente grande e um refrigerante que eu tinha pedido para o almoço tardio. Ao lado das bandejas vazias, usei a caneta esferográfica para desenhar nas margens de artigos de jornal e circular anúncios nos classificados — desde secretária num escritório de advocacia até recepcionista de hotel no segundo ou terceiro turno. Em Fort Hood, eu tinha sido garçonete, depois namorada de um cara ciumento, superprotetor e dominador que não queria que eu trabalhasse perto de pessoas que pudessem colocar ideias malucas na minha cabeça — ou perto de outros homens que poderiam olhar demais para mim ou me fazer achar que eu era mais inteligente, mais engraçada ou mais bonita do que Shawn achava que eu era.

— Isso é muito bom — disse o garçom, parando um segundo para analisar meu desenho. — O que é?

— Uma palmeira... e uma dançarina de hula — expliquei, tentando olhar para as linhas grossas e os detalhes, segundo o olhar dele. O desenho era ótimo mesmo. Pena que ninguém precisava de uma desenhista profissional.

— Você vai fazer estudos bíblicos aqui?

— Ah — falei, olhando para a Bíblia da Carly ao meu lado. — Não.

— Havaí — disse ele, concordando com a cabeça. — Legal — completou e se afastou.

Eu nunca tinha estado lá. Nunca tinha estado em lugar algum. Sair de Fort Hood para conhecer outros lugares era algo que eu achava que faria com Shawn. Agora eu estava a doze horas de distância, completamente sozinha. Mas, quando notei minha postura encolhida, minha hesitação ao olhar nos olhos de alguém, eu soube que ele ainda estava comigo, assomando-se sobre mim como se eu fosse um filhotinho de cachorro desprezado e medroso.

Arrastei no chão um dos meus sapatos pretos pouquíssimo usados para me ajeitar no assento, mal notando o ruído detestável que estava fazendo. Eu tinha que ficar lembrando a mim mesma que ninguém além de mim sabia onde eu estava, mas ainda olhava quatro vezes por minuto para o estacionamento só para garantir que não havia nenhum veículo conhecido parando ali.

— Você está bem — sussurrei enquanto desenhava mais detalhes no cabelo escuro e comprido da dançarina de hula. Ela estava sorrindo e despreocupada, algo que eu não fazia nem sentia havia muito tempo. No ônibus, achei que, quando chegasse ao meu destino, aconteceria uma mágica e eu voltaria a ser como era antes: tranquila, relaxada, sem sentir aquele opressivo sentimento de pânico. Conforme as horas se passavam e eu não me sentia diferente, essa esperança foi substituída por algo muito mais sombrio. Eu não queria que Shawn tivesse controle, e lá estava eu, com mais medo dele do que nunca.

O Hotel Colorado Springs ficava a poucos quilômetros de distância, pouco depois do Red Rock Canyon. Eu me perguntei se o hotel oferecia desconto para funcionários nos quartos. Isso valeria os doze dólares por hora que eles ofereciam. Guardei a Bíblia na mochila, deixei duas notas de cinco na mesa e fui até o balcão da recepcionista, com o jornal na mão e todas as minhas posses penduradas nos ombros. Eu havia chegado a Colorado Springs às sete e meia da manhã. Entre vasculhar os brechós ainda de vestido, encontrar uma loja de penhores e localizar uma loja no centro da cidade que vendesse calcinhas de algodão normais e produtos de higiene, tive um dia produtivo, mesmo não conseguindo tirar o cheiro de fumaça do nariz.

— Com licença — falei para o homem atrás do balcão. — Posso usar seu telefone?

Ele balançou a cabeça.

— Sem telefone.

— Sem telefone? — repeti. Ele estava mentindo. Claro que eles tinham um telefone, só que não era para clientes. Suspirei. Rezei para eles permitirem que eu fosse entrevistada quando chegasse lá. Caso contrário, ficaria escuro demais para encontrar outro lugar, e eu teria que gastar uma boa parte do que restava do meu dinheiro em um quarto. Pelo menos era um lugar para passar a noite.

Ajeitei a mochila e empurrei a porta, atravessando o estacionamento em direção à rua e virando para a direita. O sol estava escondido atrás de uma cortina densa e nebulosa, parecendo uma bola cor-de-rosa reluzente, e eu me perguntei se escureceria mais rápido que o normal. A rua estava congestionada com o trânsito da hora do rush e com as pessoas que saíam do Jardim dos Deuses e do Red Rock Canyon antes do pôr do sol. A exaustão e a fumaça faziam o ar queimar minha garganta a cada respiração, então acelerei o passo, na esperança de chegar ao hotel mais rápido. Os carros seguiam ao meu lado, e havia um abrigo improvisado no outro. Um homem estava sentado no chão junto a um carrinho de compras cheio com seus únicos pertences. Seu rosto estava sujo e esgotado, e testemunhava uma história de lutas e fracassos. Do meu lado das paredes de metal que o protegiam do vento, sua vida parecia uma grande ferida aberta, sangrando tanto e por tanto tempo que ele mal percebia que alguma coisa estava errada.

Parei diante do seu lar e lhe dei uma nota de vinte dólares e, enquanto ele encarava a mão, confuso, me afastei, querendo garantir que eu teria paredes de verdade, água corrente e uma cama para passar a noite.

A Midland Expressway não tinha calçada e, às vezes, havia pouco espaço entre paredões de penhascos vermelhos e o acostamento da estrada. Duas portas de vidro deslizantes se abriram para mim quando me aproximei da entrada do hotel, e eu entrei, sendo recebida pelo cheiro de aromatizador barato de carpete e café recém-coado enquanto o ar-condicionado me atingia no rosto. O saguão era decorado em tons de bege e com plantas artificiais, sem cores e sem aquela sensação caseira que a maioria dos hotéis fracassava ao tentar simular. Na parede dos fundos ficava o bar do saguão, onde havia um cartaz perto do último banco que dizia: BEM-VINDOS, BOMBEIROS! IPAS E PETISCOS PELA METADE DO PREÇO!

Atrás do balcão, um homem de cabelos escuros cheios de gel limpava a superfície com um pano branco, e então, ao me notar, franziu as sobrancelhas grossas e excessivamente bem-cuidadas.

— Pode se aproximar, raio de sol — disse ele, oferecendo uma das banquetas. Eu percebia quando os homens estavam flertando comigo e, para ser sincera, a maioria flertava. Eu já tinha sido iludida por vários caras, então sabia identificar qual era a intenção deles, e às vezes eles mesmos queriam só ser usados. Mas o tom do bartender não tinha nada de sedutor, na verdade parecia que ele estava falando com a irmã mais nova.

Atravessei o saguão e passei por um grupo de homens que perambulavam por ali, em meio a dois sofás e uma poltrona dispostos em frente a uma grande TV de tela plana. O bar ficava no canto, perto da área dos elevadores, e do lado oposto ao balcão da recepção.

— Vai fazer check-in? — ele perguntou. A tarja de nome barata dizia *Stavros*. Algumas ruguinhas ao redor dos olhos se aprofundaram quando ele sorriu, combinando com as três da testa. Talvez uns dez anos mais velho que eu, Stavros provavelmente tinha visto centenas de mulheres bonitas passarem pelo seu bar, e eu era apenas mais uma. Ele era um homem decente o bastante para não tentar levar todo mundo para a cama.

Sentei na banqueta, olhando para a recepção vazia.

— Eu queria falar com o gerente.

— É?

— Vi o anúncio de emprego no jornal.

Ele sorriu.

— Ah, o emprego. Ele deve voltar a qualquer minuto. Aceita uma bebida?

Encolhi um ombro.

— Só uma água, por favor.

Ele assentiu.

— Você parece morta de sede.

Soltei uma risada.

— Pareço mais alguma coisa? Eu vim a pé. Ficaria surpresa se não estivesse toda suada e bagunçada.

— Você veio a pé? — ele perguntou, colocando gelo num copo e abrindo a torneira para encher de água. — De onde?

— De um restaurante mexicano logo ali na estrada.

Ele franziu a testa.

— Meu docinho, não é logo ali na estrada. São pelo menos seis quilômetros daqui. Você realmente quer o emprego.

— Quero, sim. E pensei em alugar um quarto pra hoje à noite. Talvez algumas noites.

— Você acabou de chegar à cidade?

Fiz que sim com a cabeça.

— Hoje de manhã.

Ele apontou para a minha mochila.

— O que tem na mochila?

— Minhas coisas. Todas.

Ele me encarou, desconfiado.

— Você não me parece uma sem-teto.

— E não sou.

— Confia em mim, tem muitos sem-teto aqui, vindos do Texas.

— Eu não sou do... — Não fazia sentido. Ele percebeu de onde eu era no segundo em que abri a boca.

Ele me encarou por um instante.

— Por que você veio?

— Só estou conhecendo o mundo, eu acho.

Ele sorriu de novo.

— Não minta. Já percebi que você é péssima nisso.

Eu me ajeitei na banqueta, cruzando os braços.

— Eu realmente não quero...

— Você não matou o cara, né? — ele perguntou, não tanto com medo, mas intrigado.

Balancei a cabeça.

— Entendo. Qual é o seu nome?

— Darby... Cooke.

— Hum — disse ele, sem se convencer. — Você acha que, com um nome como Darby, o sobrenome falso vai ajudar?

Afundei no assento.

— É Cooke, então. Seu segredo está seguro comigo. — A atenção de Stavros foi atraída para o balcão de check-in. Uma mulher mais velha tinha vindo da área de elevadores, mastigando a última garfada da refeição e esfregando as mãos. Ela estava em pé, e o computador ficava na altura da sua cintura.

Stavros revirou os olhos.

— Aquela é a Tilde.

— Ela parece simpática — falei, observando-a trabalhar no computador. Ela usava sombra azul em toda a pálpebra, as sobrancelhas pintadas com lápis e um batom rosa brilhoso. Era tão redonda quanto alta, e às vezes dava um sorriso, mesmo não sendo direcionado a uma pessoa em particular.

— Ela costuma pegar o segundo turno, das três às onze. Então, quando você chegar, Tilde já vai estar cansada e sem papas na língua. É ela quem vai te explicar o serviço, e como está cobrindo dois turnos é provável que esteja estressada, então não se assusta se ela estiver um pouco mal-humorada.

— Se eu conseguir o emprego.

— Você já conseguiu o emprego — disse ele.

— Por que tem tanta certeza?

— Porque eu sou dono deste lugar.

— Ah — falei, observando-o atravessar o salão. Ele e Tilde tiveram uma conversa silenciosa sobre mim, depois ele me chamou com um aceno.

— A Tilde vai arrumar um quarto pra você e ajeitar a papelada. Os funcionários têm quartos por vinte dólares a noite, com acréscimo de cinquenta por cento se estivermos lotados, mas sem serviço de camareira. Você pode começar agora?

Levantei as sobrancelhas, surpresa, e pisquei.

— Agora? Claro. Com certeza.

— Ótimo. Pega as suas coisas. Você fica no fim do corredor. — Ele olhou para Tilde. — Cem.

Tilde assentiu, voltou para o balcão e clicou algumas coisas.

— Depois eu volto para cá? Minha roupa está boa?

Ele me dispensou com um aceno.

— Você está linda. Só precisa de uma camisa social branca e uma calça preta, esse é o uniforme típico.

Tilde se aproximou de nós com um cartão-chave branco, e eu olhei para Stavros.

— Você não tem ideia do quanto agradeço por isso. Muito obrigada mesmo.

Ele fez que sim com a cabeça e voltou para o bar.

— Isso aqui vai ficar uma loucura daqui a pouco. Os bombeiros de elite estão vindo de toda parte. Só... tenta dar conta.

Quando ele virou de costas, olhei para Tilde.

— O que são bombeiros de elite?

— Os melhores bombeiros — explicou ela, me conduzindo até o saguão dos elevadores. — Estão vindo para controlar os incêndios nos arredores da cidade. Só me observa e sorri pros hóspedes. Você não vai aprender tudo em uma noite.

Eu meio que esperava que ela apertasse o botão do elevador, mas ela continuou andando até o fim do corredor, passando por uma porta onde se lia: DEPÓSITO.

O número da porta indicava 100, e Tilde gesticulou para eu experimentar o cartão-chave. Um bipe tocou, e uma luz verde fraca piscou quando levei o plástico até o quadrado preto sobre a maçaneta. A tranca se abriu, e eu sorri para Tilde.

— Obrigada — falei, empurrando a porta.

— Você pode voltar para o balcão daqui a meia hora?

— Posso. Vou só me lavar e já volto.

A porta bateu atrás de mim, e eu espiei o quarto escuro, a luz do sol se esforçando para iluminar através da fenda entre as cortinas blecaute. Estendi a mão para o lado da porta e acendi a luz, depois fechei o trinco prateado. A ventilação ligou quando acendi a luz. A pia era cercada por sessenta centímetros de bancada, e uma cortina de box branca combinando escondia um chuveiro e uma banheira. O espelho grande era imaculado. Por um instante, desejei que os serviços de camareira acompanhassem meu aluguel com desconto, mas isso seria bom demais para ser verdade.

O corredor era curto e se abria para um quarto de três e meio por seis metros, com mesas de cabeceira de cada lado da cama queen. A televisão ficava em cima de uma cômoda de madeira com seis gavetas. Os outros móveis consistiam em uma escrivaninha, uma cadeira, uma poltrona acolchoada que deveria combinar com o carpete em padrão verde e azul, mas não atingia esse objetivo, e um aparelho de ar-condicionado/aquecedor sob a janela.

Abri as gavetas e percebi que um dos lados era uma geladeira, maior do que as que havia em quartos de hotel. Na parede que o quarto compartilhava com o banheiro, havia um espaço para o micro-ondas e a cafeteira, um fogareiro de duas bocas e um exaustor em cima. *Posso cozinhar!* Eu me joguei na cama. Confortável. Eu não conseguia acreditar na minha sorte. Na nossa sorte. *Obrigada, meu Deus.*

Levei a mão à barriga, o ponto central entre os ossos do quadril — um palpite.

— Nós vamos ficar bem... — Será que o bebê era menina ou menino? Não gostava nem um pouco da ideia de chamá-lo de *coisa*. Eu não saberia por muito tempo, se é que ia saber antes de ele ou ela nascer. Meu bebê era do tamanho de um feijão ou algo assim. Feijãozinho. Bebê Feijãozinho Dixon. — Nós vamos ficar bem, Feijãozinho...

Falei as palavras em voz alta, mais para mim mesma do que para qualquer outra coisa. Pensei em como ia sustentar um bebê, onde íamos morar, nos custos das fraldas e da creche. Fiquei mais agradecida pelo emprego do que pelo contracheque. Trabalhar ajudaria a ocupar a mente, afastando-a do medo opressivo. Eu era mãe solo. Sorri. Pelo menos eu estava livre.

Sem conseguir desfazer o sorriso, enfiei a mão na mochila e peguei a pasta e a escova de dentes, a escova de cabelo e o desodorante. Corri até o banheiro, coloquei os poucos itens de higiene pessoal que eu tinha onde queria que eles ficassem e espremi um pouco do creme dental na escova. Esfregar e cuspir. Esfregar e cuspir. Enxaguar. A escova de dentes bateu na borda da pia, e eu usei o copo para guardá-la. Passei desodorante, escovei o cabelo, depois peguei o cartão-chave e a carteira e corri porta afora, me apressando pelo corredor.

A porta do elevador se abriu, e eu atropelei um homem alto, quicando para trás.

— Ai, meu Deus. Me desculpa! — falei antes mesmo de conseguir me equilibrar.

Ele me segurou antes que eu caísse e me olhou, preocupado.

— Meu Deus, você está bem?

— Estou. Estou bem, sim — falei, espanando a camiseta dele, como se o tivesse sujado.

— Você bateu em mim com força — disse ele.

— Me desculpa. Você se machucou?

Ele deu uma risada, e eu olhei para ele nesse momento. Era uma cabeça e meia mais alto que eu, e seus bíceps tatuados preenchiam as mangas da camisa, o trabalho artístico indo até os pulsos. Parecia ser guarda-costas de alguém, e me senti intimidada.

— Do que você está correndo? — ele perguntou.

— Eu? Nada — insisti, com um tom um pouco defensivo.

Ele ergueu a sobrancelha.

— Ah! Você quer dizer... — Apontei com o polegar para trás de mim. — Só estou indo trabalhar. — Indiquei Tilde no balcão da recepção.

— Aqui? Você trabalha aqui? — ele questionou, apontando para o chão. — Eu nunca te vi.

— Primeiro dia — respondi, esperando que meu sorriso não fosse tão desconfortável quanto eu me sentia. — Acho que eu devia...

— Ah. Claro.

— Me desculpa, mais uma vez. — Eu me afastei antes que ele pudesse responder. Falar com homens que não fossem Shawn era algo que eu não fazia havia muito tempo. Certamente não quando Shawn estava por perto. As notícias voavam na base, e poucas coisas o irritavam mais que ouvir que outro homem estava me dando atenção.

Tilde deu um sorriso forçado, e as correntes duplas penduradas nos óculos caíram ao mesmo tempo.

— Tudo bem?

— Sinto muito, muito mesmo. Eu não estava andando tão rápido... Eu só estava empolgada.

— Tá brincando? Aquilo foi divertido. Além do mais, você não ia conseguir machucar aquele cara nem se quisesse. — Tilde tossiu uma vez para limpar a garganta, a mesma tosse curta e frágil de fumante que minha mãe tinha.

— Você o conhece?

— É um dos caras interagências. — Pisquei, confusa, e ela continuou: — Os bombeiros de elite. Aquele das tatuagens fez check-in hoje. Maddox. Ele tem um irmão gêmeo, e eu não sei bem quem é quem, mas tenho certeza de que ele vai levar pelo menos uma garota para o quarto enquanto estiver aqui. Daqui a pouco você pega o jeito e começa a sacar as pessoas. Casais casados. Casais casados que vêm aqui, mas não são casados um com o outro. Os que vêm a trabalho, os habituais, os pais esgotados com cinco filhos. Os casais jovens e os casais mais velhos com cachorros no lugar de filhos. Os caminhoneiros. Os drogados. Os alunos de faculdade. Os vagabundos. Você vai ver de tudo.

Observei Maddox atravessar o saguão e se sentar no bar. Ele brincou um pouco com Stavros, depois com os colegas bombeiros de elite.

— Eles vão começar a chegar aos bandos a qualquer momento. Vamos treinar o básico.

Tilde foi paciente, me mostrando o sistema do computador, como fazer check-in e checkout, criar chaves, agendar uma ligação de despertador e uma reserva, como saber se uma ligação é externa ou se um hóspede está ligando do quarto, como transferir uma ligação para um quarto.

As portas de vidro duplas se abriram, e um pequeno grupo de homens entrou carregando bolsas de viagem e mochilas, rindo e trocando socos leves e empurrões. A atenção deles foi atraída pelo homem sentado no bar e se aproximaram dele, arrancando seu boné e se alternando na tentativa de empurrá-lo do banco.

— Por que os homens fazem isso? — perguntei. — Eles são tão malvados uns com os outros...

— Malvados? Não, querida, é assim que eles demonstram afeto. Homens na posição deles... e policiais, soldados, você conhece o tipo. São todos assim.

Franzi a testa.

— Alguém devia dizer a eles que isso não é afeto.

Os bombeiros de elite eram magros, o rosto marcado por ossos salientes e olhos afundados. Pareciam muito felizes, provocando uns aos outros e rindo, como se fossem antigos colegas do ensino médio reunidos depois de anos.

Tilde falou através do sorriso.

— Lá vem ele.

— Maddox? — perguntei, imitando seu tom sussurrado.

— Taylor Maddox! — disse ela quando ele estava perto o suficiente para ouvir. — Que bom te ver de novo. Como está a família?

— Meu pai está bem, meus irmãos também — respondeu Taylor, olhando para baixo enquanto pegava a carteira no bolso traseiro. Ele jogou a identidade e um cartão de crédito, depois voltou sua atenção para o celular, digitando uma resposta rápida. Quando o guardou, ele levantou a cabeça, captando meu olhar. — Ah.

— Boa tarde — falei.

— Está tudo do seu gosto no seu quarto? — perguntou Tilde.

Ele a ignorou e respondeu para mim.

— A gente se esbarrou no corredor.

— Eu lembro — confirmei.

— Então... seu primeiro dia, né? Como está indo até agora?

— Ótimo — falei, avisando, com minha resposta e minha linguagem corporal, que eu não estava interessada.

Ele deu uma risadinha, parecendo não se ofender.

— Minha cama é king. Preciso de duas camas de solteiro, Tilde. E duas chaves.

— Temos um quarto com duas camas de solteiro sobrando. Você está com sorte — disse Tilde, digitando no computador. — Só preciso do seu cartão de crédito de novo.

Taylor deu um sorriso perfeito, olhando para mim por meio segundo antes de me entregar o cartão.

Eu o passei para Tilde, que piscou os olhos. Tudo que aquele homem dizia a fazia corar. Sim, ele era atraente e charmoso e, pelo menos aparentemente, gentil e humilde. Eu me perguntei se suspeitava dele por causa do muro que eu havia construído ao meu redor ao longo do tempo ou se havia alguma coisa familiar nele — e não de um jeito bom. Com o mouse, ela selecionou um quarto, depois inseriu o nome e as informações de Taylor. Programou dois cartões-chave e os entregou a ele. *Parece bem fácil.*

— Tudo certo — disse Tilde.

Taylor assinou o recibo, e ela devolveu o cartão de crédito, depois colocou as chaves em um pequeno envelope e o entregou.

— Pronto. Bem-vindo ao seu lar. De novo.

— Obrigado, Tilde. Não ouvi seu nome.

Ela respondeu por mim:

— Darby. Ainda não temos um crachá para ela.

— Hum. Nunca ouvi esse nome. Deve ter uma história.

— É bem entediante — falei.

— De qualquer maneira, eu gostaria de ouvi-la em algum momento — disse ele, indo em direção ao saguão dos elevadores.

Tilde murmurou:

— Ai, ai. Você já arrumou confusão.

— Não — falei, balançando a cabeça. — Não estou interessada em encontros. Definitivamente não com homens do tipo dele. Nada de bombeiros, bombeiros de elite, policiais, soldados...

Tilde deu uma risadinha.

— Você está certa. Esse tipo de emprego exige uma certa personalidade, não é?

O telefone tocou, e Tilde o pegou rapidamente, segurando o aparelho com o ombro e o queixo.

— Recepção. Como posso ajudá-lo, sr. Trexler? Ah. Sinto muito. Sim, vou pedir para alguém subir imediatamente. — Tilde desligou o aparelho com um dedo. — Droga. — Ela o soltou e discou outro número. Esperou. Suspirou. Revirou os olhos e desligou. — Darby, deve ter um carrinho de camareira em algum lugar no corredor. Pegue quatro toalhas de banho, quatro de rosto e quatro tapetes de banheiro e leve para Scottie Trexler no 201.

Apontei para a parede oposta, do outro lado do saguão.

— O carrinho está naquele corredor?

Tilde assentiu.

O saguão estava difícil de atravessar, pois era um labirinto de homens famintos e sujos e algumas mulheres. Contornei até o outro corredor, em que a parede interior era interrompida por outras vinte portas bege, mais ou menos. Na metade do caminho, um carrinho de camareira estava largado, cheio de copos, toalhas, tapetinhos de banheiro, sabonetes e potinhos de xampu e condicionador. Peguei as toalhas e os tapetes e voltei pelo saguão.

Os bombeiros de elite reunidos no bar se afastaram como o mar Vermelho, parando as conversas por tempo suficiente para eu passar com os braços cheios de algodão alvejado. O elevador estremeceu quando se aproximou do segundo andar, depois quicou, e as portas se abriram para um corredor silencioso. Havia um espelho grande em formato de diamante pendurado na minha frente. A mulher no reflexo parecia diferente da noiva chorosa e aprisionada no espelho da minúscula igreja em Fort Hood. Havia esperança nos meus olhos. Independência.

O quarto 201 ficava a apenas quatro metros dos elevadores. Bati na porta.

— Camareira — falei, sem saber se era a coisa certa a dizer ou não.

— Só um segundo! — gritou um homem, depois ouvi um estrondo em algum lugar dentro do quarto. — Merda! Só um instante!

A porta se abriu, e meus olhos subiram por mais de um metro e meio de tecido atoalhado branco, peito, pescoço e um par de olhos azul-bebê. O homem respirava com dificuldade, segurando a porta aberta, e prendeu a respiração quando nossos olhares se encontraram. Ele levou um instante para formar uma palavra.

— Oi.

— Oi. — Sorri. — Toalhas? — perguntei, mostrando-as.

— Hum...

— Desculpa, você...

— Sim! Sim — disse ele, pegando as toalhas das minhas mãos. — Me desculpa. Eu tropecei no maldito... Deixa pra lá. Obrigado. — Ele sorriu. Não o tipo de sorriso que um predador como Shawn daria, na esperança de me arrastar para dentro. — Sou Trex.

— Darby — falei, e o simples som do meu nome pareceu lhe agradar. Ele não conseguia parar de me encarar, e eu não conseguia desviar o olhar.

— Ah. Droga, me desculpa. — Trex vasculhou o bolso e tirou uma nota de vinte dólares, que colocou na minha mão. — Obrigado mais uma vez.

Olhei para o papel amassado.

— Não é preciso.

— Eu faço questão.

Devolvi o dinheiro a ele, me obrigando a dizer as palavras que vinham à minha mente.

— Não, obrigada.

Então me virei, sorridente, e caminhei até o elevador, deixando Trex parado na porta. Dizer "não" a alguém pela primeira vez em muito tempo — talvez pela vida toda — me deu uma sensação impossível de descrever para alguém que nunca foi um capacho durante a maior parte da vida. Era apavorante e revigorante ao mesmo tempo. Não me lembro de me sentir tão feliz.

— Darby — chamou Trex do quarto.

Congelei e olhei para trás, me perguntando quanto tempo levaria para eu deixar de ficar com medo sempre que um homem dissesse o meu nome em voz alta.

— Quer jantar comigo um dia desses?

Não consegui apagar o sorrisinho ridículo do rosto.

— Não, obrigada.

— Almoço?

— Não, obrigada. — Meu sorriso provavelmente não era convincente, mas eu não conseguia evitar.

— Você só gosta de acabar comigo ou eu realmente sou tão detestável?

— Sim — respondi simplesmente, dançando no instante em que fiquei sozinha dentro do elevador.

Confrontar e dizer "não" eram coisas que eu não era capaz de fazer. Mesmo que isso levasse a uma morte terrível, eu preferia concordar com um desconhecido e ouvir os alarmes dispararem na minha cabeça, em busca da minha autopreservação, a magoar os sentimentos dele. Desde criança, fui ensinada a ser educada, a obedecer, a pôr panos quentes. Abrace aquele desconhecido, beije aquela tia, sorria para todo mundo, mesmo que meus instintos dissessem que era uma furada. Foi por isso que eu me vi no colo do pai de uma amiga à meia-noite durante uma festa do pijama, as mãos dele dentro da minha calça, e que meu avô me convenceu a esfregá-lo em partes para as quais eu não queria nem olhar, muito menos tocar.

Dizer "não" era meu novo superpoder, e eu ia usá-lo todas as vezes que tivesse uma oportunidade, de agora em diante.

4

Trex

Fiquei encarando o último local onde a vi, como se ela pudesse reaparecer e rir indicando que estava de brincadeira, mas o elevador apitou e eu tive certeza de que ela estava descendo. Balancei a cabeça. Ela parecia uma miss sem vinte camadas de maquiagem, plena, com um sorriso de paz mundial e um desfile digno de palco. Eu já tinha encontrado mulheres bonitas — até saí com algumas —, mas não esperava ver uma mulher como ela trabalhando num lugar como este. Ela devia estar casada com George Clooney e lutando pelos direitos humanos, comandando a própria ONG em prol da água potável e basicamente salvando o mundo, não trabalhando num hotel meia-boca em Colorado Springs.

Fechei a porta, de repente envergonhado por passar tanto tempo encarando o corredor.

Meu celular tocou, e eu coloquei as toalhas no banheiro, voltando apressado até a mesa de cabeceira. Tropecei no carregador e caí de costas no colchão.

— Oi, Val.

— Faz meses. Você não podia ter ligado? — perguntou Val. Sua voz era reconfortante, mesmo sabendo que ela estava a centenas de quilômetros. Ela sempre me protegeu, tentou durante anos ser a voz da razão todas as vezes que eu queria me demitir e mostrar o dedo do meio para o meu chefe.

— Eu estive no exterior, tentando me manter ocupado — falei, puxando o cadarço da minha bota. — Adivinha com quem eu almocei hoje?

— Seu pai?

— Engraçadinha. Taylor Maddox.

— Mentira.

— Por que eu ia mentir?

— Como foi que isso aconteceu?

Dei uma risadinha, também surpreso.

— Eles estão trabalhando no incêndio aqui perto. Estou hospedado no mesmo hotel. Achei que ele ia me agredir quando vi o cara pela primeira vez, mas ele me chamou pra almoçar.

Ela suspirou.

— Ah, esses Maddox. E... como foi o almoço?

— Ótimo. Acho que o Taylor está apaixonado pela garçonete. Ele conheceu a garota hoje, só pra constar. Esquecemos de dar gorjeta e ele surtou com isso. Ele vai levar o dinheiro pra ela mais tarde.

— Que fofo.

— É, se ela não o odiasse.

— Então, quer dizer que você está gostando daí? Do Colorado?

— Acho que sim — confessei.

— Bem... Acho que é isso, então.

— Vou sentir saudade de você, Val. De verdade. Se cuida.

— Você também. Mas... Scottie? Não some. E, se precisar de alguma coisa, é só ligar.

— Obrigado, Val.

Apertar a tecla de desligar não foi o encerramento que eu esperava. Val queria que eu continuasse falando, porém não havia mais nada a dizer. Um beijo numa noite bêbada no pub local não foi o suficiente para me fazer querer ficar. Provavelmente ela superaria isso no próximo mês.

Meu celular fez um barulho seco quando o larguei no colchão. Pensei no dia seguinte, estava empolgado para ver meus antigos colegas de novo, nervoso por cumprir minha tarefa de um jeito satisfatório para o general Tallis. Ele era conhecido por ser exigente.

O resto da minha equipe me esperaria às seis da manhã em ponto no Complexo da Montanha Cheyenne. Alguns de nós não nos víamos havia anos. O Complexo ficava a pelo menos meia hora de distância, e eu tinha que pegar minhas credenciais primeiro. Levantei o braço para ver os números digitais vermelhos no relógio de pulso. Alguns minutos depois das sete. Eu tinha tempo suficiente para engolir o jantar e tomar uma ducha antes de tentar dormir oito horas seguidas. Meu primeiro dia no Complexo duraria pelo menos doze horas.

Ergui o corpo, os músculos doloridos dos exercícios na Iron Mountain Gym, onde eu tinha me matriculado na semana anterior. Depois do almoço, levantei peso até meus braços mal conseguirem dirigir de volta para o hotel. Usando fones de ouvido e exaurindo cada músculo, deixei os pensamentos divagarem; meu único espaço seguro longe da preocupação, da culpa e da ansiedade que inundavam meus pensamentos diários. Especialmente depois de pedir demissão e me mudar, eu tinha muita coisa para resolver. Soldados eram meio zoados, e todos nós tínhamos que encontrar um jeito de viver com os pesadelos que mexiam com nossa mente enquanto estávamos acordados ou dormindo.

Mais uma vez, eu estava no elevador. *Preciso encontrar um lugar para morar, e logo.* Subir e descer naquela caixa ia me cansar rapidamente, além de me fazer lembrar demais do Bureau.

Um sino tocou antes de as portas se abrirem, e eu saí no corredor. O saguão não tinha esvaziado muito. Em vez de estarem em pé na fila para fazer check-in, os bombeiros de elite estavam por ali com copos de plástico transparente cheios de cerveja. Parte de mim tinha esperança de esbarrar na camareira de novo, mas desta vez ela estava atrás do balcão. Bombeiros de elite, chefões interagências e comandantes do Departamento Florestal cercavam a recepção. Tilde fazia o check-in deles, um quarto de cada vez, e treinava Darby ao mesmo tempo. Mas Darby não parecia atrapalhada, seus olhos absorviam tudo, sempre com um sorriso no rosto.

Um bombeiro de elite estava com os cotovelos apoiados no balcão e um sorriso bobo no rosto enquanto falava com Darby. Ela claramente não estava interessada, concentrada no treinamento. Alguma coisa se agitou dentro de mim, observando-a ignorar o cara a meio metro de distância que tentava cortejá-la. Ele não era feio, e a maioria das garotas caía no encanto dos bombeiros. Darby não poderia estar menos interessada. Eu me perguntei por que, enquanto me aproximava da recepção e ouvia o pobre coitado praticamente cantar para ela.

— Tilde — falei, cortando a fila na frente dos bombeiros de elite que esperavam. *Seja esperto, Trex.* — Onde tem um lugar legal pra comer por aqui?

— Tem um restaurante mexicano logo ali na estrada — disse Darby. — O *queso* deles é incrível. Mas isso é tudo que eu sei.

— Dá pra ir a pé? — perguntei.

— Meu Deus, não — respondeu Tilde. — São pelo menos seis quilômetros.

— Eu vim andando de lá até aqui. — Darby deu de ombros, com um sorriso no rosto.

Retribuí o sorriso. Um pequeno gesto, mas um sorriso era mais do que o bombeiro de elite paquerador tinha conseguido. Alguma coisa em chamar sua atenção me fez ter mais vontade ainda de fazer isso. Pouco antes de perguntar a que horas ela saía do trabalho, Tilde me entregou um cardápio dobrado.

— Jimmy's. Parece uma refeição caseira. É só atravessar a rua e descer um pouco. Não tem erro.

Darby se inclinou, tentando ler o cardápio. Quando viu que eu a observava, ela se endireitou, parecendo pega de surpresa.

— Desculpa — disse ela.

— Com fome? — perguntei.

Darby balançou a cabeça rapidamente.

Tilde a olhou, depois franziu a testa.

— Você almoçou *queso*? Vamos ficar aqui até onze horas. Você vai morrer de fome.

— Tinha molho também. Estou bem — explicou Darby, tentando concentrar sua atenção no próximo bombeiro de elite que ia fazer check-in.

O sotaque dela era adorável, porra.

— Provavelmente eles vão fechar antes do fim do seu turno. Posso trazer alguma coisa pra vocês duas comerem.

— Você é um docinho — disse Tilde. — Deixa eu pegar dinheiro, querido.

— Pega depois — falei, estendendo a mão por sobre o balcão para alcançar uma caneta. — O que vocês, mocinhas trabalhadoras, querem? — Eu pretendia anotar os pedidos das duas, mas Darby deu um passo para trás como se eu fosse agarrá-la. Eu me mexi mais devagar, como faria se estivesse na presença de um animal selvagem. As bochechas de marfim de Darby ficaram vermelhas quando ela viu o que eu ia pegar. Segurei a caneta sobre o papel, esperando sua resposta.

Darby escaneou um cartão-chave, mantendo a cabeça baixa. Ela parecia tão confiante antes, mas agora agia como um cachorro chutado.

— Estou bem — disse ela.

Anotei meu número e entreguei o papel para Tilde.

— Você vai estar faminta quando sair do trabalho. Eu realmente não me importo. Só me manda uma mensagem de texto dizendo o que você quer.

Comecei a me afastar, mas Darby puxou minha camisa.

— Trex! Eu... — Ela colocou os fios soltos de cabelo loiro-mel atrás da orelha. — Meu pagamento só sai daqui a duas semanas. Não posso te pagar hoje.

— Então me paga quando puder. É só comida.

Seus lábios carnudos formavam uma linha rígida. Ela quase não estava usando maquiagem, as roupas eram grandes demais para suas curvas e, mesmo assim, ela era estonteante. Olhei para baixo. Ela ainda segurava a minha camisa.

— Me desculpa — disse ela, cruzando os braços na altura da cintura. Em seguida olhou ao redor, esperando alguém dizer que ela havia feito alguma coisa errada.

— Tudo bem, Darby. Relaxa. — Seus ombros relaxaram para uma posição normal. A garota era mais reprimida que a esposa de um pastor batista num café da manhã com rodízio de panquecas. — Tudo bem.

Ela fez que sim com a cabeça.

— Você me manda uma mensagem? — perguntei.

— Não tenho celular.

— Pede pra Tilde me mandar a mensagem, então. Se não tiver tempo, não se preocupa. Eu trago alguma coisa pra você.

Eu me virei, sentindo que ela me observava atravessar as portas automáticas. Mesmo com o sol de verão no horizonte e escondido pela fumaça do que os canais de notícias chamavam de incêndio de mil acres, seu bafo quente soprou no meu rosto. Olhei ao redor e vi o letreiro de néon que dizia JIMMY'S, exatamente onde Tilde disse que estaria.

Durante toda a caminhada, pensei na loira atrás do balcão, combinando sua voz com a que estava impregnada no meu cérebro, mesmo quando eu estava acordado. Ela tinha um corpo que eu não via em muitas mulheres na Califórnia. Eu poderia curvar os dedos ao redor da cintura de Darby, mas metade dos botões da sua camisa social fazia hora extra para conter seu busto D duplo, e seus quadris não pareciam os de um boneco Ken, mas se transformavam delicadamente em coxas que eu poderia agarrar. Tentei afastar a imagem de passar as mãos em suas curvas, sentindo o pau apertar minha calça enquanto eu desviava do trânsito e atravessava a estrada até o Jimmy's.

Não era necessário ser um gênio para saber que alguém a tinha machucado de várias maneiras. Essa ideia fazia qualquer pensamento libidinoso se derreter com uma onda de culpa. Hailey também era linda, e eu tinha ameaçado mais de um cara que a olhou de maneira provocante e teve pensamentos libidinosos antes mesmo de falar com ela. Darby parecia doce e não precisava de um babaca criando fantasias com ela.

— Bem-vindo — disse o recepcionista quando empurrei a porta de vidro. Ele olhou atrás de mim. — Quantos são?

— Só eu — respondi, seguindo-o até uma cabine. Jimmy's era iluminado demais para aquela hora da noite e me fazia lembrar mais uma lanchonete de beira de estrada do que um restaurante com comida caseira, como eu havia imaginado, mas o ambiente tinha um cheiro maravilhoso. — Preciso ser atendido bem rápido. Tenho que levar comida para umas amigas.

— Vou avisar pra Ginny — disse ele, me entregando um cardápio.

Ginny chegou alguns minutos depois. Pelo menos eles tinham um bom serviço.

— Me falaram que você está com pressa — disse ela com um sorriso.

Olhei para o cardápio mais uma vez.

— Quero uma água, um número seis e dois números dois pra viagem, por favor.

A garçonete deu uma risadinha.

— Essa foi fácil.

Fiz que sim com a cabeça, devolvi o cardápio e ela correu para a cozinha. Eu me recostei, entrelaçando os dedos e apoiando-os no alto da cabeça. Tinha acabado de cortar o cabelo, mas, se eu não raspasse, os caras iam implicar de manhã. Nos Fuzileiros Navais, eu não mantinha mais que dois centímetros de cabelo e alguns dias de barba por fazer. Quando trabalhei para a Deep Six Security, deixei crescer uma barba comprida e bagunçada. Um corte militar e uma barba de lenhador não eram padrão no FBI e, com um chefe que se enfurecia com pequenas coisas, era melhor passar despercebido.

O restaurante não estava nem perto de lotado, só com algumas famílias, uma mesa ocupada por duas mulheres que comemoravam uma noite sem marido e filhos e dois caras no bar que fingiam estar mais interessados no jogo na TV de tela plana do que em localizar uma mulher solteira. Estar sozinho era algo ao qual eu tive que me acostumar, depois de estar numa equipe durante a maior parte da vida adulta. Sentar numa mesa sem ninguém em frente era um ajuste também, mas era melhor não ter ninguém do que alguém que não fosse ela.

As mulheres na mesa perto da minha deram algumas olhadas na minha direção. Riram e tomaram mais um gole do vinho barato, as alianças de casamento reluzindo sob a luz fluorescente. Eu não sabia por que mulheres casadas se sentiam tão atraídas por mim. Nem minha ex demonstrou tanto interesse até depois de se casar com meu melhor amigo. Talvez eu parecesse um cara divertido e que não pega no pé. Franzi a testa, sem saber como eu me sentia em relação a isso. Minha carreira me deixara solteiro e sem filhos aos trinta e cinco. *E agora aqui estou eu, e Darby está do outro lado da rua, e eu tenho que agir como se não tivesse passado a vida adulta inteira procurando por ela.*

Em apenas dez minutos, eu tinha terminado de pagar pela sacola plástica na minha mão, cheia de refeições embaladas, e já estava indo embora. A estrada teria sido mais fácil de atravessar se eu tivesse andado uns quatrocentos metros para a frente, mas peguei a rota direta, desviando de carros e caminhonetes que passavam a cem quilômetros por hora ou mais. Estar no meio de uma estrada movimentada parecia estranhamente reconfortante. O foco em sobreviver em vez de viver com as lembranças na minha cabeça bastava para eu sentir falta de ser um fuzileiro naval ativo a cada segundo do dia.

Assim que as portas automáticas se abriram, dezenas de cabeças se viraram na minha direção, mas ninguém realmente prestou atenção em mim até eu entregar a sacola que estava segurando para Darby. Os homens no saguão pareciam excessivamente interessados em tudo que ela fazia, e isso me incomodou.

Tirei minha comida de cima. Tilde sorriu. Darby hesitou.

— As duas são iguais. Bolo de carne, purê de batatas e molho. Espero que gostem. Vocês não me mandaram mensagem dizendo o que queriam.

— Desculpa, tivemos uma correria de check-ins. Bolo de carne é perfeito. É o melhor prato do cardápio! — disse Tilde, pegando a próxima embalagem. Ela a entregou a Darby e pegou uma para si. Cheirou o vapor que saía da comida assim que abriu a tampa. — Ai, ai. Estou salivando. — Então agarrou os talheres de plástico e atacou.

— Fiz besteira? Você não gosta de bolo de carne? — perguntei.

— Gosto — respondeu Darby, encarando a embalagem fechada. — É meu preferido, na verdade. Obrigada.

Fiquei feliz porque não havia mais fila para fazer check-in, assim eu teria mais tempo para falar com ela.

— Você não me deve nada, Darby. É só comida.

— Agradeço — disse ela, o olhar fixo na tampa de isopor.

Eu me aproximei e ela recuou, envergonhada de novo pelo próprio instinto. Eu queria dar uma surra em quem tinha impregnado isso nela. Ela odiava agir assim, dava para perceber.

— Eu nunca mais falo com você, se você não quiser — eu disse, na esperança de que ela não aceitasse a oferta. — Eu só não queria que você ficasse com fome. Não é uma tática pra te obrigar a fazer alguma coisa por mim, de jeito nenhum.

Tilde parou de comer para observar a reação de Darby, que continuou sem contato visual com nada além da embalagem de comida. Abri um pouco a tampa e lentamente coloquei os talheres de plástico ao lado antes de me afastar.

— Obrigada. — Mal dava para ouvir a voz de Darby por causa do barulho no saguão, mas eu escutei e sorri.

5

Darby

Assim que Trex se afastou, abri a embalagem e caí de boca no bolo de carne. Eu não me importava com quem estava olhando ou com quem achava que colocar tanta comida no garfo de uma vez antes de enfiar na boca era nojento. Aliviar o ronco que tinha soado no meu estômago nas últimas três horas era minha maior preocupação.

Enquanto eu mastigava rapidamente e pegava outra garfada, pensei no comportamento de Trex. Ele era gentil e atencioso, mas eu não tinha certeza se ele estava me perseguindo. A maioria dos homens tentava me paquerar, até mesmo algumas mulheres. Nunca admiti isso em voz alta, mas qualquer pessoa que achasse que eu estava me vangloriando não tinha vivido a situação de ter alguém de mais de quarenta anos fazendo insinuações sexuais na sua direção aos doze anos. Certamente eu não tinha provocado isso. Mas Trex não me olhava como um alvo potencial. Ele simplesmente reconhecia o ser humano diante de si, e isso era reconfortante.

— Meu Deus — disse Tilde. — Você tem direito a um intervalo pra jantar, sabe. Meia hora. Se você estava com fome...

— Preciso ir ao mercado. Não tenho nada no meu quarto.

— Tem uma geladeira maior no seu quarto. Você vai ter espaço suficiente pra guardar suas compras. Bem, mais do que nos outros quartos.

— Só consigo carregar algumas sacolas de cada vez — falei, cobrindo a boca enquanto mastigava.

— Pega um táxi. Ou eu posso te dar uma carona por um tempo. Eu estou ficando velha, sabe; não dá pra dizer quando eles vão revogar minha carteira de motorista.

Dei uma risadinha com a boca cheia.

— Aproveita o café da manhã continental que servimos de manhã. O Stavros não se importa.

— Obrigada — falei, pouco antes de engolir. Mergulhei no purê de batatas e no molho, gemendo de prazer.

Tilde dava uma garfada a cada três minhas, me observando atacar cada pedaço na embalagem de isopor. Quando limpei a boca e soltei um suspiro saciado, as correntes duplas penduradas nos óculos dela balançaram com sua cabeça.

— Não sei o que pensar, pra ser sincera.

— Você estava certa. O almoço não foi suficiente pra me sustentar. Eu não sabia que ia trabalhar hoje, senão teria pedido mais comida.

— Ou você não tem dinheiro suficiente para comida — sugeriu Tilde, desconfiada.

— Só estou controlando meu dinheiro — falei, pegando as embalagens vazias. Os bombeiros de elite no bar pararam de falar quando as joguei no lixo e usei a pia de Stavros para lavar as mãos.

— De onde você é? — me perguntou um deles. Estava sentado no banco na minha frente, curtindo o resto de uma cerveja que combinava com o cabelo escapando do boné vermelho e com a barba desgrenhada. Os olhos azuis me observavam mais com curiosidade do que maldade.

— Do sul — falei.

Ele sorriu, os dentes contrastando com a pele bronzeada.

— Qual é o seu nome?

— Ah, precisamos arrumar um crachá pra você — disse Stavros. — Essa é a Darby. Darby... esses são Zeke e Dalton. São bombeiros de elite da equipe Alpina em Estes Park.

— Muito prazer, Zeke. Sinto muito, mas tenho que voltar ao trabalho.

Stavros me chamou.

— É uma pena você estar saindo com tanta pressa. Esses caras estavam morrendo de vontade de conversar com você.

— Ah — respondi, parando. Então voltei, esperando o que vinha a seguir.

— Tudo bem — disse Zeke. — Ninguém falou nada de ruim.

— Depende da sua definição de ruim — rebati, perdendo a razão por um instante. Eu estava irritada por Stavros ter me colocado naquela situação e tentei não demonstrar. Pelo sorrisinho no rosto dele, dava para ver que ele estava tentando envergonhar os garotos mais do que me obrigar a socializar.

— Grosseiro, tosco ou desagradável — disse Zeke.

Dei um sorriso, e todos os oito homens sentados no bar comemoraram como se eu tivesse acabado de fazer um touchdown, tão barulhentos que me assustei.

— Desculpa — disse Zeke, erguendo as mãos e rindo.

— Eles estavam se perguntando se você sabia sorrir sem ser para cumprimentar ou se despedir de um hóspede — explicou Stavros, se divertindo.

Pensei na tarde e na noite passadas, me questionando se eles estavam certos.

— Achei que não tinha sido nada de ruim.

— Eles estavam preocupados com você, só isso — disse Stavros. — Parecia que você era a irmãzinha mais nova deles. Tinha que ver, ficaram horas pedindo para todo mundo te tratar bem.

Dei um leve suspiro. Essa era a coisa mais legal que alguém tinha feito por mim.

— Ah — falei, num tom mais simpático desta vez.

— Avisa a gente se alguém te der problemas. A pessoa cair na real rapidinho — disse Zeke.

Stavros tirou a tampa de uma garrafa.

— Seu chefe acabou de me informar que está na hora da saideira, rapazes.

Os bombeiros de elite resmungaram, mas, para minha surpresa, em vez de pedirem outra rodada, todos pagaram a conta e foram para os quartos. Todos, menos Zeke.

— Como foi seu primeiro dia? — ele perguntou, apoiando o cotovelo no bar.

— Foi ótimo — respondi, fazendo que sim com a cabeça.

Stavros sorriu.

— Ela precisa dizer isso. Sou chefe dela.

— Bem. Tenha bons sonhos, srta. Darby. — Zeke inclinou o boné e se juntou aos outros no saguão dos elevadores.

— Você vai ter que me emprestar um pouco dessa magia — brincou Stavros, secando o bar.

— Que magia? — perguntei.

— A que faz as pessoas se esforçarem tanto pra falar com você, pra você gostar delas e pra te proteger.

Eu me virei e vi Zeke e seus amigos entrarem no elevador.

— Isso não é uma coisa que acontece... comigo. Na maioria das vezes eu tenho que me proteger, e não sou muito boa nisso.

Vários segundos se passaram antes de Stavros voltar a falar.

— Não sei o que você deixou pra trás, mas não precisa mais se preocupar com isso. Ainda mais agora que os rapazes praticamente te adotaram.

— Isso é fofo — falei, observando o local vazio onde eles estiveram.

— Espero que você tenha olhado bem pra eles. Alguns vão partir na primeira hora, e nem sempre eles voltam.

— Isso é... horrível. — Engoli em seco. Nenhum deles agia como se aquela fosse sua última noite na terra. Imaginei que, se deixassem esse pensamento passar pela mente, eles não fariam o que fazem. Shawn também achava que era invencível. Intocável. Mas esses caras não se pareciam em nada com Shawn. Ele nunca teria dito a outro homem para não falar de uma mulher — uma desconhecida — de maneira inadequada. Ele teria se juntado a eles. Eu já tinha visto isso acontecer.

Eu me perguntei se o ego enorme de Shawn o tinha ajudado a deixar de se importar quando Carly voltou para a igreja sem mim e disse que eu tinha ido embora, ou se ele decidiu que ia me encontrar e me arrastar de volta. A ideia de Shawn me procurando me fez estremecer, e tentei afastar o pensamento assim que ele surgiu.

— Tudo bem, mocinha? — perguntou Stavros.

— Tudo. — Olhei para o meu relógio de pulso. — Parece que está na hora de parar.

Stavros fez que sim com a cabeça.

— Bom trabalho hoje. Depois que você estiver treinada, vou te colocar no turno da noite. O cara que trabalha de dia também cobre as noites. Ele deve estar chegando.

— Todo mundo trabalha em turnos duplos, é?

— Fazemos o que precisamos fazer. Sua escala é nas noites de domingo a quinta. Sextas e sábados de folga. Você aguenta?

Concordei com a cabeça.

— Claro. Isso é mais do que justo. Hum... Stavros? Se tiver problema, eu dou outro jeito. Mas eu estava pensando... você pode me pagar em dinheiro?

Ele arqueou a sobrancelha escura, me analisando antes de falar.

— Até onde você está mergulhada em problemas?

Um cara magrelo entrou pelas portas de vidro deslizantes, ajeitando a gravata, e o sorriso de Stavros rapidamente se transformou numa careta.

— Você está atrasado — gritou Stavros.

Ele olhou para o relógio de pulso.

— Estou em cima da hora.

— Pela centésima vez, Ander. Se você não...

— ... chegar cedo, estou atrasado. Eu sei.

— Então você está atrasado.

Ele sorriu. O cabelo preto como breu, os olhos cinza e o queixo quadrado provavelmente encantavam todo mundo, menos Stavros.

— Eu te amo, Stavros.

O chefe rosnou, observando Ander cumprimentar Tilde com um abraço.

— A Tilde não parece se importar — falei.

— Pra ela, ele nunca está errado. O Ander é neto dela. O neto preferido.

— Ela disse isso? Duvido.

— Eu simplesmente sei.

— Como? — perguntei.

— Porque sou o outro neto. O Ander é meu irmão mais novo.

— Ah — falei, observando Stavros fechar o bar.

Quando me afastei, ele me chamou.

— Você fala muito isso. *Ah.*

— Amanhã eu te mostro como fechar o caixa — avisou Tilde, usando a manga da camisa para acobertar uma tosse profunda.

— Está ótimo, obrigada. Boa noite — falei, acenando.

Segui pelo corredor e abracei minha cintura. Estar no hotel de Stavros com sua família não era estar em casa, mas eu me sentia mais bem-vinda aqui do que em qualquer outro ambiente. Fazer amigos na escola não foi fácil para mim. Quando Stavros disse que eu tinha um jeito mágico de fazer as pessoas gostarem de mim, percebi que essa tinha sido a coisa mais legal que alguém havia me dito em muito tempo, mesmo que não fosse verdade. Eu não sabia por que as pessoas daqui gostavam tanto de mim, mas, como nunca fui capaz de agradar ninguém — por mais que tentasse —, valorizava isso mais do que elas podiam imaginar.

Um bocejo involuntário tomou meu corpo enquanto eu me arrastava pelo corredor, meus pés parecendo mais pesados a cada passo. Quando entrei no quarto, tomar uma ducha parecia um esforço enorme, então desabei na cama. Depois de quicar duas vezes, eu me perguntei se devia fazer isso por causa do bebê.

Rolei para o lado, encarando o teto. Havia providências a tomar, como marcar uma consulta médica. Eu odiava não saber o que devia fazer e o que não devia. Até descobrir como pagar por um médico, teria que encontrar alguns livros. Eu faria isso de manhã, antes do meu próximo turno, mas e depois? Se eu não conseguia pagar por um médico, como iria conseguir sustentar um bebê? Eu não tinha plano de saúde nem poupança, e coisas como o custo de fraldas, mamadeiras, roupas e remédios começaram a inundar a minha mente.

Meus olhos se fecharam com força, empurrando as lágrimas que se formaram. Uma dor profunda atingiu o meu peito ao pensar em dar o Feijãozinho para adoção. Eu nem sabia que tipo de mãe seria. Na maioria dos dias, eu não me reconhecia. Eu tinha me doado tanto para Shawn no ano que passamos juntos que nem sabia o que tinha sobrado. Eu me lembrava daquela garota, mas ela estava muito distante. Eu tinha que acreditar que esse era o plano de Deus. Levar uma surra até quase morrer antes de finalmente ir embora, grávida e sozinha, não me parecia um bom plano, mas eu não precisava entendê-lo. Havia alguma coisa diferente para mim no mundo, e talvez estivesse em Colorado Springs.

Se eu pudesse voltar, mudaria tudo. A culpa se alojou quando me arrependi de desejar dar o bebê que crescia dentro de mim. O bebê que eu não sabia como ia alimentar, vestir ou...

Balancei a cabeça e cobri o rosto. *Já tenho muita coisa para pensar sem me preocupar com coisas que estão quase um ano à frente. Para com isso, Darby.*

Eu me concentrei na respiração, inspirando e expirando devagar e de forma controlada, recomeçando até meu corpo ceder à exaustão. Um dia de cada vez. Esse era o único jeito de passar por isso. E eu ia conseguir. Já havia passado por coisa pior.

* * *

O alarme tocou quatro vezes antes de eu cambalear até o botão de desligar e olhar para o lado, esperando que Shawn virasse e voltasse a dormir ou tivesse um ataque de fúria. Ele não estava ali. A cama dele não estava sob mim. Encostei uma das mãos na barriga e a outra na testa, respirando com dificuldade. O alívio que me tomou foi tão intenso que eu chorei. Ele ainda não tinha nos encontrado. Ainda estávamos em segurança.

Quando o tremor involuntário parou, afastei o medo e a preocupação com um suspiro. Nada de ruim estava acontecendo comigo — pelo contrário, na verdade. Meu novo emprego estava no fim do corredor. Ninguém me conhecia, nem sabia sobre o meu passado. Feijãozinho e eu tínhamos tudo diante de nós.

Levantei lentamente da cama, me arrastei até a janela e a abri. Minha vista dava para as unidades de aquecimento e ar-condicionado e para o galpão da manutenção, mas depois disso havia o Pikes Peak. Eu estava bem distante de Shawn e de Fort Hood, do calor, da umidade, do medo. Minha barriga ainda estava reta, mas o Feijãozinho estava ali em algum lugar, crescendo e em paz. Um enjoo súbito me dominou. Minha boca começou a encher de água, e a bile subiu pela garganta. Cobri a boca e corri para o banheiro, me agachando diante do vaso sanitário e abraçando a porcelana, expelindo a pequena quantidade de bolo de carne e purê de batatas que eu não tinha digerido. Passada a última ânsia, eu me recostei na parede, sentindo o azulejo quente na bunda em contraste com a parede fria nas minhas costas.

A maioria das mulheres grávidas da base mal tinha dezoito anos. Eu seria uma das esposas mais velhas, certamente a mais velha sem filhos. Eu tinha visto todos os sintomas: enjoo matinal, cansaço, azia, pés inchados. Mas não tinha ideia do que fazer com um bebê. A biblioteca de Pikes Peak ficava na mesma estrada do hotel, mas a pelo menos uma hora de caminhada. Eu podia conseguir um cartão e pegar uns livros sobre gravidez. Talvez até descobrir a data do nascimento e como conseguir fazer o pré-natal gratuitamente. Meu estômago se retorceu e eu cobri a boca. *Torrada primeiro, depois uma caminhada até a biblioteca.*

Eu esperava que Tilde estivesse certa, que Stavros não se incomodasse por eu pegar uma torrada do café da manhã continental. A mesa da recepção estava vazia e, quando contornei a divisória que separava o saguão da área de refeições, percebi o motivo: os bombeiros de elite rodeavam a comida, e o pobre Ander era o único de serviço.

— Precisa de ajuda? — perguntei a ele.

Ander sorriu.

— Tudo sob controle. Você veio pro café da manhã?

Fiz que sim com a cabeça.

— A Tilde disse que eu podia.

— Claro que pode. Fica à vontade.

Não consegui evitar o sorriso que se espalhou pelo meu rosto.

— Obrigada.

— Torrada? — perguntou Zeke, me entregando um pratinho de isopor com pão torrado com manteiga.

— Como você sabia? — perguntei.

Ele deu de ombros.

— Quer se sentar comigo?

Eu o segui até uma mesa, e ele colocou o prato dele na minha frente, já com um garfo na mão, pairando sobre a montanha de comida da qual ele havia se servido.

— Pode comer o que quiser. Eu vou voltar, de qualquer maneira. Você viu que eles têm uma máquina de waffle? Estou no paraíso.

— Ninguém te dá comida entre um incêndio e outro? — provoquei.

Ele sorriu.

— Carregamento de carboidratos. Subimos quilômetros nas montanhas. Não comemos muito lá em cima, por isso eu recarrego quando posso. Mas tento ficar abaixo de certo peso, então só como assim pouco antes de subir.

— Pra caber no uniforme?

Zeke caiu na gargalhada.

— Não. É porque, se precisarmos pegar um helicóptero pra subir, ele tem limite de peso. Se você estiver no peso máximo, não pode levar nada consigo. Nem uma coberta, nem um baralho, nada. Eles são muito rígidos, por isso eu gosto de ficar bem abaixo do peso, apesar de não ser difícil, com todas as caminhadas que fazemos.

Mordi a torrada, mastigando devagar e esperando que ela ficasse no estômago. Eu teria que contar a Stavros sobre o bebê em algum momento, mas não até ser obrigada a isso, e não queria que ele soubesse por outra pessoa. Ele não me parecia o tipo que me demitiria para não ter que lidar com a licença-maternidade, mas eu não o conhecia tão bem e não podia arriscar.

A cada mordida que eu dava, o enjoo diminuía. Zeke conversou sobre Estes Park e o casamento iminente da irmã mais velha. Enquanto ele falava, eu me perguntava quando ele ia sair e se o que Stavros tinha me falado sobre alguns deles não voltarem passava pela mente dele. Ele tinha planos e família. Não parecia justo.

— Quando vocês vão subir? — perguntei.

— Normalmente, são catorze dias de trabalho e dois dias de folga, mas este incêndio é político. Os Alpinos são os segundos no rodízio. Aliviamos a equipe que está em campo a cada setenta e duas horas — respondeu ele, mastigando.

— Por quanto tempo?

— Outras setenta e duas horas.

— Toma cuidado lá em cima, viu?

Ele parou de mastigar para sorrir e depois engolir antes de falar.

— Pode deixar. Pelo menos não somos da equipe dos helicópteros. Eles trabalham catorze dias e têm dois dias de folga, não importa o que aconteça. Não são muitos, mas eles ganham mais. Você topa ver aquele filme de ficção científica quando eu voltar? Estou morrendo de vontade de assistir, mas os caras acham que é filme de mulherzinha.

Tropecei nas palavras, minha criação educada lutando contra meu novo superpoder.

— Não posso. Mas obrigada.

— Ah — disse Zeke, envergonhado. — Você tem namorado. Claro. Que burrice.

— Não, eu só não...

— Ah — repetiu, com um brilho de reconhecimento nos olhos. — Uma namorada.

— Não, é que eu acabei de sair de um relacionamento — falei, tentando fazer as palavras saírem rapidamente antes que ele me interrompesse outra vez.

Ele assentiu devagar, parecendo processar o que isso significava.

— Bem... e se for só pra ir? Não precisamos nem sentar juntos. Sempre tem um assento no meio quando vou ao cinema com um dos caras.

— Isso é... esquisito.

Ele deu de ombros.

— Eu sei. O único que não faz isso é o Taylor. Ele não se importa se alguém pensar que ele está num encontro com outro cara. — Ele deu outra garfada.

— Só como amigos? — perguntei. Ele parou de mastigar para esperar minha resposta. — Tudo bem, se for só um filme. Quanto custa?

Zeke me dispensou com um aceno.

— É por minha conta. É tipo oito pratas.

Balancei a cabeça.

— É melhor não. Estou tentando economizar.

Ele deu uma risadinha.

— É por minha conta, bobinha.

Pressionei os lábios. Isso significava que eu ia ficar devendo ao tal do Trex e agora ao Zeke.

— É melhor não.

— Você não quer sair comigo por causa de oito pratas? — Ele parecia decepcionado, e não indignado.

Soltei uma risada. Ele estava certo. Era ridículo.

— Tudo bem. Mas eu vou devolver o dinheiro.

Ele assentiu.

— Combinado. — Ele usou a unha do polegar para tirar alguma coisa dos dentes rapidamente antes de se levantar para mais uma rodada. Apontou para o bufê com o garfo de plástico. — Quer alguma coisa?

— Na verdade — falei, também me levantando —, tenho que pegar umas coisas no centro da cidade. Obrigada pela torrada.

Zeke acenou para mim com o garfo, e eu apertei a alça de couro da minha carteira na palma da mão.

Usei um mapa que ficava numa pilha na recepção para encontrar o caminho até a biblioteca de Pikes Peak. A caminhada não foi tão longa quanto eu pensava, menos de meia hora, e as portas já estavam abertas quando cheguei. Uma mulher minúscula de cabelos grisalhos empurrou os óculos com a mão livre enquanto segurava a porta para mim com a outra. Dei uma olhada pelo salão, depois segui para a seção de "Gravidez e Parto". Embora fôssemos apenas a bibliotecária e eu, a necessidade de olhar para trás era intensa demais para ignorar. Num livro com capa cor-de-rosa, encontrei um disco gestacional. Movendo a seção inferior para o primeiro dia da minha última menstruação, a parte superior me mostrou uma data do parto aproximada. Eu não estava nem com seis semanas de gravidez. Eu me lembrava da noite em que o Feijãozinho tinha sido concebido, com a mão de Shawn no meu pescoço, apertando com tanta força que eu mal conseguia respirar.

Meus joelhos fraquejaram quando encarei o mês e o dia em que o Feijãozinho podia vir ao mundo. De repente, era real. No dia 1º de fevereiro, tudo podia mudar.

A pequena pilha de livros coube na mochila do brechó pendurada nos meus ombros, e eu segui o mapa de volta até o Hotel Colorado Springs, pensando para quem eu poderia ligar que me orientasse na busca de um obstetra para fazer o pré-natal, preocupada se Shawn conseguiria me encontrar se eu me inscrevesse para pedir auxílio e meu nome aparecesse no sistema. Eu ia precisar pagar em dinheiro, e não tinha nem perto da quantia necessária.

O que eu vou fazer?

A adoção era a única opção, mas, conforme eu assimilava a ideia, uma tristeza absoluta me tomava. Eu me imaginei segurando o bebê minúsculo que tinha carregado durante meses, depois entregando aquele pacotinho precioso para a enfermeira e a dor silenciosa queimando o meu corpo enquanto eu observava meu filho ou minha filha ser levado por desconhecidos. Seria egoísta manter o Feijãozinho só porque as alternativas eram dolorosas, mas as imagens me fizeram chorar até chegar em casa.

Um grupo de bombeiros de elite, sujos e cobertos de fuligem, se arrastou dos caminhões interagências até as portas da frente comigo. Pareciam exaustos, mas felizes, alguns já com as chaves do quarto na mão, prontos para tomar banho e cair na cama.

Stavros acenou para mim quando passei, e Tilde já tinha substituído Ander, em pé atrás do balcão da recepção com um sorriso iluminado no rosto.

— Bom dia, Darby — cumprimentou ela, com uma voz áspera. Então seu sorriso desapareceu. — Tudo bem?

— Bom dia — falei. — Estou bem, obrigada. Como você está se sentindo?

— Ah, você sabe. Tudo bem. Você saiu cedo.

— Fui até a biblioteca — falei ao passar.

Os bombeiros de elite esperavam o elevador, enchendo o corredor com o fedor denso da fumaça. Eu ainda sentia o cheiro quando a porta da escada se abriu e Taylor apareceu.

— Temos que parar de nos esbarrar assim — disse ele. Parecia feliz, o corte militar e o rosto recém-barbeado contrastando com a aparência dos demais bombeiros. — Tudo bem?

— Tudo. Estou bem, sim — falei. — Você vai subir hoje?

Ele balançou a cabeça.

— Tenho um encontro com uma garçonete.

— Você ainda está perseguindo a moça? — perguntei.

— Ainda — disse ele com um sorrisinho.

— Boa sorte — gritei por sobre o ombro. Quando cheguei à porta do meu quarto, eu a destranquei e fechei rapidamente para impedir que a fumaça entrasse.

De frente para a minha cama, já estava cansada e me perguntando como ia conseguir passar a noite atrás do balcão da recepção. Eu precisava tirar um cochilo, mas queria abrir pelo menos um livro antes de cair no sono. Queria ver qual era a aparência do Feijãozinho, e um dos livros que peguei emprestado na biblioteca era cheio de fotos coloridas de bebês no útero.

Folheei até o primeiro capítulo e me encolhi. Com cinco semanas e quatro dias, Feijãozinho mais parecia um lagarto do que um bebê. Virei o livro para um lado, depois para o outro, tentando identificar as feições apesar de a legenda da imagem dizer: "Um rosto aparece".

Encarei o bebê-lagarto até minhas pálpebras ficarem pesadas demais para continuarem abertas e, depois de pegar no sono, acordei assustada. Uma verificação mental passou pela minha cabeça, para lembrar se tudo na casa estava no lugar, se os pratos estavam limpos, a roupa dobrada, passada e guardada, e se o jantar estava planejado para a noite seguinte. Um segundo depois, meus músculos relaxaram de novo no colchão. Shawn não estava em casa para me arrancar da cama se alguma coisa o irritasse, não ia cuspir no meu rosto enquanto ficava vermelho e as veias no seu pescoço saltavam. O pânico que eu havia sentido toda noite por mais de meio ano era apenas uma reação automática, mas, quando me lembrei de onde estava e que Shawn estava a mais de mil e trezentos quilômetros de distância, o medo diminuiu e eu apaguei, em paz, sabendo que o Feijãozinho e eu estávamos sozinhos e em segurança, no escuro.

6

Trex

Prendi o clipe no bolso da frente da minha camisa. A foto na identificação parecia inútil, pixelada e em tons de cinza, mas era o código de barras que me permitiria entrar no Complexo da Montanha Cheyenne e passar de uma seção a outra. Todo mundo parecia tenso com alguma coisa. Teorizei que podia ser porque a Força Aérea tinha se mudado para cá havia menos de um ano. Os guardas eram calados, e a maioria dos funcionários e militares mantinha a cabeça baixa.

— Isso é porque o general Tallis está chegando? — perguntei baixinho.

Bianca sorriu, suas pernas curtas dando dois passos a cada um meu.

— O general Tallis está aqui diariamente. Estão todos nervosos por causa do novo chefe de segurança.

— Eu? — indaguei. Eu não era exatamente conhecido como o tranquilo da minha unidade, mas não era alguém para ser temido, a menos que você me desse um tiro e estivesse no lado errado do meu fuzil.

— Você está surpreso — disse Bianca, mais uma constatação que uma pergunta. — Parece que sua reputação o precede. Você é o homem que derrotou Jabari Tau e todo o seu bando.

Olhei para baixo e fingi coçar o nariz enquanto absorvia a expressão das pessoas que passavam. A maioria tentava não encarar.

— Não foi como eles pensam.

— Não?

— Eu estava esperando a minha equipe voltar. Esse é exatamente o tipo de merda que acontece lá.

Bianca não se intimidou.

— Você não estava esperando. Você estava ferido e mandou a equipe na frente para alcançar os militantes que estavam a caminho de massacrar a próxima vila. Você matou doze dos assassinos mais cruéis no Sudão do Sul, incluindo o líder deles. Você impediu um golpe. A morte de Jabari provocou instabilidade e rivalidade nas milícias dele, e isso ecoou pela região, libertando centenas de soldados crianças.

Soltei uma risada — de repulsa, não de orgulho. Bianca falava como se eu fosse um super-herói. Meu joelho foi destruído por um garoto que mal tinha tamanho para segurar o fuzil de assalto soviético que colocaram em suas mãos. A geringonça maldita, feita duas décadas antes de seu pai estuprar sua mãe para gerá-lo, falhou no disparo. Fui ferido porque não consegui atirar no garoto antes de ele atirar em mim. Eu estava esperando porque ordenei à minha equipe para ir procurar o resto da unidade dele enquanto nosso sangue se misturava e se acumulava sob nós. Ele começou a encarar o teto e expirou pela última vez nos meus braços, e eu o coloquei no chão com delicadeza quando os homens de Jabari se esgueiraram para dentro da primeira fileira de barracos onde eu tinha me escondido.

— A única coisa que eu fiz foi não morrer — contestei, irritado porque a lembrança ainda tinha o poder de me pegar desprevenido. Mesmo quando a batalha acabou e eu voltei para casa, meu coração ainda lutava contra as imagens na minha mente.

— E ele é humilde — disse Bianca para si mesma. — Se estiver se perguntando por que o general te escolheu...

— Vai tomar no cu — xingou Martinez, levantando-se da mesa comprida e retangular em que estava apoiado quando entrei pela porta.

Os olhos escuros e vazios do garoto desapareceram da minha mente quando Othello Martinez abriu bem os dois braços e me puxou para um abraço. Ele deu dois tapas nas minhas costas e me apertou, tão feliz de me ver quanto eu estava de vê-lo. Na hora mais escura antes do nascer do sol, em algum lugar na fronteira do Sudão do Sul, foi a última vez que eu o tinha visto, seu rosto aparecendo e reaparecendo enquanto eu piscava, recobrando a consciência e perdendo-a de novo. Martinez foi para o sul depois disso. Os cartéis de drogas eram mais fáceis de mirar do que as crianças. Ele não tinha mudado muito, talvez com mais cinco anos de pequenas rugas por estreitar os olhos para se proteger do sol sul-americano.

Eu me virei para abraçar Kitsch, Sloan e apertar a mão de Harbinger. Ele não gostava muito de ser tocado e guardava esse esforço para os filhos.

— Vocês estiveram todos no mesmo esquadrão no Sudão? — perguntou Bianca, apesar de já saber a resposta. Fiz que sim com a cabeça. Sobrevivemos a uma noite presos em uma área controlada por rebeldes na fronteira entre o Sudão e o Sudão do Sul, cheios de buracos de tiros e quase morrendo de fome, tentando deter um esquadrão pequeno, mas especialmente sedento de sangue, que se aproximava de todas as vilas vulneráveis no caminho, e fomos emboscados por um grupo de crianças. Noites como aquela consolidavam irmandades, e nós éramos exatamente a equipe que o general queria para cuidar da sua segurança.

— Tá mais elegante, T-Rex — disse Naomi.

— Nomes — falei, puxando-a para um abraço rápido. Ela era hipersensível a parecer emotiva demais ou fraca diante de outras pessoas, um sintoma de ser mulher no meio militar. Deu um tapinha na minha cara bagunçada e apertou minha bochecha antes de Bianca pigarrear e verificar o relógio de pulso.

Sloan franziu o cenho.

— Todo mundo está sentindo o fedor de mofo e meia suja ou sou só eu?

— Vamos começar a visita e encontrar o general. Teremos muito tempo para cumprimentos e opiniões sobre o cheiro de morar numa caverna artificial — disse Bianca.

Troquei olhares com a minha equipe e fiz um gesto para eles me seguirem. Bianca descreveu cada seção: corredores com homens e mulheres de jaleco sentados diante de tecnologias que eu nunca tinha visto, laboratórios, portas mais grossas do que a minha altura, pilotos com distintivos na manga que diziam CMAFE, portas protegidas por soldados em uniformes que eu não reconhecia. Quanto mais entrávamos, mais o ar fedia.

As paredes pintadas viraram túneis de aço. Canos passavam pelas paredes curvas e pelo teto, nossos pés batiam numa grade de metal que formava o piso. Um zumbido baixo se agitava por todo o corredor, interrompido por gotas de água que escorriam pelas paredes de pedra já úmidas.

— Não me parece certo — disse Sloan.

— Calma — sussurrei em resposta.

— O que você está sentindo é uma combinação de experimentos de frequência e vibração e o modo como afetam a montanha. Você não está errado — disse uma mulher atrás de nós. Nos viramos para encará-la, uma bagunça de cabelo loiro frisado e óculos quadrados de plástico em tom de pêssego na ponta do nariz. Ela estendeu a mão para mim. — Dra. Sybil DuPont.

Kitsch fungou.

— Doutora em quê?

— Astrofísica — respondeu a dra. DuPont.

Minha equipe se entreolhou.

— O que uma astrofísica está fazendo aqui? — perguntou Naomi.

— É confidencial — respondeu Bianca.

Mudei o peso do corpo.

— Sou o chefe da segurança. Tenho permissão de alta segurança.

A dra. DuPont sorriu, divertindo-se com alguma coisa.

— Para as instalações, sr. Trexler. Não para os programas do governo.

— O que é isso? — perguntou um homem, aproximando-se da dra. DuPont. Ele mal alcançava o ombro da mulher, a luz reluzindo na pele profundamente avermelhada da cabeça careca. Havia cachos brancos e definidos acima das orelhas, como se o cabelo tivesse fugido com medo do topo, agarrando-se às orelhas em tufos para se sentir seguro.

— Dr. Angus Philpot — disse Bianca —, este é o sr. Trexler, o novo chefe da segurança, e sua equipe: Harbinger, Sloan, Kitsch, Martinez e Abrams.

Não deixei passar o fato de que Bianca disse o nome de Naomi como um palavrão que ela mal podia esperar para soltar. Havia mais que uma questão de confiança ali, e eu tive a sensação de que era provável que fosse Bianca, não o general, que não confiava em Naomi.

Apertei a mão do dr. Philpot, mas ele parecia mais interessado em Sloan, talvez o membro mais esbelto do nosso esquadrão. Ele tinha um metro e oitenta e nove de músculos secos e sólidos, mas ainda era o mais magro de todos nós, bem diferente das curvas de Naomi.

— É só Trex — falei, tirando Philpot de seus devaneios.

— Ah. Muito bem, então — afirmou ele. As lentes dos óculos redondos com armação de metal de Philpot eram tão grossas que se acentuavam toda vez que seus olhos de telescópio piscavam. Ele era muito baixinho, engolido pelo jaleco branco. Era quase do tamanho de uma criança, e eu sabia que a minha equipe estava tão apavorada com isso quanto eu.

— Você tem, hum... — disse Sloan, apontando para o próprio colete de combate.

O dr. Philpot olhou para baixo.

— Meu Deus, Angus — disse a dra. DuPont, dando um passo para trás.

— Ah, é, hum... é *sriracha* — disse ele, limpando com o dedo e lambendo.

A dra. DuPont pareceu revoltada.

— Espero que sim. Você pode acordar com parasitas escavando seu cérebro amanhã.

Martinez vasculhou o corredor.

— Que merda de lugar é esse?

— Confinado demais — rosnou Kitsch.

— No geral, é uma instalação científica — disse a dra. DuPont. — Mas, se você perguntar ao general, é uma operação militar. Lá em cima fica a NORAD, lá embaixo é proibido. — Ela deu um tapinha no pequeno octógono de plástico no colete de Naomi. — Não tirem isso.

Martinez puxou o próprio octógono a um centímetro de distância do colete.

— O que é isso, afinal?

— Um dosímetro — respondeu Bianca.

— Um dosi o quê? — perguntou Sloan.

A dra. DuPont pareceu encantada com a nossa ignorância e bateu no próprio octógono.

— Dosímetro. Um dispositivo para medir a radiação.

Naomi suspirou.

— É por isso que esse emprego paga tão bem.

— Por que você não tem? — Martinez perguntou a Bianca.

— Porque eu raramente estou do outro lado das portas corta-fogo ou nos laboratórios — disse ela de um jeito casual.

— O que tem lá embaixo? — perguntei.

— É confidencial — respondeu Bianca.

— Como podemos fazer a segurança da instalação se não temos permissão para entrar em todas as seções? — questionei.

Bianca parecia entediada com as nossas perguntas, mas ainda esperava por elas.

— Essas seções têm a própria segurança.

— Outra unidade de segurança? Quando vou conhecer o pessoal?

— Não vai — respondeu ela. — Eles ficam no fundo do Echo, e o alojamento deles é lá.

— Echo? — perguntou Naomi.

— Os corredores inferiores — explicou Bianca, verificando o relógio de pulso. — Vamos continuar a visita. Temos oito minutos e meio antes de voltarmos para encontrar o general.

— Doutores — falei, fazendo um sinal com a cabeça antes de seguir Bianca pelo corredor.

Harbinger ficou perto e se aproximou ao falar:

— Que porra tá acontecendo aqui?

— Ainda não sei. Mas vou descobrir.

— Acho bom — disse ele, puxando o fuzil para perto.

Conhecemos os corredores Alpha, Bravo, Charlie e Delta e depois subimos para conhecer o senador Bennett.

— Bom dia. Que bela surpresa — disse Bianca. Uma expressão que eu ainda não tinha testemunhado suavizou suas feições enquanto ela esperava o senador responder.

— É? — ele perguntou, um canto da boca se curvando para cima.

Naomi me lançou um sorriso irônico, e eu tentei não revirar os olhos, mas não consegui. O senador estava usando uma aliança de ouro, enquanto o dedo de Bianca não tinha nada.

— Peter — disse Naomi, dando um passo à frente.

Bennett sorriu, parecendo mais aliviado que surpreso.

— Naomi.

Harbinger sussurrou no meu ouvido de novo:

— O que um senador júnior está fazendo aqui? — Antes que eu pudesse responder, ele falou: — Bennett? Bennett, o porta-voz da Câmara? Imagino que seja seu pai.

O homem ajeitou a gravata.

— Sim, você está certo.

Fazia sentido agora. Bennett provavelmente fora designado para um comitê desnecessário e supervisionava absolutamente nada para alegar ao Congresso que estava no topo dos gastos com defesa. Na verdade, ele estava passando tempo demais encarando uma pessoa da minha equipe.

— Você conhece o cara? — perguntou Martinez.

Naomi encolheu um ombro.

— Já nos encontramos.

A expressão de Bennett não podia parecer mais desconsolada, e Bianca se irritou. Ela pigarreou.

— Podemos ir? Não queremos deixar o general esperando.

Naomi não conseguiu evitar olhar para Bennett por sobre o ombro antes de sairmos da Sala das Operações NORAD e irmos para o elevador. Ninguém falou enquanto voltávamos pelo corredor Charlie, atravessávamos as portas corta-fogo e chegávamos aos escritórios administrativos. Bianca nos deixou sozinhos numa grande sala de conferências.

As paredes brancas estavam vazias, exceto por algumas rachaduras e uma fileira de retratos de homens brancos, possivelmente ex-generais que tinham administrado o Complexo, mas, sem datas ou nomes, era difícil ter certeza. A pintura parecia original, as prateleiras de livros quase vazias, a grande mesa retangular de carvalho com muito menos cadeiras do que podia acomodar.

— Eles nos trouxeram aqui pra morrer? — comentou Sloan, olhando ao redor.

— É aqui que o dr. Philpot vai fazer um jantar à luz de velas pra você — provocou Naomi.

— Vai se foder, Nomes — disse Sloan, mas sem maldade. Ele levaria um tiro por ela, como todos nós faríamos por qualquer pessoa da equipe. Como Abrams fez por nós.

— De onde você conhece aquele babaca do andar de cima? — perguntou Martinez.

Ela deu de ombros sem fazer contato visual.

— Nos conhecemos em Washington.

— E? — perguntou Martinez.

— E não é da sua conta, porra — vociferou Naomi. — Você me fala sobre suas conquistas?

Sloan bufou.

— Ele foi uma conquista?

— Eu não falo porque não lembro o nome delas — disse Martinez com um sorriso presunçoso.

— Só que o seu pai é da milícia e ele odeia o Bennett — falei.

Ela me lançou um olhar mortal.

— Estou segurando uma arma carregada. Cala a boca, senão eu estouro seu outro joelho.

Franzi a testa, mas, antes que eu pudesse retrucar, o general entrou suavemente com sua comitiva, incluindo Bianca. Ela ainda parecia puta da vida. Kitsch rosnou para nos levantarmos em posição de sentido.

— Descansar — disse o general. — Vocês todos foram dispensados ou aposentados, de qualquer maneira — continuou, sentando-se à cabeceira da mesa. — Trexler, sente-se. O resto da equipe pode esperar nos alojamentos.

Minha equipe me olhou em busca de aprovação e, quando assenti, eles saíram sem dar uma palavra. Eu me sentei ao lado do general e tentei não parecer muito rígido. Ele não demonstrava preocupação com isso.

— Entendo que toda sua equipe está instalada, certo? — ele perguntou.

— Todos menos eu, general Tallis.

— Ah? — Ele olhou para Bianca.

Ela deu um passo à frente, mas eu a impedi de responder.

— Eu mesmo queria procurar um lugar para morar.

O general pensou nas minhas palavras e assentiu. Ele não tinha rugas de sorriso, mas as olheiras e a cicatriz no rosto eram familiares.

— Bianca repassou as regras? A visita? Os procedimentos?

— Repassou, sim. *Ad nauseam* — complementei.

Ele deu uma risadinha, mas a expressão parecia desconfortável no seu rosto. Então pigarreou e se endireitou na cadeira, entrelaçando os dedos sobre a mesa.

— O tenente Saunders vai ajudá-lo a se familiarizar com os sistemas de monitoramento e alarme. Você pode delegar para sua equipe conforme achar necessário.

Um piloto de uniforme azul deu um passo à frente, com um distintivo escrito CMC na manga.

— Bom dia, Trexler. Sou Saunders. Vou treiná-lo nos sistemas. Espero você na sala de controle daqui a quinze minutos.

Eu o analisei dos sapatos lustrosos até o boné.

— Obrigado. — Minha primeira inclinação foi lhe oferecer um comentário babaca sobre o eco na sala, mas a proximidade do general me fez calar a boca. Saunders já parecia irritado por não ter conseguido o meu emprego.

O general vasculhou a sala.

— Saiam — disse ele para Bianca e os poucos guardas ainda presentes.

Todos atrás de mim se viraram e saíram da sala. Depois que a porta se fechou, o general se recostou na cadeira.

— Provavelmente você está achando que é especial por ter conseguido esse emprego.

Arqueei a sobrancelha.

— Como, senhor?

— Você me ouviu. Temos uma equipe de segurança, escolhida a dedo por mim, que é mais do que capaz de lidar com tudo que aconteça nesta instalação. Um exército, um míssil Scud, uma maldita bomba nuclear. Scott Trexler e seu grupo de desajustados com transtorno de estresse pós-traumático não vão fazer a mínima diferença.

Eu me inclinei para a frente. O general sorriu.

— Você está fazendo uma reverência para mim, filho?

— Não sou seu filho.

Ele não se intimidou. Nem um músculo se mexeu, e o canto da boca se curvou para cima, como se ele soubesse que eu estava fantasiando em usar minha pistola para dar uma coronhada nele.

— Você está aqui porque o filho do porta-voz da Câmara está interessado na sua garota.

— *Minha* garota, senhor? — No início, achei que ele estivesse falando da minha irmã Hailey. Aquilo não fazia o menor sentido, porra.

— Naomi Abrams.

— Mentira.

— É a verdade. O tio-avô do senador Bennett é Walter H. Bennett. Ele não só faz parte do Comitê de Serviços Armados da Câmara, mas também do Subcomitê de Vigilância e Investigações. Peter poderia solicitar uma piscina coberta e focas treinadas e seria atendido. Por acaso você sabe por qual estado o senador Bennett sênior foi eleito? Novo México. A Miss Milícia era vizinha dele.

— Você espera que eu acredite que uma das casamatas de mais alta segurança do governo dos Estados Unidos contratou *desajustados com transtorno de estresse pós-traumático* como seguranças por causa de uma paixonite? Por que vocês não contrataram apenas a Naomi? — perguntei.

O general deu uma risadinha.

— Já vi coisas mais idiotas no governo. — Ele se levantou. — O senador não consegue justificar sua alegação de que o Complexo precisa de mais segurança especializada se contratar apenas uma fuzileira naval, não acha? Aproveite seu contracheque, caminhe pelos corredores, não atrapalhe nada e torça para que a Abrams tenha uma queda pelo senador júnior.

— Me perdoe a franqueza, senhor, mas só pode estar de brincadeira comigo, porra.

— Se você tivesse autorização para descer até o Deep Echo, saberia que eu certamente não estou. As pessoas que controlam este país são crianças birrentas com recursos e poder ilimitados. Fique feliz por estar recebendo benefícios, e não a alternativa.

— Deep Echo, senhor?

— Tenha um bom dia, Trexler.

— É só Trex — falei, me levantando.

O general não ergueu o olhar, encarando um buraco na mesa.

— Você não deve informar à sua equipe.

— Sobre o Deep Echo? É difícil informar uma coisa que eu não sei o que é. Imagino que seja outro corredor, não?

— Sobre o arranjo.

— O quê? E por que você me contou?

— Para que você saiba o seu lugar. Temos regras rígidas por aqui, Trex. Você deve obedecer a essas regras, senão vai saber rapidamente qual é a alternativa sobre a qual acabei de falar. Fique nas áreas não restritas, seja babá dos ratos de laboratório que usam jalecos e sorria para os turistas. Se você ou algum dos seus homens ficar curioso, vai ter que encarar uma cela, e não é daquelas confortáveis que os civis covardes ocupam.

— Turistas?

— O Complexo oferece visitas limitadas na última sexta-feira de cada mês. Seu emprego é confidencial. Você não trabalha aqui. Sua equipe não trabalha aqui. Invente a história que quiser, mas não alegue nem admita a ligação. Vocês vão ter certos conhecimentos desta base e suas funções. Guardem essas informações e evitem fazer perguntas. Entendido?

Fiz que sim com a cabeça.

— Dispensado — disse ele, continuando na posição nada formal. — Feche a porta quando sair.

Voltei atordoado para o alojamento. Minha equipe parou o que estava fazendo e esperou que eu explicasse minha fisionomia confusa. Sloan saiu do banheiro, ainda secando as mãos numa toalha de papel. Kitsch estava sentado na ponta de um banco de metal comprido, localizado entre os armários que enfileiravam as paredes, esperando que eu falasse alguma coisa, e Naomi estava em pé, com os braços cruzados e o rosto vermelho. Nossos nomes já estavam gravados em placas de metal nos respectivos armários, exceto o de Naomi.

— Que porra é essa? — indagou ela, apontando para as caixas verdes. — Meu alojamento é do outro lado do corredor. Sou a única lá e tem vinte armários vazios em volta.

Dei de ombros.

— Não — disse Naomi. — O tratamento especial é uma palhaçada. E não me fala que é por motivos de segurança.

— Eu não faria isso, Nomes.

— Porque ele quer continuar vivo — provocou Martinez.

Eu queria dizer que tudo que ela precisava fazer era mencionar isso para Bennett e provavelmente teria um armário aqui até o fim do dia, com uma placa com o nome dela feita de ouro e algumas merdas tipo som ambiente e controle de temperatura.

— Vou falar com alguém — eu disse.

Ela jogou a mochila no chão.

— Estou farta dessa merda.

— Usa o meu por enquanto — ofereceu Sloan.

— O que o general tinha pra dizer? — perguntou Harbinger.

— Ele mandou a gente cobrir os corredores, e o Saunders vai nos treinar no sistema. Eles pegam pesado. Se atravessarmos a linha de restrição, estamos fora. Talvez coisa pior.

Martinez franziu a testa, e dois vincos se formaram entre as sobrancelhas.

— Como assim, porra?

Olhei furioso para ele. Martinez era médico, mas também era brincalhão. Ele sempre fazia coisas idiotas, como mandar os novatos andarem pelo hospital todo procurando trompas de Falópio sobressalentes.

— Não entrem em nenhum lugar aonde não tenham autorização para ir. Estamos numa instalação supersecreta. Não causem problemas. Estou falando sério.

— Vocês ouviram — alertou Kitsch. — Fiquem espertos. Saiam.

Ele apressou os homens para o corredor, deixando apenas Naomi e eu.

Tive dificuldade de olhar para ela, sabendo das informações que o general tinha compartilhado comigo. Não poder falar nada me colocava numa situação em que eu nunca tinha estado. A confiança era fundamental, e mentir não fazia parte do nosso vocabulário.

— Você está estranho — disse ela.

— Estou? — perguntei, apoiando a bota no banco para amarrar.

— Como está o hotel?

Sorri, pensando em Darby.

— Tudo bem.

— Oh-oh.

— O que foi?

— Você está com aquele olhar.

— Que olhar? — perguntei, irritado.

— Aquele olhar sonhador e pateta que você tem quando usa sua falsa futura esposa pra escapar de um segundo encontro.

Eu me levantei e apontei para Naomi.

— Ela não é falsa. O lance é sério. Não faz sentido um segundo encontro se não for com ela.

Naomi revirou os olhos.

— Admite. Você tem medo de compromisso.

— Isso não é verdade. Sou muito comprometido. Mas só com ela.

— Ela não existe.

— Existe, sim. E... tá bom, não conta pros caras, porque eles vão encher o meu saco.

— Do que você está falando?

— Uma mulher que trabalha no hotel. Tenho uma sensação em relação a ela.

Naomi não conseguiu disfarçar a surpresa.

— Sério? Você acha que finalmente encontrou essa mulher? Esse — ela fez um gesto com as mãos — epítome da perfeição?

— Eu nunca disse que ela era perfeita. Só disse que era perfeita pra mim.

Ela puxou a pesada porta de metal que dava para o corredor.

— Espero que você esteja certo. Isso nos pouparia de te ouvir choramingar por causa dela nos próximos dez anos.

Encontramos o restante da equipe no corredor e fomos até a sala de controle. Saunders estava em pé na entrada, com a expressão amarrada que parecia ser permanente no seu rosto. Conforme esperado, a sala de controle era ampla, com monitores de televisão, computadores e uma tela enorme na parede. A maioria dos equipamentos parecia tão velha quanto eu ou mais velha ainda. Minha equipe analisou o ambiente e olhou para a frente. Fiquei orgulhoso por eles não estarem boquiabertos como os turistas que provavelmente tinham sido empurrados como gado na sexta-feira anterior. A postura deles era bem profissional, parecendo poderosa numa sala cheia de pilotos.

— Tenho certeza que vocês já viram monitores — disse Saunders. — Ou talvez tudo que vocês tenham aprendido nos Fuzileiros Navais tenha sido como atirar com uma arma e cuspir do jeito certo.

O olho de Martinez tremeu, e dei um passo à frente para manter meus homens enfileirados e impedir que Saunders tivesse uma experiência de quase morte.

— Nós podemos cuidar disso, Saunders. Basta você nos treinar como sempre. Vamos tentar acompanhar.

Saunders deu uma risada e se virou. Martinez deu um passo à frente, mas Kitsch o segurou.

— Estes monitoram a entrada. Essa seção, a parte externa norte; o sul está aqui, o leste e o oeste. Depois temos o interior: Alpha, Bravo, Charlie, Delta — disse ele, apontando para cada monitor. — Estes são Doherty, Haskins e Lev. Eles cuidam desta área: dos monitores e dos sensores de incêndio, terremoto, radiação e explosão. A instalação toda fica sobre molas enormes. Eles também cuidam delas. Então, basicamente, eles são os salvadores deste lugar.

— Molas — disse Naomi, se divertindo. — Essa merda é séria?

Saunders cruzou os braços e se inclinou em direção a Naomi. Com um dos famosos olhares furiosos dela, ele recuou.

Eles estavam concentrados no monitor de incêndio, alternando entre temperaturas externa e interna.

— Por que vocês estão monitorando um incêndio que está pelo menos uma hora a oeste, sendo que este lugar é uma rocha? — perguntou Sloan.

— Temos sistemas em funcionamento. Só não queremos que o incêndio se aproxime demais. E temos que lutar contra os helicópteros das equipes de notícias e contra pessoas bisbilhoteiras. Não é bom, já que somos uma instalação supersecreta e tal.

— Aaah, eu me sinto tão especial — ironizou Martinez.

— Segura aí, Martinez — avisou Kitsch.

— Vocês entenderam ou precisam que eu pegue o rotulador? — perguntou Saunders.

— Nós entendemos — falei.

— Ótimo, porque está na hora do rango. — Saunders fez um giro invisível no ar com o dedo indicador, sinalizando para sairmos. — A Instalação de Alimentos é por aqui. — Martinez e Sloan lutavam para não rir. Saunders provavelmente passou a vida toda esperando para fazer isso e finalmente teve sua chance com fuzileiros navais que tinham visto fogo amigo. *Salão de comida, salão da bagunça, refeitório* ou *sala de jantar* em vez de *Instalação de Alimentos* era suficiente. Saunders estava se esforçando demais para se enturmar com os mais velhos.

— Não é necessariamente culpa dele — falei, mantendo a voz baixa. — Somos um grupo difícil de impressionar.

— Tenho certeza que a vovozinha dele pensa que ele é um guerreiro — disse Sloan.

A equipe se esforçou ainda mais para não cair na gargalhada, mas até Harbinger estava com dificuldade. Por fim, ele pigarreou.

— Calma, calma. Não vamos ser demitidos no primeiro dia.

A comida era melhor do que em qualquer outro lugar que já tínhamos estado, com um bufê que oferecia pratos como bife orgânico e coquetel de camarão, *ahi poke* e um sanduíche de chuleta — não importa que raios era aquilo.

Sloan tinha a maior pilha de comida no prato retangular de plástico azul que lembrava os anos 50, como o restante do salão. Nada tinha sido atualizado na instalação nos últimos sessenta anos. Nem precisava. Ela tinha sido construída para resistir à radiação de uma bomba nuclear; ou seja, pelo menos duas vidas.

Ninguém tinha muito a dizer enquanto enfiava comida na boca, acostumados ao tempo limitado para encher a barriga antes de alguém gritar para sairmos do salão — ou de sermos bombardeados. A sensação não era falsa. Bianca estava parada na porta com uma prancheta, esperando impacientemente que a notássemos.

Sloan franziu a testa enquanto comia, um pouco de maionese sobrando no canto da boca.

— Vocês não têm a sensação de que eles não querem a gente aqui? Ou eu estou sendo fresco?

— Não — respondeu Naomi. — Eles não estão estendendo o tapete vermelho. A Bianca disse que eles estavam nervosos por causa do Trex. Acho que estão nervosos porque somos intrusos.

— Já me senti mais bem-vindo numa vila do Iraque do que aqui — disse Martinez.

— Muito bem — falei. — Fiquem na sua. Não provem que eles estão certos. Já passamos por coisa pior. Parem de frescura e deixem isso pra lá.

A equipe se levantou com uma confiança renovada. O almoço e uma conversa eram tudo de que eles precisavam para se animar depois de uma longa manhã de orientações idiotas que nenhum soldado deveria ter que aguentar. Exaustão física, emocional e mental, sim. Horas de conversa-fiada sobre regras, regulamentos e manuais técnicos? Não, obrigado, porra.

No fim do dia, saímos, e o sol, mesmo fraco, nos fez estreitar os olhos. Eu me sentia nu, depois de carregar um fuzil o dia todo e deixá-lo para trás.

— Vocês vão se acostumar à claridade depois de sair do Complexo — disse Bianca, sem se afetar. — Fiquem felizes por não serem residentes.

— As pessoas moram aqui? — perguntou Martinez.

Não consegui identificar se Bianca estava irritada ou indiferente com as perguntas.

— Alguns dos cientistas e a outra equipe de segurança.

— Tudo bem. Vamos encerrar o dia — falei, dando um tapinha no ombro dele.

O cascalho era triturado sob as nossas botas enquanto deixávamos Bianca parada sozinha na entrada, se não contássemos a meia dúzia de PMs.

Apertei a mão da equipe e dei boa-noite com soquinhos e abraços laterais, entrei na minha caminhonete e soltei um suspiro. Conseguimos.

Naomi apoiou o braço no topo da porta aberta do carro dela com um sorriso arrogante.

Revirei os olhos.

— O que foi?

— Ela está lá? A garota? No hotel?

— Está, Nomes, ela trabalha lá.

— Você realmente acha que ela é a certa? — ela perguntou com uma risadinha.

— Não me olha assim — resmunguei. — Eu esperaria isso dos caras, mas pensei que você fosse pegar leve comigo.

Ela deu de ombros.

— É só um pouco... inacreditável da sua parte. Você costuma ser mais prático.

— Você realmente acha que eu acredito que meus sentimentos em relação a isso são normais? Que eu sempre pensei que todo mundo andasse por aí esperando alguém que nunca conheceu? Eu simplesmente sei o que eu sei.

— Isso seria *fé*, T-Rex? Muito espiritual pra um ateu.

— Fé e religião não são mutuamente excludentes. E vai se foder.

— Vai se foder você também — retrucou. — E boa sorte, Trex. Espero que ela seja a certa. — Ela me jogou um beijo e piscou, depois fechou a porta e deu partida no motor.

A viagem de volta ao hotel foi longa. O sol já estava escondido atrás das montanhas, e algumas estrelas começavam a salpicar o manto azul-escuro. Meu rosto se contorceu quando bocejei, e eu mexi no volume do rádio. Faróis duplos se aproximavam e passavam, as linhas amarelas movendo-se por baixo da minha caminhonete, o ruído da estrada me embalando em um estado relaxado, mas, em vez de analisar o dia, Bennett, Bianca e o general, eu só conseguia pensar *nela*. Dois dias atrás, minha mente estava cheia de coisas como ir à academia, meu emprego novo e procurar um lugar para morar em sites de imobiliárias. De algum jeito, eu sabia que Darby seria linda. Só não sabia que ela seria tão linda.

Parei a caminhonete no estacionamento e segui alguns bombeiros de elite fedorentos e cobertos de fuligem que voltavam do rodízio na montanha. As portas duplas de vidro se abriram, soprando o fedor deles na minha cara.

Darby estava em pé perto de uma sala de espera com algumas poltronas e dois sofás, uma planta artificial da altura dela e uma TV de tela plana. Ela sorria para os fogos de artifício que explodiam na tela, com os braços cruzados.

Sem hesitar, parei atrás dela e falei no seu ouvido.

— Oi — disse como se fôssemos velhos amigos, mas ao mesmo tempo eu estava inseguro pela necessidade de falar com ela. Exatamente como todos os outros babacas desesperados no saguão. Eu era uma decepção para mim mesmo.

— Ah. Oi. Recebo meu salário na próxima sexta-feira.

Eu a encarei por um instante, me perguntando por que ela havia decidido me contar aquilo.

— Pela comida — ela me lembrou.

— Ah. Eu tinha esquecido. — Apontei com a cabeça para a tela. — Já é época de fogos de artifício?

— Eles estão noticiando os planos para o Dia da Independência no estado... bem, os planos que não vamos ter — resmungou ela. — Isso é do ano passado. — Apontou para a TV. — A situação não está muito boa pra gente. — Ela mordeu a unha, e eu achei aquilo tão fofo quanto seu sotaque. — O estado quase todo proibiu fogos de artifício este ano por causa dos incêndios. Tudo ao sul de Kremmling, seja lá onde for isso.

— Fica ao norte daqui — falei. — Não posso culpá-los. Está muito seco, e esta é a pior temporada de incêndios dos últimos tempos. Você tem planos pro dia 4? — Dei um passo para trás. *Não invada a privacidade dela, Trex. Ela não te conhece. Você não a conhece. Vai com calma, porra.*

Ela balançou a cabeça e se virou para olhar para a TV.

— Vou trabalhar à noite, depois que estiver treinada.

— Que droga.

Ela deu de ombros.

Só mais um minuto. Ainda não estou preparado para acabar.

— Muito movimento hoje?

— Na verdade, não. Você subiu a montanha? — Ela se virou para me encarar, e eu senti que conseguia respirar pela primeira vez no dia, ainda que estrangulado pela mentira que estava prestes a contar. Doze horas antes, eu tinha recebido instruções para não revelar meu empregador.

— Hum... é — falei. Não era mentira.

— Você está bem limpo. Você dá ordens da base ou como vocês chamam? — Ela achava que eu era um bombeiro de elite ou talvez um cara do Departamento Florestal e, se eu dissesse que não, isso geraria perguntas.

— Ãhã. — Também não era mentira.

Um pequeno sorriso fez suas bochechas se erguerem, e tudo estava acabado. Stavros tinha mencionado o efeito que a nova contratada teve sobre os outros caras, mas os outros caras não estavam esperando por ela desde o ensino médio. Tentei explicar para mim mesmo o dia todo por que eu achava que ela era a minha garota, mas não consegui. Ela era linda, sim, mas era mais do que isso. Era o modo como eu me sentia toda vez que a via, ficava perto dela, ouvia sua voz. Eu já estava de quatro. Isso era um alívio, apavorante e ao mesmo tempo empolgante.

— Você está muito charmosa hoje. — Seus olhos brilhavam quando ela falava, e seus lábios macios eram de um cor-de-rosa escuro natural, lábios que eu tinha que parar de encarar. Ela era maravilhosa. A pele fina sob os olhos tinha um tom claro de lavanda, e eu me perguntei como ela ia trabalhar até as onze. Ela parecia exausta. — Com fome? — perguntei.

— O Stavros trouxe sanduíches pra gente mais cedo.

— Bom saber. — Olhei para baixo, mexendo as chaves na mão. Uma nova estava pendurada no chaveiro, lisa, em preto fosco: a chave mestra de todas as áreas autorizadas no Complexo. Eu tinha um trabalho para fazer e precisava me afastar daquela garota. Ela não podia ser a certa, de qualquer maneira. Eu não gostava de gente complicada. Darby não era só embriagante... ela era tóxica. Eu quase conseguia perceber todas as coisas horríveis que tinham acontecido com ela, como se fossem créditos de cinema rolando nos seus olhos.

— Então, boa noite — falei.

— Boa noite.

Parei na porta da escada, olhei para trás e vi Darby ainda em pé no saguão. Ela mal tinha percebido que eu havia me afastado. Eu também odiava isso. E odiava o fato de odiar isso. Eu precisava encontrar um lugar para morar. E rápido.

7

Trex

Era necessário um tipo especial de babaca para eu sentir ódio quase imediatamente depois de conhecer, mas o cara ao meu lado no saguão dos elevadores estava olhando com luxúria para alguém que ele tinha acabado de chamar de "rabuda gostosa atrás do balcão". Seus olhos encontraram os meus, suas sobrancelhas se ergueram uma vez e ele olhou para o espaço onde *ela* estava. Não precisei me virar para saber quem ele estava encarando. Ele não parecia ser um bombeiro de elite, mas eu já o tinha visto no saguão. Depois me lembrei dele em pé na fila para fazer o check-in, com a mão na bunda da mulher que o acompanhava.

Ele deu uma risada e olhou para baixo.

— Não posso deixar isso pra lá — disse, voltando para a recepção.

Apertei o botão do elevador com o polegar, me repreendendo em silêncio. *Ela não é problema seu. Não liga. Não liga. Simplesmente vai para o seu quarto. Fica na sua. Merda.* As portas prateadas se abriram e eu entrei. Suspirei, esperando o elevador fechar e eu me esquecer da garota atrás do balcão. Quando as portas começaram a se aproximar, eu as empurrei e saí correndo como se alguém tivesse jogado uma granada lá dentro.

O abusado estava inclinado sobre o balcão de check-in, praticamente arrulhando para Darby. Ela parecia sentir repulsa, e eu não podia culpá-la. O cara ainda estava descabelado depois de agarrar a colega de quarto no andar de cima. Havia um halo branco ao redor do dedo onde deveria estar a aliança de casamento, e algo me dizia que a mulher lá em cima não era sua esposa.

Olhei furioso para ele antes de falar.

— Oi, baby. Antes que eu me esqueça, você precisava de alguma coisa do quarto? — perguntei, tentando afastar a raiva da voz.

Darby piscou e, por meio segundo, eu não sabia se ela ia entrar no jogo. Ela olhou para o homem à sua frente, e seu rosto relaxou com um sorriso.

— Não, mas você não precisa subir agora. Pode ficar por aqui, se quiser.

O homem endireitou as costas.

— Ah. Oi — disse ele, estendendo a mão para apertar a minha.

Eu simplesmente a encarei, depois voltei a atenção para a garota atrás do balcão.

— Tenha uma boa noite, senhor — disse ela.

O homem fez um sinal com a cabeça antes de recuar para os elevadores.

— Desculpa. Tive a sensação de que ele estava te incomodando.

— Estava mesmo — respondeu ela, parecendo relaxada. Receber uma cantada era natural para essa garota. — Nada que eu não conseguisse resolver.

Acertei. Eu gostava de conseguir prever coisas sobre ela, e não como se fosse um jogo. Era uma sensação estranha de orgulho.

— Não duvidei disso nem por um segundo. Mesmo assim... desse jeito foi mais eficiente. — Eu não tinha certeza se isso era verdade, e ela não ia me contradizer. Provavelmente ela tinha passado a vida toda dando foras em homens. — Bem... boa noite.

— Obrigada — disse ela antes de eu me virar. — Eu não quis dizer que não agradecia pelo esforço.

Hesitei antes de voltar a falar. Mais uma palavra e...

— Você disse que trabalha à noite?

— Até as onze esta semana. Começo a trabalhar à noite assim que acabar o meu treinamento.

— Treinamento? Parece que você já está fazendo tudo sozinha.

Ela sorriu, os olhos brilhando. Esse negócio de canto da sereia que ela tinha não era de propósito, e era isso que me desconcertava. Ela irradiava uma sedução tranquila e, ao mesmo tempo, inocência. Eu nunca tinha visto nada como aquilo e estava completamente absorto.

— A Tilde não estava se sentindo bem. Ela saiu um pouco mais cedo.

— Você é demais. Acho bom o Stavros nunca te deixar ir embora — falei. Ela sorriu, e eu continuei falando só para ver se conseguia fazer isso acontecer de novo. — Tenho que estar no trabalho às seis da manhã, então na próxima semana devo te ver na hora em que eu estiver indo trabalhar.

— Provavelmente. — Ela não mexeu no cabelo, não encarou meus olhos por muito tempo, não puxou conversa comigo nem me deu uma olhada de cima a baixo. Nada sinalizava que ela estava atraída por mim e, mesmo assim, tudo que eu queria era sua atenção. Só mais um sorriso. Mais uma palavra. Qualquer coisa que ela quisesse me dar, e isso estava me emputecendo.

— O que você vai fazer no jantar? — perguntei, sem saber mais o que dizer.

— Por quê?

Dei de ombros.

— Eu podia comer.

Ela riu, e foi a melhor coisa que já ouvi. Na verdade, quanto mais ela falava, mais eu tinha certeza de que era ela.

— Por que você está sempre tentando me alimentar?

Não consegui evitar de rir com ela. Fazia sentido.

— Não sei. Acho que você parece faminta.

— Hum... obrigada? — Ela deu uma risadinha.

— Eu só quis dizer que... hum... — Olhei ao redor. Lutar desesperadamente era algo novo para mim. Em geral eu conhecia mulheres no bar, numa boate ou numa festa. Isso era pior do que o território inimigo. Claro que a mulher que valia a pena seria um desafio. — O saguão esvaziou rápido.

Ela olhou em volta, parecendo não perceber.

— A maioria dos bombeiros de elite tem que acordar cedo para subir a montanha ou está exausta porque acabou de chegar do alojamento de incêndio.

— Alojamento de incêndio? Você está falando como um deles — provoquei.

— Eles?

— Nós.

Ela me observou por um instante. Sabia que eu estava mentindo. *Merda. Sou melhor do que isso.*

— Falei com mais de cem nos últimos dois dias — justificou ela, tentando ignorar meu comentário, orgulhosa por eu ter observado como ela havia entendido rapidamente o vocabulário. Uma coisa que aprendi no Bureau foi a analisar as pessoas, e essa garota, apesar dos seus esforços, era um livro aberto para alguém como eu. Ela não era do Colorado. Pelo sotaque, vinha direto do Texas. Ela usava as mesmas roupas para trabalhar — não o uniforme típico — e devorou a comida que eu lhe dei. Ela veio para Colorado Springs na pressa, com o dinheiro que tinha consigo naquele momento e as roupas que estava usando. Por mais que quisesse perguntar por que ela estava fugindo — ou de quem ela estava fugindo —, eu não queria assustá-la.

Enfiei as mãos nos bolsos.

— Então... como está o treinamento? Ser jogada no meio de um incêndio político deve dar medo.

— Ouvi isso algumas vezes. O que é um incêndio político?

— Um incêndio com cobertura da mídia, de modo que eles mandam vir todo mundo.

— Ah. Eu não sabia que era isso. É por isso que você está aqui? — Abri a boca para falar, mas ela continuou: — Porque você estava aqui antes do incêndio.

Tentei manter o rosto calmo, mas, mesmo que eu não acreditasse em nenhum deus, mentir para essa garota parecia um pecado. Se eu tivesse qualquer outro emprego, poderia ter contado a ela. Foi doloroso dizer as palavras.

— Esta área é de risco há algum tempo.

— É isso que você faz? Verifica locais de incêndio potenciais?

Massageei a nuca.

— É... complicado.

Ela arqueou a sobrancelha.

— Misterioso.

Então levou um controle remoto preto comprido para os sofás e apontou para a TV, trocando de canal. O noticiário local ainda falava do incêndio, e ela abraçou a cintura.

— Está tudo bem — falei, percebendo que a tinha seguido automaticamente. — Ainda está a quilômetros de distância.

— Zeke disse que vai subir em breve. Parece que está piorando.

— Está tomando muito território, é verdade. Zeke vai ficar bem. Ele já faz isso há um tempo. Você o conhece?

Ela balançou a cabeça.

— Ele tem sido legal comigo. Quando ele voltar, vamos ao cinema.

— Ah — falei, entendendo, depois sentindo uma decepção arrasadora.

Ela se virou para mim, percebendo minha expressão.

— Não, nós somos... hum... somos só amigos.

Fiz que sim com a cabeça, tentando não parecer muito aliviado. Ela me deixava mais tenso do que estar sozinho, à noite, sangrando até a morte na fronteira sul do Sudão, e eu adorava isso.

Ela encheu as bochechas e soprou o ar.

— Você está bem? — perguntei.

— Só estou me sentindo enjoada e meio fraca de repente.

— Talvez sua glicose esteja baixa. Por que você não senta? Vou pegar alguma coisa na máquina de venda automática.

Ela balançou a cabeça.

— Só tem porcaria nessa máquina.

— Tudo bem. Tem alguma coisa no salão de café da manhã?

Ela pensou.

— Boa ideia. Provavelmente tem cereal, uma banana ou algo assim lá dentro.

Ela começou a se levantar, mas eu ergui a mão. Ela não parecia ter a menor condição de protestar.

— Relaxa. Vou encontrar alguma coisa pra você.

Corri pelo saguão até a área de refeições, vasculhando os armários. Encontrei dois potes de cereais, uma banana e, escondida atrás de uma porta, uma geladeira cheia de caixas de leite em porções individuais e pequenos potes de sorvete de baunilha.

— Vitória — falei em voz alta, pegando quatro potes e duas colheres.

Corri de volta. Os olhos de Darby se arregalaram, e ela sentou na ponta do sofá.

— Ai, meu Deus, isso é sério?

Coloquei o sorvete, as colheres de plástico, o leite, os potes de cereais e a banana sobre a mesa.

— Manda ver.

— Temos sorvete?

Observei com uma estranha satisfação enquanto ela abria o leite, tirava a tampa dos potes de cereais, juntava as duas coisas e mandava ver. Ela colocou mais leite no segundo pote e também acabou com ele antes de descascar a banana. Ela gemeu e eu sorri, meu corpo todo relaxando ao vê-la comer. Ela jogou a tampa na mesa, me fazendo abrir os dois potes de sorvete.

— Aos cafés da manhã continentais — falei, levantando o meu pote em direção ao dela.

Ela bateu o pote no meu.

— Ao Stavros. Vou ter que pagar a ele por tudo isso.

Peguei uma colherada do sorvete cremoso e enfiei na boca.

— Não tomo café da manhã. Uma coisa compensa a outra.

Ela tentou abafar o sorriso e falhou, depois pegou uma colherada, fechando os olhos e saboreando cada instante em que o sorvete estava na boca.

— Você parece muito feliz neste momento.

— Estou mesmo — disse ela, recostando-se na almofada macia. — Você não tem ideia.

— É uma boa hora para perguntar sobre o seu nome?

Ela virou a cabeça na minha direção.

— Meu nome?

— É. O Maddox falou que tem uma história.

— Ah — disse ela, espanando as migalhas da calça. — Quer dizer que você falou com o Taylor sobre mim, é?

Eu teria ficado envergonhado, mas um leve sorriso curvou os cantos da sua boca.

— Ãhã.

Seu olhar foi para o teto, e um milhão de lembranças pareceram brincar na sua mente.

— É muito bobo.

— Não tem nada de bobo nesse nome. — *Darby.* O nome se encaixava nela com perfeição. Era único sem ser idiota. Não era feminino demais, mas era lindo de uma forma natural. — De onde seus pais tiraram a ideia?

Ela suspirou.

— Tem um filme sobre um bêbado irlandês e uns duendes que eles sempre assistiam. Acho que meu nome é igual ao dele. Ou parecido.

— *A lenda dos anões mágicos?*

Ela deu uma risadinha.

— Você já ouviu falar? Meu irmão dizia que era horrível.

Dizia. Droga. O irmão dela morreu. Não seja um agente agora, Trex. Não analise tudo que ela fala nem a interrogue sobre o que não faz sentido neste momento. Só escute.

— É uma bela história. Não tão intrigante como eu imaginava, mas única mesmo assim. Sean Connery estava nesse filme, sabe? Os efeitos especiais são bem convincentes.

Ela cobriu a risada, ainda encarando o teto. Parecia exausta. Olhei para o meu relógio de pulso. O outro garoto, Ander, devia chegar para substituí-la em uma hora, e isso significava que nossa conversa ia acabar.

— Sua vez — disse ela.

Eu me ajeitei no sofá.

— Nasci no Kansas. Em Goodland. Meu pai, Scott, é pastor da Igreja Batista. Minha mãe, Susanne, toca piano e rege o coral. Tenho uma irmã mais nova, a Hailey. Ela vai fazer dezoito este ano.

Darby me olhou como se eu descrevesse a família perfeita, e eu devia tê-la deixado acreditar, porém, como eu já estava sendo desonesto com ela em relação à minha carreira, mentir para ela sobre outras coisas parecia ainda mais errado.

— Não, não é tão perfeito como parece.

— Sério? Porque parece perfeito pra mim.

— Meu pai era muito rígido. Tipo "é de pequenino que se torce o pepino". Ele batia em mim, depois batia na minha mãe porque ela chorava por minha causa. Mas ele ficou mais tranquilo ao longo dos anos.

Darby se encolheu. Ela era empática a ponto de sentir o cinto na pele da minha mãe. Provavelmente porque tinha sentido o mesmo no passado. Meu coração acelerou, os pelos na minha nuca se arrepiaram com a visão inevitável que se formou na minha mente.

— Desculpa — falei entre os dentes e inspirei para relaxar o maxilar. — Acho que foi muita informação.

— Não, tudo bem. — Ela me olhou de um jeito diferente, como se estivéssemos no mesmo time. A confiança brilhou nos seus olhos, mas eu sabia que seria necessário mais do que uma história para conquistá-la. — Quantos anos você tinha quando isso parou? — ela perguntou.

— Quando fiquei maior do que ele. Saí de casa assim que fiz dezoito anos... — Quase falei "para me alistar nos Fuzileiros Navais", mas me segurei. Contar a ela sobre minha carreira militar só levaria ao assunto de como me tornei bombeiro de elite ou como fui trabalhar com eles. Eu não podia contar o que realmente fazia, e ela não me conhecia o suficiente para saber que eu não estava mentindo. Minhas opções eram mentir... ou mentir. Achei que manter essa parte da minha vida o mais vaga possível não faria nenhum mal. — Eu me mudei pra San Diego por um tempo.

Ela assentiu, como se se lembrasse.

— Minha mãe também era dureza. Ela me inscrevia em concursos de beleza até eu começar o ensino médio. — Darby riu. — É difícil acreditar que ela era esse tipo de mãe, agora. Todas as minhas antigas amigas de concursos desejam que a mãe pare de se intrometer na vida delas. E eu não consigo mais a atenção da minha.

Franzi a testa. Quem seria idiota o suficiente para ignorar Darby?

— E o seu pai?

Dois vincos minúsculos se formaram entre as sobrancelhas. Dor. Ela estava escondendo uma dor.

— Desculpa. Não precisa responder.

Ela baixou o olhar.

— Não... é... bom falar nisso. Eu nunca falei, na verdade. — Ela olhou para o sorvete que derretia e o colocou na mesa. — Eu tinha acabado de conseguir minha carteira de motorista, fazia um mês. Engavetamento de cinco carros. Nós éramos o segundo. Foi horrível. Meu pai e meu irmão Chase foram as únicas vítimas fatais.

— Motorista bêbado? — perguntei.

Ela virou a cabeça para me encarar. A cor tinha voltado ao rosto. Ela estava se sentindo melhor, mas a dor nos seus olhos era inegável.

— Não. Fui eu — respondeu ela. — Meu pai estava com raiva porque eu tinha escondido uma coisa dele. Nós discutimos. Eu não estava com foco total na estrada. Pensando bem, ele não estava com raiva de mim. Ele estava com raiva por ter passado tanto tempo sendo amigo de alguém que não era amigo dele. Eu sei que ele me diria isso se ainda estivesse aqui. Sinto muita saudade dos dois.

Tentei não sorrir. Sorrir seria inadequado naquele momento, mas ela era realista como eu. Havia muita coisa para nos recriminarmos, mas também estávamos conscientes das nossas falhas sem fazer papel de vítima. Eu respeitava isso nela mais do que tudo.

Ela continuou:

— O carro na nossa frente foi para a outra pista e, no segundo seguinte... — Ela soprou como se o ar tivesse sido arrancado dela. — Eu bati na traseira de um caminhão. Eles morreram na mesma hora. Eu acordei no hospital quatro dias depois. Em vez de concursos de beleza, eu treinava para andar após curar as minhas pernas. Assim que minha mãe me colocou de pé, ela se mudou para a Louisiana. Nem se despediu. — Ela fez uma pausa, e sua expressão mudou. — Você parece com raiva.

Suavizei as feições.

— Eu? Não. Só odeio ouvir que alguém te tratou mal.

Suas sobrancelhas se ergueram.

— Então não vou te contar o resto.

Minha carga de adrenalina começou a aumentar, do mesmo jeito que acontecia quando eu sentia que havia alguma coisa ruim se aproximando. Eu não sabia identificar, mas a vontade de ser herói ficava mais difícil de ignorar a cada palavra que ela dizia. Ela não merecia a vida que teve. Não era nenhuma surpresa que tivesse fugido.

— Pode me contar o que quiser. Vou escutar.

Ela sorriu.

— Aposto que sim.

— Você parece saber alguma coisa sobre mim que eu não sei.

Surpresa, ela se ajeitou no sofá e se inclinou um pouco para a frente. O fato de eu saber o que ela estava pensando sem que precisasse me dizer era intrigante para ela.

— Me fala. O que você acha que eu sei?

— Que eu só estou conversando com você pra ganhar alguma coisa.

— E que coisa é essa? — ela perguntou.

Sorri.

— Não achei que você gostasse de ficar nessa de fazer joguinho.

Ela piscou.

— E eu não gosto.

— Então fala. Não precisamos evitar o assunto durante uma hora. Quem for mais direto ganha.

— Desafio aceito. De jeito nenhum eu vou dormir com você. Nunca. Acabei de sair de um relacionamento nada bom e tem muita coisa acontecendo comigo.

— Tipo o quê?

Ela hesitou, mas finalmente decidiu ser tão direta quanto combinamos.

— Não é da sua conta. — Ela pareceu feliz por dizer as palavras; aliviada, até.

— Faz sentido. Mas não estou conversando com você como prévia de alguma outra coisa. Estou interessado em te conhecer. Nós dois sabemos que você provavelmente é a mulher mais bonita de três estados.

— Só três? — Ela sorriu, e eu quase me esqueci do que ia dizer em seguida.

— Eu estava sendo econômico. Mas essa não é uma missão de reconhecimento.

— Missão de reconhecimento, é? O que você fazia antes do serviço florestal?

— Não é da sua conta — falei.

Ela caiu na gargalhada. Eu tinha que concordar que ser tão sincero era reconfortante, e que eu gostava ainda mais dela por curtir tanto quanto eu, apesar de isso ser tão contrário à sua criação sulista que ela teria que se concentrar para manter.

— Você ainda fala com ela? — perguntei. — Sua mãe?

— Liguei pra ela pouco antes de vir pra cá. Eu estava noiva. — Ela me olhou para analisar minha reação. — Ela não estava em condições de me ajudar, claro, então eu fugi. Vim pra Colorado Springs usando meu vestido de casamento.

— Noiva em fuga? — perguntei. Essa parte da história eu não esperava.

Suas sobrancelhas se uniram, formando dois vincos no meio.

— O Shawn era mau. Muito mau. Eu tinha que sair de lá.

— Ele te batia?

Ela levantou o olhar para mim.

Dei um suspiro, tentando afastar a raiva violenta que crescia dentro de mim. Eu senti vontade de matar um homem que nem conhecia. Não seria a primeira vez, mas eu não queria explicar nada disso para Darby.

— Não sou burra, sabe. Quer dizer, eu acreditei quando ele pediu desculpa pela primeira vez. Depois de um tempo, as desculpas eram os únicos momentos de paz. Eu simplesmente... Eu não me importava comigo naquela época. Não achava que eu merecia coisa melhor. Provoquei sofrimento demais em muitas pessoas.

— Você... Mesmo assim, você não merecia isso, Darby. Juro por deus que você não merecia.

— Não jure por Deus — disse ela, as feições suaves se enrugando em repulsa.

— Desculpa. Eu não quis dizer nada com isso. Não significa nada pra mim. Eu sempre esqueço.

— O que você quer dizer? — ela perguntou, curiosa. — Você não acredita em Deus?

— Existem mais de três mil deuses na história humana. Qual deles?

— O único.

Dei uma risadinha.

— Quem diz isso?

— Seu pai não é pastor?

— É.

— Como você pode não acreditar, então?

— Porque eu li a Bíblia e depois pesquisei como ela foi organizada. Então, pesquisei a história do cristianismo. Depois, o paganismo e o Segundo Templo. Isso te ofende? Porque não me preocupa o fato de você acreditar num homem invisível no céu.

Ela cruzou os braços e olhou para a frente.

— Eu não estava me sentindo ofendida até agora.

— Ele fala com você? Você ouve a voz dele?

— Na verdade, fala, sim. — Ela se virou para me encarar, com uma careta pesando em suas feições. Eu sabia que a estava irritando, mas simplesmente não consegui parar. Era como se eu finalmente fosse capaz de pôr para fora tudo que eu queria dizer ao meu pai, como se vomitasse tudo para ele, mas acabei dizendo para uma mulher em cuja companhia eu estava me viciando rapidamente.

— Ah, é? Quer dizer, isso é legal. Só estou surpreso. Como é a voz de deus? Do seu deus. Estou supondo que ele seja o único que fala com você, porque... você sabe... ele é o único.

Seus lábios se separaram quando ela ofegou, mas os cantos da boca esboçavam um sorriso. Ela não estava com raiva, só surpresa. Conversar com Darby era como levar fogo amigo, ao mesmo tempo apavorante e reconfortante. Eu me sentia vulnerável e a qualquer momento o meu mundo podia acabar, mas também estava à vontade. Eu era bom em passear pelo labirinto que era Darby Cooke, como se tivesse escolha. Tudo nela me atraía; sua voz era macia e relaxante, os olhos tranquilos, aquele sorriso doce acalmava a minha raiva. Eu não sentia esse tipo de paz havia muito tempo. Eu sabia que podia forçá-la a sair um pouco da zona de conforto e ela não ia me odiar por isso. Na verdade, ela estava inclinada para a frente, me implorando para atiçá-la.

— É mais uma sensação do que uma voz audível — disse ela.

— Sua consciência, então? Quer dizer que é consigo mesma, e não com deus, que você está falando. Porque, acredite se quiser, isso te faz parecer menos doida.

Suas bochechas ficaram rosadas.

— Isso se chama fé. Eu não estaria aqui se não fosse Deus.

— O que foi que ele fez?

Seus olhos se estreitaram.

— Ele me manteve segura. Ele me trouxe até aqui.

— Ele te manteve segura — falei sem emoção. — Então, por que você veio pra Colorado Springs só com a roupa do corpo?

Ela olhou para a frente, cruzando os braços.

— A menos que você tenha entrado no Mazda de deus e ele tenha dirigido até aqui... parece que você salvou a si mesma.

— Eu... — Ela parou, pensando nas minhas palavras. — Foi isso mesmo. Mas ele me deu a força.

— Quer dizer que você é fraca? Não acredito nisso. Alguém que viaja sozinha sem um plano e sem dinheiro suficiente pra comer é bem corajosa.

— Ou burra — resmungou ela.

— Você fugiu porque decidiu não se casar com um namorado abusivo. Me parece bem inteligente.

— Isso é porque você não sabe das centenas de escolhas ruins que eu fiz antes desse momento e não pode me julgar por elas.

— Eu não faria isso.

Ela sorriu para mim. Darby era um céu no qual eu conseguia acreditar.

— Você é um ser humano decente, Trex. Mesmo sendo ateu.

Soltei uma risada.

— Vou entender isso como elogio.

— Não gosto do fato de você ser ateu, seja lá o que você for, mas acho que consigo gostar de você.

— Bem, isso não é muito cristão.

Ela me olhou, furiosa.

— Todos nós carecemos da glória de Deus.

— Que conveniente.

— *Argh!* Por que você simplesmente não vai embora e me deixa trabalhar?

Ela ainda estava sorrindo. Ela não estava falando sério, e isso fez minhas entranhas darem cambalhota e comemorarem de todas as maneiras possíveis. Darby me fazia sentir como um menino e um super-herói ao mesmo tempo. Eu era decente porque, para ela, eu não era um monstro. Se ela soubesse mais sobre mim, poderia mudar de ideia.

Levantei o pulso.

— Vou te deixar trabalhar, mas seu turno acabou há meia hora.

— Acabou? — ela perguntou, pegando meu relógio.

Meu braço na mão dela era a melhor coisa que eu tinha sentido em muito tempo, então relaxei os músculos, deixando-a segurá-lo pelo tempo que precisasse. Sua pele era tão macia e quente. A vontade súbita de tocá-la mais um pouco me tomou.

— Acabou — repetiu Darby. Ela olhou para mim e, depois, para a recepção. Ander estava apoiado na parede, digitando no celular. Os olhos dela pousaram nos meus lábios. — Um ateu. Estou muito decepcionada com você, Trex.

— Nós simplesmente temos diferenças religiosas. Eu não acho que você seja maluca de verdade. Talvez um pouco desorientada.

Ela se aproximou, ainda encarando os meus lábios. Seu hálito era doce, o sorvete ainda na língua que eu queria grudada na minha. Eu não conseguiria pensar em mais nada naquele momento, se precisasse.

— Tenho um histórico longo e ruim com canalhas — disse ela.

— Posso fingir ser um por tempo suficiente pra chamar sua atenção.

— É toda sua.

Engoli em seco. Eu nunca tinha conhecido alguém como Darby. Ela era como crack e Natal.

Ela parou a poucos centímetros do meu rosto, piscando como se um feitiço tivesse sido quebrado.

— Acho que eu devia... — Então se levantou e começou a recolher o lixo da nossa refeição.

— Eu pego — falei. — Você precisa descansar. — Eu me levantei. — Você parece exausta.

Ela ergueu o olhar para mim.

— Isso é uma indireta relacionada à minha aparência ou você está tentando cuidar de mim?

Fingi pensar na pergunta.

— Definitivamente a última opção.

— Estou cansada mesmo.

— Boa noite, então. — Eu a encarei, e nunca precisei tanto beijar alguém na vida.

— Você quer me beijar, né?

— Você já esteve sozinha com um homem que não quisesse?

Ela pensou.

— Além do meu pai e do meu irmão? Não.

— Talvez seja melhor não nos beijarmos. Ateus beijam muito mal.

— É mesmo?

— Tem gosto de enxofre.

Ela deu uma risadinha.

— Acho que isso significa que eu tenho gosto de nuvens e sol?

— Eu estava esperando que fosse de sorvete — falei.

Minha resposta a surpreendeu por um instante, depois ela tocou no meu peito, fingindo olhar para os botões da minha camisa enquanto pensava no que fazer em seguida. Eu me apoiei na mão dela até sentir o calor da sua pele através da camisa. A culpa enevoou o seu rosto. Ela me deu dois tapinhas, e eu soube que nossa noite tinha acabado.

— Me desculpa. Eu não... Eu não posso.

— Não peça desculpa. De verdade. Você não tem motivo.

Ela pareceu decepcionada ao acenar.

— Boa noite — disse, indo para o quarto.

Quando ela desapareceu de vista, Ander olhou para mim.

— Ai.

— Cala a boca, garoto — falei, abaixando-me para pegar os potes de sorvete, as caixas de leite e as embalagens de plástico.

— O Stavros disse que aconteceu uma coisa ruim com ela.

Franzi a testa, carregando o lixo até a lata e jogando lá dentro.

— É.

— Você sabe o que foi?

— Não — menti, protegendo o segredo dela e a mim. Antes de conhecê-la, eu já queria matar qualquer pessoa por magoá-la. Agora, precisava me controlar para não pedir favores e caçar o canalha.

— Bem, seja lá o que for, ele era soldado ou algo assim. Minha avó disse que ela reclamou de militares, bombeiros, policiais... então o problema não é você. Dá pra ver que ela gosta de você. Só que ela não está mais interessada no seu tipo.

— Tenha uma boa noite, Ander.

Ele inclinou a cabeça para o lado, e senti seus olhos em mim enquanto eu subia a escada. Darby era uma confusão, eu era uma confusão, e continuar a conversar com ela era pedir para me meter numa encrenca. Eu não podia contar a ela sobre o meu emprego e, mesmo que pudesse, ela me afastaria de qualquer maneira.

Acho que eu não conseguiria odiar mais o homem que ela deixou para trás, porém, com esse único pensamento, eu queria que ele morresse.

8

Darby

Abracei o vaso sanitário enquanto meu corpo expulsava os biscoitos cream cracker que eu tinha comido antes de sair da cama — um truque que eu tinha lido em um dos livros de grávida que peguei na biblioteca na manhã anterior. Passei a maior parte do dia lendo *O guia da gravidez*, parando apenas quando era hora de comer e, depois, de me arrumar para o trabalho.

Conversar com Trex pareceu tão natural, tão reconfortante, que eu tinha me esquecido de comer a noite toda. Eu escutaria a história dele de novo de bom grado. Eu não tinha certeza se era só para passar mais tempo com ele ou porque o achava fascinante. Depois de um sono rápido e mais alguns biscoitos, eu ainda estava enjoada. Teria que ajustar o alarme para três da manhã para comer, assim o Feijãozinho não precisaria esperar tanto tempo entre as refeições. Havia uma mercearia na estrada. Eu podia comprar alguns itens para durarem até o dia do pagamento.

Era enlouquecedor saber que bastou um cara bonito e aparentemente legal para eu esquecer de cuidar de mim e do Feijãozinho. Desde o instante em que nos conhecemos, os olhos azul-claros de Trex me observaram como se eu fosse o centro do seu universo. Seu cabelo cacheado escuro e a constante barba por fazer eram tão diferentes de Shawn que ficava fácil acreditar que todas as outras coisas nele também seriam diferentes. Balancei a cabeça para afastar o pensamento. Eu tinha começado esta jornada tomando decisões por duas pessoas.

Eu esperava que deixar Shawn e o Texas me transformasse em uma nova pessoa. O desprezo que senti por mim mesma naquele momento, por ainda ser a mesma garota boba e confiante de antes, fez as lágrimas que se acumulavam nos meus olhos escorrerem. Será que eu estava tão emocionalmente destruída que me agarraria a qualquer um que fosse gentil comigo? Eu estava acostumada a receber atenção. Durante muito tempo, achava que fosse alguma coisa que eu fazia, algum sinal que eu mandava para os homens me colocarem no alvo, mas reprises do programa da Oprah finalmente me convenceram de uma coisa que devia ser óbvia: o que aconteceu comigo quando era uma menina não era culpa minha. Simplesmente sorrir ou ser simpática com um homem não era um convite. Era assustador reconhecer que eu ainda estava desesperada para ter alguém em quem confiar. O desespero foi uma corda que me manteve presa a Shawn por muito tempo, e eu não podia deixá-lo me empurrar na direção de outra pessoa.

Dei descarga no vaso e me levantei do piso de azulejos. Lavei as mãos e coloquei um montão de pasta verde-menta na escova. Conforme eu escovava os dentes em pequenos círculos, fiquei de lado para ver se a minha barriga já estava aparecendo. Continuava chapada, talvez ainda mais. Eu me perguntei se estava perdendo peso e, entre as centenas de outras preocupações, se o bebê estava bem. Pelo computador da recepção, descobri que a Planned Parenthood atendia gratuitamente, mas eu tinha que ir até o Departamento de Serviços Humanos para me inscrever, e ele ficava a pelo menos oito quilômetros de distância. Pelo tempo que levei caminhando até a biblioteca, eu levaria ao menos uma hora e meia para chegar lá. Conseguir resolver apenas uma coisa por dia era frustrante.

Alguém bateu na porta, e eu congelei, imaginando que poderia ser o Trex. Ele devia estar no trabalho, mas eu não conseguia pensar em nenhuma outra possibilidade. Fui até a porta e fechei um dos olhos para espiar pelo olho mágico. Era Stavros.

— Sim? — perguntei.

— Bom dia, flor do dia. Você acha que consegue cuidar de tudo sozinha hoje? A Tilde trocou com o Ander, mas ela está com uma virose ou alguma coisa assim, e ele tem um compromisso, então eu preciso de alguém pro turno das três às onze. — A corrente tiniu e a fechadura clicou quando abri a porta. Stavros ofegou. — Você está péssima. Também está doente?

Balancei a cabeça.

— Não — respondi rapidamente. — Estou bem.

— A Maya pode trabalhar até as três. Ela costuma trabalhar no turno da manhã e da tarde nos fins de semana e cobre algumas folgas. Ela precisa disso, então essa parte está resolvida, felizmente.

— Não sei como fechar o meu turno. A Tilde ia me ensinar isso hoje à noite.

— Eu te ajudo. O Ander disse que você vai se sair bem no turno da noite. Disse que você ainda estava no saguão à meia-noite.

— Hum...

— Vou dar um jeito de ele chegar cedo pra ajudar. De qualquer maneira, estamos esperando mais bombeiros de elite.

Fiquei aliviada por ele não precisar que eu admitisse que não estava preparada para fazer o fechamento sozinha.

— Mais bombeiros de elite?

Ele assentiu.

— Não se preocupe. Você está preparada.

Fiz que sim com a cabeça, observando Stavros voltar pelo corredor. Meu estômago embrulhou, e eu corri para o banheiro, caindo de joelhos e tentando vomitar. Não saiu nada, mas continuei enjoada. O Feijãozinho continuava determinado a me lembrar de que eu estava grávida. Sozinha, no chão, nauseada e cansada, parecia que eu tinha viajado para outro planeta, e não para outro estado. Meu tempo livre se resumia a ler e dormir, mas momentos como este me lembravam de que eu não tinha ninguém. Eu me perguntava se Shawn estava me procurando, se Carly estava preocupada, se minha mãe tinha ao menos se interessado em ligar. As esposas da base provavelmente haviam criado vinte cenários diferentes de motivos para eu ter ido embora e certamente especulavam onde eu poderia estar.

Dei descarga de novo, fechei a tampa, lavei as mãos e escovei os dentes pela segunda vez. O relógio na mesa de cabeceira marcava meio-dia. Por isso Stavros estava surpreso por eu ter acabado de acordar e por isso eu estava tão enjoada. Eu tinha que alimentar o Feijãozinho.

Eu me vesti e desci o corredor na esperança de que ainda houvesse sobras do café da manhã. Assim que virei a esquina, senti o cheiro. Pizza gordurosa e cheia de queijo. Os bombeiros de elite rodeavam mesas retangulares compridas, cobertas com várias caixas de pizza.

— Darby — chamou Zeke.

— O que é isso? — perguntei.

— Almoço, com os cumprimentos da cidade de Colorado Springs. Está com fome?

— Morrendo — respondi. — Posso mesmo?

— Ãhã — disse ele, me levando até as mesas. Ele pegou um prato e colocou nas minhas mãos, o isopor parecendo mole. — Você é fã de pepperoni? Tem uma com cogumelos também, mas... é nojento. Temos calabresa. Temos havaiana. — Fiz uma careta, e ele riu. — Suprema?

Fiz que sim com a cabeça.

— E pepperoni. Com cogumelos, por favor.

O sorriso de Zeke sumiu, e ele encheu meu prato como se desaprovasse a minha escolha, depois me levou até uma mesa.

— Água ou refrigerante?

— Água, mas você não precisa...

Antes que eu pudesse protestar, Zeke já tinha atravessado metade do salão, cumprimentando a equipe enquanto passava. Então voltou e se sentou ao meu lado com uma garrafa de água. Para sua decepção, outro bombeiro de elite se sentou do meu lado oposto.

— Quem é ela? — ele perguntou.

— Darby. Se manda — resmungou Zeke.

Peguei um pedaço de pizza, ignorando a briguinha dos dois. Naquele momento, eu só me importava com a comida.

— Randon Watts — disse o amigo de Zeke, estendendo a mão. Não a peguei e enfiei um pedaço enorme de pizza na boca.

— Ela está comendo, Watts. Deixa ela em paz.

Watts deu uma risadinha e me olhou de um jeito divertido.

— Como uma campeã. Ela está treinando pra um concurso de comedores de pizza?

Zeke voltou a atenção para mim, as sobrancelhas se erguendo num pulo. Eu tinha terminado uma fatia e estava começando a segunda.

— Você é daqui? — perguntou Watts. Ele tinha a barba dos bombeiros de elite, mas as costeletas escuras e cerca de cinco centímetros do cabelo sobre as orelhas eram raspados até o outro lado. O cabelo no topo era mais comprido. Ele me observava com o brilho familiar do desejo nos olhos escuros, mesmo enquanto eu enfiava comida na boca.

Balancei a cabeça, mastigando. Minha mãe teria agarrado o meu rosto até eu cuspir a comida, me obrigando a recomeçar e comer feito uma mocinha... mesmo agora. Mas a prioridade da minha mãe eram Frank e seu filho, e minha prioridade era o Feijãozinho. Não me importava se eu agia como uma mocinha ou se ela me perdoava por tirar dela meu pai e seu único filho, a luz da vida dela — e da minha —, meu irmãozinho Chase. Meus pecados de antes já não eram importantes, nem se eu fazia as coisas certas. O Feijãozinho era minha salvação de muitas maneiras.

— Não — respondi, pegando outro pedaço. Imaginei que eu parecia alguém abandonado em uma ilha deserta por uma década, mastigando rápido e olhando ao redor como um animal selvagem.

Watts ergueu a sobrancelha.

— Tudo bem, então. Vou ali conversar com o Chefe.

— Vai lá — murmurou Zeke. Quando Watts saiu, ele se virou para mim. — Sinto muito por isso. — E me ofereceu um guardanapo.

Limpei a boca, engolindo o último pedaço de pizza antes de falar.

— Por que você sente muito?

— Eu sei que você não gosta que as pessoas te incomodem, e parece que toda vez que conversamos um dos caras tenta ser engraçadinho. Eles só estão me enchendo o saco.

— Por quê?

Ele deu de ombros.

— Acho que porque eu estou conversando com uma garota bonita. Eu não costumo... ter encontros.

— Isso não é um encontro.

— Não, eu sei — disse ele, procurando palavras para se salvar. — Não importa quantas vezes eu explique, eles gostam disso.

— De te encher? Por que você não sai com ninguém?

— Não faço isso desde que... Droga, isso é estranho.

Eu me virei para encará-lo, limpando a boca pela última vez.

— Só se você for um serial killer ou alguma coisa assim.

— O quê? Não. Não é nada disso. É só que... a minha ex... a gente namorava desde o oitavo ano. E depois terminou quando eu me juntei aos Alpinos uns anos atrás.

— Ah — falei. A parte de mim que se esforçava para não se importar estava fracassando. A expressão nos olhos de Zeke trouxe à tona uma coisa que eu tinha enterrado lá no fundo. Não importa como alguém desaparece da sua vida. Se é pela morte, pelo ódio ou qualquer coisa entre um e outro, uma perda é uma perda. — E você não namorou ninguém desde então?

— Uma ou duas vezes. Nada sério.

— Bem — falei, pegando nossos pratos vazios e os guardanapos sujos. — O problema não foi você.

— Foi o emprego. Foram muitas coisas — disse ele.

— Mesmo assim, não foi você. — Dei um tapinha no ombro dele com a mão livre antes de ir até a lata de lixo.

— Ainda podemos ir ao cinema? — ele perguntou.

Fiz uma pausa.

— Hum... Eu trabalho das três às onze até a próxima semana. Quando eu começar meu turno normal, posso ir.

— Qual é o seu turno normal?

— À noite. Das onze às sete.

— Nossa... Bom, acho que a gente vai partir amanhã cedo. Podemos ver o filme quando eu voltar.

Eu me lembrei do que Stavros havia dito sobre alguns dos homens não voltarem. Joguei o lixo na lata e voltei para Zeke. Ele se levantou, e eu o abracei. Ele envolveu os braços na minha cintura e me apertou com força. Ter os braços de outro homem ao meu redor era estranho e, por meio segundo, uma antiga preocupação veio à tona. Shawn não ia ver. Ele não fazia ideia, e nunca faria. Apertei mais o pescoço de Zeke e depois o soltei, olhando em seus olhos.

— Toma cuidado lá fora.

— Sim, senhora — disse ele, com um sorriso satisfeito no rosto.

Voltei para o meu quarto, peguei as poucas roupas sujas que tinha e as levei para a lavanderia. A sala grande cheia de máquinas de lavar, secadoras e mesas para dobrar roupas ficava a poucas portas de distância do meu quarto, e os funcionários me olharam enquanto eu levava as minhas coisas para uma máquina vazia.

— Posso usar? — perguntei à mulher mais perto de mim. Ela devia ter a idade da minha mãe, tinha a pele bronzeada e rugas escuras ao redor da boca, do tipo que os fumantes têm. Um dos dentes da frente tinha bordas de ouro, e o cabelo escuro e frisado escapava com facilidade da presilha.

— Você é a garota nova? — ela perguntou, com um forte sotaque mexicano.

Fiz que sim com a cabeça.

— Vai em frente — disse ela, apontando para a lavadora mais próxima a mim. — Volto em quinze minutos.

— Obrigada — falei, jogando as roupas lá dentro e olhando em volta em busca do sabão.

A mulher me deu um frasco rosa-claro.

— Coloca aqui, desse jeito — disse ela, me mostrando onde pôr o sabão e quais botões apertar.

— Muito obrigada. Qual é o seu nome? — Olhei para o crachá dela. Ela cobriu o nome, Ann, antes de falar.

— Sylvia. — Apontou para as outras. — Juana, Maria e aquela é minha filha, Rosa.

— Prazer em conhecê-las. Todas vocês. Tenho certeza de que vamos nos ver mais vezes.

— É você que está morando no 100? — perguntou Sylvia.

— Sim, sou eu.

— Posso arrumar pra você. Se quiser.

— Ah, isso é tão gentil. Está tudo bem, por enquanto.

— Tem certeza?

Assenti com a cabeça.

— Eu já volto. — Empurrei a porta e corri até o meu quarto. Entrei às pressas, mas não consegui chegar ao banheiro a tempo. O cheiro do sabão me deixou instantaneamente enjoada. Fiquei em pé diante do vaso sanitário, tentando acalmar a ânsia, mas, com uma força incontrolável, meu estômago se contraiu, e toda a pizza que eu tinha acabado de comer se projetou da minha boca e bateu com tanta força no vaso que a água salpicou no meu rosto.

Quando a ânsia foi embora, eu me sentei com as costas apoiadas na parede, o chão parecendo maravilhosamente frio. Assim que minhas roupas ficassem prontas, eu ia tirar outro cochilo, tentar comer de novo e pegar no serviço. Tudo que eu queria era me deitar, fechar os olhos e dormir até essa parte da gravidez acabar. Toquei na minha barriga e falei em voz alta:

— Me dá um tempo, Feijãozinho. Por favor. Estou fazendo o meu melhor.

9

Trex

O sol mal aparecia sobre as montanhas quando parei ao lado da primeira checagem de segurança no Complexo da Montanha Cheyenne. Gerald, o segurança do primeiro turno do Portão Um, examinou, nervoso, meu distintivo e fez um sinal para eu passar.

Os três quilômetros de estrada de cascalho que levavam ao segundo portão eram ladeados por uma cerca de três metros e meio de altura com arame farpado espiralado e protegido por seguranças armados a cada duzentos metros. Os homens e mulheres usavam uniforme camuflado e carregavam armas semiautomáticas. Eu me perguntava se esse lugar era para soldados encostados de guerra ou um local para alguém com uma vocação incrível desperdiçar seus talentos.

Como a minha equipe, por exemplo.

Karen me liberou no Portão Dois. Uma cancela se ergueu, e estacas de metal recuaram para dentro do chão. Dirigi meu Toyota Land Cruiser 78 por um estacionamento e um prédio da administração e me aproximei do terceiro portão e depois da entrada, um curto túnel artificial encravado na rocha, sinalizado no topo por uma placa com letras de metal pintadas, onde lia-se: COMPLEXO DA MONTANHA CHEYENNE. Entrei nele e mergulhei na escuridão, passando pelos sinais de alerta para seguir a pista dupla e pelas placas que levavam ao estacionamento designado ao nosso departamento.

Fui o primeiro da equipe a chegar e estacionei a caminhonete no centro de cinco outras vagas vazias.

O motor engasgou e parou quando girei a chave para trás, e fiquei sentado sozinho, pensando na minha noite com Darby. Mesmo depois de me recolher, meu sono foi uma merda. Meus pensamentos eram altos demais para eu dormir. Saltei e peguei minha mochila no banco traseiro.

Quando minha equipe chegou, entramos juntos no Complexo, conversando sobre a noite anterior. Tentei ficar fora da conversa, mas Naomi me pegou antes de eu conseguir terminar a combinação do meu armário.

— Você está quieto, T-Rex. O que aconteceu?

— Eu? Não.

Martinez se virou para me olhar.

— Abre o bico.

— Só estou... hum... — Suspirei. — Estou ficando no hotel por enquanto. Procurando um lugar pra morar. Tem um monte de equipes de administração florestal aqui por causa do incêndio. Os gêmeos Maddox são dois deles.

— Os caras que você estava investigando pros federais? — perguntou Naomi. — Eles estão te dando trabalho? Me dá duas horas. Vai parecer um assassinato seguido de suicídio.

— Calma, Nomes. Vamos dar um tempo antes de você começar a temporada de assassinatos. Eles são legais. A família toda, na verdade. Eles estão tranquilos. Não são eles.

— Quem é? — perguntou Sloan. — Porque você está agastado.

— Agastado? Que porra é essa, Sloan? — disse Martinez.

— Cala a boca, cara. Não precisa emburrecer tudo o tempo todo — vociferou Sloan.

— Você está dizendo que precisa emburrecer tudo pra mim? — perguntou Martinez, dando um passo à frente.

— É uma garota — soltei.

— Uma... o quê? — perguntou Naomi.

— Uma mulher. É a nova recepcionista do hotel. É tipo uma noiva fugitiva. Ela fugiu pouco antes de dizer "sim" diante do altar pra um noivo babaca e abusivo. Mas ele é militar, e ela não quer saber de nenhum de nós.

— Bem, isso é pura idiotice — disse Naomi. — Como em qualquer grupo grande, sempre tem heróis e vilões. Meu marido vivia e respirava os Fuzileiros Navais e era o melhor homem do planeta, junto com você.

— Isso era mesmo — falei, parando por um instante para sentir saudade do meu amigo. Ele tinha uma esposa em casa que ele amava mais do que qualquer um de nós, mas pulou naquela granada sem pensar duas vezes. Eu lutava todo dia para merecer isso.

— Ei — chamou Naomi, encostando no meu rosto. — Acorda. — Ela me deu um tapa na cara e ficou com a mão no local que tinha acabado de bater. Naomi fazia muito isso: me batia com força só para me trazer de volta à realidade. Ela tocou no meu ombro como o Abrams costumava fazer. — Aconteceu. Foi assim que ele quis. Volta pro presente.

Fiz que sim com a cabeça e virei de costas para colocar minhas coisas no armário.

— Ei, Nomes. Olha isso — disse Martinez. Ele apontou para o armário ao lado do dele, para o nome ABRAMS gravado perfeitamente na plaquinha de metal.

— Filho da puta — soltou Naomi. Ela estendeu a mão e tocou a placa com um sorriso. — Até que enfim eles me tiraram do vestiário das menininhas. O Matt teria odiado isso: ter um armário... intervalo pro almoço.

— Teria mesmo, porra. Mas ele ia adorar pagar pela sua caminhonete com a gratificação de contrato como você acabou de fazer. Vamos começar. Equipamento completo. As rondas começam daqui a noventa segundos — anunciou Kitsch, pendurando a alça de náilon da arma atravessada no peito, verificando a pistola e colocando-a no coldre, além de tocar na arma de choque e na faca de caça, para checar se estava preparado. Era um exagero para esse emprego, mas, por outro lado, o Complexo era o tipo de instalação que não exigia nada até você precisar de tudo.

— Trexler, temos um quatro-nove-nove na parte sul do Complexo, a dois quilômetros da cerca de arame — avisou alguém pelo rádio. Parecia Saunders.

Apertei o pequeno quadrado preso ao meu colarinho.

— Copiado. — Olhei para Kitsch, e ele assentiu.

— Muito bem. As rondas podem esperar. Vamos carregar as armas.

Sloan parecia perdido, e Harbinger suspirou.

— O Complexo tem códigos exclusivos. Quatro-nove-nove é uma invasão potencial de perímetro. Leia o manual.

Sloan assentiu.

— Sim, senhor.

Seguimos rapidamente até o corredor Charlie, pegamos o elevador para descer um andar e saímos no salão gigantesco que funcionava como depósito de equipamentos. Tínhamos tudo, desde veículos táticos leves 4x4 — jipes turbinados — até tanques, escavadeiras blindadas e reboques Hércules. Corremos até nosso Humvee e eu pulei no assento do motorista, com Harbinger de copiloto. Naomi e Kitsch foram para o banco de trás, Martinez e Sloan para a traseira.

Desci pela estrada de terra e atravessei o terreno até o local onde a vigilância tinha visto um borrão com três alvos, os pneus espalhando cascalho e poeira. A fumaça do incêndio era apenas uma penugem na semana anterior, mas agora estava abafada e se disseminava pela estratosfera. Ficamos em alerta. Além das colinas desertas, não havia muitas árvores naquele lado da montanha, o que facilitava a visualização de pessoas não autorizadas.

— Doze horas — disse Naomi.

Pisei fundo no freio, provocando uma nuvem marrom ao nosso redor. Quando o ar clareou, três crianças estavam paradas a centímetros do para-choque do Humvee.

Martinez e Sloan saltaram, gritando para as crianças levantarem as mãos. Dois garotos descabelados de uns quinze anos e uma garota. Ela era loira e me lembrou minha irmã mais nova. O rosto deles estava sujo, o cabelo coberto com uma leve camada de poeira.

— Calma, Sloan — falei, saindo pelo lado do motorista. — De onde raios eles vieram?

Naomi empurrou os óculos escuros no nariz e olhou para baixo.

— Vieram do penhasco. Ainda bem, senão teríamos precisado dar uma volta.

Eu me inclinei, notando as rochas lá embaixo.

— Nossa, tudo parece igual por aqui.

— Da próxima vez, eu dirijo — disse Harbinger.

— Isso foi uma piada? Você agora está fazendo piadas? — perguntei, fechando um olho para me proteger do sol.

Naomi cutucou a bota de um dos meninos com a dela.

— O que vocês estão fazendo aqui?

— T-tem uma festa. Acho que a gente errou o caminho — respondeu um deles.

— Não diga — retrucou Sloan, ainda em posição de guarda. — Uma festa às seis da manhã? Boa tentativa.

— Já acabou, seu idiota — disse a garota. — Estamos voltando pra casa.

Naomi sorriu.

— Gostei dela. — Ela pegou a garota pela parte de trás do colarinho e a levantou com força. — Vamos levar esses carinhas pra onde eles deviam estar.

Fiz uma ligação pelo rádio.

— Gerald, aqui é o Trex, responda.

— Gerald, senhor, estou escutando alto e claro.

— Pede pra polícia de Colorado Springs encontrar com a gente no Portão Um pra pegar uns jovens invasores. Manda os pais irem buscar as crianças na delegacia.

— Copiado, senhor.

Martinez sorriu.

— Acho que o Gerald gosta de você.

— Cala a boca, Martinez. Coloca o menor na traseira.

— E este aqui? — perguntou Sloan, empurrando o mais alto e magrelo.

O pobre garoto parecia prestes a se cagar, mas eu tinha a sensação de que eles não iam se aventurar perto do Complexo na próxima vez.

— Todos na traseira. Revistem todos primeiro. Naomi?

— Entendi — disse ela, puxando a garota para perto.

— Tira as mãos de mim, sua vaca! — gritou a garota.

Nós congelamos, esperando Naomi quebrar o pescoço dela. Ou, pelo menos, lhe dar uns tapas. Naomi levou um instante para processar que alguém teve colhão para falar com ela daquele jeito — eu tinha certeza de que fazia anos, se é que algum dia isso tinha acontecido — e depois caiu na gargalhada.

— Encontrei meu eu de catorze anos. Incrível. — Ela revistou a garota e apontou para a traseira do Humvee. — Acho que sua mãe não te deu uns tapas nos últimos tempos, mas, se você não colocar a bunda naquele veículo, vou fazer isso por ela... e vou caprichar. Anda. Agora!

A garota se assustou e saiu cambaleando para a traseira do veículo, com Martinez e os amigos dela.

Sloan fez um gesto para Naomi entrar, e ela entrou.

Bati a porta e dei a partida.

— Você vai tentar sair voando pelo penhasco de novo? — perguntou Harbinger.

— Chupa, John — falei.

Harbinger deu uma risada e suas costas se apoiaram no assento enquanto partíamos em direção ao Portão Um.

— Acho que o Colorado está te fazendo bem. Um sorriso e meio na mesma manhã.

O sorriso desapareceu, e ele se segurou no apoio sobre o assento, quicando enquanto seguíamos pelo terreno rochoso.

Deixamos as crianças no Portão Um, e eu levei a equipe de volta para o depósito. O elevador se fechou atrás de nós, e a subida foi estranhamente silenciosa. Houve um apito antes de as portas se abrirem, e saímos para o corredor Charlie.

— Muito bem — falei, segurando o fuzil perto do tronco. — Kitsch, Sloan, vocês ficam com o Alpha e o Beta. Harbinger, Martinez, vocês ficam com o Charlie e o Delta. Façam uma verificação com o Saunders na vigilância às oito. Nomes, você fica comigo no Echo. Vejo vocês no escritório às dez, redistribuímos e depois nos encontramos pra comer. Deixem os comunicadores abertos.

— Sim, senhor — responderam todos em uníssono.

Nós nos espalhamos, andando em direções opostas. Quando o som das botas dos outros sumiu e Naomi e eu entramos no Echo, ela fez a pergunta que eu esperava. Ela sabia tão bem quanto eu que a atribuição para ela fazer as rondas comigo não era aleatória.

— E aí? A garota... — disse Naomi.

— É. Acabei ficando acordado e conversando com ela. Depois, quando finalmente fui para o meu quarto, não consegui dormir porra nenhuma.

— Por quê?

— O ex dela, cara. Ele batia nela. Ela fugiu e veio pra cá sem nada. Ela não conhece ninguém. Não tem família, para falar a verdade. O pai e o irmão morreram num acidente há alguns anos.

Naomi suspirou.

— Parece uma bagagem e tanto, Trex. Você realmente se sente atraído por ela ou está tentando salvá-la?

— O problema é esse. Ela é linda. Digo... toxicamente linda. — Dei uma olhada de esguelha para Naomi, que estava com a expressão que eu esperava. — E todos aqueles malditos bombeiros de elite no hotel a querem. Ela não quer nada com nenhum de nós, mas ela diz isso de uma forma doce, sabe? E eu não quero ser esse cara.

— Então, você acha que é só porque todo mundo quer a garota?

— Então... Acho que não é nada disso.

Naomi parou, as sobrancelhas unidas.

— Você realmente gosta dessa garota. Quanto tempo você passou com ela?

Continuei andando.

— Tipo, nenhum. É a coisa mais idiota do mundo, porra.

Naomi deu de ombros.

— Não dá pra controlar a química, T-Rex. Não dá pra explicar. Cara, o Matt era um caubói. Calado. Eu conversava com uma porta com a mesma facilidade que conversava com ele. Ele não era engraçado. Não era especialmente interessante nem exibido. Não era o meu tipo de jeito nenhum.

— Então, por que você se apaixonou por ele?

Ela sorriu.

— Porque ele era um homem bom, humilde, era direto... e tinha uma bela bunda.

Dei uma risadinha.

— Só isso?

— Só. Quer dizer, era legal saber que ele usava um fuzil e não se sentia intimidado por mim. Tínhamos algumas coisas em comum. Mas ele tinha seus momentos. De vez em quando ele era charmoso. No fundo, a questão era que ele estava interessado em mim, o modo como ele me tratava e alguma coisa a mais que eu não sei explicar. Deve ser a química. Ou talvez nós fôssemos feitos para ficar juntos.

— Definitivamente vocês foram feitos para ficar juntos. Nunca vi um homem amar uma mulher do jeito que o Matt te amava, Nomes.

Ela levantou o olhar.

— Ele está lá em cima em algum lugar, ainda me amando, do mesmo jeito que estou aqui embaixo, ainda o amando.

Fiz que sim com a cabeça. Eu não queria discutir. Se as nossas energias continuavam de algum jeito, eu não duvidava que Matt estava em algum lugar, ainda apaixonado pela esposa.

— Não precisa ser nada específico, Trex. Você pode gostar dela sem nenhum motivo. Pode até amá-la sem nenhum motivo. Talvez você só não saiba o motivo ainda.

— Obrigado, Nomes. Eu sabia que podia contar contigo nessa.

Chegamos a um entroncamento em T e viramos à direita. O ar mudou, fazendo Naomi segurar o fuzil mais perto.

— Acho que são aqueles experimentos que eles mencionaram — falei. — Sempre ouvi dizer que tinha um monte de nerds vidrados em espaço e mísseis aqui.

— Tem muito mais do que mísseis acontecendo aqui.

Paramos em uma porta grande, com uma bandeira com listras vermelhas e brancas esticada no meio, junto com meia dúzia de sinais de alerta. Encostei meu distintivo no quadrado preto na parede por curiosidade. Ele piscou vermelho, e uma buzina em um tom grave soou.

Nós dois demos um passo para trás, e uma pequena tela perto do distintivo se acendeu, revelando um grupo de homens armados em pé, do outro lado. Um deles avançou um passo para apertar um botão num painel, permitindo que sua voz fosse ouvida do nosso lado.

— Afaste-se, Trexler. Você não tem autorização para entrar nesta área.

— Ah. Aqui é Deep Echo? Não é... hum... tão profundo.

— Já vi mais profundos — disse Naomi com o rosto sério.

Os homens na tela sorriram, arrogantes.

— Vocês não estão nem perto do Deep Echo. Vão embora.

— Me disseram que eu tinha acesso a toda a instalação, com exceção do Deep Echo — falei. Eu não tinha certeza se devia gritar ou não, mas os homens do outro lado pareciam me ouvir muito bem. Levantei a voz, de qualquer maneira.

— Trate disso com o general. Vão embora. Último aviso.

Precisei me esforçar para não perguntar o que eles fariam se eu não fosse embora. Nenhum deles parecia ter senso de humor.

— Vamos, Trex. A gente discute isso com a Bianca. — Naomi me puxou, e eu a segui. — Que merda foi aquela? — ela perguntou quando não podíamos mais ser ouvidos. — Deep Echo?

— Não sei. Aparentemente está fora do meu alcance.

— Tem alguma merda esquisita acontecendo neste lugar. Bem mais esquisita do que eu pensei. E quanto à garota? O que você vai fazer em relação a ela?

— A Darby? — perguntei, chocado com a súbita mudança de assunto.

— O nome dela é *Darby?* — questionou Naomi, e fiz que sim com a cabeça. — Que diferente.

— Tem uma história legal, também.

Naomi sorriu.

— Vocês realmente conversaram. Sobre, tipo... coisas de verdade.

— É — respondi com um sorrisinho, que logo desapareceu. — Ela não namora soldados. O ex dela é militar.

— Você não é um soldado. Você é um fuzileiro naval.

— Por favor, Naomi. Como você se sentiria se alguém te pegasse por uma questão técnica?

— Eu mandaria essa pessoa à merda.

— Além de tudo, não podemos falar sobre este emprego. Ela acha que eu sou do Departamento Florestal.

— Você não a corrigiu? — ela perguntou.

Balancei a cabeça.

— Ela faria perguntas que eu não posso responder, Nomes.

— Ela é uma fugitiva que deixou um cara abusivo pra trás, um irmão e um pai mortos, a mãe não faz parte do cenário, e ela culpa todos os militares pelo comportamento do ex. Você vai ter que mentir por omissão só pra sair com ela. Ainda acha que é uma boa ideia?

Pensei por um segundo.

— Ela é a minha garota... a minha tão sonhada garota.

Naomi balançou a cabeça.

— Você vai perdê-la.

— O que eu devo fazer, então? Este é o meu emprego. Tenho uma equipe inteira que depende de mim. Não posso fugir disso, e eu sei que parece loucura, Nomes... mas há anos eu digo que saberia quando a encontrasse. É ela.

— Eu sempre achei que você fosse corajoso. Você sabe disso. Não sei exatamente o que é. Se você realmente acha que ela é a garota de quem vem falando desde que eu te conheci, está arriscando demais.

— Você vai entender quando a conhecer.

Naomi se virou para mim, se sentindo o máximo.

— Eu vou conhecê-la? Você realmente deve gostar dela. Porque você vai ter que se desdobrar pra explicar quem eu sou.

Franzi a testa.

— Não pensei nisso.

— Talvez eu seja uma antiga colega do FBI?

— Ela não namora militares, policiais, bombeiros... Isso provavelmente inclui agentes federais.

— Ah. Você está fodido. Totalmente fodido. Ela vai querer saber do seu passado em algum momento. E aí, quando ela descobrir, e ela vai descobrir, vai te odiar por não contar, e você vai ficar arrasado.

— Pode ser que ela nem goste de mim, Nomes.

— Ela é burra?

— Não — respondi, fazendo uma cara feia.

— Então ela gosta de você. E provavelmente já sabe que algo não está certo, que tem coisas que você não está contando pra ela.

— Ela definitivamente sabe. Vou explicar pra ela. De algum jeito... mais tarde. Eu só quero que ela me conheça antes de saber que eu não sou o que ela pensa que nós somos.

— Como você vai explicar se não pode contar a ela sobre o emprego?

— Eu não posso falar sobre o Complexo, mas posso dizer que sou um terceirizado civil.

— Mas ainda assim ela vai achar que você é um militar. Sinto muito, Trex. Só estou tentando te preparar.

Estremeci.

— Merda, você está certa. Vai ser um desastre.

— Você devia pular fora já.

Franzi a testa.

— Devia, mas não consigo.

— Eu sei — disse ela, cutucando o meu braço.

10

Darby

Eu me levantei do chão. Os próximos passos estavam se tornando muito familiares: descarga, pia, sabonete; escova e pasta de dentes, esfregar, cuspir, enxaguar. A única coisa surpreendente era que eu estava com fome de novo.

De volta à lavanderia, tirei minhas roupas da lavadora e as coloquei na secadora. Dei alguns passos para trás e me sentei numa cadeira de plástico branca, parecida com as que usavam no ensino fundamental.

— Você não parece muito bem — disse Sylvia. As outras concordaram com um movimento da cabeça.

— Hum... Tinha pizza no saguão hoje. Não caiu muito bem.

— Pizza — disse ela sem emoção.

Sylvia não acreditava em mim, e eu não podia culpá-la. Minha testa estava úmida, e eu tinha certeza de que minha pele estava com um adorável tom esverdeado. A secadora começou a girar minha calça, minha camisa e minhas calcinhas num ritmo delicado. Lavar roupas me acalmava, apesar de o cheiro de talco de neném/lavanda/velhinhas me dar vontade de vomitar.

Sylvia não bisbilhotou. Ela e as colegas voltaram à tarefa de dobrar e passar, falando em um espanhol apressado.

— *Señorita*? — disse Rosa baixinho, apertando meu ombro. — *Señorita*?

Pisquei, vendo que as roupas na secadora tinham pousado no fundo. Eu me levantei, olhando ao redor. Rosa e eu éramos as únicas que ainda estavam na lavanderia.

— Desculpa. São quase três horas. Eu precisava da secadora, por isso tirei as suas roupas.

Eu me sentei, ereta.

— Quase três?

Ela simplesmente deu de ombros e apontou para uma mesa vazia. Minhas roupas estavam dobradas com perfeição, recém-passadas.

— Foi você que fez isso? — perguntei, tirando-as da mesa. Rosa fez que sim com a cabeça, e eu suspirei. — Obrigada. Muito obrigada mesmo! Eu tenho que ir! Estou atrasada! Me desculpa!

Sem esperar a resposta dela, abri a porta correndo e disparei pelo corredor até o meu quarto. O relógio na mesa de cabeceira marcava quinze para as três.

Prendi o cabelo e entrei no chuveiro, me lavando em tempo recorde antes de sair e me secar rapidamente. Em dois minutos, eu tinha escovado os dentes e lavado o rosto, e corri para o quarto para me vestir.

— Obrigada, Rosa — falei, vestindo a calça e a camisa levemente engomadas. Ela podia ter deixado tudo na secadora, e eu iria para o trabalho com roupas amassadas. Escovei o cabelo, calcei as sapatilhas pretas e verifiquei se estava com a chave do quarto antes de deixar a porta bater atrás de mim.

Não tinha nem chegado ao saguão e já conseguia ouvir o ruído baixo de conversas, ainda mais numerosas do que no dia anterior. Como suspeitava, o salão estava repleto de bombeiros de elite. Alguns voltavam das montanhas, outros se preparavam para sair, outros simplesmente chegavam.

Maya trabalhava a mil, com uma fila esperando para fazer o check-in, e eu me apressei para ajudá-la. Não nos falamos, não nos apresentamos, apenas trabalhamos para entregar os cartões-chave aos hóspedes para eles guardarem as coisas antes de se reunirem com os colegas bombeiros de elite. O cabelo escuro e curto de Maya batia nas bochechas toda vez que ela se mexia, os óculos apoiados nas faces gorduchas e rosadas. Sua maquiagem a deixava mais parecida com uma blogueira de beleza do que com uma recepcionista, e fiz uma anotação mental para perguntar a ela mais tarde se a minha teoria estava certa.

Depois de uma hora trabalhando juntas, acabamos com a fila, e Maya suspirou.

— Que inferno, isso foi uma loucura. Obrigada pela ajuda.

— Obrigada por ficar.

Ela deu de ombros.

— O Stavros me disse que provavelmente eu ia precisar ficar. Sou a Maya — disse ela, estendendo a mão. Eu a cumprimentei, surpresa pelo aperto firme.

Ela se virou e se abaixou, pegando uma bolsa e um nécessaire transparente com maquiagem. Estava lotado de blushes, sombras, rímel, base, pincéis, corretivos, iluminadores e tudo que eu já vi numa loja da Sephora.

— Uau — falei.

— É. — Ela deu uma risadinha e abriu o zíper. — Não uso nem metade. Eu queria me livrar disso. Ei... você usa maquiagem?

— Eu... — balancei a cabeça — ... costumava usar, mas não posso mais pagar. Está na lista.

Ela me encarou.

— Meu Deus, o que eu poderia fazer com essas maçãs do rosto e esses olhos. E suas sobrancelhas... — Ela estendeu a mão, e eu recuei.

— Precisam de cuidado. Eu sei. Eu meio que tive que ir embora correndo.

— Ai, que merda. Foi um incêndio ou alguma coisa assim? — Ela olhou para a bolsinha de maquiagem. — Se fosse um incêndio, eu pegaria isso primeiro.

Eu ri, mas ela estava falando sério. Ela enfiou a mão na bolsinha, tirando itens que ainda tinham o lacre e algumas amostras grátis.

— Aqui. Você não pode simplesmente ficar sem maquiagem.

— O quê? Não posso ficar com a sua.

— Eu não usei ainda. Eu tenho um canal no YouTube com uns quarenta mil seguidores. As empresas me mandam essas merdas de graça o tempo todo.

— Um canal no YouTube?

Ela sorriu.

— É. Eu conto histórias e discuto alguns assuntos. Às vezes faço tutoriais de maquiagem. É um horror, mas as pessoas adoram ouvir sobre a minha desgraça.

— Ah. Sinto muito.

Ela riu.

— Eu invento a maioria das coisas. Tanto faz, porque o importante é ter seguidores, certo? Pode pesquisar: Maya Bee.

— Maya...?

— Bee — completou ela, ainda mexendo na bolsinha. — É o diminutivo de Berkowitz. Ninguém vai se dar ao trabalho de procurar Maya Berkowitz no YouTube. É por isso que existem Miranda Sings e a deusa dos YouTubers, Jenna Marbles. Pronto, você tem o básico. E um puta iluminador. Iluminador devia ser um item básico. Além de pó solto. É o meu truque.

— Eu não...

— Ele ilumina a área debaixo dos olhos e, querida... você está precisando. Dá uma olhada no meu canal no YouTube. Fiz uma análise completa sobre isso. A base está meio tom acima, mas, se você sair ao ar livre de vez em quando, vai dar certo.

— Obrigada — falei, olhando para a pilha de maquiagem na mesa.

— Tudo bem, estou indo. Tenha uma boa noite.

— Você também — falei, confusa. Ninguém jamais tinha me dado alguma coisa. Certamente não uma desconhecida. Eu queria dizer a ela que saía, que andava para todo lado, mas aí teria que explicar por que eu parecia uma morta-viva, então a deixei ir embora.

Maya acenou para Stavros, que sacudia alguma coisa atrás do bar para uma loira oxigenada que recebia muita atenção dos bombeiros de elite. Ele olhou para mim e levantou a cabeça, sinalizando para eu me aproximar. Obedeci, me perguntando se ele ia me elogiar por dominar a fila ou me repreender por chegar em cima da hora. Pela expressão dele, podia ser qualquer uma das duas coisas.

— Aqui — disse ele, colocando uma garrafa de água na mesa.

Eu a peguei e olhei o rótulo.

— Quer que eu leve para algum quarto? — perguntei.

— Não, quero que você beba. Você está com uma cor meio estranha. E parece desidratada.

— Ah — falei, girando a tampa para abrir. Tomei um golinho, depois quase matei a garrafa. Eu não tinha percebido como estava com sede. — Obrigada.

Stavros fez que sim com a cabeça.

— Eu sei que você disse que estava se sentindo bem, mas estou vendo que não está. Os caras aqui estavam comentando. As olheiras, os olhos caídos. Você está parecendo a Tilde. Eu te mandaria pra casa, mas você mora aqui, e eu não tenho mais ninguém.

— Eu estou bem de verdade.

Um pequeno sorriso suavizou sua expressão endurecida.

— Agradeço por você ser uma batalhadora. De verdade. Se não estivéssemos lotados de bombeiros alcoólatras, eu assumiria o seu lugar pra você poder descansar. Só... pega leve. Nada extra.

— Obrigada, Stavros — falei, notando sua expressão culpada antes de atravessar o saguão com a garrafa de água na mão.

— Tenho uns remédios pro estômago no meu quarto.

Levantei o olhar com um sorriso cansado. Era um dos bombeiros de elite que atendia pelo apelido de Docinho. Tudo que eu queria era dormir.

— Obrigada, mas estou bem. A água está ajudando.

— Você está com virose ou algo assim? — ele perguntou. Era um cara enorme, um pouco maior que Maddox, mas percebi que, fora da temporada de incêndios, ele era ainda maior. A cabeça raspada fazia com que ele parecesse mais um fuzileiro naval do que um bombeiro. Ele seria intimidador, se não fosse pela bondade nos olhos.

— Não, só estou tentando me ajustar à altitude, eu acho.

Ele assentiu de novo, espiando por sobre o ombro, enquanto eu reorganizava a recepção pela segunda vez desde o início do meu turno.

— Tudo bem, Docinho?

— Sim, senhora. Posso ficar aqui um minuto?

— Claro. Os caras estão te incomodando?

Ele balançou a cabeça.

— Não, senhora. Vou sair em breve, e minha mãe vai me ligar. Ela se preocupa muito. Ela chora. Não posso voltar pro quarto porque o Peixe divide o quarto comigo, e ele é um cara legal, mas adora pegar no meu pé por causa da minha mãe. Ela está sozinha em casa. Somos só nós dois. Ela quer que eu viva a minha vida, mas ela...

— Se preocupa.

Ele assentiu.

— Pode ficar o tempo que precisar.

O celular dele tocou baixinho.

— Obrigado. Oi, mãe. Ãhã, ainda estou no hotel. Não, não vou sair hoje. Eles acham que amanhã de manhã.

Dava para ouvir as reclamações dela de onde eu estava, e entendi por que ele quis sair do outro lado do salão. Ela só estava dizendo ao filho o quanto o amava, mas sua voz era estridente e me deixou nervosa. Não consegui imaginar como Docinho se sentia. Eu ia dar espaço a ele, mas depois percebi que ele estava ao meu lado por um motivo. Se eu me afastasse, os outros caras provavelmente iam tomar o meu lugar e ficar escutando.

Fingi que estava ocupada com o computador, tentando não ouvir Docinho tranquilizar a mãe com doçura, acalmando-a em relação à sua subida à montanha. A voz dele era profunda e catártica e afastava o enjoo que eu estava sentindo, ajudando meus ombros e minha mente a relaxar. Mal notei quando Trex se aproximou da minha mesa.

— Oi — disse ele, com esperança no olhar.

— Oi — respondi, tentando não parecer muito feliz por ele estar de volta. Olhei para o meu relógio de pulso. — Já é tão tarde? — Eu me sentia desconfortável perto dele. Pode esquecer das borboletas, porque agora havia canhões disparando no meu estômago, e eu tinha certeza de que isso não podia ser bom para o Feijãozinho. *Para com isso,* me repreendi.

— Esse cara está te incomodando? — perguntou Trex. Ele estava brincando, mas mesmo assim eu senti necessidade de defender o pobre Docinho.

— Ele está falando com a... irmã.

Docinho piscou para mim.

— Você mente muito mal — disse Trex com um sorriso divertido.

Docinho tampou o outro ouvido e se virou de costas para Trex, mantendo a voz baixa.

— Tudo bem, mãe, pode deixar. Sim, senhora. — Ele esperou enquanto ela rezava em voz muito alta por ele, parecendo um sermão durante um despertar religioso intenso. — Amém. Obrigado, mãe. Também te amo. Tchau. — Ele guardou o celular no bolso e acenou para mim com a cabeça, parecendo envergonhado. — Agora você entende por que eu atendo as ligações longe dos caras.

— Foda-se se eles não conseguem entender que você é um bom filho — disse Trex de um jeito casual.

Docinho pensou nas palavras dele e assentiu.

— Você está certo. Eu não devia ter vergonha. Estou com vergonha por ter vergonha.

Trex deu um tapinha no ombro enorme de Docinho.

— Isso parece exaustivo. Você precisa deixar pra lá, cara. Ser você mesmo sem ter vergonha. Ame a sua mãe, seja um bom filho, deixe que os outros escutem as orações dela. Pode fazer bem pra eles.

Docinho assentiu.

— Obrigado, Trex.

Trex fez que sim com a cabeça uma vez, observou Docinho se afastar com um sorriso e se virou para mim.

— Falando em exaustão, me desculpa por te fazer falar por tanto tempo ontem.

— Eu sabia o que estava fazendo — respondi. — Sou uma menina crescida. Sei quando devo me despedir.

— Eu devo ter sido uma companhia decente, então.

Tentei não sorrir. Tentei muito, *muito* mesmo, mas aconteceu, e isso revelou tudo que eu estava tentando não sentir. O que só me deixou decepcionada comigo mesma: como eu podia fugir de um homem e não carregar comigo medo e raiva suficientes para me impedir de cair em outra, passado tão pouco tempo?

— Acho que sim — falei, olhando para baixo.

O sorriso confiante de Trex oscilou.

— Está tudo bem?

Senti o rosto corar e as mãos tremerem. Parecia um confronto, apesar de não ser. As partes de mim doutrinadas para agradar e fazer os outros felizes lutavam contra a minha necessidade de criar meu bebê sozinha, sem depender de um homem, de qualquer outra pessoa ou situação.

— Está... Eu só estou... Você é muito legal.

— Oh-oh.

Soltei uma risada.

— Não, não é isso.

Ele se encolheu.

— Esse é o discurso *não é você, sou eu?* Porque nós ainda nem saímos, embora ontem à noite tenha sido ótimo.

Aquele maldito sorriso se espalhou pelo meu rosto de novo.

— Foi mesmo. Foi ótimo.

Ele me observou por um instante, sem dúvida tentando usar suas habilidades sobre-humanas de leitura de pessoas para decidir o que eu queria dizer em vez do que eu estava dizendo.

— Darby... Não sei do que você está fugindo, mas não é de mim.

Balancei a cabeça.

— Eu não estou mais fugindo.

— Como eu disse... você é uma péssima mentirosa.

— Talvez eu simplesmente não goste de você.

Ele levou um instante para responder. Pela primeira vez, parecia inseguro.

— Por que não?

— Não sei — respondi, confusa. Doeu em mim ver a reação dele, e isso me fez ficar em pânico. — Você não acredita em Deus, pra começar.

— Você não gosta de mim porque eu não acredito em deus? Jesus foi crucificado com a escória da humanidade na Bíblia. Cobradores de impostos judeus. Você sabe o quanto os judeus odiavam homens como Zaqueu por cobrarem impostos do próprio povo para os romanos? Ele era um traidor, e também era um dos melhores amigos de Jesus.

— E você é manipulador — retruquei.

Trex não ficou com raiva nem na defensiva como eu esperava; em vez disso, seu sorriso só ficou mais suave, os ombros mais relaxados. Ele era muito melhor nisso do que eu, e ele sabia que eu era ridícula.

— Desculpe, isso não foi muito simpático.

— Não se desculpe! — Fechei os olhos com força, como se estivesse perdendo uma batalha.

— Por quê? Porque vai ser mais fácil me odiar se eu for babaca? Eu não sou perfeito, mas não sou babaca. E eu gosto de você, apesar de você ser má como o diabo e mentir pra caramba.

— Eu não *minto* pra caramba — falei, irritada. — Eu só não te conheço bem o suficiente pra dizer a verdade.

Sua expressão ficou séria.

— Faz sentido. Mas você pode conversar comigo. Tudo que você disser vai ficar entre nós. Não quero que nada de ruim aconteça com você.

— Então fica longe de mim — falei, pegando um caderninho e uma caneta. Fui rapidamente em direção à segurança de Stavros no bar. — Ei — falei, sem fôlego, embora eu tivesse somente atravessado o salão.

Stavros se virou de costas para os homens no bar, trabalhando em secar o mesmo copo.

— O Trex está te incomodando?

— O quê? Não, ele é legal.

— Ah — disse Stavros.

— Você pode me dizer o que eu devo fazer pra fechar o turno? — perguntei, com a caneta a postos.

— Tem um tempo que eu não faço isso. Tenho anotações em algum lugar na minha sala.

Suspirei.

— Você pode simplesmente... *fingir* que está me passando as informações?

Ele se aproximou.

— Tudo bem, o que está acontecendo? — Ele manteve a voz baixa o suficiente para os bombeiros de elite sentados no bar não ouvirem.

— Nada. Não está acontecendo nada. O Trex só é muito...

— Bonito?

Fechei os olhos.

— Sim, qualquer pessoa que não seja cega concordaria que ele é atraente. Mas...

— Fala pra ele que você acabou de sair de um relacionamento e não está procurando nada.

Olhei para o meu chefe, grata por ter alguém com quem conversar.

— Não posso. Ele vai saber que não estou contando toda a verdade.

— Você está procurando um relacionamento?

Franzi o nariz.

— Claro que não, mas...

— Mas está claro que você ainda não está preparada, então ou ele vai ter que esperar até você estar pronta ou ele vai seguir em frente.

Estremeci.

— Não posso dizer isso pra ele.

Stavros piscou para mim, depois se virou na direção dos clientes.

— É claro que pode.

Fingi anotar algumas coisas enquanto olhava para o Trex por sobre o ombro. Ele me encarava. Então sorriu e acenou.

Suspirei.

— Tudo bem. Está acontecendo. Vou fazer isso — falei, praticamente para mim mesma. Voltei para a recepção, mantendo a postura ereta e os ombros para trás, tentando ao máximo invocar um pouco da confiança de uma campeã de concurso de beleza enquanto andava até o Trex. Sorri de uma maneira agradável e confiante. — Você está certo. Eu menti e peço desculpa. Você é legal. E divertido. E interessante...

— E bonito. Não esquece de dizer incrivelmente lindo.

— E arrogante.

— *Arrogante*? Eu ainda nem te chamei pra sair, e você está terminando comigo.

— Não. Nós definitivamente não estamos terminando. — Ele sorriu de novo. Ele era lindo e doce e... *Não. Não, Darby. Para com isso.* — Você sabe o que eu quero dizer. Não estamos juntos pra eu poder terminar. Eu gosto de você, sim, mas preciso ser sincera. Não estou pronta pra nenhum tipo de relacionamento e não vou estar por muito tempo. E, quando eu estiver, posso jurar que você não vai mais estar interessado.

— É mesmo? — disse ele, assimilando a última parte.

Estremeci. O objetivo não era provocar mais perguntas, e eu tinha acabado de arrancar a minha pele e expor tudo.

Ele ignorou meu comentário.

— Que tal só uma amizade?

— Você só quer ser meu amigo? — *Argh. Aquele sorriso de novo. Para de sorrir, Trex.*

— É claro que não. Eu te acho incrível, mesmo quando parece que está prestes a vomitar.

Suspirei. Seu sorrisinho era adorável e estava acabando com a minha determinação. E o fato de que, se eu não estivesse grávida, teria entrado de cabeça nisso tudo — e nele — era simplesmente vergonhoso até a alma.

— Acho que isso não é possível.

— Porque você gosta de mim.

— Eu mal te conheço.

— Mas conhece o suficiente pra gostar de mim.

Meus ombros desabaram, e a confiança se derreteu com seu sorriso seguro.

— Que tal você simplesmente me dar um pouco de espaço?

— Posso tentar. Nós dois moramos no mesmo prédio. E você trabalha aqui.

Estremeci.

— Você está certo. Não vai funcionar.

— Que tal eu fingir que não gosto de você por um tempinho? Isso ajuda?

— Ajuda — respondi, empolgada. Apontei para ele. — É, isso vai funcionar. Obrigada.

Ele se aproximou e beijou o meu rosto, os lábios macios e quentes na minha pele.

— Pode deixar, lindona.

Fechei os olhos e me inclinei levemente para perto dele pouco antes de ele se afastar. Fiquei parada com a mão na pele ainda quente que seus lábios tinham acabado de tocar. Os canhões dentro do meu estômago rugiram como se eu não tivesse acabado de perder mais uma batalha.

Stavros me olhou, seus olhos mirando em Zeke quando ele se levantou para vir na minha direção. A expressão de Stavros combinava com meu monólogo interior.

Minha cabeça e meu coração estavam em guerra, brigando por causa do que eu deveria fazer ou do que eu queria. Mas não importava. Mesmo que eu cedesse aos meus sentimentos, uma de duas coisas ia acontecer: o Trex ia mudar, porque, na minha experiência, era isso que os homens faziam quando conseguiam o que queriam, ou eu ia me apaixonar por ele e, daqui a quatro ou seis meses, minha barriga ia afastá-lo, deixando nós dois — ou talvez só a mim — de coração partido.

11

Trex

Nove dias. Tinham se passado nove dias desde a última vez que falei com Darby, exceto por um cumprimento educado ocasional, e isso me fazia odiar tudo.

Apesar de ter concordado em fingir que Darby não existia, eu ainda vivia para esperar os vinte segundos que levava para atravessar a entrada do hotel até os elevadores. Ela sempre me dava uma olhada de relance, e isso me fazia ganhar o dia.

Alguns dias, o caminho até o hotel levava uma eternidade, mas desta vez parecia que eu tinha acabado de sair do Complexo quando parei em uma vaga vazia, perto da frente do hotel. Um grupo de bombeiros de elite estava saindo, vestidos com camisa social e calça jeans — suas melhores roupas para ir às boates locais. Eu me perguntei se algum deles encontraria Naomi enquanto estava na rua. O pensamento me fez dar uma risadinha. Esses caras achavam que eram durões até o instante em que Naomi lhes mostrava o contrário.

— Do que você está rindo? — perguntou Darby, em pé atrás de um dos sofás na área de espera.

Parei de repente. As portas deslizantes tentaram se fechar e recuaram. Darby deu uma risadinha e me puxou para dentro do saguão. Ela estava usando maquiagem, um short e uma camiseta delicada, o cabelo caindo sobre os ombros em ondas suaves.

— Trex? — ela perguntou, e nesse momento percebi que eu não tinha respondido.

— Desculpa, você me pegou meio desprevenido — falei, sentindo meu mau humor se derreter. — Você está saindo? — Depois que o treinamento terminou, ela começou a trabalhar no turno das onze da noite até as sete da manhã, da noite de domingo até a noite de quinta-feira. Ela não tinha saído nem uma vez desde que assumira esse turno.

— É. Prometi ao Zeke que ia ao cinema com ele quando ele voltasse, e... ele voltou.

— Ah, sim — falei, sem conseguir disfarçar a cara fechada.

Ela balançou a cabeça, subitamente envergonhada.

— É só... é só um filme. Além disso, ele não é o meu tipo. Bombeiros, policiais, soldados... todos fora da lista.

— É — comentei, assentindo. — Bom... divirta-se.

Deixei Darby sozinha no saguão. Outro grupo de bombeiros de elite entrou, carregando sacos marrons com um grande logotipo vermelho, em que se lia: Carne & Frutos do Mar Colorado Springs. Quando eles passaram, o leve cheiro de peixe tomou conta do ar e, segundos depois, o som de ânsia de vômito.

Darby estava dobrada sobre a lata de lixo mais próxima, expelindo a última refeição. Corri para o lado dela, segurando seu cabelo enquanto ela vomitava de novo.

— Jesus, Darby. Você está bem?

Ela teve outra ânsia.

Olhei ao redor, notando os olhares chocados de todo mundo no saguão, incluindo o de Stavros. Ele se aproximou, apressado, me deu um pano de prato limpo e depois se afastou, cobrindo o nariz.

— Ela... ela está bem?

— Ela estava ótima alguns segundos atrás — respondi.

Darby se levantou, e eu lhe dei o pano. Ela limpou o rosto, com dificuldade para respirar.

— Me desculpa, Stavros.

Ele assentiu.

— Talvez você devesse...

— Estou me sentindo melhor — disse ela.

— Darby — começou Stavros, olhando em volta. — Você devia se deitar um pouco. Vou mandar alguns biscoitos cream cracker e um Sprite pro seu quarto.

— Estou bem de verdade. Foi só o peixe que aqueles caras trouxeram. Estava com cheiro de podre ou alguma coisa assim.

Arqueei a sobrancelha. Eu mal tinha notado o cheiro de peixe. Darby devia ter um olfato de cão de caça, se isso a afetava com tanta intensidade.

— Vem — falei. — Vou te levar pro seu quarto.

— Você pode lavar o rosto antes do filme — sugeriu Stavros.

Olhei para Darby antes que ela protestasse de novo.

— Ele está tentando te dizer educadamente pra sair do saguão antes de vomitar de novo.

— Ah — disse Darby, envergonhada, só então percebendo que todo mundo a encarava. — Me desculpa. Estou indo.

Ela manteve o pano sobre o nariz e a boca enquanto passávamos pelos bombeiros de elite com seus sacos marrons de frutos do mar. Quando chegamos ao quarto 100, ela levou o cartão-chave até a fechadura, que apitou antes de ela virar a maçaneta e abrir a porta.

Cambaleei pelo pequeno hall de entrada que ficava ao lado do banheiro. Darby foi direto para lá, fechando a porta atrás de si. A água que jorrava da torneira e o som da escovação de dentes eram tudo que se ouvia.

A torneira foi fechada e, segundos depois, Darby abriu a porta, parecendo tão linda quanto no momento em que entrei no saguão.

— Tudo bem? — perguntei.

— Ãhã — disse ela com um suspiro. — Estou bem, sim. O peixe me pegou.

— Eu mal senti o cheiro.

Ela apontou para o nariz.

— Deve ser meu superpoder, então.

— Darby — falei, dando um passo na sua direção e afastando seu cabelo do rosto. Apavorado, perguntei: — Você está doente? Pode me contar.

Ela balançou a cabeça.

— Tenho andado enjoada. Mas vai passar.

Um suspiro de alívio escapou dos meus lábios. Alguma coisa estava acontecendo, e talvez ela estivesse doente, mas, naquele momento, o medo foi substituído pela curiosidade. Darby estava escondendo mais do que apenas o próprio passado. Alguma coisa estava errada.

— Tem mais alguma coisa que você queira me contar? — perguntei.

Ela pensou durante uns dez segundos antes de balançar a cabeça e dizer "não".

Alguém bateu na porta, e Darby a abriu. Tilde estava em pé ali, com um sorriso, uma bandeja de biscoitos cream cracker e uma lata de Sprite.

— Muito obrigada, Tilde. De verdade.

— O Stavros disse que você botou os bofes pra fora no saguão todo.

— Na lata de lixo — disse ela, colocando a bandeja na cômoda. — Por favor, pede desculpas a ele por mim.

— Você já pediu — lembrei.

— Pede de novo — disse ela, sorrindo para Tilde.

A mulher assentiu.

— Você precisa descansar.

— Obrigada, pode deixar — respondeu Darby, fechando a porta quando Tilde saiu.

Darby olhou para o relógio na mesa de cabeceira.

— Vou me encontrar com o Zeke no saguão daqui a quinze minutos.

— Você não vai mais, né? Você acabou de vomitar na lata de lixo do saguão.

— Eu te falei...

— Que você está bem. Eu sei. Deve ser mais do que só um filme, se você não quer cancelar mesmo estando doente.

— Eu não estou doente.

— Você tem algum problema na garganta, então?

— Eu simplesmente não suporto o cheiro de peixe, qual é o problema?

— Estou preocupado com você, Darby. Sei que tem alguma coisa que você não quer me contar. E tudo bem, a vida é sua, mas estou preocupado com você.

Ela sorriu.

— E eu agradeço. Mas juro que estou bem. Eu nem preciso descansar, mas vou me deitar por uns minutos porque falei pra Tilde que ia fazer isso.

— Posso ficar com você até a hora de sair? — perguntei.

Ela não conseguiu disfarçar a expressão comovida no rosto.

— Tudo bem, pode.

Fiz um sinal para ela ir na frente, depois puxei uma cadeira para o lado da cama. Ela se deitou de costas, entrelaçando as mãos na cintura. Encarou o teto por alguns segundos e fechou os olhos. Seu peito subiu e desceu quando ela respirou fundo de maneira relaxante. Eu daria qualquer coisa para me deitar ao lado dela e abraçá-la, mas continuei sentado na cadeira.

— Estamos empatados, sabe — disse ela, com a voz suave e calma.

— O que você quer dizer?

— Você também tem segredos.

Congelei, sem saber como responder.

— Tudo bem. A vida é sua. Todos temos direito a ter segredos, contanto que eles não machuquem ninguém.

Fiquei calado. Ela se virou de lado, colocou as mãos entre o rosto e o travesseiro e sorriu para mim.

— Meu Deus, como você é linda — falei, sem conseguir evitar.

Darby não pareceu se importar.

— Obrigada.

— Tenho certeza de que já te falaram isso milhares de vezes.

— Você não.

Dei uma risada e olhei para baixo.

— Desculpa. Eu devia fingir que não gosto de você.

— Você está se saindo terrivelmente mal. Por acaso acha que eu não te vejo me encarando todo dia de manhã quando você sai pro trabalho? Você acha que eu não te vejo roubando olhares à noite?

— Acho que é impossível não olhar pra você. Até as mulheres olham.

— Pergunta pra minha mãe. Ela sabe bem como é não olhar para mim.

— Ela realmente te responsabiliza pela morte do seu pai e do seu irmão?

— Não posso culpá-la. Eu também me responsabilizo.

— Você sabe que isso é bobagem, né?

— Quer dizer, é óbvio que eu não matei os dois. Mas...

— Sem essa de "mas". Você não teve culpa, foi um acidente, e, sinto muito, mas sua mãe é meio babaca por te fazer pensar diferente disso.

Ela gargalhou tanto que cobriu a boca.

— Você sempre diz exatamente o que está pensando?

— Quando eu posso, sim.

Ela olhou para o relógio.

— Bom, preciso ir. — Ela se sentou, e eu me levantei, estendendo a mão para ajudá-la a sair da cama.

— Que filme vocês vão ver? — perguntei, tentando não deixar o ciúme escapar.

Darby pensou na pergunta.

— Sabe que eu não tenho a menor ideia? Acho que o Zeke deve ter escolhido alguma coisa.

Ela foi até a porta e eu a abri, esperando ela sair antes de fechá-la.

— Darby! — disse Zeke, surpreso ao me ver.

— Oi — disse ela com um sorriso.

— Trex. — Ele me deu uma olhada de cima a baixo, depois voltou a atenção para Darby. — Ouvi dizer que você estava doente.

— Não — respondeu ela. Eu gostava do jeito como Darby não entregava todas as informações. Ela dominava a arte da omissão, me fazendo pensar nas nossas conversas anteriores, para verificar se eu tinha perdido alguma coisa.

— Ah. Bom... — Ele apontou para mim.

Passei por ele.

— Tchau, Trex — disse ela.

— Divirtam-se no cinema, crianças — falei, acenando.

Zeke estava claramente confuso por eu ter acabado de sair do quarto de Darby, por eu saber que eles iriam ao cinema juntos e parecer não ligar. Sorri, feliz por deixá-lo no escuro.

Darby começou a andar pelo corredor, e Zeke a seguiu. Ele olhou de novo para mim uma última vez antes de eles fazerem a curva e saírem de vista.

Decidi ir de escada, sentindo o celular vibrar no bolso no meio do caminho até o meu quarto. Era Hailey, e eu atendi antes do segundo toque.

— Oi, Bells. Como estão as coisas?

— Estou entediada.

— Sem planos? Hoje é sexta-feira.

— Me chamaram pra sair. Ele não era o meu tipo.

— Não frequenta a sua igreja, né?

— Católico.

— Hailey, só porque ele tem uma crença diferente da sua...

— O papai não ia permitir, e você sabe disso.

— Por que você não pode ser igual a todas as outras adolescentes e fazer exatamente o contrário do que te dizem?

— De qualquer maneira, eu gosto do Rob Major.

— Aquele baixinho do acampamento da igreja?

— Você não vem em casa há muito tempo, Scottie. Ele está bem diferente. E a mãe dele é a líder de oração e louvor da nossa igreja agora.

— Ai, caramba. Garantir que você não saia com ninguém que não tenha a sua fé é um jeito infalível de te manter com a mesma mentalidade.

— Scottie... — alertou ela.

— Desculpa. Então, por que o Rob não te chama pra sair?

— Não sei — disse ela com a voz sussurrada. Eu a imaginei deitada na cama rosa-bebê, com as pernas cruzadas e apoiadas na parede, o cabelo loiro caindo na lateral do colchão e roçando no chão. Rob Major provavelmente era uma versão mais magra do meu pai. Pensei nele perdendo a calma e gritando com a minha irmã, tudo enquanto recitava as escrituras que diziam para ela se submeter e obedecer ao marido; ou, pior ainda, descendo a mão nela. Eu o mataria.

— Acho bom ele ser legal com você, Bells. É só isso que eu vou dizer.

— O Rob? Ele é a criatura mais doce do mundo. Não machucaria nem uma mosca. É por isso que eu gosto dele. Ele é muito diferente do papai, nesse sentido.

— Ainda bem — falei.

— E você? Tem algum plano pra hoje à noite? Que tal o Colorado? Já encontrou um lugar pra morar? Quando posso te visitar?

— Você sabe todas essas respostas. — Ela suspirou, então eu continuei para deixá-la feliz. — Não tenho planos. O Colorado é lindo. Já estamos quase em julho e à noite ainda faz frio. Ainda não encontrei um lugar pra morar, mas também não estou me empenhando tanto assim. Você pode me visitar quando eu encontrar algo. Só não pode vir pra cá agora. Está lotado de bombeiros, e todos estão longe das esposas e namoradas há alguns meses. Não é uma boa ideia.

— Você já conheceu alguém?

— Conheci muita gente.

— Você sabe o que eu quero dizer.

— Eu, hum... na verdade, não sei.

Hailey inspirou de leve, e eu a ouvi se mexer.

— É. Você conheceu alguém. Como ela é? De onde ela é? O que ela faz?

— Calma, Hailey, Jesus.

— Scott Solomon Trexler!

Estremeci.

— Não usa meu nome do meio, Bells. Você sabe que eu odeio.

— E você não ouse usar o nome do Senhor em vão! Você pode não se importar com a sua alma, mas eu me importo.

— Desculpa.

— E aí? — ela exigiu saber.

— Ela trabalha aqui no hotel.

— Ah?

— Ela é... — Suspirei. — Ela é linda, Bells. Também não é só uma beleza comum. É uma beleza exótica, de modelo, de tirar o fôlego. E ela não tem a menor ideia. Nunca vi ninguém como ela ao vivo. Ela poderia dar início à Guerra de Troia.

— Uau.

— Ela é do Texas. E tem um sotaque fofo do interior.

— Por que você não vai sair com ela?

— Ela está no cinema com um bombeiro de elite chamado Zeke.

— Não! Se você gosta tanto dela, vai lá e rouba a garota pra você!

Dei uma risadinha.

— Ela não está namorando o Zeke. O casamento dela foi algumas semanas atrás.

— Ela é casada? — lamentou Hailey.

— Não, não... ela não chegou a se casar. Ele era malvado e ela fugiu. Ela não está procurando ninguém pra namorar.

— Ah — disse Hailey, desanimada. — Nunca ouvi você falar de alguém desse jeito. Nem mesmo da Laura. Você falou que ela é de tirar o fôlego. Você definitivamente devia dizer isso pra ela.

— Não. Ela precisa de tempo, e eu vou respeitar isso. Ela passou por muita coisa e... — Eu ia dizer que achava que ela estava doente, mas decidi que Hailey não precisava saber de tudo.

— E?

— Não estou com pressa, Bells, você sabe disso.

— Eu só queria... Eu quero que você seja feliz, só isso.

— Quem disse que eu não sou?

— Então está ótimo. Estou com saudade.

— Também estou. Avisa o Rob sobre o seu irmão, que é pra ele ter uma vida longa.

Ela deu uma risadinha.

— Ele não gosta de mim desse jeito. Ainda.

— Duvido. Te amo.

— Também te amo! Boa noite!

Empurrei a porta do meu quarto e caí imediatamente de costas no colchão. Com os dedos entrelaçados atrás da cabeça, inspirei fundo e expirei enquanto encarava o teto. Se Darby estava doente, isso era algo do qual eu não podia salvá-la. E se ela precisasse de um tratamento e não pudesse pagar por ele porque tinha fugido daquele babaca nojento no Texas? Eu podia fazer umas ligações para a Califórnia. Val podia descobrir isso para mim em quarenta e oito horas, mas eu estaria violando a privacidade de Darby. Não. Não importa o quanto eu queria saber, isso estava fora de questão e só competia a Darby me contar ou não. Eu estava ficando maluco por desconhecer todos os detalhes, mesmo que Darby fosse perfeitamente capaz de salvar a si mesma. Eu só queria ajudar.

Eu tinha acabado de encontrá-la. A ideia de perdê-la me deu enjoo.

Meu celular apitou, e eu o peguei. Era uma mensagem de Naomi.

Estou numa espelunca no centro da cidade. Me salva, T-Rex.

Do tédio? Porque você sabe se virar muito bem.

Sim. Depois de dois drinques, ainda não está divertido. E os homens aqui são irritantes pra caralho.

Suspirei, ouvindo Matt me dizer para levantar a bunda e ir até a esposa dele. Digitei uma resposta.

Tá. Chego em 15.

Vem em 10.

Saltei da cama e tomei uma ducha rápida. Em seguida me vesti, peguei a carteira, as chaves e o celular e desci correndo a escada até a minha caminhonete. A única mulher por quem eu correria desse jeito além da minha irmã era Naomi... e agora Darby.

Naomi me mandou sua localização por mensagem, e eu testei minha sorte dirigindo a cento e trinta por hora até o destino. A caminhonete deslizou e parou em um pequeno estacionamento do outro lado da rua, a meio caminho do McCormack's Pub. Corri até a entrada, empurrando a porta com força e procurando Naomi.

Ela me fitava com um sorriso, o queixo apoiado no punho, o outro braço estendido, com o dedo do meio formando uma barreira entre ela e um bombeiro de elite que eu reconheci do saguão do hotel. Ele também sorria, tentando esconder a vergonha de uma rejeição muito pública. Eu já tinha visto o cara conversando com a Darby. Ele mais parecia um modelo da Abercrombie & Fitch do que um bombeiro de incêndios florestais. Era bonito demais para gostar de se sujar, mesmo com a barba malfeita. O cabelo era fixado com gel e a camisa social preta era engomada.

— Oi — falei, bufando de raiva. — É isso? Foi por isso que eu me arrisquei a receber uma multa por direção imprudente?

— Ela está, hum...? — me perguntou Watts.

Naomi respondeu por mim.

— Claro! Devo pertencer a ele porque não estou interessada em você.

— Quem disse que você não está interessada em mim? — perguntou Watts.

— Eu — disse Naomi. — Duas vezes.

— Watts — falei, balançando a cabeça. — Você não precisa disso.

— Ela é sua irmã? — ele perguntou.

Naomi e eu nos entreolhamos. Ela era exótica e selvagem; eu era um garoto normal do Kansas. Não podíamos ser mais diferentes.

— Sério? — perguntei.

Watts se sentou.

— Só estou tentando decifrar vocês dois. Talvez você seja adotado, sei lá.

— Nós trabalhamos juntos — falei.

— Trex — repreendeu Naomi, sem querer que Watts soubesse de nada sobre ela.

— Você não notou a aliança? Ela é casada, cara, cai fora.

Watts olhou para baixo.

— Está no dedo do meio.

— Ela parece ser conformada com o sistema? — perguntei.

Watts deu de ombros e se levantou.

— Ela é linda, porra. Se não quiser que os caras pensem que ela é solteira, talvez devesse usar a aliança no dedo certo.

Naomi olhou furiosa para ele.

— Ou acreditar em mim quando você se aproximar e a primeira coisa que eu disser é *vai embora.*

— Você está certa. Desculpa — disse Watts. Ele fez um sinal com a cabeça para mim e se afastou.

— *Por que* você usa a aliança no dedo do meio? — perguntei.

— Eu emagreci depois que o Matt morreu. Não cabe mais naquele dedo.

— Manda ajustar — sugeri.

— Não. Foi o Matt que escolheu essa aliança. Vai ficar como ele se lembra dela.

— Deve ter sido difícil pra você se mudar pra cá.

Ela balançou a cabeça.

— Essa parte foi fácil. Eu não conseguiria olhar para aquele apartamento nem mais um dia. Não percebi isso até receber a carta. E aí empacotei tudo bem rápido.

— Como é que você está aí por dentro? — perguntei.

Ela cruzou os braços em cima da mesa e deu de ombros.

— Alguns dias são mais fáceis que outros.

Fiz que sim com a cabeça.

— Eu estava me perguntando por que você veio aqui se não está no clima de socializar.

— Tenho permissão pra sair e não necessariamente querer atenção masculina.

— Não foi isso que eu quis dizer, e você sabe disso.

Ela tomou um gole de cerveja.

— Droga. Desculpa, Trex.

— Fala comigo.

— Hoje é aniversário da mãe dele. É estranho o que mexe comigo e o que não mexe.

Estendi a mão por sobre a mesa e envolvi seu pulso.

— Você pode me chamar pra te fazer companhia se quiser ir pra alguma espelunca. Assim você não fica sozinha e não precisa mostrar o dedo do meio pra nenhum estranho.

Ela olhou para Watts, que estava conversando com os amigos e que, coincidentemente, nesse mesmo instante também olhou para Naomi. Foi aí que eu vi Zeke e, depois, Darby. Ela estava a caminho da nossa mesa, então encarou minha mão sobre a de Naomi. Nesse momento, ela se virou e voltou para Zeke, ficando de costas para mim.

— Merda — falei, me levantando.

— O que foi? — perguntou Naomi.

— Aquela é... hum... é ela.

— A garota? Darby?

Fiz que sim com a cabeça.

— Você sabe o que ela está pensando, vai...

Antes que Naomi pudesse terminar a frase, eu já estava a caminho da pequena multidão de bombeiros de elite reunidos com Darby e outras mulheres que eu não reconheci.

— Oi — falei, colocando a mão delicadamente nas costas de Darby. Ela se virou com um dos seus sorrisos de miss pintado no rosto.

— Oi, Trex.

— Posso...? — Olhei de relance para Zeke. — Posso falar com você um segundinho? Tem uma pessoa que eu quero te apresentar.

Darby olhou para Naomi atrás de mim, depois de novo para Zeke.

— Eu te falei que ela é colega de trabalho dele — disse Watts.

Darby fechou os olhos, porque não gostou de Watts revelar que eles estavam falando sobre Naomi.

— Hum, claro. É. Vamos lá pra eu conhecer... sua colega de trabalho.

A caminhada até a mesa de Naomi fez meu estômago dar cambalhotas. Eu não fazia ideia de como explicar o que Naomi representava para mim, mas também não podia deixar Darby achar que eu estava saindo com alguém.

— Nomes, essa é a Darby.

Naomi deu um sorriso iluminado, algo que eu não a via fazer desde que Matt estava vivo.

— É Naomi, na verdade. Então você é a famosa Darby. É um prazer finalmente te conhecer.

Ah, porra, Naomi, você é brilhante.

— Oi — disse Darby, estendendo a mão para apertar a dela. Percebi que Naomi não deu o típico aperto forte que normalmente dava. Os homens costumavam parecer chocados com a força que ela aplicava, mas Darby soltou a mão dela sem esboçar reação. — Quer dizer que você trabalha no Departamento Florestal?

— Não — disse Naomi, ainda sorrindo. — Você trabalha no hotel?

Darby olhou para mim.

— É.

— Você é tão linda quanto ele falou. Uau.

— Obrigada. — Ela agradeceu como se já tivesse ouvido isso um milhão de vezes; porque tinha mesmo. — Então... o que você faz?

— Sou uma contratada independente — respondeu Naomi.

— Ah, entendi. Bom, foi um prazer.

— Quer se juntar a nós? — perguntou Naomi antes que Darby pudesse se afastar. — Eu sei que o Trex ia adorar.

— Estou aqui com uns amigos. Mas obrigada. Eu sei que o Watts ia gostar se eu convidasse vocês para se juntarem a nós.

— Só estamos aqui pra eu tentar me distrair um pouco do fato de que o meu marido faleceu, mas obrigada.

— Ai, nossa, sinto muito — disse Darby, confusa, enquanto seus olhos se arregalavam.

— Nomes — falei, fechando os olhos. — Sinto muito — falei para Darby.

— Estou vendo por que vocês são amigos — disse Darby com um sorriso. — Vocês preferem ser diretos.

— A Naomi certamente — falei. — Mas não é isso. O marido dela, Matt, era um grande amigo meu.

— Não me surpreende — disse Darby, depois pareceu perceber que tinha falado em voz alta. — Que... que... hum...

— Nós dois estamos sentados juntos e ele estava com a mão na minha? É. Esse é o motivo. Confia em mim, ele fala em você oitenta e cinco por cento do dia.

— Mentira — corrigi.

— Não? — perguntou Darby.

— Pelo menos noventa — falei.

Darby e eu sorrimos um para o outro durante vários segundos, até Naomi pigarrear.

— Eu devia... hum... Acho que eu devia... — A expressão de Darby mudou, e ela se sentou na minha cadeira, apoiando as mãos na mesa.

— Tudo bem? — perguntei, segurando o braço dela. A cor sumiu do seu rosto, e ela encarou a mesa.

— Tudo, só estou um pouco tonta — disse ela. — Vou ficar bem.

— Você não parece bem — concluiu Naomi. — Você parece que vai...

Darby se inclinou para a frente e vomitou, e a água que ela expeliu se espalhou pelo chão. Naomi e eu observamos a cena, sem saber o que pensar.

Zeke e Watts se aproximaram correndo.

— Darby? — disse Zeke, pegando seu braço.

Watts viu a poça no chão e colocou as costas do pulso no nariz.

— Não seja fresco. Vai pegar um pano com o bartender — ordenou Naomi.

Watts saiu correndo, e minha boca se abriu antes que o meu cérebro pudesse acompanhar.

— Que porra é essa, Zeke? Você trouxe a garota pro bar sabendo que ela está doente?

— Ela está doente? — perguntou Zeke. — Eu... eu não sabia.

— Você sabia que ela estava vomitando no saguão do hotel mais cedo.

Darby vomitou de novo.

— Foi alguma coisa que ela comeu? — perguntou Naomi, praticamente sem se afetar.

Zeke balançou a cabeça.

— Ela não comeu nada. Ela não passou bem a noite toda.

— E você trouxe ela pra cá em vez de levá-la pra casa? — rosnei, segurando a camisa dele.

— Para. Para! Eu estou bem — disse Darby, com a cabeça ainda abaixada.

— Eu... Ela disse que estava bem — comentou Zeke, claramente confuso e incomodado, e eu não precisava fazê-lo se sentir pior. Eu sabia que Darby costumava mentir quando se tratava da sua saúde. Eu o soltei e olhei para minha amiga.

— Nomes... — falei.

— Tá, vai — disse ela.

Watts trouxe um pano, e Darby o pegou.

— Desculpe — disse ela, limpando a boca enquanto eu a ajudava a ficar de pé.

Eu a peguei no colo.

— Vem. Vou te levar pra casa. — Olhei de relance para Zeke, que assentiu. Ele sabia que eu não precisava de permissão, mas foi decente da parte dele não argumentar.

Darby segurou o pano na boca e apoiou a cabeça no meu ombro. Quando ela fez isso, meu passo acelerou, e eu mal notei que a carregava. Segurá-la tão perto provocou uma sensação conflitante esquisita entre querer andar devagar para fazer o momento durar e correr para levá-la a algum lugar confortável. Decidi atravessar rapidamente a rua e descer o beco, apertando o botão de destrancar o carro depois de andar uns cinco metros. Os faróis piscaram uma vez, iluminando o beco por um instante antes de sermos banhados novamente pela escuridão.

Meus pés esmagavam o cascalho seco enquanto eu me esforçava para segurá-la, manter o equilíbrio e abrir a porta.

— Eu consigo andar — disse Darby.

— Chegamos — falei, abrindo a porta e colocando-a no banco do carona.

— Eu simplesmente esperei tempo demais pra comer... de novo. Vou acabar aprendendo.

— Acabar aprendendo o quê? — perguntei. — Darby, me fala. Você está muito doente? É muito sério?

Ela limpou a boca de novo e olhou para baixo.

— Por favor, não conta pro Stavros. Nem pra ninguém. Não quero ser demitida.

Engoli em seco.

— O que é? Câncer? — Meu estômago afundou, e quis pegá-la no colo de novo.

— Não — disse ela, balançando a cabeça. — Eu, hum... — Ela se encolheu. — Eu não achei que seria tão difícil dizer isso.

Não é câncer. Depois que essa hipótese foi excluída, minha mente ficou clara o suficiente para a resposta surgir. O vômito quando ela ficava um tempo sem comer, a tontura, o cansaço, o fato de ela beber só água gelada num bar, de ter abandonado o noivo no altar, de ser tão radical em não começar nenhum tipo de relacionamento. Fui muito idiota, porra. Ela tinha outra pessoa para proteger.

— Você está grávida?

Ela me encarou por um instante, decidindo se podia confiar em mim, depois assentiu lentamente.

Eu me afastei, entrelaçando os dedos na cabeça.

— Ainda bem, porra! — gritei. Segurei meus joelhos, sentindo uma vontade absurda de chorar. Eu não sabia se um dia tinha me sentido assim, mesmo quando era criança. Expirei e me levantei, me virando para encarar Darby.

Ela me olhava fixamente, desconfiada.

Fui até ela e a abracei, rindo, me balançando de um lado para o outro.

— Eu achei que você estivesse morrendo. — Ela não retribuiu o abraço, então eu a soltei, analisando seus olhos em busca de uma pista. — Desculpa. Eu devia ter perguntado antes de te abraçar. Só estou muito aliviado, caramba. — Ela me observou, achando que eu fosse explodir. — O que foi?

— Você não entende? — ela perguntou.

— Que você está grávida?

Ela fez que sim com a cabeça.

— Eu estou grávida.

— É... mas... — Olhei para a barriga dela. — Tem certeza que é meu?

Darby ficou calada por alguns instantes. Depois soltou uma risada e não conseguiu mais parar de rir. Em seguida cobriu a boca, sua expressão passou de risadinhas para medo, e ela começou a chorar.

— Essa é a primeira vez que digo isso em voz alta.

— Mais ninguém sabe? Nem mesmo...

Ela balançou a cabeça, as mãos trêmulas.

— Darby — falei, abraçando-a de novo. — Está tudo bem. — Beijei seu cabelo. — Vai ficar tudo bem.

Ela assentiu no meu peito, agarrada à minha camisa. Naquele momento, nada mais existia; éramos só nós dois e o bebê que crescia dentro dela, e o desejo de mantê-la em segurança se fortaleceu ainda mais.

12

Darby

Meus olhos se abriram devagar, e a primeira coisa que apareceu foi Trex dormindo na cadeira ao lado da minha cama. Seu braço estava esticado sobre o encosto da cadeira, sua mão segurando a minha. Inspirei fundo e me espreguicei, deixando minha mão escapar da dele, mas seus dedos apertaram os meus.

Olhei para ele, esperando que seus olhos estivessem abertos, mas não estavam. A outra mão estava apoiada no rosto perfeitamente relaxado. Eu me ajeitei no colchão, deixando a cabeça afundar no travesseiro de penas enquanto eu encarava o teto de chapisco. Não conversamos muito no caminho do McCormack's até em casa, porque Trex teve que parar duas vezes, apesar de eu só estar enjoada. Ele me carregou até o meu quarto, me deu biscoitos cream cracker e me fez comê-los antes de me perguntar se podia ficar sentado na cadeira enquanto eu dormia.

Eu me virei, vendo as horas no relógio. Só tinha dormido quatro horas, mas me sentia descansada. Quando olhei de novo, Trex estava acordado.

— Ei — disse ele, esfregando o rosto e os olhos, depois apertando a minha mão. — Que horas são?

— Cinco e pouquinho.

Ele sorriu.

— Provavelmente foi um longo cochilo pra você.

— É — comentei, me sentando. — Não quero bagunçar demais o meu cronograma. Eu devia voltar pra cama às dez.

— Acho que você vai estar cansada de novo a essa hora, considerando a gravidez.

Ergui a sobrancelha.

— Você sabe muita coisa sobre gravidez?

— Só o básico, apesar de nunca ter vivenciado.

Franzi a testa.

— Eu preciso desse emprego, Trex. O Stavros é um homem bom, mas também é dono de um negócio. Preciso de mais tempo pra provar pra ele que sou uma boa funcionária e que vai valer a pena esperar a minha volta ao trabalho depois... — Olhei para baixo, para a minha barriga.

— Eu não vou contar nada — disse ele imediatamente. — Pode confiar em mim, Darby. Eu juro. — Ele entrelaçou os dedos nos meus.

Puxei a mão e mexi nas unhas, encarando as pontas irregulares da unha do polegar.

— Eu gosto de você, mas relacionamentos são muito complicados.

Ele assentiu.

— Você está certa, e eu não gosto de coisas complicadas.

Engoli em seco, agradecendo pela dor que eu estava sentindo. Mais tarde teria sido muito pior.

— E eu me perguntava, enquanto te observava dormir, por que o fato de você estar grávida do bebê de outra pessoa não muda nada pra mim. Nada disso faz sentido, mas não consigo parar de pensar em você.

— Eu só acho que vai ser melhor se eu fizer isso sozinha. Não é inteligente correr de um relacionamento pra outro. E nós não nos conhecemos. Não de verdade.

— Então vamos nos dar a chance de nos conhecer. Não foi por acidente que nós dois viemos parar aqui.

Arqueei a sobrancelha.

— Está encontrando a religião, Trexler?

Ele balançou a cabeça.

— Não. Eu encontrei você.

Senti as bochechas enrubescerem e apontei para elas.

— Está vendo? Eu não quero ser uma garotinha apaixonada e eufórica que fica vermelha.

— Você não é nada disso, Darby. Podia ser a coisa mais fácil do mundo. Vamos só... vamos ver.

— Eu preciso ter um plano. Não posso mais improvisar.

— Quem disse que nós vamos improvisar? Olha só. Agora, por exemplo, meu plano é permanecer sentado nesta cadeira horrorosa pra ficar o mais perto possível sem te deixar desconfortável. — Ele sorriu, fazendo meu coração palpitar. Naquele momento, me perguntei se não seguir o meu coração era o mesmo que deixar Shawn me controlar, só que de um jeito diferente. *O que eu quero de verdade?*

Eu me levantei.

— Já volto — falei e fui até o banheiro. A porta se fechou silenciosamente atrás de mim, e eu apoiei a palma das mãos nela, encostando a testa na madeira oca. Eu já tinha conhecido muitos homens: alguns bons, a maioria maus. Mas Trex estava naquela espelunca com a viúva do melhor amigo e depois ficou vigiando uma mulher grávida dormir, segurando a mão dela, e não porque tinha esperança de ir para a cama com ela. Eu tinha visto homens me olharem com aquele desejo. Ele se sentia atraído por mim, mas não estava tentando me conquistar.

Peguei minha escova de dentes e abri a torneira. Enquanto escovava os dentes, lembrei a mim mesma que eu podia ter me acomodado ao lado de Shawn, mas que isso não me tornava uma idiota. Eu ainda sabia tomar boas decisões, e Trex... ele era bom, eu sabia disso.

Cuspi na pia, enxaguei a boca e saí.

— Você ainda está aqui — falei.

Ele se ajeitou na cadeira.

— Você queria que eu fosse embora?

Eu me sentei na cama, me recostei na cabeceira e estendi a mão. Ele olhou para baixo, inseguro.

— Você disse que queria estar o mais próximo possível sem me deixar desconfortável. Vem mais pra perto.

Ele se levantou devagar, olhando para mim enquanto tirava as botas, depois engatinhou pela cama para se deitar ao meu lado. Olhou nos meus olhos por alguns instantes antes de esticar o pescoço para beijar o meu rosto. Sua testa encostou na minha têmpora.

— Estou feliz demais porque você vai ficar bem — ele sussurrou, depois suspirou de alívio.

— Você realmente achou que eu estivesse morrendo?

Ele me puxou delicadamente para perto e enterrou o rosto no meu pescoço.

Fazia muito tempo que eu não me sentia confortável sendo abraçada daquele jeito. Pensei que era estranho simplesmente ficar deitada ali, então apoiei a mão nas costas dele. Sem pensar, passei as unhas para cima e para baixo, desde pouco acima da calça jeans até o espaço entre suas escápulas. Uma lembrança veio à tona, de uma noite em que tentei ao máximo manter meu corpo relaxado, na esperança de que Shawn simplesmente desmaiasse e dormisse até passar o efeito da tequila e da raiva, e que ele fizesse isso antes que alguma coisa funcionasse como gatilho. Parei e deixei a palma da mão pousada na lombar de Trex. Era algo que Shawn insistia que eu fizesse antes de ele dormir todas as noites em que ele estava em casa, e eu queria ficar o mais longe possível de tudo que ele queria.

— Hábito? — perguntou Trex.

— Vou demorar um tempinho.

— Pode levar o tempo que precisar. Vou estar bem aqui.

Soltei uma risada.

— Confortável?

— Como nunca. Nem sei se vou ser capaz de me mexer pelo resto do fim de semana.

Encostei o queixo no cabelo dele. Eu tinha deixado Shawn me tratar tão mal por tanto tempo que não sabia por que eu era tão contrária à ideia de deixar Trex me tratar como eu merecia. Fechei os olhos e deixei tudo ser fácil, silenciando os gritos dentro de mim, aqueles medos que tinham certeza de que alguma coisa ruim estava para acontecer. Essa era a coisa engraçada sobre o medo: você não sabia ao certo se ele era um alerta do subconsciente sobre coisas futuras ou passadas.

— Sabe — falei no escuro. — Alguns homens fogem quando descobrem que a mulher está grávida do filho *deles*.

Ele levantou a cabeça.

— Eu pareço ser do tipo que foge?

Sorri e balancei a cabeça.

Seus olhos pousaram nos meus lábios, e um calor inundou o meu peito e desceu até os meus pés.

— Posso te beijar? — ele perguntou.

Encarei seus lábios. Pareciam macios, apesar de estarem cercados por uma barba de três dias. Eu me lembrei do jeito que eles roçaram no meu rosto, como o calor ficou ali até ele atravessar metade do salão.

— Pode.

Sua mão deslizou para trás da minha cabeça, segurando-a delicadamente enquanto ele me puxava para perto. Fazia muito tempo que alguém que não fosse Shawn tinha me tocado. Sozinha em um quarto escuro, envolvida nos braços de Scott Trexler, eu sentia tudo, menos medo.

Fechei os olhos, e seus lábios estavam nos meus. Ele tentou um beijo suave no início, esperando mais permissão, então toquei seu rosto e o puxei para perto, abrindo a boca e esperando que ele se sentisse confiante o suficiente para...

A língua de Trex deslizou para dentro, me saboreando. Eu não tinha nenhuma expectativa além do beijo anterior no rosto, mas Trex estava destruindo tudo que eu esperava. Sua boca se movia mais rápido, com menos delicadeza, e ele se posicionou de modo a ficar deitado em cima de mim, e não ao meu lado. Toda a minha pele começou a formigar. Agarrei sua camisa e o puxei para perto.

Ele se afastou e encostou a testa na minha.

— Só... espera um segundo — disse, tentando recuperar o fôlego. Então voltou para o meu lado, apoiando a maior parte do peso no cotovelo.

Olhei para o teto, já sabendo o que ele ia dizer a seguir. Eu estava grávida. Isso não era exatamente excitante.

— O que você vai fazer hoje à noite? — ele perguntou.

Não era isso que eu esperava.

— Hein? — soltei, sem conseguir disfarçar a surpresa.

Ele deu uma risadinha e beijou a pele atrás da minha orelha. Seus lábios ficaram ali por um instante, depois ele se sentou para me olhar nos olhos.

— Quero te levar pra jantar. Eu provei uma massa quando estava fingindo que não gostava de você. Eles têm sorvete. O tempo todo em que estava lá, fiquei pensando que você ia gostar.

— É mesmo? — perguntei, tentando não me derreter com o fato de ele planejar nosso primeiro encontro.

— Então... jantar? Hoje à noite? Comigo?

— Jantar — respondi, assentindo. Claro. Era isso que caras legais faziam. — Pode ser mais tarde?

— Às oito? — ele perguntou.

Concordei, e ele se sentou e saiu da cama. Em seguida apontou para a porta.

— Tenho quase certeza de que vou pagar mico na hora de comemorar no corredor. Então não fica me olhando quando eu sair.

— Você vai embora?

— Eu já volto. Só vou pegar o café da manhã pra você.

— Ah — falei com um sorriso.

— Não vamos esperar até você ficar enjoada, certo?

— Certo. Deixa eu pegar...

— Não. É por minha conta.

— Eu... — comecei.

— O que foi?

— Não quero dever nada pra você.

Ele franziu a testa.

— Você não me deve porra nenhuma, Darby.

Contraí o canto da boca, tentando não sorrir.

— Hummm.

— Já volto. Você gosta de suco de laranja?

Fiz que sim com a cabeça.

— Posso levar isso? — ele perguntou, segurando meu cartão-chave. Quando assenti, ele sorriu. — Não sai daí, tá? Seu café na cama vai chegar em menos de vinte minutos.

— Tudo bem.

— Então tá bom — disse ele, pegando a carteira e o celular no chão. Ele deu um tapinha no bolso para confirmar que as chaves estavam ali, depois se abaixou, as mãos afundando no colchão enquanto me dava um selinho. Ele gemeu de satisfação, depois correu porta afora.

Afundei nos travesseiros, cobrindo a boca. *Como foi que isso aconteceu? Eu mal saí de uma situação horrível, estou grávida e fui cair nos braços do homem mais doce que eu já conheci?* Uma sensação de pânico me tomou. Era bom demais para ser verdade. Mas, ao mesmo tempo, ser presenteada com algo tão maravilhoso significava que perdê-lo seria muito mais difícil.

Cobri os olhos com uma das mãos. *Para com isso, Darby. Só porque sempre aconteceu assim não significa que sempre vai acontecer assim.* Tentei curtir o momento silencioso, esperando que um cara muito bonito e muito atencioso me trouxesse o café na cama. O medo se insinuou, mesmo quando eu o identifiquei e o afastei. Mesmo quando eu me dava uma trégua e me deixava sentir medo — afinal, por que alguém não sentiria, depois de conviver um ano com Shawn Littlefield? Então chorei. Sofri por quem eu era antes de Shawn e depois me lembrei de que eu também não gostava muito de mim naquela época. Fiquei feliz por ter a gravidez para culpar minhas emoções tão disparatadas. Eu estava absolutamente confusa.

A fechadura clicou e Trex entrou, segurando duas sacolas brancas. Seu sorriso largo desapareceu rapidamente quando ele viu o meu rosto. Ele colocou as sacolas na ponta da cama e se sentou ao meu lado, tirando os fios soltos do meu rosto.

— O que aconteceu?

Balancei a cabeça.

— Hormônios. Espero.

— Me fala.

— Isso — apontei para o espaço entre nós — parece uma coisa boa.

— Você está com medo de não ser.

Eu gostava do fato de não ter que explicar tudo para Trex. Ele só precisava de uma mínima pista para conseguir decifrar tudo sozinho.

— E eu odeio me sentir assim. Eu me sinto horrível, mas não consigo evitar esse tipo de pensamento.

— É normal você estar preocupada. Totalmente normal. Todo novo relacionamento é basicamente a esperança de uma pessoa de que um completo desconhecido não a decepcione.

As coisas que ele falava faziam muito sentido. Eu adorava o jeito como ele via o mundo.

— E, acredite em mim, eu sei tudo sobre não conseguir impedir que seu cérebro trabalhe demais. O transtorno do estresse pós-traumático é assim, Darby. Não importa de onde ele veio.

Funguei e olhei para ele, surpresa. Nunca tinha me ocorrido que era isso.

— Você já pensou em falar com alguém? — ele perguntou.

— Mesmo que eu tivesse pensado, não posso pagar.

— Tem uma ACM aqui. Posso te levar lá esta semana, ver que serviços eles oferecem.

— Como... *como* você sabe tudo isso? É isso que você faz? Você é tipo um psicólogo dos bombeiros de elite ou alguma coisa assim?

Ele me deu um lenço de papel da caixa sobre a mesa de cabeceira.

— Não. Mas muitas vezes estive rodeado por situações de morte no meu trabalho.

Sequei os olhos e o nariz.

— Tipo o seu melhor amigo?

Ele assentiu, mas os dois vincos entre as sobrancelhas se aprofundaram.

— Darby...

— Sim?

Ele pigarreou e balançou a cabeça, parecendo que queria mudar de assunto.

— O tempo é a única coisa que vai te ajudar a confiar que eu não sou como ele. No momento, tudo que eu tenho é o tempo.

— Você quer dizer até o incêndio acabar.

— Não — disse ele, os dedos deslizando entre os meus. — Estou procurando uma casa aqui. Vou ficar.

— Sério?

Um canto da sua boca se curvou para cima.

— É. Vamos comer.

Ele pegou uma embalagem de isopor e me entregou, depois abriu um saco plástico. Puxei a tampa e ela se abriu, revelando uma pilha de panquecas douradas.

— Coalhada — disse ele, me entregando o garfo e a faca. — Tem omelete e salsicha nas outras embalagens. — Ele tirou a tampa de um pequeno recipiente contendo calda e parou em cima das minhas panquecas. — Muito ou pouco?

— Muito.

— Boa garota — disse ele, mergulhando as panquecas na calda densa e marrom.

Cortei um pedaço, coloquei na boca e gemi, sorrindo e mastigando ao mesmo tempo enquanto Trex cortava um pedaço do enorme omelete na embalagem de isopor no seu colo.

— É omelete Denver? — perguntei. — Estou sentindo cheiro de pimentão, presunto... e... cebola?

Ele assentiu, ainda mastigando. Depois cortou outro pedaço e me ofereceu. Abri a boca e ele enfiou o garfo lá dentro, rindo quando eu gemi ainda mais alto.

— Minha nossa — falei com a boca cheia.

— Não é? — disse ele. Em seguida pegou um copo de isopor com tampa e canudo e me entregou. — Suco de laranja.

Tomei um gole e o observei comer por um instante. Ele parecia tão feliz fazendo um piquenique na minha cama. Tentei afastar da mente todos os pensamentos sobre não o merecer ou o medo de me apegar àquele homem e ele desaparecer.

— Você está pensando — disse ele, limpando a boca com um guardanapo. — Coisas boas ou ruins? — Como não respondi, ele assentiu. — Também estou com medo. Isso parece muito, muito bom. E se você decidir que não me quer por perto ou que não gosta de mim? E se aparecer alguém melhor? E se eu cair de quatro por você e simplesmente acabar?

— Isso já aconteceu com você?

— Meu emprego me impediu de me apegar demais. Mas as viagens acabaram. Estou plantando raízes. E maldito seja se eu não tiver sorte no fim das contas. Você por acaso também está aqui.

— Certo. Quer dizer que vamos entrar nisso com medo?

— Apavorados.

Suspirei.

— Tudo bem, então.

Ele levantou o suco de laranja para brindar.

— Para encarar o medo de frente.

— Vou beber a isso.

Bebemos suco de canudinho, sorrindo um para o outro. Foi o melhor café da manhã da minha vida, até aquele momento.

13

Trex

Flores eram muito clichê, mas eu as trouxe de qualquer maneira. Sair para jantar e ver um filme não era nada especial, mas esse era o plano. Eu estava enferrujado havia tanto tempo que tudo parecia errado e idiota, mas, quando Darby abriu a porta e viu as rosas, ela cobriu o sorriso com as duas mãos e ofegou.

Darby não era difícil de impressionar. Não precisava de diamantes nem de viagens para lugares luxuosos. Ela só queria delicadeza e consideração, e isso eu podia fazer, mas ela merecia mais. Suas curvas enchiam cada centímetro do vestido de alças azul-marinho com listras brancas que desciam do colo até a bainha pouco acima dos joelhos. Tive que me segurar para não ofegar também. Os diferentes tons de loiro se destacavam ainda mais na trança que caía sobre o ombro esquerdo. Sem brincos, sem colar, só seus olhos castanho-dourados e o batom cor-de-rosa.

— Uau — foi tudo que consegui dizer.

Ela baixou o olhar.

— Comprei mais cedo. Estava em promoção na TJ Maxx por sete pratas.

Eu nunca tinha visto alguém como ela na vida real e, mesmo quando ela me puxou para um abraço, era difícil acreditar que era real eu estar tão perto dela.

— São lindas — disse Darby, abraçando as flores enquanto inspirava o aroma.

Ela se virou para trás e foi até a pia do banheiro. Entrei no seu quarto e olhei para ela. Ela estava enchendo a pia com água, o buquê deitado de lado, ainda no plástico.

— Vaso. Na próxima vez eu compro um vaso.

— Posso pegar um no depósito mais tarde — disse ela, sorrindo para as pétalas cor-de-rosa. Ela passou o dedo em uma antes de pegar a minha mão e me puxar para o corredor. Ela estava leve, sorrindo como se não tivesse nenhuma preocupação no mundo. Eu tinha esperança de que fosse por minha causa.

— Animada? — perguntei.

— Você não está?

— Animado e nervoso — admiti.

Ela girou, prendendo os pulsos atrás do meu pescoço.

— Você não fica nervoso.

— Você está certa. A maioria das pessoas fica nervosa perto de mim.

— Eu não.

— Mais um motivo pra eu gostar de você.

— Não ficar nervosa. — Ela inclinou a cabeça, fechou os olhos e me deu um beijinho nos lábios. — Essa é a parte divertida. Vem — disse ela, me puxando pela mão pelo saguão.

Os bombeiros de elite encararam, alguns com curiosidade, outros com inveja. Stavros nos observou sem uma gota de surpresa no rosto. A atenção me fez esticar as costas para parecer mais alto. Eu precisava que aqueles caras soubessem que esse encontro era uma decisão, não um mero convite, porque a realidade era que alguns deles viam o interesse de uma mulher em outro cara como um desafio. Uma mulher desejável, de algum jeito, era uma estação de caça. Ou talvez eles tivessem recuado por causa de Zeke. De qualquer maneira, eu não queria mais nenhum desses caras fungando perto da Darby, só porque tinham visto que ela estava aberta a encontros.

As portas se abriram, soprando o vento quente na nossa cara. Darby não pareceu se importar, mas eu já estava suando quando chegamos à minha caminhonete. Abri a porta para ela e segurei sua mão enquanto ela subia no banco do carona.

— O que foi? — ela perguntou, me olhando.

— Você fica muito linda sentada aí — respondi. — Esse lugar foi feito pra você.

Ela riu, se recostando e relaxando. Ela estava linda antes, mas alguma coisa em vê-la tão feliz tirou meu fôlego.

Sentei ao lado dela e estendi a mão para o console central para deslizar os dedos entre os dela. Levei mais tempo para arrumar minha Land Cruiser do que para tomar banho e me vestir, mas eu queria ter certeza de que as coisas que eu podia controlar estavam perfeitas. A caminhonete estava com cheiro de limpador e de uma nova essência para carros, e de repente eu me perguntei se os produtos químicos seriam ruins para ela ou a deixariam enjoada.

— Tudo bem? — perguntei, saindo do estacionamento.

— Tudo, por quê?

— Acabei de perceber que eu limpei a caminhonete hoje e que ela está com cheiro de...

— Produtos químicos e novo aromatizador?

— É — respondi, triste. Adeus, perfeição.

— Eu gostei.

— Gostou? E o bebê?

— Ah. Eu não penso nisso. — Ela sorriu para mim. — Obrigada, mas tenho certeza de que está tudo bem.

Abri um pouco a janela, só por garantia, e ela apertou a minha mão.

Estacionamos em frente ao Laundry, um lugar que Harbinger disse que a esposa gostava. O tijolo laranja era coberto por um antigo mural da Laundromat, que gerou o nome. Lá dentro havia lustres baixos, canos industriais modernos e dobradiças de metal sobre a madeira cinza. Eu não era fã do que Hailey chamava de comida de rico, mas Darby estava sorrindo de orelha a orelha.

Nós nos aproximamos de um homem grisalho em pé diante de um computador, e ele nos cumprimentou imediatamente.

— Boa noite, senhor. Tem reserva?

— Temos. No nome de Trex.

— Trex. Sim. Nos falamos mais cedo. Por aqui.

Ele nos levou a uma mesa de canto perto da janela, e eu fiquei orgulhoso porque cheguei antes dele para puxar a cadeira para Darby. Ela se sentou, parecendo quase eufórica, e eu me sentei ao lado dela, e não em frente. O recepcionista puxou meu jogo americano sem hesitar, e Darby começou a olhar o cardápio.

Apenas uma mesa e um banco no bar estavam vazios. Eu esperava que fosse porque a comida era boa. Essas não eram exatamente as orientações para levar uma grávida a um encontro, mas eu tinha certeza de que comida estava no topo da lista de acertos.

— Os guardanapos são iguais aos da minha avó — comentou Darby. — Grossos e brancos com faixas vermelhas nas bordas. Você está me levando para uma viagem pelo túnel do tempo e nem sabia.

Ela não podia ter feito um elogio melhor.

— Gostei da trança — falei.

Ela tocou no cabelo.

— Fiz algo rápido. Meu cabelo não está se comportando muito bem ultimamente. No livro diz que são os hormônios.

— Você está linda.

Ela sorriu para o cardápio.

— Obrigada. — Ela disse a palavra sem dar atenção, e eu tive que lembrar a mim mesmo que a frase não funcionava com ela como funcionava com outras mulheres. Ela sabia que era linda.

— Uma hora eu quero ouvir sobre a sua avó. E toda a sua infância.

Seus olhos se iluminaram.

— Minha avó? Ela era o máximo. Fazia uns rolinhos de canela... minha nossa. Eles derretiam na boca. Com cobertura. Ela nunca economizava na cobertura. Você já esteve aqui?

— Não.

— Olha essa comida. É superesquisita.

O garçom se aproximou, servindo água nos nossos copos com um jarro de metal.

— Boa noite. Meu nome é Shawn, e serei seu garçom hoje à noite. Vocês já jantaram aqui?

Darby e eu nos entreolhamos enquanto eu esperava a reação dela. Eu não sabia se isso estragaria ou não a nossa noite. Uma risada escapou da sua garganta, e ela cobriu a boca. Eu também dei uma risadinha e olhei para Shawn.

— Ainda não.

— Nossos pratos servem duas pessoas. Escolham o número três ou o cinco. Sugiro o cinco para ter uma refeição completa, mas cada pessoa é diferente. Vocês já sabem o que querem beber?

— Estou bem com água gelada — disse Darby.

— Eu também — falei.

— Muito bem, vou dar alguns minutos pra vocês. Se tiverem alguma pergunta, podem me chamar. — Shawn nos deixou tão sozinhos quanto era possível em um salão cheio de gente.

— Este é um bom teste. Ou temos que concordar em tudo ou temos que ceder.

— Fácil — falei.

Ela deu um sorriso presunçoso e voltou a atenção para o cardápio.

— O que você acha do carpaccio de carne?

— Vamos lá.

— Camarão empanado?

— Estou dentro.

— Torresmo com caldo de feijão?

— Manda bala.

— Ganso?

— Pode mandar.

— Bochecha de porco?

— Bochecha de porco? — perguntei, dando uma segunda olhada no cardápio. Não parecia ruim, mas Darby estava gostando tanto da minha hesitação que eu entrei na brincadeira. — É tipo bochecha de porco mesmo?

Ela deu uma risadinha.

— É cozido! Tenho certeza de que é melhor que o lombo!

— Que raios é o lombo?

— O traseiro da vaca — explicou ela, ainda dando risadinhas. Fiz uma careta, e ela caiu na gargalhada. — Você não sabe nada de presunto, né?

— Ai, merda. É bunda de porco? Porque eu sempre como no Dia de Ação de Graças.

Ela segurou a barriga, se dobrando enquanto o corpo se sacudia de tanto rir.

Shawn voltou, e Darby fez o pedido, parecendo uma profissional apontando para cada prato.

— Todos os meus preferidos — disse Shawn. — Muito bem. Têm certeza de que não querem um belo vinho branco?

— Estou... — Darby tocou na barriga.

— Ah. — Os olhos dele se iluminaram com a percepção. — Parabéns pros dois — disse ele, fazendo um sinal com a cabeça antes de se afastar de novo.

— Desculpa — disse Darby com o rosto vermelho. — Isso provavelmente é esquisito.

— De jeito nenhum.

Ela hesitou para dizer as próximas palavras.

— Eu... não estou procurando um pai pro meu bebê, só pra você saber. Não preciso que me salvem. Eu decidi fazer isso sozinha e estou confortável com essa escolha.

— Eu sei. Essa situação não é comum, mas não muda nada o que eu sinto por você. Seu jeito independente é um dos motivos para eu me sentir atraído, e a última coisa que eu quero é tirar isso de você. De qualquer maneira, você não precisa que te salvem só porque vai ter um bebê. Tem coisa muito pior no mundo.

Ela fez que sim com a cabeça.

— Exatamente.

Dava para perceber que ela estava tentando decidir se podia acreditar ou não em mim, se eu só estava falando o que ela queria ouvir, mas depois ela sorriu e se inclinou na minha direção.

— Isso é muito legal. Obrigada.

Olhei para o meu relógio de pulso.

— O filme começa daqui a uma hora e meia. Você quer comédia romântica ou ação?

— Ação.

— Tudo bem, então vamos ver *Deuses da guerra*.

— Ah, eu vi o trailer na TV do saguão. Parece muito bom!

— Adoro filmes de verão.

— Eu vi no noticiário que não vão permitir fogos de artifício este ano. — Ela suspirou. — Droga. Mas acho que é bom pra vocês.

— É — respondi. Não era mentira. Saunders tinha dito mais de uma vez para começarmos a observar as crianças se aproximando do Complexo para soltar fogos de artifício. — E se eu te levasse pro norte? Steamboat Springs tem uma exibição enorme de fogos de artifício. Ou podíamos ir até Deadwood, Dakota do Sul. Ou até o monte Rushmore, se você estiver se sentindo especialmente patriota.

— Preciso trabalhar — disse ela, desgostosa.

Dei de ombros.

— Talvez no ano que vem. — Ela grudou os olhos nos meus. — Às vezes eu queria poder ler a sua mente. Para saber o que acontece por trás desses seus olhos.

— É que você disse *ano que vem*. E eu fiquei pensando se você estava falando sério.

— Eu estava — respondi sem hesitar.

— Eu vou estar com um bebê daqui a um ano. Viajar vai ser complicado.

Ela estava certa, eu não tinha pensado nisso.

— Verdade. Do que estamos falando? Cadeirinha pro carro? Fraldas? Lencinhos? Bebê-conforto? Tranquilo. Minha caminhonete é cabine dupla, Darby. A gente dá um jeito.

— Falta muito tempo. Muita coisa pode acontecer entre agora e o próximo ano.

— Espero que sim — falei.

A expressão comovida no rosto dela foi o último fio a se romper para eu me apaixonar. Era tão fácil fazê-la ganhar a noite, o dia, a semana... Não importava se ela queria ou não que eu fosse seu príncipe no cavalo branco, mas ela certamente me fazia sentir assim.

— Você está tornando muito difícil manter a guarda levantada — disse ela.

— Que ótimo. De qualquer maneira, achei que não fôssemos fazer isso. Achei que fôssemos colocar tudo na mesa. De uma maneira apavorantemente sincera e real.

— Mais fácil falar do que fazer.

— Mas eu estou fazendo.

— Tudo bem. — Ela soltou uma risada para acobertar o medo.

Shawn trouxe uma travessa redonda coberta com fatias finas de carne com pedaços grandes de massa de pizza crocante. Ele apontou para o queijo, o molho de alcaparra e o sal de lava.

— Obrigada — disse Darby, quase salivando na travessa.

— Vai fundo — falei, apontando para os talheres.

Ela usou o garfo para tirar um pedaço de carne da travessa e o colocou na massa de pizza. Deu uma mordida e gemeu.

— Ah, Deus do céu, isso é muito bom.

— É? — comentei, pegando um pedaço para mim. Peguei uma fatia maior do que queria, mas isso não me impediu de colocar em cima da massa crocante e enfiar tudo na boca. Darby estava certa. Era incrível. — Caralho.

Darby assentiu, deu uma risadinha e pegou outro pedaço. Comemos a carne, o camarão empanado que Shawn trouxe para a mesa numa tábua de madeira, depois o caldo de feijão, o ganso e, finalmente, as bochechas de porco. O acompanhamento era de pãezinhos no vapor, um molho de laranja, pimentões fatiados, gengibre... tipo faça seu pequeno sanduíche. O simples fato de tocar nos pãezinhos era tão divertido que fazia valer a pena comer bochechas de porco.

No fim, eu não estava cheio, mas satisfeito, e Darby parecia tão feliz que foi difícil não estender a mão de vez em quando para tocar nela.

Conversamos até a hora de pagar a conta e ir para o cinema, onde nos aninhamos nas cadeiras ásperas até o fim dos créditos. Pensei em fazer alguma coisa brega, tipo estacionar em uma estrada de terra e deitar na traseira da minha caminhonete para olhar as estrelas, mas a fumaça do incêndio enevoava o céu.

Decidi que era melhor levá-la para casa para deixá-la descansar. As olheiras dela estavam ficando mais escuras conforme a noite passava.

Em frente à porta do quarto dela, beijei seu rosto, me obrigando a me afastar para lhe dar boa-noite.

— Boa noite — disse ela.

— O que você vai fazer amanhã? Quando é que você volta a trabalhar?

— Eu trabalho de domingo a quinta.

— Quer dizer que você está livre?

Ela fez que sim com a cabeça.

— Quer repetir a noite de hoje? — perguntei.

Mesmo cansada, ela não conseguiu impedir o sorriso de se espalhar pelo rosto.

— Quero, mas só comprei este vestido. Eu realmente não tenho mais nada para vestir.

— Usa o seu vestido de noiva — provoquei.

— Eu o penhorei pra comprar roupas de trabalho, sapatos, uma mochila e ter algum dinheiro.

Dei de ombros.

— Esse vestido fica lindo em você. Usa de novo. Ou use suas roupas de trabalho. Ou seu pijama. Eu aceito qualquer coisa, desde que esteja com você.

— E se a gente pedir para entregarem aqui? — ela perguntou.

— Perfeito. Trago pizza e eu mesmo aqui às sete.

Ela se apoiou na ponta dos pés por um segundo.

— Ãhã. Parece perfeito. — Ela mordeu o lábio e eu me rendi. Eu tinha que beijá-la.

Ela se apoiou voluntariamente nos meus braços quando eu a envolvi e deu uma risadinha nos meus lábios quando a inclinei para trás. Quando voltou a ficar ereta, eu a beijei mais devagar e a puxei para perto. Eu podia ficar com ela assim a noite toda, mas sabia que ela estava cansada.

— Amanhã — falei. — E talvez no domingo à tarde?

— Talvez — disse ela, abrindo a porta.

Ela me olhou até a porta se fechar, e eu cruzei as mãos no alto da cabeça, soprando a respiração. Sorri e subi a escada até o meu quarto, dois degraus de cada vez, me perguntando como eu ia conseguir dormir e ficar quieto lá em cima sabendo que ela estava tão perto.

Mas eu ia conseguir. Tínhamos tempo. Darby não protestou quando mencionei planos para o próximo ano. Caí na cama e encarei o teto, pensando em uma viagem de carro com um bebê. Fiquei animado, e não assustado. A curiosidade ocupava os meus pensamentos, e não o medo. Para um cara que nunca quis ter filhos, eu não conseguia entender minha determinação. Acho que meu pai estava certo em uma coisa: quando você sabe, você sabe, e eu soube no instante em que vi Darby Cooke. Foi aquela bobagem de amor à primeira vista que, até aquele momento, eu teria dito que era mentira. Desde aquele instante, ela tinha sido o centro do meu universo, e ainda havia tanto a conhecer. Era incrível, apavorante, simples e, ao mesmo tempo, complicado. Não importava como tudo terminaria, eu tinha feito a escolha certa ao esperar, e agora observava o teto do meu quarto no Hotel Colorado Springs.

* * *

O macarrão se enroscava no meu garfo como uma jiboia esmagando o metal enquanto eu o girava na mão. Os pensamentos inevitáveis de girar uma faca na carne macia da barriga de um velho inimigo invadiram minha mente. Fechei os olhos com força, substituindo o pensamento pela sensação do cabelo comprido e macio de Darby, segurando-o delicadamente enquanto ela vomitava no banheiro pela terceira vez naquela semana.

O enjoo de Darby estava melhorando, mas às vezes, quando um odor a pegava desprevenida, não importava quantas vezes ela tivesse comido, a ânsia batia com tanta força que ela não tinha escolha a não ser encontrar a lata de lixo ou o vaso sanitário mais próximo. Naquela manhã, pouco depois de ela sair do trabalho, um grupo de bombeiros de elite chegou, e o fedor da roupa deles estava diferente. O incêndio havia atingido um rebanho de gado, e a carne queimada foi demais para o olfato sensível de Darby.

— Onde você está? — perguntou Naomi. Fazíamos essa pergunta um ao outro com frequência quando víamos que alguém da equipe estava perdido em um pensamento ou lembrança. A maior parte do tempo estávamos presos a um pesadelo, congelados em um momento que só queríamos esquecer. Aos poucos eu estava começando a substituir minhas lembranças sombrias por pensamentos em Darby.

— Eu estava no Sudão. Neste momento, estou no hotel. No banheiro da Darby.

Minha equipe se entreolhou. Sloan e Martinez riram como meninos. Franzi a testa.

— Eu estava segurando o cabelo dela. Ela estava vomitando.

— Virose? — perguntou Harbinger. — Meus filhos tiveram isso umas semanas atrás. Está se espalhando por aí.

— Não — comentei, balançando a cabeça. Naomi me encarou, me perguntando em silêncio se eu queria abrir o bico, e no mesmo instante me arrependi de ter respondido tão rápido.

— Intoxicação alimentar? — perguntou Martinez.

Semicerrei os olhos para ele, e ele levantou as mãos.

— Eu não estava sendo babaca! — exclamou ele. — Estou falando sério! Sou médico, porra, você sabe.

— Eu sei — respondi, me concentrando de novo na comida. Eu nunca tinha mentido para minha equipe, e não queria começar agora. Eles acabariam descobrindo sobre a gravidez de Darby; não fazia sentido inventar uma história.

— Quer dizer que ela estava vomitando e não era intoxicação alimentar nem virose — disse Martinez. — Ela está grávida ou alguma coisa assim? — Ele deu uma risadinha.

Quando não respondi, os olhos de Sloan se arregalaram.

— T-Rex! Você não perdeu tempo!

— Cuida da sua vida, Sloan — alertou Kitsch.

Harbinger pigarreou, coçou o nariz e olhou para baixo.

— Você sabe que não tem nada a ver, Sloan. Por favor.

Os olhos de Sloan se arregalaram.

— Cara, ela está tentando armar pra você? Você tem uma grudenta nível doze em mãos?

Franzi a testa.

— Não. Ela não disse que é meu. Ela não é assim.

— Quer dizer que ela *está* grávida? — perguntou Martinez.

Olhei para Naomi, que já estava com uma expressão de "eu te avisei" no rosto. Enfiei o garfo na tigela.

— Que maldição, gente! Isso não é da conta de vocês.

— Ai, que merda — disse Sloan, e a mesa ficou em silêncio.

— Tem certeza disso? — indagou Harbinger. — Uma mãe solo não é algo que você simplesmente deixa pra lá, Trex.

— Ela é mãe. Ela não é solteira — falei.

Naomi ergueu a sobrancelha.

— Então é por isso que de repente você está tão empenhado em achar um lugar pra morar. Está ficando sério, imagino?

Encontrei o olhar de todo mundo e soltei uma risada.

— Eu realmente gosto dela. Ela é incrível.

— Tem certeza de que não é porque ela precisa de ajuda? — perguntou Naomi.

Franzi a testa.

— Sim, tenho certeza.

— O que ela tem de tão incrível? — perguntou Sloan.

— Pra começar, ela é corajosa pra caralho. Ela estava a minutos de se casar com aquele ex babaca dela, mas simplesmente fugiu sozinha, sem ajuda de ninguém. Vocês sabem que ela apareceu em Colorado Springs vestida de noiva? Quase sem dinheiro, sem nenhuma roupa, sem nada. Isso exige colhão, cara. Ela é engraçada, doce, linda... sentimos atração um pelo outro. Ela precisa ter mestrado? Horas de serviço em missões de paz? O que faz alguém ser incrível hoje em dia?

Naomi deu de ombros.

— Só estou feliz de ouvir você dizer isso. E estou feliz por você. Eu só... Você vai ser pai de um bebê? É isso que vai acontecer? E não responde *eu não sei*. Isso definitivamente é algo que você devia saber.

— Eu sei! — gritei e dei um suspiro. — Eu sei.

— Então devemos comprar charutos? — perguntou Sloan, olhando ao redor. — Acho que devíamos levar o T-Rex pra sair e comemorar.

— Hoje à noite eu não posso. Tenho planos — disse Naomi rapidamente.

— Com quem? — perguntou Martinez.

— Atenção! — gritou Saunders. Nós nos levantamos quando o general Tallis entrou, seguido de perto por Bianca. Ele olhou para a comida e depois para nós antes de se aproximar da mesa.

— É dia de macarrão, senhor — disse Bianca.

Ele assentiu.

— Estão gostando do macarrão?

Minha equipe se entreolhou e assentiu para o general.

— Como foi o primeiro mês de vocês?

— Sem ocorrências... senhor — respondi.

— Ah, é? Ouvi dizer que vocês foram até o Echo. Como conversamos, essa área é restrita.

— Gostamos de ser meticulosos quando fazemos a ronda, general — falei. — Isso inclui vasculhar o corredor inteiro, até as portas corta-

-fogo. A equipe de segurança do outro lado cansou de se estressar toda vez que nos vê.

Martinez soltou uma risadinha, mas o general não achou o comentário engraçado.

— Abrams.

— Senhor? — disse Naomi.

— Você completou oficialmente um sexto da sua liberdade condicional. Parabéns.

— Obrigada — disse ela, insegura, inspecionando meu rosto em busca de uma pista, mas mantive o rosto tranquilo. Por algum motivo, o general estava tentando desestabilizar a minha equipe.

Sem mais uma palavra, ele se virou e saiu da sala, acompanhado de Bianca. Fechei os olhos, esperando a ira de Naomi.

Ela agarrou a minha camisa pelo colarinho.

— De que porra ele está falando, Trex?

Abri os olhos e olhei diretamente para minha amiga. Mesmo quando os seus homens estão certos, eles precisam saber o seu lugar.

— Me solta, tenente. Agora.

Ela me soltou, surpresa com a própria reação. Ela não gostava de perder o controle, assim como não gostava de ser surpreendida.

— Desculpa, senhor.

Ajeitei a camisa.

— Só pra constar, eu te defendi. Eles não gostaram da sua ficha, Nomes — expliquei. — Esse é o resumo de tudo. Não tem nada a ver com você ser mulher.

Ela rosnou:

— Minha ficha é impecável.

— Sua ficha anterior conduzindo uma das maiores empresas de milícia do seu pai, e o fato de você ter se alistado depois que o Matt foi morto em combate.

— Faz sentido, Naomi — disse Harbinger. — Todos nós sabíamos que a sua história com a milícia seria um problema. Este é só um deles. Deixa pra lá.

Naomi jogou a bandeja na bancada e franziu a testa.

— Tem alguma coisa errada, Trex. Dá pra sentir o cheiro.

Suspirei. A omissão agora seria perto demais de uma mentira.

— Nomes, você está segura. Eles não podem te demitir.

Ela semicerrou os olhos.

— O que você quer dizer?

Hesitei, depois decidi simplesmente falar.

— Nós todos fomos trazidos pra cá por sua causa.

Ela levou segundos para entender. Ficou pálida.

— Peter.

— O filho do senador? — perguntou Harbinger.

Naomi enfiou as mãos nos bolsos.

— Eu sabia que ele... ele tem uma queda por mim. Sempre teve, mas, mesmo quando eu via o cara... Não achei que ele iria tão longe pra... — Ela olhou para mim. — Me diz que ele não fez isso.

— Ele fez.

— Fez o quê? — perguntou Martinez.

Naomi passou de insegura para revoltada.

— Ele trouxe a gente pra cá? A equipe toda? Não faz sentido, Trex. Ele nem tentou falar comigo.

— Espera. O quê? — disse Harbinger. — Aquele garoto inútil é o motivo pra estarmos aqui? Porque ele tem uma queda pela Naomi?

— Desde que a gente era criança — disse ela com um suspiro. — Conheci o cara quando o pai dele ia a palestras junto com o meu. Os dois eram congressistas do Arizona.

— Então, o que vai acontecer quando ele descobrir que você não gosta dele? — perguntou Martinez. — Estamos fora?

— Ele já sabe — disse Naomi.

Seis semanas antes eu não teria me importado, mas agora eu tinha um motivo para ficar em Colorado Springs.

— Se ele já sabe, por que se esforçou tanto pra nos trazer pra cá?

— Ele me tirou do trabalho terceirizado — explicou ela. — Ele não ficou feliz quando eu fui transferida e me alertou que ia me colocar atrás de uma mesa.

— Por que ele não fez isso? — perguntou Harbinger.

— Eu ameacei deixá-lo aleijado pra sempre, e ele sabia que era verdade — contou Naomi com uma voz indiferente. — Vou falar com ele. — Ela fechou o colete e deu um passo antes de eu segurar o seu braço.

— Espera. Vamos pensar nisso com calma. Você quer ir embora? — Olhei para Harbinger. — Sua esposa quer? Seus filhos?

— As crianças não ficaram felizes no início, mas estão se animando. Fomos até o Jardim dos Deuses no fim de semana. Eles adoraram.

Naomi franziu a testa.

— Então... a gente simplesmente deixa o cara pra lá.

— Estamos instalados, Nomes — falei. — Tivemos uma escolha. Estamos ganhando seis dígitos por ano, um salário melhor do que jamais tivemos, e é um emprego diurno. Harbinger pode ir pra casa ficar com a família toda noite; todos nós podemos ter vida agora.

— E você se apaixonar por uma garota local não tem nada a ver com isso, imagino. — Naomi deu um sorriso forçado.

— O que importa? Está feito. Eu entendo que você esteja revoltada por ele ter armado tudo isso pra você, mas, se ele se tornar um problema, pode apostar que a gente vai cuidar disso.

— Estou mais revoltada do que você imagina — confessou ela. — A gente não esconde nada um do outro. Nunca.

— Você está certa. Eu não devia ter escondido isso de você. De nenhum de vocês. Não é assim que a gente trabalha. Eu errei.

— Quer dizer que o general sabe de tudo isso? — ela perguntou.

— Ele me informou. E não está feliz com seu stalker dando pitaco nesta instalação. Suponho que seja outro motivo pra sua liberdade condicional: manter Bennett sempre alerta.

— Muito bem. O intervalo acabou, vamos andando — avisou Kitsch.

Dei um tapinha no ombro de Naomi.

— Quer foder com a equipe Echo de novo?

Ela sorriu.

— É a melhor parte do meu dia.

Dei atribuições a todos os outros, e Naomi me seguiu até a boca do corredor Delta. Olhei para o teto, a umidade se acumulando nos canos e cabos elétricos, pingando intermitentemente. Quando a água não nos atingia, caía pela grade de metal que usávamos como caminho do corredor Delta até o Echo. O fedor de mofo aumentava a cada passo, quanto mais saíamos do Delta para o Echo.

— Preciso dizer, Trex. Você e a Darby se envolveram muito rápido, eu diria que você mais ainda. Você nunca se apaixonou tão rápido por alguém. Nem mesmo pela Laura, e eu achei que vocês dois fossem se casar — disse Naomi.

— Você tem razão. Minha incerteza em relação a ela foi certeira. Ela se casou com o Brad, lembra? Mas desta vez não tenho dúvidas.

Naomi quase engasgou.

— O quê? Você já está pensando no longo prazo? Trex! — protestou ela.

— É bem por aí. Eu não tenho vergonha de admitir. Ela é a mulher certa, Nomes, eu sei disso. Tivemos nosso primeiro encontro na semana passada e passamos todas as noites juntos desde então. Teríamos até nos encontrado mais, se ela não trabalhasse das onze da noite até as sete da manhã.

— Bom... Parece que ela também gosta de você.

— Meu deus, espero que sim. Eu sentia falta disso com a Laura.

— Eu ia perguntar por que é diferente.

— É só melhor. Muito melhor.

— Por causa do sexo?

— Ainda não chegamos lá.

— O quê?! Você está apaixonado por essa garota e ainda não a levou pra cama? Ela deve ter feito algum tipo de feitiço pra você.

— Não, eu também não consigo explicar. Simplesmente não consigo esperar pra voltar pro hotel e vê-la. Quero passar cada segundo com ela. Eu invento desculpas pra visitá-la no trabalho. Ela trabalha à noite, e eu tenho que me obrigar a ir pra cama em vez de ficar com ela.

— Isso explica por que você anda tão cansado ultimamente.

— Você sabe, com a Val, tinha a coisa de ela ainda ser casada, e eu não queria nem chegar perto disso.

— E agora você mal pode esperar pra ser o papai-instantâneo e está tudo bem. Deve ser o amor.

Por mais que parecesse maluquice, não neguei. Nós nos aproximamos das portas corta-fogo no fim do corredor Echo e, como sempre, as luzes amarelas começaram a girar, e um único alarme baixo soou. Os seguranças do outro lado ficaram em posição de sentido, apontando os fuzis para a porta, apesar de só sabermos isso porque víamos pela tela.

— Se afasta das portas, Trexler — disse o oficial de serviço pelo alto--falante.

— Sentiu saudade da gente? — perguntei.

— Você tem dez segundos — retrucou ele.

Naomi tentou não sorrir, mas fracassou.

— Vocês esperam por isso todo dia. Admitam.

— Cinco segundos — disse ele, sem achar engraçado.

— Isso não é... — começou ela.

A dra. DuPont e o dr. Philpot estavam em pé uns cinquenta metros atrás da equipe de segurança, numa discussão acalorada.

— É, acho que devíamos ir andando — falei.

Fizemos uma curva em U e seguimos na direção contrária, nossas botas ressoando no piso de metal.

— Eles são tão mal-humorados — disse Naomi com uma risadinha.

— Espero que o general nunca nos peça pra assumir o lugar deles. Eu odiaria ficar tão revoltado o tempo todo.

— Ou presos aqui dentro — disse ela, olhando para trás. — Eles nunca saem?

— Não sei. Pelo bem deles, espero que sim. Se os doutores entram e saem, eles devem fazer o mesmo.

— Chefe, responda — chamou Kitsch pelo intercomunicador.

— Pode falar — disse.

— Temos uma merda esquisita no lado sul.

— Você está do lado de fora? — perguntei, confuso.

— As rondas terminaram. Vi alguma coisa na câmera. Você precisa ver isso, senhor.

Encontrei o olhar de Naomi.

— A caminho.

14

Darby

Pela primeira vez em semanas, meu corpo não lutava contra mim a cada passo, e eu não me sentia como se fosse vomitar a qualquer momento o que quer que estivesse no meu estômago naquela hora. Minha energia havia voltado, e meu apetite também.

A sensação de que um alienígena tinha tomado o meu corpo estava começando a desaparecer, o que, é claro, provocou novas preocupações. Por isso eu fiquei feliz quando o Serviço de Saúde aprovou minha solicitação e eu consegui marcar uma hora com a dra. Park bem no momento em que começava a me estressar por causa do Feijãozinho.

Fiquei sentada na sala de espera, observando na parte inferior da tela da TV atualizações sobre o incêndio. Eu tinha preenchido uma dezena de formulários, subido em uma balança e feito xixi em um potinho, agora tudo que precisava fazer era esperar. Como não era minha primeira vez no consultório de uma ginecologista, eu estava acostumada a ver uma profusão de mulheres grávidas, umas miseráveis e outras irritantemente felizes — não havia meio-termo —, algumas crianças pequenas brincando ou brigando por causa de brinquedos no chão, uma avó faladeira e um punhado de mulheres como eu, aguardando para realizar um exame de rotina, de infertilidade ou um pré-natal. A maioria dos maridos parecia desconfortável, mas sempre havia o superapoiador. E, é claro, o dueto mãe e filha, tentando não falar uma com a outra enquanto esperavam a primeira consulta ginecológica da adolescente, ambas muito nervosas.

Uma enfermeira de roupa lilás apareceu.

— Darby — disse ela. Suas bochechas cheias ficavam redondas quando ela sorria. Eu me levantei, parecendo muito *não grávida* e solteira, cercada de mulheres com a pele muito esticada na cintura perfeitamente redonda, o nariz e os tornozelos inchados, a mão do marido nos bebês que tinham ajudado a gerar. — Oi, meu nome é Shannon — disse a enfermeira, fechando a porta quando entramos. Seus cachos marcados pelo sol pairavam pouco acima dos ombros, as curvas enchendo a roupa. Tinha anéis prateados em todos os oito dedos, um diamante minúsculo na dobra do nariz e um bronzeado que dizia que todo o tempo livre era gasto sob o sol de verão do Colorado. — Você vai para a sala dois, segunda porta à esquerda.

Entrei na sala, decidindo onde sentar. O papel esticado sobre a mesa de ultrassom por motivos higiênicos fazia um som que era pior do que unhas em uma lousa. Assim, deixei a mesa de lado e me sentei na cadeira.

— Oi, Darby. É um prazer te conhecer — disse Shannon, em pé ao lado de um tablet em um suporte. Ela digitou algumas coisas e sorriu para mim. — Seus exames confirmaram. Você está grávida. Parabéns.

— Obrigada.

— Você se lembra qual foi o primeiro dia da sua última menstruação?

— Hum... 6 de maio.

Ela digitou mais algumas coisas na tela.

— Tudo bem, parece que a data do seu parto é 1º de fevereiro.

Sorri e fiz que sim com a cabeça, sem saber o que mais dizer.

— Alguma dúvida ou queixa? — ela perguntou, colocando um pequeno clipe no meu dedo e um medidor de pressão no meu braço.

— Tenho me sentido bem melhor. O enjoo, a tontura e o vômito finalmente acabaram. Eu só queria confirmar se está tudo bem.

— O enjoo matinal foi muito intenso? — ela perguntou.

— Não foi divertido.

— Sinto muito. Se tiver algum problema de novo, não hesite em ligar. Mesmo que não possamos te atender de imediato, a médica pode prescrever alguma coisa pra ajudar. Conseguimos te atender hoje por causa dos cancelamentos do feriado... já que ontem foi Quatro de Julho e tal.

— Obrigada.

— Você fez alguma coisa divertida apesar da proibição dos fogos de artifício?

— Passei a noite com um amigo.

— Parece um bom programa! Está tudo bem em casa? Você se sente insegura? Estressada? Está comendo direito? Não faz uso de drogas nem álcool. Também não fuma...

Ela repassava a lista de coisas que eu tinha respondido na papelada, às vezes falando consigo mesma, às vezes me fazendo perguntas. Eu não sabia se ela intercalava as perguntas difíceis com as fáceis para me enganar ou se isso era normal.

— Eu me sinto segura. Estou um pouco estressada. Acabei de me mudar pra cá, trabalho no Hotel Colorado Springs e também moro lá. Meu chefe é ótimo, mas ele não sabe que estou grávida. Eu queria manter assim por um tempo. Só que tentar começar meu pré-natal e descobrir como pagar por tudo é um pouco estressante. Não tenho carro, mas não é uma coisa que me preocupe.

Shannon piscou.

— Você se mudou pra cá sozinha?

Fiz que sim com a cabeça.

— De onde? Estou percebendo um sotaque do Texas?

— Sim, senhora.

— Onde está o pai?

— No Texas. Ele também não sabe. Eu não me sentia segura lá.

— Mas agora se sente?

— Sim.

Ela sorriu.

— Ótimo! A dra. Park vai entrar daqui a pouco.

Shannon passou um gel num guardanapo sobre uma bandeja prateada e depois me deixou sozinha. Tamborilei as unhas nos braços de madeira da cadeira onde estava sentada, olhando ao redor.

— Boa tarde! — disse a dra. Park, entrando esvoaçante. O cabelo loiro estava preso em um coque baixo, os óculos na ponta do nariz. Ela se sentou em um banco com rodinhas, o jaleco branco sobre uma calça cinza-clara e uma blusa branca. — Os sinais vitais estão bons. Os resultados do laboratório estão bons. Ouvi dizer que você vomitou muito. Isso não é divertido. Mas está se sentindo melhor?

— Hum... estou. Os últimos dias foram ótimos.

— A Shannon me disse que você veio do Texas e que possivelmente sua situação lá não era o que podemos chamar de ideal.

— Sim. Mas aqui eu estou bem.

— Mas sem família? Nenhum contato de emergência? E você não tem nenhum tipo de transporte, certo?

— Certo.

— Ok, é bom saber. Vamos precisar criar um plano quando estivermos mais perto de — ela verificou a ficha — fevereiro. Você pode se deitar na mesa? Alguma alergia? Látex?

— Não. Nenhuma. — Eu me deitei na mesa, e ela me alertou antes de baixar o assento.

— Vamos dar uma olhada, está bem? Para tentar ver alguma coisa? — disse ela. O modo como ela fazia diversas perguntas de uma vez me deixava mais tensa a cada minuto. — Está um pouco cedo, mas podemos tentar.

— Vamos ver o bebê? — perguntei, surpresa.

— Pode ser? Você pode levantar a blusa, por favor?

— Claro, eu só não estava esperando por isso, acho.

Ela enfiou um guardanapo no cós da minha calça jeans e espremeu gel na minha barriga.

— Eu só vou espremer um pouco aqui e... — Ela mergulhou o negócio que parecia um microfone no gel, espalhou sobre o que ela havia colocado na minha barriga e parou no meu osso pélvico, apertando. — Ora, olá, bebê — disse, sorrindo para o monitor. A imagem era preta e branca, e não dava para ver nada. Ela apontou a placenta para mim, me mostrando o minúsculo grão que era o meu Feijãozinho. Meus olhos se encheram de lágrimas enquanto ela media e digitava os dados, arrulhando para o Feijãozinho como se ele ou ela já estivesse aqui.

Depois apertou alguns botões, e a sala se encheu com uma batida rápida, mas ritmada.

— Isso é...?

— O batimento cardíaco. Lindo e forte. — Ela afastou o dispositivo e limpou minha barriga com um pano branco limpo, deixando que eu terminasse a limpeza. De repente o Feijãozinho sumiu.

— Está tudo bem? — perguntei.

— Está tudo ótimo. Você ainda tem algumas semanas do primeiro trimestre, depois vamos ter a parte divertida, tipo sentir o bebê se mexer pela primeira vez, a barriga aparecer, as roupas de maternidade. Coisas empolgantes! Você já começou a tomar as vitaminas pré-natais? Tem umas ótimas que não precisam de receita. Elas podem te fazer sentir um pouco enjoada de novo, então tenta dar um jeito de contornar isso. O ideal é tomar pouco antes de ir pra cama ou talvez depois de comer... pra cada pessoa é diferente. Vamos encontrar um jeito que funcione pra você. É importante encontrar uma com ácido fólico.

Fiz que sim com a cabeça. Meu cérebro estava repleto de informações, e eu estava começando a sentir dor de cabeça.

A dra. Park riu.

— Vou anotar tudo pra você, então não precisa se preocupar. Quer uma foto?

— Uma...?

— Cópia do que está na tela — explicou ela.

— Hum... quero?

Ela apertou alguns botões, e uma série de fotos começou a ser cuspida pela máquina de ultrassom. A dra. Park tirou as luvas, jogou no lixo e se levantou.

— Muito bem, você está liberada. Te vejo daqui a quatro semanas. — Ela separou as fotos e me deu.

Em seguida saiu e fechou a porta, bem na hora em que agradeci. Fiquei sentada sozinha na sala, depois olhei para baixo, limpando cuidadosamente o resto de gel na minha barriga. A luz fluorescente do teto refletiu nas fotos que eu segurava, chamando minha atenção. O que supostamente era o meu bebê parecia uma bagunça em preto e branco. Realmente eu não via nada. Guardei as fotos no bolso traseiro, me despedi de Shannon e falei com Michelle na mesa da recepção.

— Te vejo no próximo mês! — disse Michelle com um sorriso iluminado.

A caminhada para casa foi quente e pareceu levar mais tempo do que a ida ao consultório da dra. Park. O vento soprava a fumaça para a cidade, e minha garganta parecia seca. Quando cheguei ao hotel, eu estava tossindo e fui direto ao bar para beber um copo de água.

— Darby? — chamou Stavros. — Como você está se sentindo?

— Ótima — respondi, pigarreando.

— Que bom, porque a Tilde teve que sair mais cedo. A Maya está cobrindo, mas ela já fez quarenta horas esta semana. Você pode começar mais cedo? Tipo... logo?

— Posso — falei.

— Você está bonita — disse Zeke com um sorriso.

— Obrigada — respondi, usando a pressão para servir água gelada em um copo. Pigarreei.

— Eu sei. A fumaça está ruim hoje. O vento mudou. Eles disseram que isso podia acontecer. Fico feliz por estarem preparados.

— Eu também. Quando é que você sai de novo? — Tomei um gole, sentindo o líquido gelado extinguir a sensação de queimação na garganta.

— Eles disseram que amanhã cedo.

Franzi a testa.

— Bom, toma cuidado, está bem?

Ele sorriu.

— Sempre tomamos.

— Por onde você anda, ultimamente? Não tenho te visto.

Zeke sorriu.

— Fazendo coisas. Assim como você.

— Assim como eu? — Dei um sorriso presunçoso. — O Trex é mais ocupado do que eu imaginava.

Zeke deu uma risadinha.

— Não é o Trex.

— Uma garota? — perguntei. Quando Zeke não falou mais nada, eu insisti. — Ah, sério? Onde você a conheceu?

— Quando saí uma noite.

— Que misterioso... — provoquei, tomando um gole. — Ela é legal?

— Ela é tudo — respondeu Zeke.

— Ótimo. Você não merece menos do que isso.

Ele estava com aquele olhar humilde pelo qual eu tinha caído tantas vezes. Mas Zeke era genuíno. Fiquei feliz porque a garota misteriosa estava colocando um sorriso no rosto dele e percebi que Trex estava com um igual.

— Obrigado — disse Zeke. — E aí, está se sentindo melhor? Você parece melhor.

— E estou.

— Ainda me sinto mal... por causa daquela vez no bar. O Trex estava certo, eu não devia ter te levado lá.

Stavros se aproximou, ajeitando a gravata antes de começar a limpar o balcão.

— Você comeu?

— Comi. — Dei uma risadinha. — Todo mundo está agindo como se eu fosse morrer se não comer.

— Não, você simplesmente vomitou no meu saguão inteiro — provocou Stavros, fazendo um sinal com a cabeça para Zeke. — O que vocês estão aprontando?

— Só relaxando antes do jantar — disse Zeke. — Vou cair na cama cedo hoje à noite. Disseram que é provável que a gente saia amanhã.

— Você não parece muito feliz com isso — disse Stavros.

— Ele acabou de conhecer uma garota misteriosa. Aposto que deixá-la durante dez dias está incomodando — falei.

— Que droga, Darby — disse Zeke, parecendo chateado.

— Garota misteriosa, hein? — provocou Stavros.

— Não quero falar nisso — explicou Zeke.

— Você contou pra Darby, mas não pode contar pro seu bartender? Isso não é justo.

— Eu não falei sobre ela com a Darby — disse Zeke, apontando.

— É verdade, ele não falou muita coisa mesmo — comentei.

— Bom, eu estava pensando — disse Stavros.

— O quê? — perguntou Zeke.

— Você tem uma nova distração. Isso explica como superou tão rápido o fato de a Darby não estar interessada em nenhum tipo de relacionamento, até o Trexler aparecer e ela mergulhar de cabeça.

Minha boca se escancarou, e Zeke afundou o boné na testa.

— Não sei de nada disso.

Stavros sentia-se mais do que satisfeito, estava quase eufórico.

— Eu admito. Sou viciado num drama. — Seu sorriso desapareceu, e ele ficou sério. — Mas eu não faço fofoca. Fofocas não refletem a verdade.

Franzi a testa.

— Vou me preparar pro trabalho.

— Tenha um bom dia, docinho — gritou Stavros atrás de mim.

— Não quero falar com com você! — berrei, correndo até o meu quarto.

Tirei as fotos do bolso traseiro da calça, deixei-as sobre a mesa de cabeceira e fui lentamente até o chuveiro para lavar os restos de gel da minha barriga e o suor da caminhada até em casa. Eu me perguntei o que Trex estava fazendo e se ele pensava em mim durante o dia também. Tínhamos passado tanto tempo juntos naquela semana que parecia que mal tínhamos nos desgrudado. Nada de artimanhas, nada de pensar se ele gostava de mim, nada de imaginar qual era o humor dele. Trex ouvia, tinha tantas histórias incríveis para contar e ainda havia tanta coisa para aprendermos um do outro. Era tão reconfortante que quase senti falta de ter um celular para poder mandar mensagens para ele durante o dia. Quase. Ter me libertado do celular foi a melhor decisão que eu havia tomado em muito tempo.

Eu me vesti e brinquei com a maquiagem que Maya havia me dado. Prendi o cabelo em um coque, vesti a camisa e a calça recém-passadas e desci pelo corredor. Um dia, quando eu pudesse pagar por um apartamento, ia sentir falta da conveniência de descer o corredor para ir trabalhar.

Cumprimentei Maya, e ela sorriu para mim.

— Uau. Você está ótima.

— Eu... hum... participava de concursos de beleza. Usava muita maquiagem naquela época.

— Você está parecendo uma top model — disse ela. — Você não adora se sentir assim?

— É divertido quando não sou obrigada a fazer isso.

Fiz o check-in de uma fila de bombeiros de elite e, entre os intervalos, conversei com Zeke, Watts, Docinho, e Kasen e Sweets, bombeiros de elite de outras duas equipes. Eles zumbiam ao meu redor, parecendo intrigados pelos produtos no meu rosto.

— Oi — disse um homem com um forte sotaque australiano. Ele se assomou sobre mim, como o outro loiro de olhos azuis ao lado dele. — Vamos fazer check-in, querida. Temos um quarto reservado.

— Nome? — perguntei.

— Liam Walker. A menos que esteja no nome desse cara aqui.

Enquanto eu fazia o check-in deles, um cara mais atrás disse em volume alto o suficiente para eu escutar:

— Muito bem, não temos o dia todo.

Era Maddox.

— Oi, Taylor — falei. — Está tudo bem?

— É Tyler — resmungou ele.

— Quê?

Ele suspirou.

— Sou o Tyler. Sim, somos gêmeos. Sim, somos idênticos. Sim, a semelhança é sinistra. Foi um dia longo. Posso, por favor, fazer a porra do check-in?

— A culpa é minha, querida. Ele ficou mal-humorado na viagem até aqui — disse Liam.

Digitei o nome de Tyler, tentando manter um sorriso no rosto. Eu estava meio revoltada, meio intimidada, e irritada por me sentir intimidada. Tyler não era Shawn. Ele não iria pular por cima da mesa da recepção e apertar o meu pescoço até eu achar que fosse desmaiar. Mas, mesmo assim, estar diante de um homem que falava comigo de um jeito tão ríspido me deixava tensa.

— Só uma chave? — perguntei.

— Não, duas.

Sua resposta me fez parar.

— Um adulto, certo?

Ele olhou por sobre o ombro para uma mulher de cabelo escuro alguns centímetros atrás.

— Não, ela está comigo. Ellison Edson.

Peguei o mouse e o movimentei.

— Ela está num quarto com cama king, reservado pela... revista *Opinião das Montanhas*.

Tyler olhou por sobre o ombro para Liam e Jack. Eles conversavam entre si, sem prestar atenção.

— Só um quarto.

— Quer que eu cancele o dela? Tenho que confirmar com ela.

— Não... não — ele suspirou, frustrado. — Foda-se, tudo bem. Só... coloca o dela no meu cartão.

— Está certo. — Processei o cartão dele, criei a chave e coloquei tudo de lado. — Preciso que você assine aqui para encerrar o seu check-in, e depois começo o dela. — Quando ele terminou de assinar, eu já estava passando o cartão dele de novo. Ele suspirou pela segunda vez e se inclinou por sobre a mesa.

Tentei não recuar, prendi a respiração e fiquei imóvel.

— Você pode dar um jeito de ela ficar em um quarto com uma vista legal?

— Sinto muito, sr. Maddox, é o nosso último quarto. Tem vista pro estacionamento, mas é no terceiro andar e...

— Jesus, esquece.

Ergui a sobrancelha.

— Tenha um dia melhor... senhor.

Tyler se encolheu. Dava para perceber que ele ficou meio sem graça, mas eu não ia perdoá-lo enquanto ele não se desculpasse. Ele se virou para dar a chave do quarto a Ellison, e eu observei os dois tendo uma conversa sussurrada durante alguns segundos.

— Vai se foder — disse ela, arrancando o cartão-chave da mão dele. Ela saiu batendo o pé até o elevador, e Tyler correu atrás dela. Mas não conseguiu chegar antes de as portas se fecharem e pareceu aliviado quando o outro abriu segundos depois de ele apertar o botão.

Liam se aproximou.

— Ele realmente não é mau. Eles só são...

— Problemáticos — falei.

— Tipo isso.

— Ela vai ficar bem? — perguntei.

— A Ellie? Claro, porra. Ela vai encher o saco do cara durante uma semana.

— É bem provável — disse Jack, assentindo.

Suspirei, aliviada.

— Ótimo. Isso é ótimo. Tenham uma boa noite, cavalheiros.

— Vou tomar uma cerveja. Quer uma? — perguntou Liam.

— Estou... trabalhando — falei.

— Droga — disse Liam, espiando para dentro da sala de reunião. O líder dos Alpinos, Chefe, parecia irritado. Liam deu um tapinha no ombro de Jack. — A gente devia ir ver o que está acontecendo.

Os bombeiros de elite no saguão se apressaram até a sala de reunião e pararam atrás do Chefe enquanto ele fazia um discurso sério para os líderes do Departamento Florestal. Eu me perguntei por que Trex não estava ali. Se o Chefe estava perdendo a cabeça, talvez Trex estivesse na montanha. Isso me deixou nervosa. Peguei uma caneta e um bloquinho e comecei a desenhar a floresta. Ela não estava em chamas; todos estavam seguros. Era assim que eu ia imaginar Trex.

— Oi — cumprimentou Ellison, parada na minha frente.

Sorri e afastei o bloquinho.

— Isso ficou muito bom — disse ela.

— Obrigada. Posso te ajudar?

Ellison colocou seu cartão de crédito sobre a mesa da recepção.

— Posso trocar o cartão do meu quarto?

— Claro — respondi, pegando o retângulo prateado na mesa. Cliquei o mouse algumas vezes e troquei o cartão. — Para despesas extras também?

— Isso. Pra tudo.

— Entendi — falei, devolvendo o cartão a ela depois que as informações na tela confirmaram a alteração. O recibo foi impresso, e eu o coloquei na frente dela. — É só assinar aqui.

Tinha alguma coisa na Ellison que a tornava gostável. Ela parecia ser daquelas pessoas que se recusam a aceitar merda de qualquer um, que dizem "não" desde que nasceram e sempre falam o que dá na telha. Eu invejava isso. Seu cabelo curto desfiado não parecia dar trabalho, e ela não usava muita maquiagem, mas era estonteante. Exótica. Selvagem. E eu não era nada disso.

— Obrigada, Darby.

— De nada, *Opinião das Montanhas* — falei. Era para ser uma piada, mas eu percebi que era muito boba no instante em que Ellison nem tentou rir. Ela me deixou e foi se sentar na frente de Stavros, sem se preocupar em me fazer sentir melhor em relação ao meu momento constrangedor. Era uma liberdade que eu nunca tinha vivido.

— Ela é muito sexy, essa aí — disse Jack, cruzando os braços e levantando o queixo como se sentisse orgulho só por conhecê-la. — Nós já vimos a Ellison nua.

— A reunião acabou? — perguntei.

— Só podemos entrar daqui a quinze minutos — disse Liam, ao lado de Zeke.

— Belo batom — elogiou Trex enquanto passava do saguão dos elevadores até a recepção.

Sorri. Eu estava experimentando um dos vermelhos que Maya havia me dado.

— Oi, bonitão. Não te vi chegar.

— E aí — disse Zeke, cumprimentando antes de seguir para a sala de reunião.

— Se chama "Garota Descolada". Gostou? — perguntei.

— Eu gosto de você — disse ele, apoiando os cotovelos na mesa. — Foi chamada mais cedo?

Fiz que sim com a cabeça.

— Você saiu cedo.

— Só dei uma passada rápida. Estou voltando. Como está seu dia?

— Tive uma consulta. Correu tudo bem.

— Uma consulta? Tipo com...

— A obstetra — falei baixinho.

— Ah. — Trex estava com uma expressão estranha no rosto, um misto de surpresa e decepção.

— Que cara é essa?

— Eu só pensei... Não sei, acho que é besteira eu achar que seria convidado.

— Pra minha consulta?

— Bom... é.

Ele pareceu envergonhado de admitir, mas parte de mim achou fofo. A outra parte pensou em como isso poderia ser desastroso. Pensei em Trex no consultório ginecológico comigo, parecendo um dos casais que aguardavam na sala de espera. Quanto maior minha barriga estivesse, mais isso seria um alívio, mas ter que explicar para a obstetra quem ele era no início da gravidez não era uma coisa que eu estava preparada para fazer.

— Trex...

— Tudo bem. Você não precisa explicar. Eu entendo. É estranho.

— É um pouco estranho.

— Me desculpa. Eu não quis te pressionar.

Eu ri.

— Você não está fazendo isso. Não me sinto pressionada.

— Que bom — disse ele, se levantando. — Tenho que voltar rapidinho pro trabalho. Você vai sair cedo?

— Não, tenho que ficar aqui até as sete da manhã. Você não vai subir a montanha, né? — perguntei.

— Vou, mas não vou chegar perto do incêndio.

Sorri, aliviada.

— Que bom.

Seus lábios formaram uma linha rígida.

— Eu queria que você não estivesse trabalhando. Estou com um desejo incontrolável de te beijar.

Eu me aproximei, parando bem pertinho da boca dele.

— Volta logo, então.

Ele resmungou, mas sorriu quando se virou para trás e saiu pelas portas deslizantes. Olhou em volta antes de entrar na caminhonete e dar ré, o motor rosnando enquanto saía do estacionamento.

Fui até Stavros, tentando fingir que já não estava com saudade de Trex.

— Tudo bem aí? — perguntei, apoiando-me no balcão.

— Alguns bombeiros de elite não dão gorjeta — resmungou ele. — E, até agora, todos são héteros.

— Está assim a semana toda — falei, apoiando o queixo na mão. Era aquela hora do dia em que eu desejava poder tomar cafeína. Um café ou um refrigerante teria deixado o resto da noite mais palatável. Ellison se afastou de mim e ficou inquieta. — Você está bem?

— Quem era aquele cara que acabou de sair? — perguntou ela. — Aquele que falou com você antes de correr porta afora.

— O Trex? — perguntei, sentindo um sorriso incontrolável tomar conta do meu rosto. Fiquei surpresa por ela não o conhecer, sendo repórter da revista *Opinião das Montanhas*, andando com os Alpinos e namorando um dos irmãos Maddox.

— É — respondeu Ellison, ajeitando-se no banco do bar. Em seguida arrumou os enormes óculos escuros no alto da cabeça, fazendo alguns fios do cabelo preto se espalharem em diferentes direções, como fogos de artifício.

Eu não sabia como responder a isso e, sabendo que ela era repórter, soltei a primeira coisa que consegui pensar.

— Ele é um bombeiro que vai ficar aqui até o incêndio acabar. Ele é tipo... de uma equipe especial. Não é bombeiro de elite nem da equipe de solo. Ele não fala muito sobre o assunto. — Tecnicamente, não era mentira. Ele não falava nisso e era alguma coisa... especial. E estava procurando um lugar para morar. Ele se mudaria quando o incêndio acabasse. Provavelmente.

— Tipo serviço secreto dos bombeiros? — perguntou Ellison.

Dei uma risadinha.

— Acho que sim. Ele fica meio tenso quando fala nisso.

— Quer dizer que você não conhece o cara? — ela perguntou.

Comecei a me perguntar qual era o interesse dela pelo Trex.

— Um pouco.

— Só um pouco? — perguntou Stavros com um sorriso presunçoso.

— E você? — perguntei a Ellison. Alisei meu rabo de cavalo, na esperança de que ela visse isso como um sinal de que eu só queria uma conversa casual. Eu queria mesmo, mas agora sentia uma pontinha de ciúme. Ellison era bonita e selvagem e *não estava* grávida. Ela tinha o respeito dos Alpinos... tinha muita coisa a seu favor. Se ela voltasse sua atenção para Trex, eu não sabia se conseguiria competir. Senti os olhos marejarem e afastei as lágrimas. O vômito e a tontura haviam sumido, mas as mudanças de humor ainda estavam irritantemente presentes. — Pelo seu cartão de crédito, imagino que você seja repórter.

— Fotógrafa. Estou seguindo os Alpinos.

— Ah. Já conheci Taylor Maddox e Zeke Lund. Eles são uns amores. E andam com o Trex. — *Talvez, se eu mencionasse o irmão gêmeo do namorado dela, isso a detivesse.* Eu me senti infantil, mas Trex finalmente era uma coisa boa na minha vida, e eu precisava proteger isso.

— Andam? — perguntou Ellison, surpresa.

— É, eles vão pro quarto dele quase toda noite desde que chegaram.

— Há quanto tempo o Trex está aqui?

Stavros pareceu desconfiado, e eu fiquei feliz por não ser a única que achava a linha de interrogatório de Ellison... agressiva.

Dei de ombros. Alguma coisa me disse para não responder a mais nenhuma pergunta dela.

— Duas semanas. — *Mais ou menos.* — Ele chegou aqui antes do incêndio começar. — *Droga, Darby, cala a boca.*

Ela franziu a testa.

— Que estranho.

Sorri, tentando disfarçar.

— Talvez ele não seja o serviço secreto dos bombeiros. Talvez ele seja o vidente secreto dos bombeiros.

Uma família entrou no saguão, parecendo exausta. Voltei para a mesa da recepção para recebê-los antes que eles chegassem lá, grata pela distração. Eu estava fracassando em proteger qualquer coisa.

— Temos uma reserva — disse o pai. — O sobrenome é Snow. — As crianças choramingavam e brigavam, e a mãe estava cansada demais para interceder. Digitei o nome deles, parando quando ouvi Ellison gritar pelo saguão.

— Maddox!

Taylor se afastava dela, parecendo irritado. Ellison se virou para Stavros, e ele sorriu para ela.

Tentei fazer o check-in dos Snow o mais rápido possível, dando-lhes os cartões e levando-os até os elevadores como desculpa para ir até o bar.

— Está tudo bem? — perguntei.

Stavros colocou outra bebida na frente dela.

— Ela está tomando vodca agora. Ela está bem.

Um barulho intenso de passos apressados chamou minha atenção, e eu observei os bombeiros de elite Alpinos atravessarem o saguão, dos elevadores até o estacionamento, equipados e carregando diversos utensílios. Esperei Ellison se virar, mas ela engoliu a bebida. Tyler nem se mexeu para olhar na direção dela.

— Uau, ele está puto de verdade — disse Stavros. — Nem olhou pra trás.

— Stavros — repreendi e me sentei ao lado de Ellie. — Ele precisa se concentrar. Tenho certeza de que só está compenetrado.

— Com certeza — disse ela, empurrando o copo para a frente, não para devolvê-lo, mas para pedir mais uma dose. — Vamos economizar nosso tempo e fazer logo um duplo.

— A moça sabe beber — disse Stavros, impressionado.

— Isso é por causa do Maddox? — perguntei.

— Na verdade — disse Ellie, tomando dois goles enormes até o líquido claro acabar. Ela empurrou o copo vazio na direção de Stavros. — Isso não é por causa do Maddox. Isso é o meu protesto contra o patriarcado.

— Isso vai acabar com eles — disse Stavros, servindo outra vodca dupla.

— Quero dizer, eu gosto dele. É um cara legal. Mas vamos ser honestos. Qualquer babaca me daria uma carona até o alojamento de incêndio.

Stavros cuspiu uma risada e olhou para mim, divertindo-se totalmente.

— Você veio de Estes Park? — perguntei.

— Minha família tem uma casa lá.

— Eu sabia — disse Stavros. — Ellison Edson. Você é parente do pessoal da Edson Tech, não é?

— Mais ou menos — disse ela, tomando outro gole.

— Você bebe desse jeito... com frequência? — perguntei.

— Ultimamente, não. Só estou com pressa pra ficar bêbada antes que eu mude de ideia. — Ela passou os dedos no cabelo escuro, jogando-o para trás, antes de cruzar os braços sobre o balcão. Engoliu o drinque seguinte, e Stavros fez uma coisa mais... recreativa... para ela bebericar na próxima hora, avisando que, se ela não fosse devagar, ele não lhe serviria mais. Ela entrou no jogo, falando mais do que bebia, porém, no instante em que a hora acabou, ela pediu mais um duplo.

— Mesmo assim, isso é conversa-fiada — disse Ellison. Ela falava mais devagar, e eu estava dividida entre desejar que a bebida a atingisse rápido e com força para ela finalmente desmaiar, ou esperar que Stavros parasse de lhe dar bebida e lhe oferecesse algo para comer. Infelizmente, ele não recebia muitas mulheres no hotel que bebessem como Ellison, então estava encantado.

— Você não acha que o castigo que eles te deram tem a ver com segurança? — perguntou Stavros. — Você pode estar um pouquinho sensível em relação a isso.

— Não, juíza Judy, não estou. Estou viajando pra todos os lugares onde os Alpinos estiveram, incluindo a maldita barreira contra incêndio. Um incêndio nunca é seguro. Este incêndio é político, e seria uma publicidade ruim para o Departamento Florestal se a filha do CEO da Edson Tech fosse frita, não é? O problema é esse, e te digo que é conversa-fiada. E... o Tyler nem me defendeu.

— Ele disse que te defendeu. Todos eles disseram — opinei. Ela me lançou um olhar hostil, e eu percebi que o álcool já estava começando a fazer efeito.

— Está claro que ele não tentou o suficiente — resmungou Ellison, pegando um drinque de tamanho normal e estreitando os olhos enquanto se perdia em pensamentos. — Alguém sabe onde é a fronteira do incêndio? Eu poderia ficar atrás dela e fotografar a escuridão... pelo menos teria alguma coisa.

— Bom, você está bebendo — disse Stavros —, e esse é o primeiro motivo pra isso ser uma péssima ideia. Segundo, você poderia ser presa. Terceiro, é perigoso.

— Ser perigoso é o *terceiro* item? — perguntei.

— Quarto — continuou ele.

Ellison já estava entediada com a lista.

— Eu bebo desde os onze anos. Consigo beber mais do que seis russos adultos; e isso não é uma analogia, eu já fiz isso.

— Eu acredito — disse Stavros, servindo mais um.

Lancei um olhar para ele, na esperança de que ele parasse de lhe dar bebida. Ela estava bebendo tão rápido que tudo ia atingi-la de uma vez.

— Último pela próxima hora — disse Stavros.

Ellison inclinou a cabeça para trás e tomou a dose dupla num gole só.

— Eu não comi nada hoje. Não vou precisar de você na próxima hora. — Ela se levantou e bateu com a mão no balcão. Ainda não estava se balançando, mas dava para ver nos seus olhos que seus pensamentos estavam enevoados.

— Ellie — chamei atrás dela. — Por favor, não tenta ir lá. Não é seguro.

— Exatamente — disse ela, baixando os óculos escuros sobre os olhos.

15

Trex

— Trex. Preciso da sua ajuda. — Eu mal conseguia acreditar nas palavras de Tyler Maddox que saíam pelo telefone.

— O que aconteceu? — perguntei, ainda sentado na minha caminhonete no estacionamento do hotel. Eu estava empolgado para ver Darby durante todo o caminho para casa, mas meu celular tocou assim que parei a caminhonete.

— A Ellie. Ela exagerou e pegou uma carona até a base da montanha. Ela se perdeu...

— Exagerou em quê? — perguntei.

— Droga, Trex! Ela é alcoólatra. Ela bebeu depois que os Alpinos saíram... depois que *eu* a deixei lá... e saiu vagando pela montanha em chamas durante horas.

— Por quê? — perguntei, incrédulo. Ellison parecia uma confusão maluca e complicada.

— Normalmente ela é nossa fotógrafa. Ela nos segue pelas montanhas, mas não pôde ir desta vez, ficou puta e subiu mesmo assim. Nós finalmente a encontramos, eles a prenderam, e ela está numa cela na delegacia da cidade.

— Que droga, cara. Sinto muito. O que você espera que eu faça?

— Você foi do FBI, né? Entra lá e tira ela.

— Eu não sou o 007, Tyler. Também não sou criminoso. Isso é ilegal.

— Não. Quer dizer, convence os caras a deixarem ela sair.

— Não posso, Tyler.

— Pode, sim, porra. E vai.

— Não tenho tempo pra isso...

— Eu falei com a Darby mais cedo. Ela não tem a menor ideia de quem você realmente é, né? Por quê? O que você está escondendo?

— Tyler...

— Por que você não contou pra ela que já foi do FBI? O que você está fazendo agora?

Suspirei.

— É confidencial.

— Então você está mentindo pra ela.

— É complicado.

Tyler esperou um segundo.

— Poderia ficar ainda mais complicado se a Darby soubesse que você não faz parte do Departamento Florestal.

— Você está me deixando puto.

— Só... — Ele suspirou. Eu quase conseguia vê-lo massageando as têmporas, tentando manter o controle para poder ajudar a mulher que amava. — Ajuda ela. A culpa disso é minha.

— Tudo bem. Vou fazer umas ligações, mas não posso prometer nada. Mas, em troca, você e a Ellie têm que me prometer que vão ficar de boca fechada. Vocês não têm ideia de onde estão se metendo. É um assunto de segurança nacional, babaca, e, se eles acharem que você ou a Ellie sabem alguma coisa sobre o meu emprego, não vai ser bom pra nenhum dos dois. Você não tem permissão pra saber, entendeu?

— Entendi. Obrigado.

Desliguei e deixei a cabeça cair para trás. Eu estava prestes a fazer umas merdas ilegais para impedir que a Darby me odiasse, e eu não tinha certeza se ia conseguir. Corri até o hotel, passei escondido pela Darby, peguei um terno no meu quarto, depois passei escondido por ela de novo. Não foi fácil. Tive que esperar até ela estar ocupada com alguns hóspedes. O saguão estava quase vazio, exceto por alguns bombeiros de elite que conversavam por ali. Parei no estacionamento e encarei minha Land Cruiser. De jeito nenhum aquele belo pedaço de lixo seria aceito como transporte oficial.

— Ei, Stavros — falei, em pé atrás do maior bombeiro de elite que consegui encontrar perto do bar. — É o seu Audi ali na frente, né?

— É, não é lindo? O Fancy é preto sobre preto sobre preto sobre preto e tem janelas pretas.

— Então... minha caminhonete não quer dar partida, e eu tenho uma reunião daqui a quinze minutos. Posso pegar o Fancy emprestado por uma hora?

Stavros franziu a testa.

— Por favor?

Ele estendeu a mão para trás do balcão e pegou as chaves.

— Se você quebrar meu carro, mando a conta pro seu quarto.

— Combinado — falei, pegando o chaveiro dele e andando rapidamente até o estacionamento.

Dirigi até o posto de gasolina e troquei de roupa, depois voltei para o banco do motorista, respirando com dificuldade enquanto ajeitava a gravata. O sol forte de verão castigava a tinta preta do Fancy, criando um efeito de forno que o ar-condicionado estava tendo dificuldade para combater.

Cozinhando naquele terno, com o ar quente soprando pelas saídas de ar, rolei a tela para ver meus contatos e digitei o nome da Val.

— Nossa... — ela atendeu no sexto toque. — Este é o segundo favor que você precisa em muitos meses. O que é, desta vez?

— Na verdade, agora sou eu que estou fazendo um favor — falei com um suspiro. Saí para a rua, na esperança de que o movimento aliviasse o funcionamento do ar-condicionado.

— Desembucha — ela respondeu, não parecendo a Val leve e sorridente de quem eu me lembrava. A ligação emocional havia sumido.

— O incêndio ao norte de Colorado Springs... Uma fotógrafa foi pega tentando subir a montanha pra fotografar.

— Ela está desaparecida?

— Não. Ela foi pega e está detida. Tinha bebido. Está na delegacia.

— Parece que ela desrespeitou a lei.

— É verdade, mas ela é namorada do Tyler Maddox. Então sou eu que estou fazendo o favor. Em troca de um favor dele.

— Que virada bizarra. E você tem muito colhão, sabia?

— Preciso que você procure uns nomes pra mim.

Ela suspirou.

— O agente especial assistente...

— O Maddox vai liberar. Você sabe.

— Não sei. Ele faria isso se fosse um dos irmãos, mas uma namorada... Provavelmente não.

Massageei as têmporas com o polegar e o dedo do meio. O agente especial assistente encarregado do escritório de San Diego por acaso era Thomas, irmão mais velho de Taylor e Tyler.

— O Tyler está desesperado. Estou aqui e posso ajudar.

— Não vai dar certo, Scottie.

— Se ele disser "não", avisa que vou falar pro Tyler ligar pra ele pra pedir a porra de um favor pro irmão mais velho.

— Não força a barra, Trex. Você devia ter feito o que ele pediu.

— Maldição! Eu fui pra Estes Park e interroguei o Taylor e o Tyler. Eles não sabiam nada sobre aquele incêndio no campus. Não posso fazer nada se o irmão caçula do agente especial assistente encarregado desrespeitou a lei. E eu fiz o que o Thomas pediu, Val. Ele me fodeu por causa disso.

— Você já estava saindo, de qualquer maneira. Você detestava aquele emprego.

Não pude argumentar, mas Thomas facilitou a minha saída.

— Trex — começou Val de novo —, escuta... Se for a namorada do Tyler, você está certo, ele provavelmente vai resolver. Você sabe que ele faz tudo pela família. Mesmo que seja por você. Ele pode até ficar feliz porque você está tentando ajudar.

— Eu chamei o cara de covarde autoritário quando saí, Val.

— Ele não guarda ressentimentos. Vou passar a sua ligação.

— Espera. Val! — Uma música instrumental irritantemente calma começou a tocar do outro lado. — Porra — sibilei.

— Hum, olá pra você também, Trexler — disse Thomas Maddox.

Agarrei o volante.

— Maddox, não tenho muito tempo.

— A Val já me adiantou. É sobre a Ellison, não é?

— É, e o Tyler está surtando.

— E o que você ganha com isso?

— Nada que seja da sua conta, porra — falei com a voz baixa.

— Achei que você tivesse dito que não tinha muito tempo.

Suspirei, os dedos embranquecendo com a pressão com que eu apertava o volante.

— A garota com quem eu estou saindo. Ela está fugindo de um babaca abusivo. Fort Hood.

— Bom, é uma pena.

— Enquanto isso, a Ellie está sentada numa cela na delegacia, e o seu irmão está puto.

Ele pensou por um instante, depois falou:

— Vou fazer a ligação. O problema é que a Ellie é perigosa. Você é um agente, até onde eles sabem, e vai ser bem recebido. Você disse que precisava de nomes?

— Darby Cooke — falei. — O nome do ex dela é Shawn. Ele é militar em Fort Hood. Não pareceu ser do alto escalão. Você pode ver o que tem aí sobre eles?

— Dixon — disse Maddox.

— O quê? O que isso significa? — perguntei.

— A Val fez uma pesquisa sobre ela um tempo atrás. Uma mulher desprezada é ainda melhor do que um agente do FBI. A Val gostava de você, sabe.

— Vá direto ao ponto, Maddox.

— O nome verdadeiro da sua garota é Darby Dixon, ela está limpa, mas fica de olho no ex dela, Shawn Littlefield. Ele tem umas merdas interessantes na ficha. Estou surpreso por ele ainda estar na base. Ele deve conhecer alguém que o protege.

Meu maxilar tremeu sob a pele.

— Você não acha que podia ter me contado isso antes?

— Não tenho autorização, Trex. Você acha que vou arriscar o meu pescoço por você?

Os pelos da minha nuca se arrepiaram. Se Thomas estivesse na minha frente, eu teria lhe dado um soco.

— Ela tem pavor dele. Ela ainda tem pesadelos. Preciso mantê-lo longe dela.

— Eu não te devo porra nenhuma, Trex.

— Seja a porra de um ser humano decente, Maddox — rosnei.

Ele suspirou.

— Vou pedir pro Sawyer ficar de olho nele.

— O Sawyer? — rosnei. — Que porra é essa, Maddox? — Sawyer era marido da Val, e ele não ia ficar feliz de fazer um favor para mim.

— Ele é o melhor, Trex. Você quer o cara ou não?

Olhei para o teto, xingando em silêncio.

— Tudo bem.

— Boa sorte, Trexler. Parece que você vai precisar.

Apertei o botão de desligar, dei ré e saí rasgando o trânsito do estacionamento em direção à delegacia.

* * *

Um assistente do xerife com Duffy escrito no crachá de metal esperava por mim quando cheguei, ansioso para me conduzir para além da mesa de recepção e da porta protegida por um código, que dava para um corredor branco onde Tyler estava sentado numa cadeira. Ele estava sozinho, com o rosto apoiado nas mãos. Estava tão preocupado que mal percebeu quando me aproximei.

— Sr. Maddox — falei em um tom firme.

Tyler se levantou, o rosto vermelho e inchado.

— Você, hum...?

— Vou levar você e a srta. Edson para um local seguro. Por enquanto, preciso que espere aqui.

Tyler assentiu e se sentou, entendendo rapidamente que eu precisava que ele ficasse calado.

— Então — disse Duffy, mexendo na papelada —, você é agente federal? O que eles são? Proteção à testemunha? Porque não se vê isso todo dia.

— Não estou autorizado a falar. Só peço que a libere o mais rápido possível, oficial. Não podemos deixá-la no mesmo lugar por muito tempo.

Ele fez que sim com a cabeça, se apressando com a papelada.

— Chuck! — ele chamou o outro assistente, este grande, com maxilar marcado e que não se impressionou com o meu terno. — A srta. Edson está sendo liberada sob custódia federal.

Chuck me observou por um instante.

— Precisamos dela imediatamente, oficial — falei.

Ele assentiu e levou um cartão de identidade até uma caixa preta. A fechadura clicou, a porta zumbiu e Chuck desapareceu.

— Ela já vai sair, agente Trexler. Só preciso que você assine estes formulários — disse Duffy, me entregando uma dezena de papéis.

Em cinco minutos, a porta se abriu, e Chuck segurava Ellison pelo braço. O cabelo dela estava um horror, o rosto sujo de fuligem, com um corte bem abaixo do olho. Ela não agiu de forma tranquila como Tyler, parecendo confusa ao me ver. Abriu a boca, mas eu me levantei, afastei-a de Chuck e sussurrei no ouvido dela quando ele se distanciou de nós.

— Não fala nada — alertei.

— Estamos liberando a srta. Edson sob sua custódia, agente Trexler — disse Duffy. — Creio que você vá garantir que ela não entre em área restrita de novo.

— Ela vai para o norte. Bem longe do incêndio — falei.

Ellison ficou calada enquanto eu a escoltava pelo extenso corredor até onde Tyler estava. Ele não havia se mexido, estava na mesma posição de antes. Quando a porta se fechou atrás de nós, ele ergueu o olhar.

— Ah, graças a Deus — disse, levantando-se e abraçando Ellison.

Era difícil imaginar que Darby estava numa situação na qual eu me sentia impotente para salvá-la. Lutar uma batalha que não podíamos vencer não acontecia com frequência com caras como Tyler e eu, em que não era a quantidade de músculos ou habilidades que tiraria Ellison daquela cela. E não havia nada que eu pudesse fazer para persuadir Darby a sair do seu casulo mais rápido. Ela não confiaria em mim até estar pronta, e eu não tinha a menor ideia de quando isso aconteceria — se é que aconteceria. Paciência, amor e um pouco de sorte eram as únicas coisas que ajudavam nesses momentos, e minha mente e coração brigavam entre esperar o tempo que fosse necessário e querer mais.

Tyler beijou a têmpora dela, depois a afastou. Ela se encolheu.

— Onde você estava com a cabeça, Ellison? Quer dizer... que *porra* foi aquela? — ele perguntou.

— Aqui não — falei, segurando a porta que dava para o saguão, e saímos da delegacia. Instalei Ellison no banco de trás do Audi, e Tyler entrou em seguida. Os gritos dele foram abafados, mas me atingiram quando abri a porta do motorista. Então a fechei rapidamente e dei ré antes que Tyler chamasse atenção.

— Desculpa, de verdade. Foi muita burrice. Eu agi sem pensar — disse Ellison.

— Isso costuma acontecer quando você está bêbada — vociferou Tyler.

— Eu só bebi dois drinques — respondeu ela.

— Você realmente vai mentir pra mim? Depois de eu cobrar mil favores pra te tirar da cadeia?

— Eu não estou... mentindo — argumentou Ellison, afundando no assento.

— Uau. Tudo bem, então — disse ele, olhando para a frente. Os músculos do maxilar se agitaram porque ele trincou os dentes.

— Tecnicamente — falei —, fui eu que cobrei todos os favores.

Ellison não ficou feliz.

— Como você fez ele fazer isso?

— Não pergunta como, Ellie. Só agradece.

— Pra quem? Pro FBI? Eu quero saber. O que você ganha com isso, agente Trexler?

— Não sou mais agente — falei.

— O quê? — ela perguntou.

Tyler fez que sim com a cabeça.

— Ele está falando sério. Ele não trabalha mais pro Bureau. Parece que o chefe dele é um babaca de carteirinha.

Eu ri, desejando poder dizer que meu ex-chefe era o irmão mais velho dele.

— Como foi que ele cobrou favores, então? — perguntou Ellison. Ela era esperta, isso eu tinha que reconhecer.

Tyler suspirou.

— Ele simplesmente cobrou, Ellie.

— *Por quê?* — exigiu ela. — O que você fez em troca, Tyler? — Ela também não dava o braço a torcer. Daria uma boa agente.

— Uma coisa que você *não* vai fazer — falei.

— Nenhum de nós — acrescentou Tyler.

Ellison cruzou os braços e me olhou furiosa pelo espelho retrovisor.

— Do que vocês estão falando? O que vocês querem dizer?

— A Darby — respondi simplesmente.

— A *Darby?* — Ellison franziu o nariz. — Ela acha que você é bombeiro de elite.

Meus músculos se contraíram. Eu não tinha pensado que Ellison podia ter aberto o bico para Darby quando estava bêbada. Podia ser tarde demais.

— Eu sei. Você negou isso?

— Não.

Meus ombros relaxaram.

— Ótimo — disse Tyler. — Precisamos que continue assim. Esse foi o acordo.

— Deixar o Trex mentir para a Darby? — ela perguntou. — Quem é ela?

— Só uma garota — falei, apesar de as palavras parecerem amargas na minha boca. — Mas, se você estragar o meu disfarce com ela, vai voltar para aquela cela.

Ellison se recostou, fazendo biquinho.

— Você não vai fazer a garota sofrer, vai?

Franzi a testa, e o pensamento fez meu estômago embrulhar.

— Esse é o ponto, Ellison. Você concorda ou não?

Ela olhou para Tyler.

— Você confia nele?

Uma parte de mim gostava do fato de ela estar preocupada com Darby, mas a outra só queria que ela concordasse.

— Ele te tirou da cadeia, não foi? — disse Tyler. Ele era tão impaciente quanto eu.

— Você não está investigando a Darby, está? — perguntou Ellison.

— Não.

— Tudo bem — respondeu ela. — Você é um bombeiro de elite.

Não consegui conter o sorriso, a sensação de vitória me deixando tentado a abrir as janelas do Fancy e testar os alto-falantes.

— Obrigado.

16

Darby

O desenho no papel de rascunho que eu tinha tirado da lata de lixo atrás da mesa de check-in estava começando a parecer uma floresta em chamas, mas era bonito. Uma única rosa florescia na clareira preta que o incêndio tinha deixado para trás. *Sempre vendo o lado bom*, pensei. Não que houvesse alguma coisa errada com isso, mas um cocô não podia ser chamado de rosa. Trex era uma rosa. Diferentemente de Shawn, Trex não tinha mostrado outro lado. Ele era gentil e atencioso e tinha toda a intenção de ficar por perto. De vez em quando, pensamentos sombrios me invadiam, mas eu os afastava rapidamente. Trex me fazia feliz, e eu merecia ser feliz. Nada mais de "você deve fazer isso" ou "não deve fazer aquilo". De qualquer maneira, essas regras serviam para outras pessoas. Não para mim.

Parei de desenhar quando Trex entrou poucos passos atrás de Ellison e Tyler. O rosto de Ellison estava sujo, com um corte ensanguentado sob o olho. Ela estava arrasada, a vergonha enevoando seus olhos. Tyler não parecia muito melhor. Ele ainda usava o uniforme amarelo, com o capacete branco na mão suja. Parecia impotente e derrotado. Meu primeiro pensamento foi o de que eles pudessem ter brigado, mas eu sabia que Tyler não era assim. E ele também teria escoriações. A vergonha no rosto de Tyler era porque Ellison havia ultrapassado um limite e ido a um lugar a que ele não podia ir.

Trex não pareceu perceber.

— Oi — cumprimentou ele.

— O Stavros disse que ouviu os bombeiros de elite dizerem que a Ellie foi presa. É verdade?

Ele olhou para Tyler e Ellie, que entravam no elevador.

— Também ouvi isso. O Stavros te fez trabalhar em dobro de novo? — ele perguntou, chateado.

— A Tilde tem setenta e um anos, Trex. Ultimamente ela não tem se sentido bem. Estou preocupada com ela.

— Não é bom pro bebê você ficar em pé por tanto tempo.

Sorri para ele.

— Eu estou ótima.

— Uau — disse ele, olhando para o meu desenho. — Não joga esse aí no lixo. Quero guardar.

— Ah, para com isso — falei.

— Estou falando sério. Você é muito boa.

Apontei para o saguão vazio em frente aos elevadores.

— A Ellison está bem?

Trex olhou na direção que eu apontava.

— Não sei. Vou ver o que consigo descobrir.

Fiz que sim com a cabeça, vendo Trex entrar na sala perto do saguão que os membros do alto escalão do Departamento Florestal tinham reivindicado como centro de operações.

Tyler passou por mim sozinho, com os olhos grudados no chão até sair pelas portas deslizantes. Ele pegou uma carona com um pequeno grupo em um veículo interagências, e o caminhão saiu do estacionamento. Ellison veio na minha direção alguns minutos depois, com a mala nas mãos. Minha caneta caiu, eu me abaixei para pegá-la e logo me levantei.

— Ellie? Você está bem?

Ela colocou o cartão-chave na mesa da recepção.

— Ãhã. Tenho que ir embora — disse com a voz trêmula, parecendo prestes a chorar. — Eu fiz besteira. Estão me mandando pra casa.

Balancei a cabeça.

— Fez besteira como? Foi a bebida? — Eu sabia exatamente o que ela havia feito, mas não os detalhes. Eu esperava que ela me contasse.

— É uma longa história. O Trex pode te explicar.

A resposta me pegou de surpresa. Olhei para a sala de reunião.

— Bom, se você voltar, passa por aqui pra me dar um "oi".

Ellison sorriu. Parecia cansada, mas agradecida.

— Pode deixar.

Um homem mais velho de terno surrado esperava por ela em um carro lá fora. Acenei para Ellison, mas ela já tinha se virado antes de me ver.

A porta de vidro da sala de reunião se abriu, e Trex saiu de lá. Ele sorria para mim, e foi aí que percebi seus coturnos. Ele usava preto do boné até os sapatos, exceto pelos óculos escuros de marca. Ele tinha pelo menos um metro e noventa e andava como se fosse invencível, como se fosse o dono do mundo porque tinha sobrevivido a ele. Soldados têm uma postura diferente da de bombeiros e policiais, e ele tinha essa atitude havia muito tempo.

— Eles a encontraram vagando por uma área restrita — explicou ele. — Ela está bem encrencada. Que cara é essa? — perguntou Trex, as sobrancelhas se aproximando.

— Nada — respondi, olhando para baixo. De qualquer maneira, eu não queria saber.

— Me fala — pediu ele.

Balancei a cabeça.

— Nada.

Ele franziu a testa.

— Achei que tínhamos concordado em ser honestos um com o outro.

— Também concordamos que não tinha problema termos segredos, mas não mentiras.

Os dois vincos entre as sobrancelhas dele se aprofundaram.

— Que raios aconteceu nos três minutos em que eu me afastei?

— Tudo bem. Por que você está vestido como um soldado?

Ele olhou para as próprias roupas, pego com a guarda baixa pela minha pergunta.

— O quê?

— Você também anda como um soldado. Você é militar? Porque você sabe como eu me sinto...

— Tudo bem — disse ele, olhando por sobre o ombro. — Essa é uma conversa particular pra outro momento.

— Já ficamos sozinhos mais de uma vez.

Ele fechou bem os olhos e massageou a nuca.

— Isso pode esperar? Tive um dia difícil.

Semicerrei os olhos.

— Acho que sim.

— Obrigado — disse ele. Em seguida beijou o canto da minha boca e correu até a porta que dava na escada.

Stavros se aproximou da recepção. Estava esperando Trex se afastar.

— Obrigado por cobrir o turno da Tilde. A Maya vai cobrir das três às onze, amanhã. Vou contratar alguém pro turno da noite em breve.

— O quê? — perguntei. — Mas o terceiro turno é meu.

— A Tilde não vai voltar. Preciso trocar seu horário. A menos que você goste de trabalhar à noite, aí eu deixo as coisas como estão.

— Ela está bem?

— Ela tem várias consultas nas próximas semanas. Já fez alguns exames. Os resultados não são nada bons.

— Pneumonia?

— Câncer de pulmão. Estágio quatro.

Cobri a boca.

— Ah, não, Stavros.

Ele deu um tapinha no meu ombro.

— Ela fuma um maço e meio por dia desde os catorze anos. Não é nenhuma novidade.

Afastei a mão da boca.

— Mesmo assim, é triste. Você está triste. Ela é sua avó.

— Sim, é claro que estou triste. — Ele deu um passo em direção ao bar, depois se virou para mim. — Obrigado pela força. Prometo que vou contratar alguém o mais rápido possível. Você prefere ficar à noite?

— Sim, tudo bem. Eu não me importo. Mas posso treinar o novo funcionário das três às onze.

Ele sorriu, mas seus olhos estavam cansados.

— Você é um anjo. Tudo bem, vou manter todo mundo nos turnos atuais. O Ander durante o dia e a Maya nos fins de semana e nas substituições. Pode ser assim?

— Ãhã. O que for melhor para você.

— Pode ser que eu me afaste por alguns dias num futuro próximo. Você conhece um bom bartender?

— Vou perguntar pras pessoas — falei.

Stavros analisou o saguão antes de pegar o celular no bolso e fazer uma ligação.

Meus ombros afundaram. Tilde volta e meia aparecia doente desde o meu primeiro dia de trabalho. Eu não fazia ideia de que era câncer. Isso me deixou mais determinada a manter as coisas em ordem para Stavros. Eu era a funcionária mais velha da recepção. Ander e Maya não conseguiriam administrar tudo enquanto ele estivesse fora.

Trex só voltou ao saguão perto da hora do jantar. Ele saiu usando roupas de academia, sem fazer contato visual. Uma hora depois estava de volta, com três meias-luas de suor escurecendo a camiseta no peito e nas axilas e uma listra descendo pelas costas.

— Oi — disse ele, nervoso. Me entregou uma embalagem de isopor e um saquinho com talheres de plástico. — Comprei bolo de carne pra você.

— Obrigada — falei, abrindo a caixa.

Stavros vinha do bar na nossa direção e captou o meu olhar.

— Darby, por que você não faz um intervalo? Eu te substituo enquanto você come — disse ele.

— Mas o saguão está cheio de bombeiros de elite e... — comecei.

— Eu consigo cuidar do saguão e do bar durante uma hora. Vai. — Ele apontou com a cabeça na direção do meu quarto.

— Uma hora? — perguntei.

— Isso. Vai — disse ele, me enxotando da mesa da recepção.

— Tudo bem, tudo bem — falei, carregando a embalagem branca comigo. Parei, vendo que Trex ainda estava em pé ao lado da mesa de check-in. — Você vem?

— Estou convidado?

Franzi a testa.

— Está. Por que não estaria?

Trex me seguiu até o meu quarto e esperou calado enquanto eu usava meu cartão-chave para entrar. Sentei na cama e abri a embalagem, tirando o garfo e a faca do saquinho e caindo de boca.

— Ai, meu Deus, que delícia — falei, fechando os olhos.

— Eu tinha que ter saído da academia mais cedo — disse ele, andando de um lado para o outro. — Eu não devia ter te deixado esperando tanto tempo.

— Você não é responsável por me alimentar, Trex.

— Eu me importo com você. Muito. Isso significa que eu cuido de você, e não fiz um bom trabalho hoje à noite.

Cortei outro pedaço do bolo de carne e misturei com o purê de batatas.

— Eu tinha um sanduíche na geladeira. Eu ia comer quando tivesse um tempinho. Mas não é tão bom quanto isso. Obrigada.

— Você precisa de mais do que um sanduíche de geleia com manteiga de amendoim. A gente devia fazer umas compras na mercearia no fim de semana. — Ele olhou para o relógio de pulso. Estava enrolando e, ao mesmo tempo, preocupado com a hora.

— Meu irmão fazia isso — falei. — Malhar quando estava preocupado. Às vezes ele não conseguia usar os braços depois ou ficar de pé, porque o corpo estava exausto. Mas... por que você está tão preocupado? É comigo?

Trex parou, se sentou na cama e deslizou os dedos entre os meus.

— Não, não estou preocupado com você.

— O que é, então?

— Só estou tentando entender umas coisas.

— Como ficar com uma garota grávida?

Ele deu uma risadinha, e a tensão ao redor dos seus olhos desapareceu.

— Não. Essa parte é fácil. A parte que estou tentando evitar é perdê-la.

— Por que você me perderia? O que você tem pra me contar é tão ruim assim? — perguntei, sentindo meu apetite sumir.

Ele se levantou e andou de um lado para o outro. Meus olhos o seguiram, para lá e para cá, enquanto ele entrelaçava os dedos no alto da cabeça, sem parar de piscar. Eu nunca o tinha visto tão nervoso.

— Não é o que eu tenho pra dizer. É o que eu não posso dizer. Então eu vou te contar todo o resto, e — ele olhou para o relógio de pulso — tenho quarenta e cinco minutos pra fazer isso. Mas você precisa comer enquanto eu falo. Combinado?

Fiz que sim com a cabeça.

Ele respirava fundo, andava até a escrivaninha no canto do quarto, depois até o pequeno hall, e recomeçava.

Coloquei um pedaço na boca, mastiguei e engoli, mal saboreando a comida. E de novo.

— Trex — chamei, com os olhos marejados. — Você é casado?

— Não. — Ele parou, mas não me olhou; sentou na ponta da cama, de costas para mim. — O Ander me disse que você falou que não namorava militares, policiais e bombeiros.

— É verdade.

Trex suspirou.

— Eu não fui sincero com você, Darby. Eu não estava tentando te manipular. Eu só precisava que você me conhecesse primeiro, antes de te contar a verdade. Porque eu não posso te contar toda a verdade, e eu precisava que você confiasse em mim.

— Você queria que eu confiasse em você e mentiu pra mim?

— Omiti.

— Omissão é mentira — argumentei.

Ele se virou, encontrando meu olhar, analisando minha expressão, depois olhou para a embalagem de isopor. Peguei um pedaço, e ele voltou a olhar para a parede. Ele estava encolhido, os músculos das costas pressionando a camiseta cinza, a linha de suor no meio começando a desaparecer.

— Você está certa. Eu menti pra você, e sinto muito.

— O que você é? — Engoli em seco. — Militar ou policial? Porque eu sei que você não é bombeiro.

— FBI.

— Você é agente do FBI? — perguntei, tentando processar tudo que ele estava dizendo. — Foi assim que você tirou a Ellie da cadeia?

Ele se encolheu.

— Você percebeu, né?

— Você usou seus contatos no FBI pra tirá-la da cadeia? — Ele fez que sim com a cabeça, e eu sorri. — Isso foi muito legal, Trex. — Eu estava me esforçando muito para ficar com raiva dele, mas, por mais que tentasse, não conseguia. Ele tinha escondido coisas de mim, e isso não era legal, mas, além de ocultar parte de seu passado porque achou que fosse me perder, ele tinha me provado várias vezes que era bom até o último fio de cabelo.

— Eu deixei o Bureau muitos meses atrás, viajei para visitar alguns amigos e, perto do fim da viagem, me ofereceram um novo emprego aqui em Colorado Springs. Então eu tirei todas as minhas coisas de um depósito em San Diego e trouxe para um depósito aqui e estou procurando um lugar pra morar.

— O emprego que você conseguiu...

— Não é no Departamento Florestal nem no Departamento Agrícola.

— Você realmente não pode me contar o que está fazendo agora?

Ele engatinhou para perto de mim e se sentou.

— Eu sou segurança particular. Isso é tudo que eu posso dizer. Come, Darby. Não quero que você fique doente.

— Do FBI, é? — perguntei, pegando um pouco de purê de batatas e encolhendo um ombro. — Isso é meio impressionante. Uma parte de mim já desconfiava. Não sou burra, sabia?

— Eu sei. Nunca achei que você fosse.

— Não achou que eu fosse, mas esperava que eu não descobrisse?

— Eu ia falar com você sobre isso, mas nós nos damos tão bem... Não sei pra você, mas pra mim foi instantâneo. Eu não queria te contar e correr o risco de você me dispensar antes de eu ter uma chance.

— Por que você não pode me contar o que está fazendo agora?

— Não posso contar pra ninguém. Faz parte do meu contrato. Eu poderia perder o emprego, e tem pessoas que dependem de mim.

— Quer dizer que você tem uma família?

— Hein? Não. Quer dizer... só os que mencionei pra você. Meus pais e minha irmã, Hailey. Meus avós já morreram. Tenho uma tia e um tio em Dakota do Sul, mas não os vejo há anos. Nunca fui casado. Não tenho filhos... ainda. Minha equipe depende de mim.

Continuei comendo, pensando no que ele podia me contar.

— Você já bateu numa mulher? — Ele fez uma pausa tão longa que os músculos dos meus ombros ficaram tensos. — Trex?

— Eu atirei em algumas que estavam atirando em mim. Não me orgulho disso, mas não tive escolha.

— Você atirou numa mulher? — Ele fez que sim com a cabeça, claramente envergonhado, tentando afastar a imagem da cabeça.

Seu rosto ficou sombrio.

— Eu já matei muita gente, Darby. Demais até pra contar.

Peguei a mão dele.

— Então você era o quê...? Da SWAT?

— Agente de campo.

Eu não sabia exatamente o que era isso, mas sabia que Trex não era o tipo de homem que eu tinha jurado evitar.

— Darby?

Levantei o olhar, encontrando o dele. Eu não tinha percebido que estava evitando encará-lo até aquele momento.

— Me desculpa por não ter sido totalmente sincero.

— Estou meio feliz por você não ter sido. Você está certo. Eu teria achado você um babaca megalomaníaco e nós não estaríamos aqui agora.

Ele sorriu, aliviado.

— Mais alguma pergunta?

Pensei na sua oferta de me dar mais respostas.

— Você já teve namorada?

— Ah, algumas. A única séria se casou com o meu melhor amigo.

Tive que controlar minha surpresa. Eu me senti até um pouco irritada.

— Sorte minha, eu acho. Por que vocês terminaram?

— Ela não era a mulher certa. Nós dois sabíamos.

— Como você sabia?

— Porque ela não era você.

Um canto da minha boca se curvou para cima. Trex sempre foi encantador, mas ultimamente ele nunca perdia uma oportunidade de me fazer sentir que era tudo para ele.

— Vocês brigaram?

— Algumas vezes.

— Como vocês resolviam as brigas?

Ele deu uma risada.

— Ah, isso virou um interrogatório, é?

— Você está fugindo da pergunta?

— Normalmente eu pedia desculpa.

— Pelo quê?

O pequeno sorriso no rosto dele desapareceu.

— Pelo que a tinha irritado, e era muita coisa. Eu não podia culpá-la. Devia ser frustrante estar com um homem que era apaixonado por uma mulher que nem conhecia.

Trex me observou, e eu peguei outro pedaço de bolo de carne, pensando que era isso que ele esperava.

— O que você está fazendo agora é ilegal? — perguntei. — Você está vendendo drogas ou alguma coisa assim?

— *O quê?* Não, caramba, eu sou contratado pelo governo.

Fiz que sim com a cabeça.

— Então nós estamos bem? — ele perguntou. — Sou muito bom em avaliar as pessoas e, neste momento, não sei o que pensar.

— Sinceramente?

Ele fez que sim com a cabeça de novo.

— Estou tentando decidir se posso confiar em você.

Ele envolveu as duas mãos na minha, beijou meu pulso e fechou os olhos.

— Eu sei. Eu sei que é esquisito não poder te contar, que é maluquice pedir desculpa por ter mentido pra você e logo em seguida pedir pra você confiar em mim. Mas eu nunca me senti assim com ninguém. — Ele encontrou o meu olhar. — O medo pode obrigar as pessoas a fazerem coisas idiotas, e nada me assusta mais do que te perder.

Puxei a mão e coloquei a embalagem de isopor na mesa de cabeceira.

— Você terminou? — Ele engoliu em seco. — Nós terminamos?

Eu me sentei nos joelhos.

— Quanto tempo nós temos?

Trex piscou e olhou para o relógio de pulso.

— Trinta minutos.

— É o suficiente — falei, desabotoando a camisa. Em seguida a tirei, puxando os braços das mangas, sorrindo para a expressão de incredulidade e desejo no rosto de Trex. Eu a joguei na cadeira e subi no colo dele, uma perna de cada lado.

Ele levantou o queixo para me olhar. Peguei seu maxilar e me dobrei para beijá-lo, abrindo os lábios para permitir que sua língua entrasse. Sem parar, ele me puxou para perto, a boca colada na minha. O modo como ele me beijava me curava. Ele pegou minha culpa, vergonha e sofrimento e substituiu por confiança, bondade e...

— Eu te amo — ele disse. *Amor.* — Eu sei que parece loucura — sussurrou nos meus lábios —, mas há muito tempo eu sabia que você estava por aí em algum lugar. Eu só precisava te encontrar.

Houve um silêncio constrangedor por alguns segundos, aquele momento em que eu devia dizer a mesma coisa, mas não consegui. Eu achava que amava Shawn, mas aquilo não era amor. Trex merecia que eu tivesse certeza. Em vez de repetir as palavras que confessavam os sentimentos, eu o beijei. Ele não pareceu se importar, suas mãos saíram da minha cintura e seguraram as minhas coxas, me puxando para perto. Meus lábios foram até seu pescoço, saboreando sua carne até chegar à orelha. Ele gemeu, e eu senti que ele endurecia na minha coxa. Peguei seu rosto e o beijei de novo. Nós nos encaramos por um instante, respirando com dificuldade.

— Eu te quero — sussurrei em sua boca. — Mas precisamos ser cuidadosos.

No mesmo instante ele diminuiu o ritmo, suas mãos parecendo menos desesperadas.

— Você está certa. A gente devia esperar até... saber com certeza.

Ele estava dizendo que nós dois devíamos fazer exames para detectar doenças ou infecções. Fiquei feliz por ele concordar. Eu não podia ser imprudente, não enquanto compartilhava meu corpo com o Feijãozinho. Nunca mais. Puxei seu pulso, olhando para o relógio.

— Ainda temos vinte minutos.

Estendi a mão para trás, meu olhar encontrando o de Trex enquanto eu abria o meu sutiã e puxava as alças até ele cair no colchão entre nós. Eu não tinha as roupas de baixo mais sensuais do mundo, mas era impossível encontrar um sutiã sensual de tamanho extragrande. Com a gravidez, meus seios, que já eram grandes, haviam aumentado muito mais.

Trex colocou uma das mãos nas minhas costas, a outra na minha nuca e me deitou lentamente no colchão. Seus lábios tocaram na pele sob a minha clavícula, e eu suspirei. Era um lugar baixo o suficiente para não ser visto nem tocado em uma situação que não fosse íntima, e isso fez o beijo ser muito mais excitante. Shawn nunca havia prestado atenção a esses detalhes, e eu percebi que Trex apreciava o privilégio de me beijar naquele ponto exato.

Trex me despiu, tirando uma peça da minha roupa de cada vez. Estávamos conscientes dos minutos que se passavam, mas ele saboreava cada segundo. Quando finalmente fiquei nua debaixo dele, Trex passou os dedos na minha clavícula e desenhou uma linha suave e direta saindo do meio dos meus seios até o umbigo, depois desceu por entre as minhas coxas e acariciou minha pele sensível. Seus dedos se moviam em pequenos círculos, e ele se abaixava de vez em quando para me beijar, se deleitando com as minhas expressões e o modo como eu me contorcia e estremecia sob o seu toque. Eu gemi e suspirei, depois gritei. Trex cobriu a minha boca com a dele enquanto eu tremia sob ele.

Seus dedos diminuíram o ritmo, e ele se ajeitou entre as minhas pernas, apoiando o peso nos cotovelos. Ele ainda estava vestido.

— Seu rosto está vermelho. E seu cabelo está bagunçado.

— Acho melhor penteá-lo antes de voltar ao trabalho. E talvez me vestir

— Com certeza você devia se vestir — disse ele com uma piscadela. — Aqueles bombeiros de elite iam pegar fogo se você saísse assim.

— E você?

Ele estreitou os olhos, pensativo.

— Não tenho certeza se ia explodir de orgulho ou morrer de ciúme.

— Você ficaria orgulhoso de me ver andando nua por aí? — perguntei com uma risadinha.

— Fico orgulhoso de tudo em você. Você é durona como um diamante, é a mulher mais linda que eu já vi e me deixa fazer isso. — Nesse momento ele se inclinou e deu um beijinho nos meus lábios. — Sou um homem de muita, muita sorte, e não finge que você não sabe disso ainda.

Toquei nos seus lábios com o dedo indicador, depois no seu queixo.

— Eu é que sou sortuda.

Ele se abaixou para me beijar de novo, desta vez mais devagar. Seus quadris se empurraram delicadamente na minha direção, e ele gemeu. Então se sentou rapidamente e saiu da cama.

— É melhor eu ir. Deixar você se arrumar. Te vejo mais tarde?

Eu me sentei apoiada nos cotovelos.

— É.

Ele fez que sim com a cabeça, andando de costas até a porta.

— Maravilha.

A porta se entreabriu apenas o suficiente para que Trex conseguisse passar, e ele sumiu.

Eu me deitei e cobri a boca, o corpo relaxado e o coração pleno de esperança de que Trex fosse tudo que parecia ser.

17

Trex

Suas costas nuas estavam expostas, o lençol enrolado nela da cintura para baixo. Ela estava deitada de bruços, o braço esquerdo dobrado, a palma para baixo, o polegar tocando no nariz perfeito. A única luz vinha do banheiro, a porta entreaberta apenas o suficiente para eu não tropeçar em alguma coisa e acordá-la. Tentei memorizar cada sarda, cada curva do seu corpo naquela posição, os olhos fechados, o canto da boca levemente curvado para cima por causa de um sonho agradável. Era a segunda noite que eu passava no quarto dela, e não estava ansioso para voltar a dormir no meu quarto nas noites de domingo a quinta.

Embora eu passasse a maior parte do nosso tempo dando prazer a ela, estava determinado a esperar até podermos fazer os exames antes de irmos além. Eu não confiava o suficiente na minha força de vontade para não ter nada entre nós. Nossos horários de trabalho diferentes ajudavam um pouco, embora eu não estivesse feliz com isso.

Darby tinha as sextas e os sábados de folga, mas teria que trabalhar dobrado até Stavros contratar alguém novo para o turno da Tilde, das três às onze. Esses eram os dois únicos dias em que ela não estava no trabalho quando eu estava saindo do emprego, dormindo ou indo trabalhar. Eu passava o jantar e algumas horas da noite com ela quando ela não estava ocupada. Eu tinha incentivado Stavros mais de uma vez a contratar alguém o mais rápido possível.

Saí para o corredor e desci até o saguão.

— Bom dia — disse Stavros de trás da mesa da recepção. — Essa é a segunda vez seguida que você vem pelo corredor, e não pelo elevador.

— Cuida da sua vida — falei ao passar. — Você tem uma semana pra contratar alguém e tirar a Darby dos turnos dobrados.

— Ela não vai pedir demissão.

— Não, mas eu vou roubá-la. Acho que encontrei um lugar pra morar.

— Não se atreva! — gritou Stavros.

— Uma semana!

Saí correndo para o estacionamento, apressado porque eu tinha passado muito tempo deitado com Darby, depois observando-a dormir antes de sair. Ainda estava escuro, os grilos e sapos ainda cantavam. Não havia nada que eu odiasse mais do que deixá-la sozinha naquela cama. Era difícil sair para trabalhar, curtir meu emprego, apesar de a minha equipe tornar tudo mais suportável.

Naomi parou na vaga dela, Harbinger e Kitsch ao lado. Pouco antes de decidirmos entrar e bater o ponto, Martinez estacionou, seguido de Sloan.

— Vocês estão atrasados! — reclamei com os dois últimos.

— Não estamos, não! Ainda temos dez minutos! — disse Sloan.

— Isso é atrasado! — argumentou Kitsch.

Nós nos apresentamos, e eu distribuí tarefas. Eu queria verificar a área de novo. Parecia que, depois do fim de semana, sempre encontrávamos alguma merda esquisita perto de um grupo de rochas próxima à cerca. Os boatos abrangiam desde rituais satânicos na base da montanha até atividades de gangues. Encontramos coelhos esquartejados e restos de fogueiras que, de algum jeito, nunca apareciam nas câmeras de segurança, mas hoje não havia nada. Harbinger e Kitsch tinham uma aposta em andamento, e eu esperava que a ideia de Harbinger, de que eram apenas crianças entediadas, ganhasse. Naomi e eu fomos até o Echo para perturbar a segurança do Deep Echo. Eles tinham chegado ao ponto de acender a luz e tocar o alarme antes de alcançarmos a porta.

— Você não se pergunta o que eles estão protegendo ali? — perguntou Naomi, andando comigo em direção ao refeitório.

— Alienígenas, provavelmente.

Naomi deu uma risada, e seus olhos se arregalaram.

— Você está falando sério.

— Totalmente.

— Uau. Eu imaginava que você soubesse.

Paramos nos nossos armários antes de irmos para o refeitório. Era dia de comida italiana, e Naomi estava empolgada com a opção de monte-seu-prato-de-macarrão. Assim que empurramos as portas duplas laranja, o cheiro de orégano, manjericão e tomate atingiu nosso nariz, e inspiramos fundo. Naomi sorria mais ainda a cada vez que acrescentava um ingrediente ao macarrão.

Nós nos sentamos e esperamos o restante da equipe. Martinez e Sloan empurraram as portas e mal nos cumprimentaram antes de irem em linha reta até o bufê de massas.

— Você está sorrindo muito hoje — comentou Naomi. — Não pense que eu não percebi. As coisas estão indo bem com a Darby?

— Isso é eufemismo.

— Hã?

— Eu falei que a amava, numa noite dessas. Ela não retribuiu, mas não me importo. Ela é tudo que eu imaginava.

Sloan e Martinez se sentaram, seguidos de perto por Harbinger e Kitsch.

— Já? Você já falou de amor? — perguntou Naomi, indignada. Ela limpou o rosto com o guardanapo e jogou o papel branco amassado na mesa. — Logo depois de contar a verdade pra ela, espero.

— A maior parte da verdade — esclareci. — Ela sabe que eu fui agente federal.

— Uau — disse Harbinger. — Como foi que ela reagiu?

— Incrivelmente bem — respondi. — Estou te falando: ela é a garota certa.

Estávamos quase sozinhos no canto distante do grande salão, com uma dezena de fileiras de mesas compridas e cadeiras que chiavam no piso de linóleo toda vez que nos mexíamos, ecoando para nos lembrar de que estávamos bem fundo no subsolo. Os sussurros baixos de homens e mulheres que trabalhavam na cozinha eram o único barulho que concorria com nossos garfos raspando os pratos.

— Como que ela não fugiu gritando? — perguntou Martinez com um sorriso presunçoso.

— Tudo bem, já chega — disse Kitsch.

— Nunca te vi assim — falou Naomi. — Você está sorrindo há dias.

Dei de ombros.

— Estou apaixonado, o que mais posso dizer?

A equipe se entreolhou, sem reação. Eu não podia culpá-los. Eles estavam acostumados a me ver mal-humorado, e me ver sorrindo como um idiota e falando de amor deve ter sido um choque.

— Como você sabe? — indagou Sloan.

— Porque agora que eu a encontrei nunca mais quero saber como é viver sem ela.

— É isso aí — incentivou Martinez, trocando um empurrão por me dar uma gravata. — Estamos felizes por você, cara.

— Sabe, eu me lembro de você falando dela uns anos atrás — lembrou Kitsch. — Na nossa última convocação. É legal você finalmente ter conhecido essa garota. Eu sei que você não estava falando exatamente da Darby, mas você sente que ela é a garota dos seus sonhos, que você escolheu.

Todo mundo assentiu, e Sloan deu um tapa no meu ombro.

— O momento não podia ser melhor, agora que estamos todos bem estabelecidos.

As portas duplas se abriram, e o senador Bennett entrou. Ele afrouxou a gravata, o suor brilhando na testa. Como estávamos no subsolo, não tínhamos um aparelho de ar-condicionado, mesmo porque não havia a menor necessidade. Estávamos em um nível profundo demais para o sol aquecer o ar.

— Acabei de saber o que os caras que andaram pela área encontraram outro dia. Por que raios eu não fui informado?

Limpei a boca com um guardanapo e me endireitei.

— Hum, peço desculpas, senhor. O senhor não está na nossa linha de comando, e eu...

— Como assim não estou?! Eu administro essa maldita instalação. Eu devia ser o primeiro a saber quando houver um monte de animais sacrificados encontrados na propriedade. — Ele olhou de relance para Naomi, inseguro.

Pigarreei.

— Me desculpe, senhor. Nada extraordinário aconteceu desde então. Achamos que fosse um dos ratos de laboratório ou talvez um dos pilotos fazendo uma brincadeira.

— Tem certeza? — indagou Bennett.

— O que mais poderia ser? — perguntou Naomi, olhando para ele.

— Vim aqui pra fazer essa pergunta. Quero que todas as coisas suspeitas sejam reportadas a mim imediatamente. — Bennett pegou um guardanapo na mesa e secou a testa. Depois me olhou, furioso. — Naomi, leve um relatório completo pra mim daqui a uma hora.

— Não há relatórios, senhor — falei antes que ela pudesse responder.

— Me desculpe, Trexler. Acho que não ouvi bem. Parece que você não preencheu um relatório oficial de atividade suspeita perto de uma instalação supersecreta do governo — disse o senador Bennett. — E você é o maldito chefe de segurança! — ele gritou.

— O general foi bem específico — falei.

— Peter, por que você está tão nervoso por causa disso? O que está acontecendo? — perguntou Naomi.

— Se isso vazar, a mídia vai cair em cima.

— Por causa de uns animais mortos? — indagou Naomi.

— Há um medo em Colorado Springs por causa da atividade de seitas ao redor desta montanha há décadas. Você sabia que uma garota foi encontrada morta a menos de cinco quilômetros daqui quinze anos atrás? Eles ainda fazem reportagens sobre ela no noticiário das seis! Como eu vou explicar a zona proibida ao voo para os helicópteros das emissoras de TV, porra? É um maldito pesadelo de relações públicas. — Ele ajeitou a gravata e a afrouxou de novo. — Já bastam os incêndios. Temos que afastar os helicópteros das agências de notícias todos os dias.

— Esta montanha abriga o NORAD, senhor — falei. — Trata-se de um espaço aéreo restrito. Com todo respeito, o senhor não precisa explicar merda nenhuma.

Bennett reajustou a gravata e saiu. Ele olhou para trás, me mostrando para Saunders, que estava em posição de sentido ao lado da porta.

— Eu gosto dele. Dê um jeito desse cara ficar.

— Vou falar com o general, senhor.

Todos relaxamos depois que o último homem seguiu o senador Bennett.

— Jesus Cristo, isso não é normal — comentou Harbinger. — Tenho certeza de que ele não está nervoso desse jeito só por causa de algumas notícias relacionadas a teorias da conspiração.

— Ele é jovem e foi colocado no comitê desta instalação por causa do pai — disse Naomi. — Ele não quer ficar sob os holofotes. Ainda não.

Todos a encararam. Ela levantou as mãos.

— É só um palpite.

— Claro — provocou Martinez.

Naomi pegou o garfo e o cravou a centímetros da mão de Martinez. Ele encarou o garfo, com os olhos arregalados.

Sloan deu uma risadinha.

— Você ainda não aprendeu?

— Estávamos falando da vida amorosa do Trexler, não da minha — disse ela. Franzi a testa. — Ah, por favor. Você perdeu seu senso de humor quando se mudou pra cá? — continuou Naomi, cutucando o meu braço.

— Algum dia ele teve? — perguntou Martinez.

— Quando é que vamos conhecer a garota? — quis saber Sloan.

— Nunca — respondi.

A equipe reclamou, rapidamente silenciada por Kitsch.

— Não falei pra ela que sou fuzileiro naval. Ela não pode saber. Pelo menos ainda não.

Naomi franziu a testa.

— Vou contar pra ela. Eu só preciso que ela me conheça primeiro, pra saber que eu não sou nem um pouco parecido com ele.

— Com quem?

— Com o ex dela, Shawn. Um verdadeiro canalha. Ele a machucava. Ela disse em várias ocasiões que não queria namorar um militar, e eu não... — Naomi me chutou. — Ai! Porra!

— Trex — esbravejou Naomi. — Se você continuar escondendo essas merdas, ela não vai aceitar que você simplesmente não possa contar os detalhes do seu emprego. E, se ela descobrir, vira uma ameaça à segurança nacional.

Martinez apontou para Harbinger.

— O que você diz pra sua esposa?

Harbinger deu de ombros.

— Só que eu recebi novas ordens. Ela não pergunta. Não perco mais os jogos de futebol nem os aniversários... isso é tudo que importa pra ela.

Sloan apontou para Harbinger.

— Viu?

— Isso ainda é novo, Sloan. Não vou estragar tudo só pra apresentar a garota pra vocês, seus bárbaros.

— Bárbaros? Agora eu fiquei ofendido — disse Kitsch, sem conseguir manter o rosto sério.

Um grupo de pessoas de jaleco passou pela porta, com os doutores Philpot e DuPont entre eles. O grupo foi com avidez em direção ao bufê de massas. Até onde sabíamos, eles tinham passado os últimos meses no Deep Echo. Pareciam pálidos e cansados, mas empolgados por saírem.

O dr. Philpot esfregou as mãos enquanto apontava os ingredientes para o cozinheiro, depois conversou com outro homem de jaleco branco que tinha o dobro do seu tamanho. Philpot tinha que ficar a vários passos de distância só para não ter que inclinar o pescoço para trás. Um por um, eles pegaram as bandejas e se sentaram à mesa atrás de mim.

Naomi os observava enquanto comia.

— O que foi? — disse ela finalmente.

Eu me virei e vi a dra. DuPont sorrindo para ela.

— Não é interessante — começou a dra. DuPont — que haja trinta mesas neste refeitório, e o dr. Cohen, o primeiro a pegar a bandeja e se sentar, tenha escolhido a mesa ao lado da sua? Os seres humanos já nascem com medo da solidão. Ansiamos por pertencer, não importa se percebemos isso ou não.

— Não é porque a gente cheira bem — disse Sloan. A equipe riu, mas o pequeno sorriso sinistro da dra. DuPont não mudou.

— Você parece um pouco cansada, dra. DuPont. Não a vemos há algumas semanas. Por onde andou? — perguntou Harbinger.

— Deep Echo — respondeu Philpot, mastigando sua massa.

— Vocês têm dormido aqui? — indagou Naomi.

— Fazemos isso quando temos muito trabalho — respondeu a dra. DuPont.

— Não que seja necessariamente algo voluntário — resmungou o médico alto.

— Trex, este é o dr. Andrew Cohen. Ele é nosso biofísico.

— Biofísico? — perguntou Martinez. — Por que a montanha precisa de um biofísico? Isso deve ser confidencial também, né?

— Sim — respondeu a dra. DuPont.

— Tem algum tipo de experimento maluco com pessoas acontecendo aqui? Alienígenas? — perguntou Martinez.

— É tudo confidencial — respondeu a dra. DuPont.

— Besteira — disse Sloan, chamando a atenção do dr. Philpot.

— Fique feliz por não saber — retrucou o dr. Philpot. — Na montanha, a ignorância realmente é uma bênção.

— Pelo menos vocês têm o conhecimento pra decidir se querem trabalhar pra essa instalação — disse Harbinger, chateado.

— Não, você está errado — disse o dr. Cohen. — O conhecimento aqui afasta a decisão.

— Bom, isso é sinistro pra caramba — observou Martinez.

— Tudo bem. — Eu me levantei. — Acabou o intervalo, pessoal. Vamos nos reunir no alojamento.

Minha equipe me seguiu, atravessando e descendo o corredor até nossos armários. Eu me sentei no banco central e digitei uma mensagem para Darby que nunca chegaria a ela, já que ela não tinha celular.

— Isso é tão... bizarro — comentou Naomi.

— Cuida da sua vida — falei.

— Por que você simplesmente não compra um celular pra ela? — perguntou Sloan. — As garotas gostam dessas coisas, não?

— Já perguntei. Ela gosta de não ter celular. O Shawn surtava quando ela não atendia no primeiro toque ou demorava para responder uma mensagem. Não posso culpá-la, mas agora... tenho que achar um jeito de comprar um celular pra ela. Vou olhar uma casa em breve. Vai ser fácil instalar câmeras de segurança e um sistema de alarme. Botões de pânico. Fica a uns dois quilômetros de uma delegacia. Se eu puder levá-la pra lá, ela vai ficar segura vinte e quatro horas por dia.

— Não tenho certeza quanto à casa, mas, talvez, se ela soubesse que tudo que você quer é mandar mensagens apaixonadas pelo celular, ela aceitaria — provocou Naomi.

Meu rádio fez barulho, e Saunders falou pelo alto-falante.

— Trex, compareça imediatamente à sala de controle com sua equipe.

— Copiado — respondi, fazendo sinal para a equipe sair.

Saunders estava em pé diante da entrada quando chegamos. Ele nos escoltou pela sala até os monitores externos.

— O incêndio está a dezesseis quilômetros do Complexo.

— E daí? Os sistemas de irrigação e o departamento de incêndio do Complexo conseguem cuidar disso. Podemos trazer todo o pessoal e os equipamentos para dentro — falei. — Devíamos começar logo.

— Os ventos não estão a nosso favor e... — Ele apontou para uma seção a poucos quilômetros das cercas externas. — Tem um grupo de bombeiros de incêndio ambiental que está se aproximando da nossa área externa. Eles receberam instruções para salvar o Complexo. Mas, se o vento mudar... eles estão fodidos.

— Os Alpinos estão lá hoje. Por acaso disseram que eram eles? — perguntei.

— Não, eles não falaram nada — respondeu Saunders.

— Devíamos ir lá fora. Ficar de olho, talvez preparados para uma evacuação rápida — sugeriu Naomi.

— Vocês não são treinados pra isso — disse Saunders.

— Aponta o satélite pra área — falei, indicando o monitor. — Agora.

— Seu objetivo é garantir que as pessoas nesta instalação e propriedade estejam seguras. Esse é o único objetivo de vocês — orientou Saunders.

— Estamos hospedados no mesmo hotel há meses. São todos amigos e não são simplesmente civis, mas *servidores* civis — falei, dando um passo em direção a Saunders. — E eles estão protegendo este complexo. Isso se encaixa no meu objetivo.

— Com todo o respeito, Trexler, eu discordo.

— Não dou a mínima se você concorda ou não, porra. — Passei pela minha equipe. — Vamos.

Harbinger, Kitsch, Naomi, Sloan e Martinez me seguiram, parando do lado de fora da porta de metal da sala de controle.

— Naomi, sobe e consegue permissão pra gente ajudar.

— O quê? Como?

Franzi a testa, insatisfeito com meu próprio plano.

— Com o Bennett.

Sua boca se abriu, as bochechas coraram.

— Você quer que eu fique devendo um favor pra ele? Está falando sério, porra? Tem que ter outro jeito.

— Esse é o jeito mais rápido. Sobe e não aceita um "não" como resposta. Kitsch, pega o Sloan e traz os equipamentos. Martinez, coloca todo o pessoal pra dentro. Liga o alarme. Harbinger, você vem comigo.

— Pra onde? — perguntou Harbinger.

— Pro depósito. Vamos encontrar um veículo. Se o vento mudar, vamos precisar tirar aqueles homens rapidamente.

Estávamos a meio caminho do depósito no corredor Charlie quando o alarme soou. Harbinger e eu corremos para um jipe e entramos.

Um guarda veio correndo na nossa direção.

— Recebemos instruções do general pra trancar tudo, senhor. Sinto muito, mas...

— Trex — gritou Naomi pelo intercomunicador. — Só temos permissão pra evacuação. Foi o melhor que consegui.

— Todos cumpriram seus objetivos? — perguntei. — Som desligado.

— O pessoal já entrou — disse Martinez.

— Último equipamento entrando agora — rosnou Sloan, a voz abafada pelo som das máquinas.

— Encontra a gente no depósito em cinco minutos. Estaremos lá pra evacuar aquela equipe, se necessário.

Passamos pela equipe de incêndio do Complexo no caminho para o depósito. Eles borrifavam a área com retardador, verificando as mangueiras e garantindo que todos os funcionários estavam na parte de dentro. Chegamos à porta de metal do tamanho de um hangar bem quando o guarda a baixava. O jipe mal deslizou, quando saltei.

— O que você está fazendo? Sua equipe de incêndio ainda está lá fora.

Apontei para a porta que fechava lentamente.

— Minha equipe recebeu permissão do senador Bennett para evacuar os bombeiros de elite da montanha.

— Sinto muito, senhor, mas não sou subordinado ao senador Bennett. Esta é uma ordem direta do general — disse o guarda.

Naomi, Martinez, Sloan e Kitsch chegaram, respirando com dificuldade, mas empolgados. Tínhamos andado pelos corredores por tempo demais. Estávamos todos preparados para mais ação.

— Eles vão abrir de novo ou o quê? — perguntou Martinez. Seu rosto ficou sombrio quando a porta isolou a luz do sol.

Balancei a cabeça.

— O general isolou o Complexo.

Naomi apontou com a cabeça para uma porta menor.

— Podemos passar os quadriciclos por ali.

Olhei para os guardas.

— Vocês fecham depois que passarmos?

O mais velho ponderou, depois assentiu.

— Carregar! — gritei, correndo para o canto do depósito com fileiras de quadriciclos.

Cada um de nós pegou capacetes, escolheu um quadriciclo, deu marcha à ré e saiu pela porta menor, zunindo pelos bombeiros do Complexo e pelo portão ainda aberto onde eles trabalhavam. Mantivemos os rádios ligados e nos espalhamos, rolando pelo terreno rochoso da montanha Cheyenne em direção à área onde tínhamos visto pela última vez a equipe Alpina, nos monitores da sala de controle.

— Gritem se virem alguma coisa — avisei pelo rádio.

Dirigimos por dez minutos, depois quinze, nossos quadriciclos gerando poeira suficiente para competir com a fumaça. A nuvem escura sobre o Parque Nacional das Montanhas Rochosas ficava mais densa conforme nos distanciávamos do Complexo.

— Chamas a uma hora! — disse Kitsch.

Passamos por álamos e abetos azuis que se mantinham de pé, impotentes, nos retículos do incêndio. Paramos num penhasco raso e olhamos para o outro lado. O incêndio estava a menos de duzentos metros de distância e vinha em nossa direção.

— Que merda!? — disse Sloan. A fumaça clareava diante dos nossos olhos. O vento havia mudado.

— Zeke! — gritou Naomi, cambaleando para fora do quadriciclo. Ela tirou o capacete, caiu de joelhos e olhou para baixo.

Eu a segui, parando na beira do penhasco. Lá embaixo, o pequeno grupo de Alpinos que havia se separado dos outros estava em pé na base, trabalhando contra o relógio para montar um dispositivo para içar Peixe, cuja perna estava machucada. Ele estava apoiado no tronco retorcido de um grande álamo.

— Estão todos bem? — perguntei, olhando para baixo. Eles estavam presos, e um deles estava ferido.

Taylor Maddox estava ao lado do irmão Tyler e de Zeke. Eles olhavam para nós lá no alto, confusos.

— O que vocês estão fazendo aqui? — perguntou Zeke, os olhos se alternando entre mim e Naomi, depois para o resto da equipe.

— Isso importa? — ela perguntou, sorrindo, com o rosto marcado de sujeira.

Zeke e Taylor olharam para trás, para as chamas que se aproximavam.

— Vocês têm uma corda? — perguntou Taylor. — O Peixe torceu o tornozelo. Não vamos ganhar a corrida contra o fogo.

— Pra sua sorte, sim — falei enquanto Harbinger jogava a corda. — Também temos veículos. São só vocês?

Tyler fez que sim com a cabeça.

— Se vocês não tiverem espaço, levem quem for possível. Vamos tentar um atalho.

— Não vamos deixar ninguém pra trás — falei. — Vamos trazer o Peixe pra cima primeiro. Vamos! — gritei.

Os bombeiros de elite entraram em ação, amarrando a corda no peito do Peixe. Nós o puxamos primeiro, depois os demais Alpinos subiram, um por um. Estavam todos exaustos, mas usaram a última gota de energia para subir até onde estávamos. Gritamos palavras de encorajamento uns para os outros enquanto o incêndio se aproximava. A fumaça começou a nos cercar bem quando o último bombeiro de elite, Taylor, estava quase na metade do caminho. O fogo rastejou pelo chão e logo a ponta da corda estava pegando fogo.

— Vamos! — gritou Tyler. — Mais rápido!

Taylor colocava uma mão adiante da outra, mas as chamas estavam subindo mais rápido do que ele.

— Ele não vai conseguir — disse Zeke.

— Mexe essa bunda, Maddox! — berrou Tyler.

Quando o fogo subiu pela corda e chegou aos pés de Taylor, o irmão dele bateu em Zeke e se lançou para a frente, a metade superior do corpo caindo à beira do penhasco, seguida pelas pernas. Zeke mergulhou para pegar os tornozelos de Tyler e os segurou bem na hora.

— Peguei! — gritou Tyler.

Os outros Alpinos se juntaram a Zeke e puxaram os dois Maddox para cima.

Chutei a corda para longe, deixando-a cair, observando o fogo envolver o que restava dela.

Os Alpinos estavam cobertos de fuligem; os ombros, caídos de exaustão. Taylor olhou para mim por sob a sobrancelha suja.

— Não conta pra Falyn.

Apontei para o distintivo no meu braço, que dizia: COMPLEXO DA MONTANHA CHEYENNE.

— Não conta pra Darby.

Taylor subiu na traseira do meu quadriciclo, Zeke no de Naomi, Peixe estava com Martinez. Anão e Smitty ficaram com Kitsch. Tyler com Sloan, e Watts e Gato com Harbinger. A fumaça já nos sufocava quando saímos de lá, o calor nas minhas costas me lembrando de manter o polegar que acionava o acelerador pressionado até o fim. Mesmo com o ferimento de Peixe, Martinez não diminuiu a velocidade, desviando de árvores e voando sobre os obstáculos como o restante de nós, na esperança de ficar à frente das chamas.

Taylor deu um tapinha nas costas do meu capacete.

— Mais rápido!

Não me preocupei em explicar que os quadriciclos eram feitos para vistoriar a área, e não para fugir de incêndios. Meu polegar apertava o acelerador ao máximo. A única coisa que eu podia fazer era não diminuir a velocidade.

A equipe de incêndio do Complexo tinha ido embora quando chegamos à linha da cerca e, apesar da fumaça, dava para ver que as portas do depósito estavam fechadas. Os quadriciclos espalharam terra quando paramos, as cinzas caindo ao nosso redor.

— Continuo? — perguntou Naomi, gritando acima do rugido do fogo.

Fiz que sim com a cabeça.

— Pelo lado sudoeste.

O enorme sistema de irrigação estava acionado, o vapor subindo perto da linha da cerca.

— Vai, vai, vai! — gritei.

Em velocidade total, passar dirigindo pelos galões de água que inundavam o exterior do Complexo era como andar de foguete em uma tempestade, e todos os bombeiros de elite abaixaram a cabeça para não serem atingidos pela chuva que espetava.

Ensopados, sangrando em virtude de ferimentos causados por galhos afiados, saturados de lama, fuligem, cinza, grama, cascalho e folhas, diminuímos a velocidade e paramos perto da entrada do Complexo. O estacionamento ficava a algumas centenas de metros de distância. Um brilho atraiu meu olhar, e eu me virei para trás, observando o fogo dar uma guinada e devorar tudo pelo caminho, afastando-se, contudo, do Complexo.

Ficamos sentados por um instante, sem acreditar que não estávamos mais sendo perseguidos.

Sloan tirou o capacete.

— Puta merda, parece que aquela coisa maldita tem vida própria.

— Preciso sempre me lembrar de que não tem — disse Zeke.

Peixe gemeu, olhando para o tornozelo inchado. Ele estava sem uma das botas, e o braço de Smitty estava queimado.

— Trex para Saunders. Chamando, câmbio — falei pelo rádio, inclinando a cabeça na direção do microfone.

— Saunders — repetiu ele, seu rádio desligando.

— Esses homens precisam de cuidados médicos. Peça para algumas ambulâncias nos encontrarem na primeira cabine de verificação de segurança e ligue para o quartel deles para relatar que os caras estão a salvo, câmbio.

— Copiado, câmbio — disse Saunders, e seu lado ficou em silêncio de novo.

Fiz um sinal com a cabeça para os meus homens, e continuamos nos quadriciclos, transportando os bombeiros de elite sujos, suados e exaustos até a primeira cabine.

Taylor saltou, analisando Peixe antes de voltar para mim e estender a mão.

Eu a peguei e a sacudi forte.

— Você salvou a nossa vida lá naquela montanha, Trex — disse Taylor.

Naomi abraçou Zeke, apertando suas bochechas e analisando os cortes no rosto dele.

Zeke se encolheu.

— Você precisava dirigir batendo em todos os galhos de árvore entre o penhasco e o Complexo?

— Precisava — disse ela. — Viu só como fomos os primeiros a chegar?

Um canto da boca dele se curvou para cima.

— Você é tão competitiva, caramba.

Ela piscou para ele.

— Você não tem ideia.

A ambulância levou os bombeiros de elite, e nós ficamos no posto de verificação, aguardando até eles sumirem.

— Que raios foi aquilo, Nomes? — perguntou Sloan.

— Nada que seja da sua conta, porra — disse ela, indo para o quadriciclo.

Harbinger deu um tapa nas minhas costas.

— Boa decisão, chefe. Foi bom salvar vidas de novo.

— Uhuuu — falei, colocando o capacete.

18

Darby

— Você parece bem — falei para Tyler. — Mas também parece nervoso.

— O que você acha? — ele perguntou, segurando uma caixinha vermelho-escura.

— Posso ver? — perguntei. Ele assentiu. Abri a tampa, revelando um pequeno anel de ouro branco com um único diamante redondo solitário.

Ele encolheu um ombro e franziu o nariz.

— O pai dela é bilionário, sabe. Mas ela gosta de coisas simples, por isso eu achei...

— Ela vai adorar — falei com um sorriso.

— É? — ele perguntou, ainda inseguro.

— Com certeza.

Ele fechou a caixa e desviou o olhar, com os olhos sofridos.

— A Ellie passou por muita coisa. Ela foi embora há algum tempo, e não nos separamos numa boa, por isso não tenho certeza.

— Faz o que você acha que é certo — aconselhei.

Tyler sorriu.

— Obrigado, Darby.

Fiz que sim com a cabeça e empurrei seu ombro.

— Agora vai. Antes que se atrase. É melhor você estar lá quando ela saii do avião.

Ele saiu correndo, acenando antes de atravessar as portas do saguão.

Voltei para a mesa da recepção, ajeitei papéis e inseri os despertadores no sistema. Trex voltaria para casa em quatro horas. Essa era a parte mais longa do dia, e eu ficaria feliz quando acordasse, fizesse as minhas coisas e visse Trex durante algumas horas antes do meu turno. Ele era praticamente toda a minha vida fora do trabalho, apesar de Maya ter me chamado para sair algumas vezes, mas nossos horários nunca batiam.

O telefone tocou, e eu atendi.

— Hotel Colorado Springs, como posso ajudar?

O outro lado da linha ficou em silêncio, como se a outra pessoa esperasse.

— Alô? Aqui é do Hotel Colorado Springs. Posso ajudar?

Nada ainda, mas eu ouvia uma movimentação. Um calafrio percorreu a minha coluna, e fui tomada pelo mesmo pavor que eu sentia no Texas, ao ouvir a caminhonete de Shawn parar na entrada de carros. Desliguei e encarei o aparelho. Parecia que uma vida inteira tinha se passado desde que eu sentira esse medo, mas não demorei muito para me lembrar e agradecer por ele ter sumido.

— Oi — disse uma voz aguda do outro lado da mesa.

Dei um pulo.

— Ai, meu Deus! — Levei a mão ao peito. — Me desculpa, não vi você entrar. Posso ajudar?

A mulher na minha frente era uns quatro tons mais bronzeada do que sua pele deveria ser, o cabelo loiro descolorido, os lábios rosa-choque quase brilhando.

— Meu nome é Jojo. Sou a nova funcionária da revista *Opinião das Montanhas*. Vou substituir a Ellie.

— Substituir? — perguntei, surpresa. — Eles vão te deixar subir?

— Ah, não. — Ela olhou ao redor do saguão, satisfeita. — Vou ficar por aqui, entrevistando os bombeiros de elite, tirando algumas fotos deles entre um turno e outro. Tem uma história ali também.

— Entendi — falei, clicando o mouse. Ela tinha reserva. Devia ter feito nas poucas horas em que eu não estava na mesa da recepção. Parte de mim se sentia defendendo o lugar de Ellie aqui, e foi difícil não jogar isso contra Jojo. — Vou precisar da sua identidade e de um cartão de crédito, por favor.

Jojo já estava a caminho de seu quarto, que ficava em um andar bem alto, o mais distante possível que consegui colocá-la dos bombeiros de elite, quando Stavros veio correndo do bar até a minha mesa.

— Eu só queria te contar enquanto você tem um minuto livre. Tenho ótimas notícias. Entrevistei uma garota hoje à tarde, e tenho quase certeza de que ela vai ser a nova funcionária.

— É?

— Então, se prepara pra treiná-la por uma semana, depois você vai voltar pro seu turno regular.

— Obrigada — falei, aliviada.

— E... isso... — Ele me entregou um envelope.

— O que é isso?

— Um bônus pelas horas extras, por trabalhar pra caralho sem reclamar.

Eu o abri e vi uma pilha de notas.

— O quê?

Stavros se afastou sem dizer mais nada, e eu contei as notas de vinte. *Quinhentos dólares!*

— Obrigada! — gritei atrás dele, tentando controlar as lágrimas e fracassando. Dobrei o envelope e enfiei o mais fundo possível no bolso, já fazendo uma lista mental de coisas para pagar com aquele dinheiro. Consulta pré-natal, comida, fraldas, poupança. Havia tantas coisas em que eu podia gastar que era difícil escolher. A vida estava melhorando.

Levei a mão à barriga.

— Estamos nos saindo bem, Feijãozinho.

Depois de servir no bar e fazer o checkout de duas dezenas de bombeiros de elite que iam para casa para dois dias de descanso e recuperação, Stavros voltou com uma morena alta.

— Darby, essa é a Lane. Ela vai trabalhar no turno das três às onze.

— Parabéns! — falei com um sorriso. Naquele momento, Lane, com seus cabelos castanhos compridos e brilhosos, sua cintura minúscula, sua bunda redonda, lábios carnudos e seios duplo D de proporções perfeitas, era minha melhor amiga. Ela me proporcionaria mais tempo com Trex, mais tempo para descansar e cuidar do Feijãozinho. Apesar de minha melhor amiga ser linda e cheia de energia, não consegui ignorar a expressão esquisita no rosto de Stavros. — O que foi?

— Só... não olha pra TV — disse ele.

Olhei para a direita, através do bambu falso, e vi um grupo de bombeiros de elite e oficiais dos Departamentos Florestal e Agrícola reunidos diante da TV de tela plana. A maioria franzia a testa ou segurava o queixo.

— São os nossos amigos? — perguntei.

Stavros fez que sim com a cabeça duas vezes.

— Eles estão tentando desviar o incêndio do Complexo da Montanha Cheyenne.

— De onde?

— É uma instalação do governo. Eles dizem que é um risco. O vento não está a favor deles.

Usei a mesa para me estabilizar. Zeke, Docinho, Maddox, Dalton... muitos para listar.

— Posso pegar uma água pra você? — perguntou Lane.

— É uma boa ideia, Lane, obrigado — disse Stavros.

Ela correu pelo saguão até o bar, e Stavros contornou a mesa para pegar o meu braço.

— Você não vai dar uma de sulista e desmaiar, né?

— Estou bem — falei.

— Você está branca como papel, menina.

— Você... você sabe se o Trex está lá com eles?

— Não tenho certeza. Ele trabalha com eles? Ele nunca falou nada.

Encolhi um ombro, sem saber o que dizer.

— Ele nunca te falou? — ele perguntou. Quando balancei a cabeça, ele franziu a testa. — Que esquisito, Darby.

— É política.

— Ah — disse ele, o reconhecimento iluminando seu olhar. — Eu sabia. Ele me enganou direitinho. Aposto que ele realmente trabalha pra montanha.

— Qual delas?

— Pro Complexo da Montanha Cheyenne. É uma instalação supersecreta do governo. Você não pode nem dirigir pela estrada sem ser pego sob a mira de uma arma. Isso explica por que ele não pode te contar o que faz. Talvez ele *esteja* lá.

Franzi o nariz.

— O *Trex?* Não. Ele é segurança particular.

— Ah, por favor. Talvez ele seja segurança deles. Ou faça parte de um programa secreto. Talvez do NORAD. Eles ficam alojados lá. Talvez ele seja objeto de um experimento. Ele brilha à noite?

Eu o cutuquei com o cotovelo e revirei os olhos.

— Para com isso. — Em seguida, fiquei pálida, empurrando-o e abrindo caminho por entre os oficiais para dar uma boa olhada na tela plana. Só havia uma repórter no estúdio com uma foto velha em um quadrado pairando sobre seu ombro direito.

— Eles mostraram os bombeiros de elite?

Lloyd, um dos oficiais, balançou a cabeça.

— O NORAD fica nas montanhas. É uma zona proibida ao voo.

— Até mesmo para helicópteros?

— Eles estão esperando permissão.

— O quê? — perguntei, olhando ao redor em busca de alguém para confirmar. Todos encaravam atentamente a tela. — Alguém da... coisa da montanha está ajudando?

Lloyd pareceu perceber naquele momento que eu estava ali.

— Eles não disseram nada.

Lane me trouxe um copo de água. Tomei um gole e agradeci, observando Stavros sorrir para ela como se ela tivesse acabado de ganhar o Prêmio Nobel da Paz.

— Melhorou? — perguntou Lane.

— Sim. A água está ajudando — falei, voltando para a mesa de check-in. Stavros e Lane me seguiram, como se estivessem encarregados de conferir se eu estava bebendo o suficiente.

— Quando é que nasce o seu bebê? — perguntou Lane.

Minha boca se escancarou, meus olhos dançando entre ela e Stavros. Sem ter ideia de que ela estava certa, Stavros se sentiu ofendido por mim.

— Ela é miúda, Lane. O que te faz pensar que...? — Percebendo minha expressão, ele perguntou: — Darby, você está... — Sua voz subiu uma oitava.

Inspirei enquanto pensava no que dizer.

— Eu ia te contar — soltei.

Ele franziu o nariz.

— Todo aquele enjoo, o cansaço... você está grávida?

Segurei o braço dele.

— Stavros, eu preciso desse emprego.

O olhar sofrido no seu rosto se intensificou, e ele olhou furioso para Lane.

— Você pode nos dar licença, por favor?

— Claro — disse ela, indo para o bar.

Stavros se virou para mim.

— Você sinceramente acredita que eu sou o tipo de pessoa que demitiria uma grávida? Ainda mais sabendo da sua situação... ou o que eu sei a respeito?

Meus ombros cederam.

— Eu sei que você não é nada disso, mas no início eu não sabia, e eu queria te provar que valia a pena me manter depois da licença-maternidade. Eu ia te contar. Só que eu andei tão ocupada e nunca parecia um bom momento.

Sua expressão se suavizou.

— Acho que estou mais revoltado porque ainda não tinha percebido. — Ele se endireitou, irritado de novo, estreitando os olhos. — E você me deixou fazer uma mulher grávida trabalhar quase até a morte com turnos de sessenta horas durante semanas. Que vergonha.

Eu me recostei para trás.

— Está tudo bem mesmo. Eu precisava do dinheiro.

— Eu vou treinar a Lane. Você vai sair às onze.

— Não! Eu consigo fazer isso. Por favor? Eu realmente preciso dessas horas.

Stavros olhou para a minha barriga, depois me deixou sozinha e foi para o bar. Ele se abaixou, se levantou, trouxe um banquinho para mim e o colocou atrás da mesa.

— Use quando não estiver com nenhum hóspede. Nada de fazer limpeza. Nada de levantar *nada*. Senão eu *vou* te demitir.

Minha boca se escancarou pela segunda vez, mas eu a fechei e me sentei no banquinho.

— Sim, senhor.

Stavros voltou para o bar e mandou Lane vir até mim. Ela não parecia especialmente arrependida, em pé ao meu lado, esperando que eu a treinasse em alguma coisa.

— Você vai começar agora? — perguntei.

— Vou — respondeu ela com confiança.

— Como... como você sabia?

Ela piscou os cílios grossos e compridos, que escondiam seus olhos cor de mel.

— Minha irmã está grávida. Ela fica tonta e toca na barriga desse jeito. Mas ela é gorda, então dá pra notar melhor. Ela tem o corpo da mãe do meu pai. Eu tenho o corpo da minha mãe, e ela nunca ganhou mais que três quilos. Você ainda não chegou lá. Você acha que vai ficar enorme? Você é do sul, certo? Aposto que vai.

Lane não era minha melhor amiga.

— Não tenho a menor ideia. Até agora eu perdi peso. — Olhei para as pessoas ao redor da televisão, tentando avaliar a situação pela expressão delas.

— Você não está usando aliança. Quem é o pai do bebê? — ela perguntou.

Eu a encarei por um instante.

— Para fazer o check-in de um hóspede — falei, olhando para a tela —, você entra na tela principal e passa o mouse sobre o botão de check-in. Clica ali e você vai ver uma lista detalhada de reservas que ainda não chegaram. Pede a identidade da pessoa. Se ela tiver uma reserva, você simplesmente clica no nome dela. Está vendo as caixas marcadas? Todos os quartos são para não fumantes, mas fica de olho pra ver se as preferências de animais de estimação e camas estão corretas. Não temos suítes, então essa não é uma opção. Instale os idosos mais frágeis no primeiro andar... e... clique na caixa onde você insere o cartão, depois passa o cartão. Se o leitor de cartão não estiver funcionando, provavelmente é porque você não clicou na caixa de cartão de crédito.

— Entendi — disse ela.

Lane me observou, entendendo as coisas com mais lentidão do que eu gostaria. Eu a ajudei a fazer o check-in dos quatro hóspedes seguintes, todos bombeiros de elite que voltavam do período de descanso e recuperação. Todos foram direto para a TV de tela plana.

— Me dá licença — falei para Lane depois que terminamos com o último hóspede. Eu me espremi por entre a multidão e me abaixei para pegar o controle remoto, apontando-o para a tela e aumentando o volume.

Uma repórter estava perto de uma área de floresta, com uma névoa ao fundo, um cartaz de RESTRITO atrás, com um emblema dos Estados Unidos embaixo.

— O Departamento Florestal relatou que a equipe Alpina escapou por pouco depois que eles desviaram as chamas do Complexo da Montanha Cheyenne, com a ajuda do Departamento de Incêndio da Montanha Cheyenne e da segurança do Complexo.

Expirei e encostei na pessoa mais próxima a mim.

— Ah, graças a Deus. Eles estão bem.

As portas da entrada se abriram, e um cheiro forte de fumaça precedeu a equipe Alpina inteira. Eles sorriam, cobertos de fuligem. Os bombeiros de elite no saguão aplaudiram e comemoraram, cumprimentando os Alpinos enquanto eles seguiam para o bar.

— Tudo bem, tudo bem — gritou Stavros. — Uma rodada de chope pra todo mundo por minha conta!

O saguão todo explodiu em gritos, e dezenas de bombeiros de elite e oficiais lotaram aquele lado do saguão, me deixando sozinha. Encarei a TV, esperando mais notícias. Alguma coisa não parecia certa e me impedia de voltar para a mesa da recepção, apesar de saber que Lane me esperava.

O cheiro de queimado se intensificou.

— Oi — disse uma voz profunda e rouca bem atrás de mim.

Eu me virei e vi Trex. Seu rosto estava vermelho e suado, totalmente coberto de fuligem, exceto nos olhos.

— Graças a Deus — falei, abraçando-o. Agarrei sua camiseta suja, puxando-o para o mais perto possível.

Ele deu uma risadinha.

— Ficou com saudade?

— Você estava naquele incêndio, não estava?

Trex me abraçou, encostando a bochecha no alto da minha cabeça.

— Sinto muito. Mas não posso te dar uma resposta, e você adivinhar é perigoso. Ah, que merda — disse ele, dando um passo para trás. Suas roupas haviam sujado minha camisa social branca. Ele levou o polegar até o meu rosto e limpou a minha bochecha. Depois estendeu a mão, deixando-a cair na lateral. — Eu só piorei as coisas.

— Tudo bem — falei, olhando para a minha roupa. — Você voltou cedo.

— Por acaso eu estava por perto. E ajudei. Eles, hum... nós... nós tivemos uma... coisa.

Eu odiava vê-lo se esforçando para me contar o que podia sem mentir. Era admirável, e eu agradecia.

— Uma coisa, é? Estou com ciúme.

A boca de Trex se curvou para o lado num sorriso doce.

— Estou feliz porque todos estão bem — falei.

— Tenho que reconhecer que foram os australianos. Eles sabem o que fazem. Eles sabiam a cada instante quanto tempo tínhamos antes que o incêndio se... — Trex olhou para trás de mim com uma expressão que eu nunca tinha visto no seu rosto.

— Darby — disse Lane, se aproximando. De repente ela exibia uma linguagem corporal de uma menininha, uma timidez que não estava presente mais cedo. — Desculpa interromper — ela olhou para Trex por menos de um segundo, depois lambeu o lábio —, mas tem muita coisa que eu ainda não entendi.

— Claro, já estou indo lá.

Lane se afastou com um gingado. Trex e eu ficamos olhando enquanto ela se virava para dar o último sorriso por sobre o ombro.

Trex voltou a atenção para mim, notando imediatamente a minha expressão. Ele engoliu em seco, de repente desconfortável.

— O que foi?

Pisquei e balancei a cabeça.

— Nada.

— Não me fala que ela é a nova funcionária — disse ele, a cor sumindo do rosto.

Arqueei a sobrancelha. Ciúme não era uma emoção que eu achava familiar. Eu sempre fui o centro das atenções, mas, pela primeira vez, eu queria ser. Quando o homem com quem eu sonhei finalmente chegou, por acaso eu tinha o bebê de outro cara crescendo dentro de mim, e isso me colocava em desvantagem quando aparecia alguém como Lane — uma mulher acima da média em termos de beleza, que já tinha todos os bombeiros de elite do salão procurando um motivo para falar com ela. Mas, se eu fosse sincera, não teria sentido ciúme antes de engravidar, poucos meses antes.

— Qual é o problema? — perguntei, cruzando os braços. — Ela vai ser uma distração?

— Claro que não — respondeu ele, franzindo o nariz. Ele começou a estender a mão para mim, mas olhou para as mãos sujas e cruzou os braços. — Eu queria que o Stavros contratasse alguém pra te ajudar. Só estou surpreso de ele ter contratado ela. Ela costumava ficar sentada no bar antes de você começar a trabalhar aqui. Ela não está aqui por causa do emprego. Tá na cara que quer pegar um bombeiro de elite. Confia em mim, ela não é uma distração. — A careta no seu rosto suavizou. — Vou poder te ver quando chegar do trabalho, te levar pra jantar fora e te abraçar enquanto vemos um filme até o seu turno começar. A única coisa que me interessa é que você logo, logo vai ter um tempo livre.

— *Argh* — falei, o rosto parecendo quente. — Desculpa, é que eu não estou acostumada a sentir ciúme.

— Não, eu gostei — disse ele, sem conseguir parar de sorrir. — Eu nunca te vi com ciúme. É fofo demais. E agora eu sei que você gosta mais de mim do que deixa transparecer.

Pressionei os lábios, tentando não sorrir, e ele me beijou rapidamente, tornando inúteis os meus esforços.

— Eu te amo — disse ele, olhando por sobre o ombro antes de abaixar a cabeça em direção à minha barriga e completar: — E você também.

— O Stavros sabe — falei.

— O quê?! — exclamou ele, surpreso. — Desde quando?

Dei de ombros.

— Meia hora atrás. A nova funcionária espalhou a notícia. — Estreitei os olhos para ela durante os dois segundos em que ela não estava encarando Trex. — Tenho quase certeza de que ela é daquelas pestinhas que adivinham tudo.

— Mas como ela sabia? — ele perguntou. — O que o Stavros disse? Você ainda está empregada?

— Ele ficou bem revoltado comigo por não ter contado. E colocou um banquinho atrás da mesa. Tenho que me sentar sempre que não estiver ajudando um hóspede. — Olhei para Stavros, e ele apontou para o chão, me avisando para sentar.

— Ótimo — disse Trex, me seguindo até a mesa.

— Oi. — Minha nova colega de trabalho deu um sorriso largo e estendeu a mão. — Lane.

— Trex — disse ele com uma frieza que não senti quando nos conhecemos. Ele sempre se sentiu atraído por mim. Me chamou para sair nos primeiros cinco minutos. Ele não podia estar menos interessado em Lane, e foi quase impossível disfarçar minha satisfação. Consegui fazer isso até ele apertar a mão dela e tentar se afastar, uma vez que ela o segurou por um milissegundo.

Quando Trex conseguiu desvencilhar a mão, ele entendeu minha suspeita anterior. A percepção iluminou seus olhos pouco antes de ele piscar para mim e sorrir.

— Te amo, baby. Te vejo no jantar.

Segurei seu pulso e olhei para o relógio.

— Só algumas horas.

Ele levou minha mão aos lábios e beijou os dedos antes de me soltar e ir até os elevadores.

Lane e eu o observamos se afastar com a mesma expressão.

Finalmente ela suspirou e balançou a cabeça, olhando para o computador.

— Ele é o máximo.

— É mesmo.

— Ele sabe do bebê?

— Claro que sabe — esbravejei.

Ela levantou as mãos.

— Só estou perguntando. O Stavros não sabia, então eu não tinha certeza. Ele está feliz?

— Deve estar — respondi, me sentando no banquinho. — Ele não fugiu quando eu contei.

— Vai ser um bebê muito lindo — disse Lane, olhando para o saguão dos elevadores vazio, depois voltando a atenção para mim. — Onde você o conheceu?

Precisei ser muito forte para não arrancar os olhos dela e preferi mudar de assunto.

— Está pronta para aprender a fazer o checkout?

Lane deu um sorriso falso.

— Claro.

19

Darby

— Não, é esse aqui — falei, corrigindo Lane.

— Eu estava chegando lá — disse ela, irritada.

Lane não aprendia com a mesma rapidez que eu, mas odiava ser corrigida na frente dos hóspedes. Era um equilíbrio delicado treiná-la corretamente e acalmá-la para ela não dar um chilique na mesa da recepção. O turno ia ser longo. De novo. Eu mal podia esperar até Lane estar treinada, mas já estava demorando o dobro do tempo que eu havia levado.

— Obrigada — disse ela, com o sorriso falso ao qual eu já tinha me acostumado. — Aproveite sua estadia, sr. Bringham.

Lane se virou para mim, e o sorriso tinha desaparecido.

— Você pode me dar alguns segundos pra entender? É por isso que estou demorando tanto pra aprender.

— Posso. Desculpa — falei, dando um sorriso falso também.

— Ótimo — disse ela, se virando.

Olhei para a súbita movimentação que acontecia na sala de reunião. Alguns bombeiros de elite perceberam e se aproximaram.

— Já volto — falei para Lane e fui até o bar.

— Parece um problema — disse Stavros, encarando a porta de vidro da sala de reunião.

— Com certeza ela é — falei.

Stavros virou a cabeça para me olhar, confuso por meio segundo antes de perceber que eu estava falando de Lane.

— Ela ainda está sendo babaca?

— Essas palavras são suas, não minhas — respondi.

Ele voltou a atenção para a sala de reunião.

— Desculpa. Achei que eu tivesse dado sorte de novo. Você faz a beleza, a inteligência e a bondade parecerem fáceis.

— Ah — falei, cutucando seu braço com o ombro.

— Você devia estar sentada — disse ele, e peguei o banco mais próximo. Stavros franziu a testa para os bombeiros de elite que saíam da sala de reunião. — Isso não parece nada bom. — Os bombeiros de elite telefonavam enquanto acompanhavam os noticiários na TV. Stavros pegou o controle remoto e aumentou o volume. "Como o Canal 7 noticiou mais cedo, o vento piorou e queimou mais de um quilômetro quadrado só hoje de manhã. As brasas estão voando e criando dezenas de novos incêndios a uma distância de até nove quilômetros. Eles estão evacuando as pessoas ao longo da estrada, incluindo algumas dos ranchos mais antigos do estado."

— Os Alpinos foram chamados há poucas horas — falei, ouvindo minha voz falhar. Meu corpo todo se arrepiou.

O bar esvaziou, e o saguão ficou subitamente alvoroçado com o movimento. Duas filas se formaram enquanto as pessoas entravam e saíam da sala de reunião. Os celulares começaram a tocar, provocando uma sinfonia caótica, a linha melódica era um zumbido constante de conversas.

— Ei — disse Stavros, tentando chamar a atenção de um dos bombeiros de elite que passavam. — Estão todos bem?

— Alguns companheiros estão desaparecidos.

— Desaparecidos? — perguntei, me levantando. — De qual equipe?

— A equipe Alpina se dividiu. Achamos que o grupo menor se separou do resto quando os dois incêndios convergiram. Eles só tinham alguns minutos pra sair.

Cobri a boca. Stavros enganchou o braço no meu e deu um tapinha no meu pulso.

— Quando vamos ter alguma notícia? — perguntei.

— Estamos coordenando a busca e o resgate agora mesmo — respondeu ele, se afastando, apressado.

— Eles estão bem — disse Stavros, fingindo estar confiante.

Conforme os minutos passavam, o burburinho crescia e a impressão que se tinha era a de que as ações não eram suficientes, mas eu tinha certeza de que havia um resgate perigoso acontecendo na montanha, de cujo andamento estávamos sendo poupados de acompanhar. Voltei para a mesa da recepção para me ocupar com algumas coisas, aliviada ao ver Tyler entrar com Ellison. Ele foi direto para a sala de reunião, junto com oficiais e outras equipes. Foi então que eu soube que o irmão dele era um dos Alpinos desaparecidos que eles estavam procurando.

Ellie veio direto para a mesa da recepção.

— Ellie! Eu tinha esperança que você viesse.

Ela me deu um sorrisinho, vasculhando a bolsa.

— Sim, eu vim. Preciso de um quarto — disse ela, me entregando a identidade e o cartão de crédito. — Me faz um favor — pediu baixinho, se inclinando para perto.

— Claro — respondi com um sorriso, tentando fazer o check-in dela o mais rápido possível.

— Não posso chegar perto do Stavros enquanto estiver aqui.

Levantei o olhar para ver sua expressão, tentando decifrar o que ela queria dizer.

— Eu parei de beber.

— Ah. *Ah.* É, a última vez foi... ruim.

Ela fez que sim com a cabeça.

— E não melhorou depois daquilo.

Um brilho captou meu olhar, e eu estendi a mão por cima da mesa para segurar sua mão e ver melhor o anel no seu dedo. Tyler tinha conseguido. Ele a pedira em casamento, e ela aceitara.

— Caramba, não pode ser tão ruim assim! Parabéns!

— É — ela disse com um sorriso; um sorriso de verdade, que eu nunca tinha visto em seu rosto.

— Que lindo! E não se preocupe: vou falar pro Stavros que você está limpa.

— Obrigada — agradeceu Ellison.

Codifiquei dois cartões-chave e entreguei a ela. Ellison olhou para o envelope com os dois cartões e depois por sobre o ombro, para verificar o noivo. Ela ajeitou a alça da bolsa da câmera e foi para os elevadores.

Alguns minutos depois, as equipes saíram enfileiradas da sala de reunião. Tyler digitava no celular enquanto saía com os outros. Abracei minha cintura, sabendo que provavelmente ele se despedia de Ellison para ir procurar o irmão.

* * *

Quando o sol se pôs, as portas do saguão se abriram e Trex passou por elas, parando ao notar Ellison em pé ao lado do sofá, acompanhando as notícias na TV. Eles trocaram algumas palavras, e Stavros levou um refrigerante para ela.

Trex piscou para mim, depois passou o dedo pela minha mão, do pulso até a ponta do mindinho.

— Meu pessoal disse que está de olho na equipe de resgate. — Ele verificou o celular e o guardou.

Enganchei o braço no de Trex e o puxei para longe.

— O que você quer dizer com "seu pessoal"?

Ele respondeu com um tom triste na voz.

— Minha equipe ficou para trás pra eu poder manter vocês informados, e eles ficaram de olho na situação lá na montanha. Isso é tudo que eu posso dizer, Darby, sinto muito.

— Eu sei — falei, balançando a cabeça. — É só que... o Zeke ainda está lá.

— Eu sei. Confia em mim, eles estão fazendo de tudo.

— Você está bem? — perguntei.

— Åhã. Estou, sim, amor, estou ótimo. E você? Já jantou? — Pensei por um instante, e ele franziu a testa.

— Com tudo que está acontecendo, eu simplesmente esqueci. Estou feliz por você estar de volta. Fiquei preocupada porque você não apareceu na hora de sempre.

— Eu liguei — disse Trex, surpreso, olhando para a mesa da recepção. — A Lane atendeu. Disse que você estava ocupada. Pedi pra ela te avisar que eu ia me atrasar.

Eu me virei e vi Lane sorrir para Trex, mas o sorriso sumiu no segundo em que ela percebeu que tinha sido pega.

— Ela deve ter esquecido.

Ele beijou a minha testa.

— Desculpa por te deixar preocupada, baby. Eu devia ter imaginado que ela não fosse te avisar.

— Não é culpa sua — falei, olhando furiosa para Lane. Sorri quando voltei meu olhar para Trex. — Você vai ficar?

— Åhã. Vem, vamos pegar alguma coisa pra você comer.

Enquanto vasculhávamos a geladeira que havia nos fundos do refeitório, os oficiais convocaram mais uma reunião. O saguão ficou quase vazio por meia hora, e eu fiquei sentada no sofá, deixando Lane cuidar da recepção.

— Está se sentindo melhor? — perguntou Trex.

— Estou bem. Você teve alguma notícia?

Ele baixou o olhar.

— Às vezes eu queria que você não me fizesse perguntas, Darby. Facilitaria muito as coisas pra mim.

— Desculpa. Normalmente eu não faria, mas o Zeke está lá. Eu preciso saber — falei.

Ele entrelaçou os dedos nos meus.

— Não ouvimos nenhuma comunicação por rádio do grupo menor desde as seis. A última chamada deles pelo rádio dizia que eles estavam montando os abrigos anti-incêndio.

Meus olhos se encheram de lágrimas no mesmo instante, e torci o nariz quando ele pareceu subitamente em chamas. Minha garganta se fechou e, por mais que eu tentasse não chorar, as lágrimas escorreram.

— Quem está no grupo menor?

A porta da sala de reunião se abriu, e todo mundo que estava espremido no pequeno espaço saiu, atravessou o salão e se amontoou ao redor da TV.

Trex manteve a voz baixa.

— Não fala nada. Só o pessoal do alto escalão está sabendo, e seria extremamente difícil explicar como sei de tudo.

Assenti, esperando sua resposta. Ellison estava a poucos metros de nós, e eu não queria que ela me visse chorando.

— Taylor Maddox; os australianos, Liam e Jack; Jew... e Zeke. Zeke era o que estava mais distante. Os outros correram para alertá-lo, mas depois tiveram que sair de lá. É um terreno muito íngreme, e isso os atrasou. A última comunicação foi... — Ele engoliu em seco. — Foi intensa, Darby. Espero que eles estejam bem.

Pressionei os lábios, anuindo. Sequei o rosto rapidamente, e nos aproximamos dos outros ao redor da TV.

Uma repórter surgiu na tela, parecendo triste. Ela estava em pé diante de um gramado alto e de árvores em chamas, segurando um microfone com as duas mãos.

— Não, não, não, não, não — sussurrei. — Por favor, Jesus, protege eles.

Ellison se sentou ao meu lado no sofá, cobrindo a boca.

— Aumenta o volume! — gritou alguém atrás de nós.

Procurei o controle remoto e aumentei o volume ao máximo.

— A última comunicação feita com a equipe de Estes Park foi às seis horas de hoje, assim que os dois incêndios convergiram. Segundo o relatório, eles montaram abrigos anti-incêndio.

Ellison se levantou, parecendo perdida. Peguei um lenço de papel na mesa de centro e entreguei a ela. Ellison secou o rosto rapidamente, saindo do transe.

— Eles estão bem — disse Lloyd, dando um tapinha no braço dela.

— Ellie! — Uma mulher com avental na cintura correu até o saguão, parecendo em pânico e com os olhos arregalados. Ellison a abraçou. — Acabei de saber — disse ela, com dificuldade para respirar. — Alguma notícia?

Ellison balançou a cabeça, limpando o nariz com o lenço que eu havia lhe dado.

— Nada. Chegamos pouco depois das sete. O Tyler dirigiu como um louco. Ele está por aí com as equipes, procurando por eles.

A garçonete a abraçou de novo.

Trex se aproximou do meu ouvido.

— Essa é a Falyn, namorada do Taylor.

Ellison e Falyn se sentaram no sofá, com os olhos marejados e se abraçando, em busca de apoio.

Conforme as horas passavam, cuidei delas para manter a mente ocupada, apesar de receber vários olhares irritados de Trex e Stavros. O hotel estava lotado, e a maioria dos hóspedes aguardava notícias no saguão, mas, à medida que a noite avançava, a conversa foi se transformando em sussurro, e as ligações cessaram. A movimentação de pessoas que se aglomeravam ao redor da TV aos poucos diminuiu, e eu continuei fazendo companhia a Ellison e Falyn no sofá, cada vez mais desesperançosa a cada atualização de Trex.

Abatido, ele deixou o telefone de lado.

— Alguma notícia? — perguntou Ellison.

— Só que nenhum corpo foi encontrado — respondeu Trex. Quando Ellison cobriu o rosto, frustrada, ele se sentou ao lado dela no braço da poltrona. — Isso é ótimo, Ellie. Significa que eles encontraram uma saída. Nenhum corpo significa movimento. E movimento é vida.

— Espero que você esteja certo — disse ela, por baixo das mãos.

— Os helicópteros estão lá com holofotes, mas a fumaça está dificultando a visão. — Ele olhou para mim, havia uma tensão em seus olhos. — Vou ligar de novo daqui a dez minutos. Aviso vocês assim que souber de alguma coisa.

Ele pegou o meu braço com delicadeza e me puxou para o lado, sussurrando em meu ouvido.

— A equipe de resgate do Tyler está voltando. O grupo menor não está com eles. Eu não queria ser a pessoa a contar isso pra Ellie e pra Falyn, mas... não está me parecendo nada bom. Vou voltar ao trabalho daqui a pouco e tentar obter permissão para fazer a nossa própria busca.

Fechei os olhos, as lágrimas escorrendo pelo rosto.

— Então você devia descansar um pouco.

— Estou bem — falei, virando-me para as portas que se abriam.

Por um segundo, Falyn teve esperança. Por um segundo, ela achou que o homem que estava entrando era Taylor Maddox, mas seu irmão gêmeo, Tyler, tirou o capacete, coberto da cabeça aos pés de fuligem, exceto pelas lágrimas que haviam escorrido do rosto. Ellison correu na direção de Tyler, jogando os braços ao redor dele e chorando.

— Nós não o encontramos. Não consigo encontrá-lo, Ellie — sufocou Tyler.

— Não! — gritou Falyn.

Tyler foi até ela e a puxou para os seus braços. Ele sussurrou algo no ouvido dela, e ela balançou a cabeça, os joelhos cedendo. Tyler a segurou com força.

Stavros se aproximou com uma bandeja cheia de café, água e um copo de leite.

— Adivinha pra quem é o leite? — Dei um sorriso cansado e peguei o copo. — Descansa um pouco. Eu cuido da recepção agora de manhã.

— Tem certeza? — perguntei.

Ele fez que sim com a cabeça, levando a bandeja até a mesa de centro.

Toquei no braço de Trex.

— Você não dormiu. Pelo menos tenta tirar um cochilo antes de sair. Vem comigo.

Trex observou Tyler ajudando Falyn a se sentar no sofá, depois pegou a minha mão e me conduziu pelo corredor até o meu quarto, passando pela mesa da recepção. Ele não falou nada enquanto desamarrava as botas e tirava a camisa e a calça. Tirei a roupa e vesti uma camisola, puxando Trex pela mão até a cama. Nós nos acomodamos, abraçando um ao outro com força. Minha cabeça se encaixava perfeitamente sob seu queixo, meu lábio roçando na clavícula dele.

Eu estava cansada, mas meu cérebro não parava de analisar os cenários: os melhores e os piores. Rezei, implorei a Deus, a Jesus e ao Espírito Santo para protegê-los. Depois agradeci por mantê-los em segurança. Ele faria isso. Eu acreditava. Não importava quantos pensamentos assustadores passavam pela minha mente, nenhum deles era com Zeke ou com os outros mortos. Feridos, talvez. Algumas queimaduras, mas eu os imaginava juntos para afastar o frio, numa caverna em algum lugar, fora do alcance do fogo. Eles andavam até o alojamento de incêndio neste momento, sujos, exaustos, mas felizes por estarem vivos, todos sob a proteção do Senhor.

— Darby? — sussurrou Trex. — Você está bem? Estou preocupado com todo esse estresse pelo qual você está passando.

— O Zeke está bem, eu sei disso.

Ele beijou meu cabelo, a pele quente colada na minha. Mesmo com o ar-condicionado no máximo, as partes da nossa pele que se encostavam ficaram instantaneamente meladas de suor, uma troca aceitável por finalmente poder ser abraçada por ele depois de tantas horas longe um do outro.

— Quando é a próxima consulta com a obstetra?

— Mês que vem.

— Seria esquisito se eu quisesse ir?

Não consegui evitar um sorriso.

— Vamos ver. Não tenho certeza se vou saber explicar quem é você. Elas vão supor que você é o pai.

— Ué, deixe que elas suponham. Por que alguém precisa achar diferente?

Levantei a cabeça.

— Porque não nos conhecemos há tempo suficiente.

— Ninguém precisa saber disso também. E acontece o tempo todo. Meu primo Christopher foi fruto de uma única noite. Minha tia teve ele aos dezenove anos.

Franzi a testa.

— É isso que você acha que devemos dizer às pessoas? Que esse bebê é fruto de uma única noite?

— Não estou dizendo que devíamos sair por aí falando que eu sou o pai. Só estou dizendo que não me importo com o fato de elas imaginarem o que quiserem. Assim você não precisa explicar.

Deitei a cabeça em seu peito e suspirei.

— Talvez. — Trex ficou calado, esperando que eu falasse mais. — Estou começando a me reerguer e isso não é uma coisa simples de explicar. O Shawn tirou muita coisa de mim. — Levei a mão à barriga. — E agora estou aqui.

— Comigo.

— E um bebê... Eu sou mãe. — A ficha tinha acabado de cair. Eu era mãe de alguém e era uma bagunça. Como foi que Deus escolheu isto? Não fazia o menor sentido.

— Você sabe que é forte o suficiente pra fazer o que precisa ser feito, mesmo que seja difícil e assustador. Você é corajosa. Você fugiu de um homem que tentou ser seu dono em vez de te amar. Tenho certeza de que você era uma garota ótima, mas eu estou apaixonado por esta aqui, cujos olhos se enchem de vida um pouco mais a cada dia.

— Do jeito que você fala, até parece que eu sou uma super-heroína.

Ele me puxou para um abraço.

— Você é a minha. E, só pra constar, eu não me importo de termos nos conhecido há menos de dois meses. Se tudo que aconteceu antes não tivesse acontecido e eu fosse responsável por te ajudar a fazer esse bebê na mesma noite em que te conheci, eu estaria bem aqui, desse jeito, tão feliz de estar te abraçando como estou agora.

Fechei os olhos, esperando que ele não percebesse a lágrima que havia se acumulado no canto do meu olho e agora escorria pela ponta do nariz.

— Eu não sou corajosa. Desde o dia em que saí daquela igreja, realmente não tive tempo pra fazer nada além de boiar. Não tive tempo pra pensar de verdade em nada, exceto em como tem sido assustador e em sentir pena de mim mesma. Eu fantasiei em recomeçar, fazer as coisas de um jeito diferente. Desejei que esse bebê não existisse e, de certo modo, que você não existisse, porque eu não teria nenhum de vocês dois se tivesse deixado o Shawn quando deveria. Isso não é ser super-heroína. Isso não é ser corajosa. É ser egoísta.

— Por que você é muito mais exigente consigo mesma do que com as outras pessoas? Você não acha que qualquer mulher na sua situação não sentiria a mesma coisa? Não tem nenhum problema querer que as coisas sejam um pouco mais fáceis ou que sejam diferentes. Você passou por muita coisa, Darby.

— Eu tenho que ser melhor. Tenho que compensar o Feijãozinho por ter tido os pensamentos que eu tive. Esse bebê merece uma mãe que toma boas decisões, que pensa nas coisas e não apenas as sente.

— Então o que você está dizendo é que você está sentindo coisas — disse ele, meio que brincando.

— É.

— Eu chamo isso de progresso — afirmou ele, apoiando o rosto na minha testa. O telefone dele tocou, ele olhou para o aparelho e suspirou. — Eles foram encontrados.

Eu me sentei.

— Eles estão bem?

— Estão bem e voltando pra cá.

Desabei no peito dele.

— Graças a Deus!

— Graças ao helicóptero. Eles os viram voltando pro alojamento de incêndio. Os intercomunicadores estavam quebrados.

Eu me sentei e encarei seus olhos.

— Como você pode ouvir que eles sobreviveram e não pensar que Deus teve alguma coisa a ver com isso?

Ele hesitou.

— Fala.

— Não quero que isso se torne um motivo de discussão.

— Eu quero te entender.

Ele prendeu a respiração enquanto decidia o que responder.

— Se eles não conseguissem, você teria culpado deus?

— Culpá-lo? Não.

— É culpa de deus eles terem se separado?

— Claro que não.

— Então por que ele recebe o crédito por ter salvado os caras? Se eles tivessem morrido, você teria rezado por eles e pelas famílias deles. Tudo estaria nos planos de deus, certo?

— Certo — falei imediatamente.

— Não posso adorar um deus que planeja a morte de homens bons como esses. Ou planeja o câncer de criancinhas. Ou tsunamis ou pedófilos. Esse não é um bom plano.

— Nós simplesmente não entendemos.

— Eu entendo. — Ele tocou na minha barriga. — Eu planejo que esse bebê seja saudável e tenha uma vida longa e feliz. Qualquer coisa que ele ou ela precise saber, vou fazer o máximo para ensinar, em vez de lhe dar um câncer para provar alguma coisa. Se esse bebê ficasse doente e eu pudesse curá-lo, eu o faria. Se um pedófilo estivesse na minha casa, abusando dele ou dela, eu impediria. Você não?

Meu rosto se retorceu de repulsa.

— Claro.

— Então já temos uma moral melhor que a do seu deus.

Franzi a testa.

— Não fala *isso*.

Ele apoiou a cabeça no travesseiro.

— Está vendo? Não consigo vencer. Eu explico e sou culpado por discordar das suas crenças. Não tenho nenhum problema com as suas crenças. Não precisamos falar sobre as minhas.

— Você não tem nenhuma.

— Isso não é verdade. Eu acredito na ciência. Acredito no amor e na igualdade. Em não fazer o mal, mas não aceitar agressões. Acredito em ajudar quem eu posso e não magoar aqueles que não posso ajudar. Acredito no dever, no sacrifício e na lealdade.

— Todas essas coisas são boas — falei.

— Quero que você tenha alguma coisa na qual acreditar. Não penso mal de você por causa disso, e quero que você se sinta igual em relação a mim e às minhas crenças.

— Tudo bem — falei, assentindo no peito dele.

— Tudo bem? — ele perguntou, surpreso.

Encostei os lábios na pele dele, deixando-os ali por um instante. Em seguida dei risada.

— Como se já não tivéssemos coisas suficientes trabalhando contra nós... eu ainda resolvo amar um ateu.

Ele não se mexeu. Por vários segundos, nem respirou.

— Você me ama?

Eu me sentei e olhei nos olhos dele. Como eu era covarde para dizer alguma coisa, simplesmente assenti.

Ele envolveu o meu rosto e se sentou, a boca colada na minha. Cobri as mãos dele com as minhas, permitindo-me sentir a emoção que ele transmitia por meio do beijo. Ele precisava da aceitação que eu havia acabado de demonstrar há mais tempo do que eu o conhecia, de outra pessoa que não eu. Ele não falou, mas senti seu alívio quando ele se recostou no colchão e me abraçou.

— Obrigado — ele sussurrou, relaxando.

20

Trex

Fita dupla face era a solução perfeita para grudar a lareira que Darby tinha desenhado. Depois de colar, eu voltei e me sentei ao lado dela na ponta da cama. Ela me deu uma caneca de chocolate quente.

— É perfeito — disse ela, tocando na barriguinha discreta que se destacava da camiseta larga que usava como camisola. Ela tocava na barriga toda vez que pensava no Feijãozinho, e era com muita frequência.

— Isso cai bem em você. Você devia ficar com ela — falei, me referindo à camiseta. Quando achei que ela não pudesse ficar mais linda, ela começou a usar minhas camisetas. Suas pernas nuas e tonificadas escapavam de uma camiseta cinza do FBI que cabia com perfeição sobre a barriga que crescia.

— Obrigada, acho que vou ficar com ela. E obrigada por comprar a fita no caminho pra casa. E pelos materiais de artesanato.

— Melhor namorado do mundo?

Ela fez que sim com a cabeça e tomou um gole da caneca.

— Você é, mesmo.

Sorri. Darby era boa em se retrair e não se emocionar demais, mas, conforme a temperatura esfriava, ela aquecia a ideia de nós dois. Ela ainda não tinha me deixado acompanhá-la a uma consulta com a obstetra, mas pelo menos tinha me permitido levá-la até lá, e nós finalmente fizemos os exames na última consulta. Quanto mais paciência eu demonstrava, mais ela confiava em mim.

O incêndio perto de Colorado Springs estava controlado havia nove semanas. A nuvem de fumaça que estava fixa no horizonte do verão tinha sumido, a névoa no céu que encobria as montanhas também havia se dissipado. As cinzas e o fedor de fumaça também tinham desaparecido, substituídos por um sopro sutil no ar. Darby falava muito da mudança de estações, da neve e de uma viagem para as montanhas, enquanto eu segurava a minha caneca e ouvia. Eu saboreava as horas que tínhamos entre o momento em que eu voltava do trabalho e aquele em que ela batia o ponto, às dez e quarenta e cinco. Às sextas, normalmente eu estava exausto, e o bebê em crescimento nos dava uma desculpa perfeita para dormir nos fins de semana.

Ela se recostou, olhando para o teto.

— Então... Tenho uma consulta em breve. Mais um ultrassom. Vou poder descobrir se o Feijãozinho é menino ou menina. Não tenho certeza se quero saber. Você ia? Querer saber?

— Caramba, eu quero saber, sim.

Ela riu, mas o sorriso logo sumiu. Fiquei preocupado de ter dito a coisa errada até ela falar de novo.

— Você ainda... sabe... ainda quer ir?

— Você tem alguma dúvida?

Ela olhou para a lareira falsa.

— Você teria que sair do trabalho, então, se não puder...

— Já fiz isso antes. Você sabe que eu não me importo. Só me diz quando é.

— Terça, às dez.

— Combinado.

Seu sorriso maravilhoso tomou conta do seu rosto, e ela relaxou no meu ombro, respirando fundo. Hesitei por uns dois segundos, antes de decidir que era hora de contar a ela as boas notícias.

— Então — comecei —, eu encontrei um lugar.

— É mesmo? — disse ela, sentando-se de novo. Ela soprou o vapor da caneca e tomou outro gole, os olhos se arregalaram de empolgação.

— É um pouco grande, mas estou pensando no longo prazo, então... simplesmente não se preocupe.

— Está bem — concordou ela, virando-se mais na minha direção.

Não consegui evitar um sorriso. Seu entusiasmo era encantador.

— Vou tirar toda a tralha do caminho primeiro. São trezentos e setenta metros quadrados, cinco quartos, um quintal de bom tamanho nos fundos, em uma rua sem saída. E garagem pra três carros.

Ela quase cuspiu o chocolate de volta na caneca.

— Cinco quartos?

— Eu sei, é maior do que precisamos, mas é um bairro excelente. Não é longe da I-25, de modo que teremos acesso rápido a Denver, e tem uma cozinha gourmet. A casa é nova. O empreiteiro terminou de construir há uns dois meses.

Ela não ia deixar a cozinha distraí-la do que eu havia dito.

— Nós...

— Tudo bem. — Levantei a mão livre. — Provavelmente parece pressão, mas não é. Eu simplesmente gosto de planejar.

— Planejar — repetiu ela, a emoção agora ausente em suas palavras, de modo que meu coração começou a soar como um míssil antiaéreo.

Foda-se.

— E se... Quer dizer, eu vou viajar, de qualquer maneira. A Hailey tem me pedido pra ir visitá-la. O que você acha de, depois da sua consulta, nós irmos até o Kansas e passar umas duas noites lá?

Ela segurou a alça da caneca.

— Hum... Acho que seria legal, mas não posso viajar. Não tem ninguém pra cobrir o meu turno.

— Tudo bem, que tal no próximo fim de semana?

Pela expressão em seu rosto, dava para perceber que ela se esforçava para encontrar uma desculpa para dizer "não".

— Acho que o Stavros vai precisar de mim pra...

— Fala logo, Darby. Vamos conversar sobre o que está te preocupando.

Ela baixou o olhar.

— Você realmente vai me fazer conhecer os seus pais desse jeito? Eu hesito pra explicar isso pra minha obstetra, e você quer jantar com os seus pais e ter essa conversa?

— Acho que é uma boa história.

Ela estreitou os olhos.

— Você só quer irritar o seu pai.

— Não — falei com firmeza. — Não é isso. A Hailey quer me ver. Ela pergunta de você todo dia. E o que importa se eles vão descobrir agora ou mais tarde?

— É só que... — Ela deu de ombros e fechou os olhos. — De algum jeito, é vergonhoso. Não consigo imaginar que seu pai pastor vai ficar feliz porque sua namorada está grávida, e depois quando contarmos a ele que o bebê é de outro homem. Você só está procurando uma terrível briga de família.

— Existem coisas piores do que um bebê. Como o fato de o filho deles ser ateu, por exemplo. Quando eles descobrirem que você é uma mulher cristã temente a deus, não vão se importar se você tiver seis filhos. Você vai se sentir em casa.

— Não sei — respondeu ela, levantando e pousando a caneca na mesa de cabeceira. A barriguinha estava ficando evidente. — Talvez seja melhor eu conhecê-los depois que o bebê nascer. Talvez agora não seja o melhor momento. Não quero chatear ninguém nem atrapalhar sua visita à Hailey.

Ela não quer me dizer "não".

— Tá certo, Darby. Não quero que você faça uma coisa que não quer. Se você não quer ir, nós não vamos.

— Você devia ir ver sua irmã — contestou ela. A culpa em seus olhos era visível. Eu queria dizer que não ia sem ela, mas me recusava a manipulá-la desse jeito, mesmo que fosse o que eu estava sentindo.

— Tudo bem. Uma coisa de cada vez. Estou feliz com a consulta à obstetra.

Ela olhou para baixo e acariciou a barriga saliente sob a camiseta.

— A Lane disse que eu vou engordar.

Sorri e a abracei.

— Espero que sim. Espero que pareça que você tem trigêmeos em algum lugar aí dentro.

Ela deu uma risadinha e jogou a cabeça para trás.

— Não!

— Sim! — falei, me ajoelhando. — Quero que o Feijãozinho tenha muito espaço pra crescer. E que você fique do tamanho de uma casa!

A barriga balançou quando ela riu, dei um beijo nela e me levantei.

— Você fala sobre o futuro como se... simplesmente fosse assim — disse ela.

— Mas simplesmente *é* assim. Eu finalmente te encontrei e não vou te largar. Grávida, gorda, magra, teimosa, morando em casas separadas. Mesmo que leve cinco anos pra você ter coragem de conhecer os meus pais. Sou seu.

Ela estremeceu.

— O que você vai fazer com todos aqueles quartos?

Dei de ombros.

— Escritório. Depósito. Quartos de hóspedes, de dormir... Qualquer coisa que a vida nos traga, eu acho.

— Nos... — ela repetiu, balançando a cabeça e segurando o meu rosto. — Nunca conheci ninguém como você, Trex.

— E nunca vai conhecer, porque ninguém te ama como eu. Vou garantir que isso seja impossível.

Alguém bateu à porta, e eu me levantei para abrir. Ander estava no corredor, segurando uma pilha de cartas.

— Tudo isso é pra gente?

— Ãhã.

— Obrigado — falei.

— De nada — disse ele, se virando.

Peguei as minhas e entreguei as de Darby, notando que tínhamos recebido o mesmo envelope sem marcação. Darby mal recebia correspondência, então era difícil ignorar.

— Ah — disse ela, olhando para o retângulo nas mãos.

— Acho que são os resultados.

Darby rasgou o envelope dela, leu o que estava escrito no papel e olhou para mim enquanto eu fazia o mesmo.

— Tudo certo? — ela perguntou.

Eu me sentei ao seu lado.

— Tudo certo.

Ela afastou a caneca e se aproximou de joelhos, rindo com um novo brilho nos olhos.

— Oi — disse ela com um sorrisinho.

— Oi.

Ela colocou a mão embaixo da bainha da camiseta e, com um puxão, sua calcinha estava embolada nos joelhos.

Olhei para baixo, meu pau instantaneamente duro.

— Renda preta.

— Fui dar uma volta ontem.

Franzi a testa.

— Você sabe que eu posso te levar. Ou posso pegar carona com a Naomi até o trabalho e deixar a caminhonete com você.

Ela balançou a cabeça devagar, vindo na minha direção.

— Assim não seria surpresa.

— Você andou planejando isso? — perguntei, admirado, tentando desviar a atenção. A intimidade com uma garota por quem eu estava totalmente apaixonado tinha sido uma tortura; e eu sabia uma coisa ou duas sobre tortura.

Darby assentiu e pôs um joelho na parte externa de uma das minhas coxas e a outra do outro lado. Saber que ela estava sem calcinha por baixo da camiseta, pairando sobre mim, me deixou louco, mas eu estava determinado a manter minha expressão calma.

— Não? — ela perguntou.

Dei uma risada.

— Jamais seria não.

Ela desafivelou o meu cinto e puxou o botão da minha calça jeans até ele se abrir. Desceu o zíper e se abaixou nos joelhos apenas o suficiente para alcançar dentro da minha boxer. Eu me recostei, sem conseguir me mexer. Ninguém me tocava havia muito tempo, e a mão de Darby parecia seda no meu pau. Eu não me lembrava de ter me sentido tão bem. Sua mão se moveu lentamente por ele, e eu gemi. Ela se abaixou, encostando a língua na ponta do meu pau, e eu não consegui evitar de levar minha mão ao seu cabelo.

— Caraaaaalho — falei quando ela encaixou a boca molhada e quente ao meu redor. — Estou superfeliz por já ter falado que te amo, porque quero falar isso de novo, e acho que você não ia me levar a sério.

Darby riu, a vibração provocando arrepios pelo meu corpo. Sua mão subiu pela minha coxa, por baixo da camisa, e chegou ao meu peito.

— Baby? — comecei.

Darby recuou, criando uma levíssima sensação de sucção, e eu quase perdi a cabeça. Este não era o momento de contar a ela.

— Eu te amo. Eu te *amo*. E sua boca é incrível, mas você está sem calcinha, e tudo que eu consigo pensar é... — Eu a peguei no colo e a carreguei até o colchão, baixando-a lentamente de costas. Tirei os sapatos e empurrei a calça jeans até o chão, observando-a me olhar.

— Vem cá — ela disse, apoiando-se nos cotovelos.

Engatinhei até ela, pairando a poucos centímetros, aninhando meus quadris entre suas coxas. Eu a beijei uma vez e encontrei seu olhar enquanto encostava a ponta do meu pau na pele quente e macia. Prendi a respiração por alguns segundos enquanto me aproximava lentamente dela, ficando tenso ao sentir sua pele me envolver e se apertar ao meu redor. Assim que a penetrei completamente, parei e encostei o rosto no dela.

— Tudo bem? — ela sussurrou.

— Eu não quero... te machucar.

— Você não vai me machucar — disse ela, beijando o meu pescoço.

Ela prendeu os joelhos nos meus quadris, e seus tornozelos travaram na minha lombar. Lutei contra um orgasmo a cada estocada, encostando a testa na dela. Ela me agarrou, desesperada para eu ficar mais perto, para eu penetrá-la mais fundo. Sua expressão era bem mais intensa do que quando meus dedos estavam entre suas coxas, ficando quase impossível não gozar.

Seu corpo era a praia, e o meu era o oceano. Darby me puxava e me empurrava, até eu estar dominado, cada pensamento, cada sensação, cada músculo do meu corpo comandado por ela, reagindo de maneiras que eu não conseguia controlar.

Quando fiquei tenso e gozei dentro dela, eu sabia que tinha encontrado a minha salvação, e que eu era seu escravo.

* * *

— Tudo bem? — perguntei, tocando no joelho trêmulo de Darby.

— Âhã.

— Você não precisa fazer isso, sabe.

A enfermeira saiu com um tablet nas mãos.

— Darby Cooke.

— Darby Trexler — sussurrei quando nos levantamos. Eu tinha decidido, depois que Maddox me contou o sobrenome verdadeiro de Darby, que isso não importava. Ele ia mudar, de qualquer jeito.

Darby me cutucou de brincadeira com o cotovelo, e eu dei uma risadinha, pegando a mão dela. Eu pensava na consulta desde que ela me falara que eu tinha sido convidado, e me perguntava se ia ficar nervoso ou apavorado. Para minha surpresa, tudo parecia natural. Mais que tudo, eu estava feliz por estar ali com ela e um pouco decepcionado por ter perdido as consultas anteriores. Para todos os propósitos, eu estava apaixonado pela Darby e pelo bebê, e aquele bebê era meu. Era difícil não me sentir frustrado porque a Darby não concordava cem por cento com essa ideia.

Os olhos da enfermeira se iluminaram de curiosidade quando ela percebeu que eu estava com sua paciente.

— Olá — disse ela, nos vendo passar. — Sala dois.

Darby me conduziu pela mão até a segunda sala de exames e eu imediatamente reconheci a máquina de ultrassom.

Eu não sabia o quanto estava empolgado até aquele instante. Eu tinha visto fotos borradas em preto e branco do Feijãozinho emolduradas no quarto de hotel de Darby, mas isso era diferente. Eu fazia parte desse momento. Eu ia ver o Feijãozinho ao vivo.

— Meu nome é Shannon — disse a enfermeira, apertando minha mão.

— Trex — falei.

— Esse é...? — começou Shannon, olhando para Darby.

— Não — respondeu ela.

Eu me sentei, tentando não deixar sua resposta ferir meus sentimentos. Tecnicamente era verdade, mas não para mim.

— Trex é meu namorado.

— Ah — disse Shannon com um sorriso surpreso. — Bom, é um prazer te conhecer, Trex.

— Sobre as perguntas que eu fiz antes, as respostas ainda se aplicam? — perguntou Shannon. Pergunta vaga. Devia ter alguma coisa a ver comigo.

— Sim — respondeu Darby, assentindo.

— Ótimo. Alguma preocupação?

Darby balançou a cabeça. Ela estava nervosa, e Shannon conseguia perceber isso com a mesma clareza que eu.

— Posso sair por um instante — ofereci, começando a me levantar.

— Não! — exclamou Darby, estendendo a mão e agarrando o meu braço.

— Tudo bem, meu amor — falei, voltando ao meu assento. — Se acalma um pouco, senão o aparelho de aferir pressão vai sair voando do seu braço.

Darby riu, e isso a ajudou a relaxar.

— Há quanto tempo vocês estão namorando? — perguntou Shannon, colocando o aparelho no braço de Darby.

— Nós nos conhecemos antes da primeira consulta — disse Darby, sorrindo para mim. — Eu sei que é meio esquisito, por isso fiz ele esperar para vir.

— Fez *ele* esperar? — perguntou Shannon.

— Ele está meio convencido de que o bebê é dele — comentou Darby.

— Não é? — provoquei.

A risadinha de Shannon sumiu quando ela se calou para ouvir o batimento cardíaco de Darby. Segundos depois, ela tirou o aparelho do braço e deixou o estetoscópio apoiado no pescoço.

— Pressão e batimentos cardíacos elevados. Nem imagino o motivo — disse ela com uma piscada. — Vou medir de novo antes de você ir embora.

Darby assentiu, deixando os pés balançarem na mesa.

Shannon ficou parada na porta, com a maçaneta em uma das mãos e o tablet na outra.

— A dra. Park já vem.

A porta se fechou, e eu me sentei na ponta da cadeira, segurando a mão de Darby.

— Obrigado.

Ela sorriu.

— Pelo quê?

— Eu sei que isso não é fácil pra você, que começar um relacionamento desse jeito não é muito tradicional. Sei que o fato de você me convidar pra vir aqui é um gesto de confiança. Não vou te decepcionar, eu prometo. Estou dentro. Estou apaixonado por você e quem quer que venha junto.

Ela apertou a minha mão.

— Eu sei.

Levantei a mão dela e beijei os dedos. Duas semanas antes, ela disse que me amava. Eu tinha dito isso pelo menos uma vez por dia desde então, e ela ainda não tinha retribuído. Aprendi que Darby, na maior parte do tempo, ficava mais confortável demonstrando seus sentimentos do que falando deles.

— Isso é tudo que me importa.

— Trex — ela começou. — Eu queria te falar...

A porta se abriu, e uma mulher de calça, blusa marrom e jaleco branco entrou.

— Olá, olá — disse ela, indo direto para a pia. Ela lavou as mãos e se virou para mim, estendendo a mão. — Sou a dra. Park.

— Trex — falei, pegando a mão dela. Para uma mulher, seu aperto era forte. Não como o de Naomi, mas impressionante do mesmo jeito.

Ela se virou para calçar luvas azuis e depois se sentou num banquinho giratório.

— Então — começou, usando os pés para aproximar o banquinho da cadeira na qual Darby estava sentada. A obstetra estava meio sorrindo, meio suspirando, e encarou Darby diretamente.

— Nós nos conhecemos logo depois que eu me mudei pra cá. Ele sempre me traz de carro pras consultas.

A dra. Park apontou para mim.

— Mas, só pra esclarecer, ele não é o pai, certo?

— Tecnicamente, não — falei. — Mas espero que ela me dê essa função.

A dra. Park me olhou por sobre os óculos finos e retangulares que ficavam na metade do nariz, depois olhou para Darby.

— Ele é um charme, hein?

Darby assentiu.

— É o homem mais gentil que eu conheço.

A dra. Park percebeu que estávamos de mãos dadas e pareceu não se importar em continuar com a consulta.

— Ótimo. Que beleza. Bom, vamos te relaxar — disse ela, apertando um botão que fez a cadeira de Darby se transformar em uma mesa.

Darby levantou a blusa e desceu a calça um centímetro. O botão de cima da calça jeans estava aberto, e naquele momento decidi que ia levá-la para comprar roupas de maternidade mais confortáveis. A obstetra colocou uma coisa azul parecida com um guardanapo na calça de Darby e deixou cair sobre o seu colo. O gel que a médica espremeu de um pote branco tinha apenas começado a se espalhar quando ela mergulhou o transdutor no gel e começou a empurrá-lo delicadamente pela barriga de Darby.

Darby olhou para a tela e eu a imitei, em expectativa.

A dra. Park digitou no teclado da máquina de ultrassom, mediu algumas coisas e fez uma pausa.

— Tem certeza que você quer saber o sexo?

— Quero, por favor — disse Darby, anuindo.

A dra. Park apontou para a tela.

— Você consegue identificar? Aquilo é um sinal de hambúrguer, o que significa que é uma menina. Você tem uma menina de tamanho perfeito e coração saudável crescendo aí dentro. Parabéns.

— Uma menina? — indagou Darby, virando-se para mim. O sorriso iluminado no rosto dela desapareceu. — Tudo bem? — ela me perguntou.

A dra. Park se virou para mim, e nesse momento percebi que meus olhos estavam úmidos. Eu os sequei rapidamente.

— Ãhã. Sim, estou bem. — Dei uma risadinha. Eu não chorava havia tanto tempo que me surpreendi tanto quanto Darby. Eu observei, encantado, a bebezinha se mexer, chupar o dedo e se espreguiçar. Ao lado de Darby, era a coisa mais linda que eu já tinha visto.

— Uau — disse Darby, estendendo a mão para tocar na tela. — Essa é minha filha.

— Sim, é ela. Agora vocês só precisam de um nome — disse a dra. Park. Ela afastou o transdutor, e a tela ficou preta. Uma sensação estranha de perda tomou conta de mim, e eu tive que lembrar que o bebê não estava no monitor, mas que Darby a carregava com a gente para todos os lugares.

Darby e a dra. Park passaram por uma sessão curta de perguntas e respostas, Shannon entrou para aferir mais uma vez a pressão dela, e a dra. Park lhe deu várias fotos impressas antes de se despedir. Shannon deixou Darby com uma papelada, e ela se sentou, limpando o restante do gel na pele. Estava inclinada para a frente, o cabelo impedindo que eu visse seu rosto. Ela fungou uma vez, depois de novo, e eu me abaixei.

— Tudo bem? — perguntei, afastando seu cabelo.

Ela olhou para mim, depois para as fotos, os olhos vermelhos e molhados.

— Eu não mereço isso. Não mereço nada disso.

— Bom, você está falando um monte de merda — rebati, franzindo a testa.

— Eu não queria isso. — Ela tocou na barriga. — Eu aceitei, mas não a queria, e ela merece ser desejada.

— Você não quer sua filha agora? — perguntei, sentindo a bile subir pela garganta.

— Quero — choramingou ela.

— Babe — falei, levantando-me e abraçando-a de lado —, eu também não tinha a menor intenção de ter filhos. É totalmente normal você se sentir desse jeito. A menos que seja planejado, a maioria das pessoas se sente assim.

Ela balançou a cabeça e fungou de novo. Atravessei a sala para pegar alguns lenços de papel e os entreguei a ela.

Em seguida eu a ajudei a se levantar, e saímos de mãos dadas, mas ela não parecia se sentir melhor, mesmo quando estávamos na caminhonete. As lágrimas ainda escorriam sem parar pelo seu rosto. Eu não sabia o que dizer ou como melhorar a situação, então simplesmente segurei a mão dela.

— Era isso que você estava se preparando pra me contar antes de a obstetra entrar? — perguntei. — Você estava pensando em adoção? Ou estava...

Ela encarou o lenço de papel amassado na mão.

— Eu abriria mão de tudo isso se pudesse voltar no tempo e fazer as coisas de uma maneira diferente. Se eu pudesse dizer que nunca conheci o Shawn e começar tudo de novo. Não é fácil eu te dizer isso, mas você merece a verdade.

Meu corpo todo ficou tenso enquanto eu me preparava para o que ela ia dizer.

— Não quero dizer que você não é incrível. Você é. Quem mais se apaixonaria por uma mulher grávida do bebê de outra pessoa e mesmo assim ficaria por perto? Mas não foi com isso que eu sonhei quando era criança. Ter medo diariamente de como vou cuidar de nós duas... e eu sei que você quer fazer isso. Eu sei, mas você tem que entender que você não é a primeira pessoa que apareceu e me fez acreditar que suas promessas são verdadeiras.

— Darby. — Engoli em seco. Não era essa a conversa que eu achei que teríamos depois da consulta. Parecia que ela estava terminando comigo, e minha mente se esforçava para encontrar um jeito de me salvar. Tentei responder da maneira mais racional possível. Tentei respirar com calma e não entrar em pânico. — Só pra esclarecer... Estou ouvindo você dizer que eu sou o único que realmente quer isso. Que quer nós dois. É isso... que você está dizendo?

Ela assoou o nariz e balançou a cabeça.

— Não. De jeito nenhum. Estou dizendo que estou com medo e não estou dando valor pra menininha perfeita e pra esse homem que nos ama.

Eu não mereço nenhum de vocês dois. — Ela cobriu o rosto. — Eu sou uma pessoa horrível.

Suspirei de alívio, deixando a cabeça encostar no apoio enquanto a adrenalina era absorvida de volta pelo meu corpo. Quando minhas mãos pararam de tremer, estendi a mão e puxei Darby para o meu colo.

— Por que você me ama tanto? — ela perguntou, mal conseguindo olhar para mim. A vergonha irradiava dela, e tudo que eu queria era afastar esse sentimento.

— Você sabe por quê. Essa menininha já tem duas pessoas que a amam: uma mãe que fez uma coisa que a maioria das pessoas não faria pra mantê-la em segurança, e um homem que está desesperado pra ser seu pai. O que eu vi hoje na dra. Park? Não sei nem por onde começar a explicar como eu me senti. Não vou pular fora, Darby. Eu te amo. — Peguei as fotos da mão dela. — E eu amo essa bebê. Eu daria a minha vida por vocês duas.

— Eu sei disso. — Ela chorou. — Qualquer pessoa decente seria grata por ela e por você. Tenho vergonha porque não me sinto assim. Eu sou uma covarde. Desculpa.

Eu a puxei e beijei seu rosto. Nunca fiquei tão aliviado ao ouvir que eu era indesejado. Só fiquei feliz por ela não se sentir mais assim.

— Você pega muito pesado consigo mesma. Uma gravidez inesperada assustaria qualquer pessoa, e deixar um novo homem entrar na sua vida depois do que você passou também. Darby, você pode ter sentido medo, mas isso só te faz ser corajosa. Você não tinha segurança em relação a mim, e isso te faz ser responsável. Eu só mudaria uma coisa em você.

Isso chamou sua atenção.

— Eu queria que você se amasse tanto quanto eu te amo. Essa menininha... ela precisa ver isso. Você devia praticar isso antes que ela nasça.

Ela apoiou a têmpora na minha testa, fungando algumas vezes enquanto o corpo todo se encolhia com o choro.

— Você está certo. Eu tenho que me perdoar por muitas coisas.

— Se fosse outra pessoa, você perdoaria.

Ela pensou no meu comentário.

— Você está certo. Eu... tudo bem. De agora em diante, a Feijãozinho vai poder contar com a antiga Darby. Só que melhorada. Acho que isso significa que ela vai poder contar com a nova Darby também.

Sorri.

— Ela precisa de um nome — disse Darby, secando os olhos. — Não podemos continuar a chamá-la de Feijãozinho.

— Eu gosto de Feijãozinho.

— Nós... nós podíamos pensar num nome quando viajarmos pro Kansas.

Recuei para analisar sua expressão.

— Kansas?

— Você disse que estava dentro.

— Até o fim. — Usei o polegar para limpar delicadamente o rímel manchado sob os seus olhos.

Ela tocou meu rosto, os dedos passando pela barba por fazer, descendo pelo pescoço até pousarem sobre o meu ombro. Envergonhada, remoeu o que estava prestes a dizer. Senti uma dor física, ansiando para ela dizer que me amava.

— Eu também.

Ela não disse que me amava, mas eu aceitaria isso na esperança de que ela ainda me amasse. Enquanto eu a abraçava, concluí que ela não teria concordado em conhecer os meus pais se não tivesse certeza de que seus sentimentos por mim eram verdadeiros, e eu acreditava nela acima de tudo quando ela dizia que também estava dentro. Eu tinha que acreditar. Porque a outra opção era simplesmente insuportável.

21

Darby

Digitei uma resposta e devolvi o celular de Trex. Quando ele o colocou no colo, o aparelho tocou de novo. Ele riu e me entregou.

— Fica com ele.

— Eu tinha esquecido como era divertido ter um celular — falei, lendo o que Zeke tinha a dizer. Ele ainda estava em Colorado Springs. — Ele conheceu uma garota.

— Que bom — disse Trex com um sorriso presunçoso. — Não preciso mais me preocupar.

— Você nunca precisou se preocupar — falei, sorrindo para o aparelho enquanto digitava uma resposta. Um por um, conforme os bombeiros de elite descobriam a gravidez, usavam o celular de Trex para perguntar se eu e o bebê estávamos bem. A novidade se espalhou depois que Stavros descobriu. Ander me disse, tarde demais, que o irmão mais velho era terrível em guardar segredos. A equipe Alpina inteira tinha compartilhado o número de Trex e me mandava mensagens todo dia, durante semanas.

Qual o nome dela?

Digitei e apertei "enviar".

Não. Não vou cometer o erro de te dar um nome. Você sabe o que acontece quando sabemos das novidades... É como uma corrente de oração.

Dei uma risada alta.

Fico feliz por você estar feliz. O Trex é um cara legal.

Obrigada.

Também estou feliz por você estar feliz.

Se precisar de alguma coisa, me liga. O Trex tem o meu número. Arruma um maldito celular.

O do Trex funciona muito bem.

Me liga. Posso chegar aí em uma hora ou menos, se a polícia não me parar.

Pode deixar.

Assim que entreguei o celular a Trex, o aparelho tocou.

— Trex — ele atendeu.

Ficou calado, ouvindo atentamente e depois falando vagamente sobre corredores e missões. Mencionou nomes como Sloan, Martinez, Harbinger e Kitsch, e um nome que eu reconheci: Naomi.

Ele desligou e me olhou, claramente desconfortável por ter que falar de trabalho perto de mim.

— Desculpa — disse, pigarreando. — Então, onde estávamos antes do Zeke começar a bombardear meu celular?

— Paramos no H. — Meia hora depois de sairmos de Colorado Springs, Trex sugeriu que seguíssemos o alfabeto, escolhendo nomes que mais gostávamos começando com cada letra. Levamos metade da viagem para chegar ao H.

— Sua vez — disse Trex com sua voz grave. Decidi que eu gostava de fazer viagens de carro com ele. Ele parecia tão calmo e dirigia com o pulso apoiado no volante, deixando os antebraços tensos quando fazia algum movimento. Seus antebraços eram sensuais. Bom, ele todo era sensual, e agora que eu o conhecia melhor nesse sentido, isso era tudo em que eu conseguia pensar.

— Hannah.

— Eu gosto de Hannah.

— Letra I — falei.

— Hummm... essa é difícil. Hum... Isabelle.

— Isabella? — perguntei.

— Sim.

— Letra J. Jasmine? Jillian? Justine? Jenny? Juliet?

— Juliet — disse ele, cheio de segurança.

Assenti, concordando. Continuamos até chegar ao Z, pulando apenas algumas letras. A letra Z nos tomou meia hora.

— Zara — falei com um sorriso.

— Eu gosto de Zara.

— Está bem — falei com um suspiro. — Então é isso. Você se lembra de todos os nomes?

— Adeline, Blake, Charlotte, Dillon, Evangeline, Finn, Grier, Harbor, Isabella, Juliet, Kennedy, Lydia, Madeleine, Nina, Olivia, Pacey, Quinn, Remy, Sunday, Tegan, Umber, Violet, Wren, pulamos as letras X e Y, e Zara. Agora você só precisa escolher um.

Franzi a testa.

— Não pensei nisso.

— Posso dizer meus preferidos?

— Por favor.

— Maddie, Grier, Quinn e Wren.

— Maddie?

— Acho que podemos chamá-la assim. Apelido de Madeleine. Meu melhor amigo... o nome dele era Matt. Era o marido da Naomi. Ele morreu uns anos atrás.

— Temos que fazer isso — falei. — Temos que chamá-la de Maddie.

— É?

Sorri para ele, quicando quando a caminhonete passou por cima de alguns desníveis na estrada.

— É.

— A Naomi vai adorar.

— É melhor pedir permissão pra ela. Só por precaução.

Ele assentiu.

— Boa.

— Também precisamos de nomes do meio.

Ele ficou pálido, e eu ri.

— Qual o seu nome do meio?

— Solomon.

— Scott Solomon Trexler. Fica bonito, tudo junto.

Ele estendeu a mão e a pousou sobre a minha coxa.

— E o seu?

Franzi o nariz.

— É horrível.

Ele apertou a minha mão de um jeito brincalhão.

— Me fala.

— Rose.

— Darby Rose Cooke. Não é horrível de jeito nenhum. Minha mãe dizia que escolhia os nossos nomes se eles parecessem bonitos quando ela gritasse pela porta dos fundos — disse ele com um sorriso.

— Nesse caso, é perfeito. — Deixei a última frase no ar enquanto decidia se o corrigia ou não, depois levei um minuto inteiro para tomar coragem. — Trex... falando em nomes... lembra quando eu falei, no consultório da obstetra, que precisava te contar uma coisa?

— Achei que já tivéssemos conversado sobre isso.

— Não, nós meio que seguimos por um caminho diferente do que eu pretendia.

— Ah.

— É uma coisa que eu ainda não te contei. O irmão do Shawn trabalha como programador pro governo. Se o Shawn quisesse me procurar, o Derek poderia me encontrar no mesmo dia. Tenho que ficar fora do sistema o máximo possível. É por isso que morar no hotel é tão fácil. Nada que exija o meu número do seguro social. O Stavros concordou em me pagar em dinheiro vivo.

— Tá, e daí? — disse ele.

— Meu sobrenome não é Cooke. É Dixon. — Ele franziu a testa e começou a falar, mas eu o interrompi. — Me desculpa por ter mentido pra você — soltei. — Não foi pra te enganar de propósito. Eu só estava com medo...

— Tudo bem — ele disse com a voz alterada, e, ao ver a expressão magoada no meu rosto, estendeu a mão para pegar a minha. — Eu não tive a intenção de gritar, só não quero que você peça desculpas. Eu... — ele suspirou — eu já sabia o seu nome verdadeiro.

— *O quê?* Como?

Ele se encolheu.

— Eu tenho um amigo no FBI.

— Você... o quê? Você pesquisou sobre o meu passado?

— Não! Eu só estava preocupado com você, Darby. Eu sei a impressão que dá, mas...

Puxei a mão para longe.

— Não acredito que você fez isso! O Derek recebe um aviso toda vez que alguém pesquisa o meu nome! O Shawn provavelmente já sabe onde eu estou!

— O sistema do FBI é seguro...

— Nada é seguro! Como você pode ser tão ingênuo?! — Eu me apoiei na porta, pressionando a testa com a ponta dos dedos da mão direita. — Quando? Quando foi que você pediu pro FBI pesquisar?

— Lembra quando eu ajudei a Ellie? Eu fiz o pedido naquele momento, mas a Val já tinha feito uma busca.

— Quem é Val? — perguntei, meu tom aumentando a cada pergunta.

— Ela é agente federal. Ela e eu... é uma longa história.

— Ai, meu Deus. *Ai, meu Deus!* Quer dizer, então, que não é só o *meu* ex que está me procurando, mas a sua também?

— Não é isso. Darby, por favor, fica calma.

Meu rosto queimava, e o calor se espalhou pelo meu corpo. Mexi no ar-condicionado, depois me recostei, respirando com dificuldade.

— Isso é ilegal! Quando foi que ela fez isso? E como? Você nem sabia o meu sobrenome verdadeiro.

— Não sei exatamente quando. É extremamente difícil uma pessoa não treinada ficar fora do sistema. Existe um reconhecimento facial que é usado com câmeras de trânsito, câmeras de empresas... Ela sabia onde você morava, então pode ter tirado de qualquer lugar. Darby, desculpa.

Eu queria morrer. Shawn podia saber onde eu estava há muito tempo. Ele podia estar me observando, e eu não tinha a menor ideia.

— Você devia ter me contado, Trex. Você não entende... — Suspirei.

— Darby, a bebê. Você precisa se acalmar. — Ele estendeu a mão para a minha barriga, mas eu a empurrei.

— Não toca em mim.

— Babe — ele meio que implorou, meio que me repreendeu.

Cruzei os braços, me fechando para pensar como eu fazia quando vivia com Shawn.

— Faz a volta.

— O quê?

— Você precisa me levar embora. Tenho que pegar as minhas coisas. Tenho que me mudar. — Meus olhos ficaram marejados.

— Darby, para. Só... pensa nisso um segundo. Se você realmente acredita que o Derek tem o mesmo acesso que o FBI, ele poderia ter olhado as câmeras na rodoviária. É possível que eles já soubessem onde você está esse tempo todo. Se você se mudar, não vou poder te proteger. Além disso, se ele não veio atrás de você até agora...

— Só existem três opções: o Shawn parou de me procurar, ele sabe onde eu estou e não se importa, ou ele está esperando.

— Esperando o quê?

Meu rosto se contorceu.

— O momento certo. Eu o humilhei quando o abandonei no altar, e ele não vai deixar isso barato. — Eu me dobrei e abracei minha barriga, uma dor aguda correndo na lateral, descendo pelas costas e pernas. — *Ai* — gemi.

Trex jogou o volante para o acostamento e parou, correndo para o lado do carona. Ele soltou meu cinto de segurança e tirou o cabelo do meu rosto.

— Baby? Respira. Respira fundo.

Fiz o que ele me instruiu, recostando a cabeça no apoio e esticando as pernas ao máximo. Ele estava certo. Eu não podia ficar estressada, mesmo que estivesse com medo. Tudo que eu sentia afetava minha filha. Eu me esforcei para ficar calma, para diminuir meus batimentos cardíacos.

— Darby, eu nunca deixaria nada acontecer com você — disse ele, com uma expressão preocupada. Sentir-se impotente não era algo com o qual ele lidava bem. — Por favor, não... — Ele engoliu em seco. — Por favor, não me deixa.

— O que vai acontecer se ele for atrás de mim e você estiver trabalhando? — perguntei.

Ele pensou por alguns segundos antes de responder.

— Eu abro um pedido de vigilância. Ficamos de olho nele. Damos um jeito pra ele não sair do Texas.

Cobri os olhos, meu lábio inferior tremendo.

— Você não conhece o Shawn. Ele não pensa como uma pessoa normal. Ele não... ele não tem medo de nada, Trex. Quando fica com raiva, ele não é humano.

— O medo tem esse mesmo poder, Darby. A *única* coisa que me dá medo é que você se machuque. E eu já passei por coisas muito assustadoras. Vou cuidar disso. Eu juro. — Ele segurou o meu rosto com delicadeza e o puxou para o lado, para encontrar seu olhar. Baixou o queixo. — Eu juro pela minha vida.

Eu me afastei dele, odiando o fato de não saber como esse cenário se desenvolveria: se Shawn estava planejando me matar ou me sequestrar.

— Quero que você prometa que vai proteger a bebê. Não importa o que aconteça. Se eu acabar como uma daquelas mulheres encontradas mortas com a minha bebê arrancada de mim, você vai buscá-la. Vai garantir que ela fique segura não importa o que aconteça.

Ele franziu o nariz.

— Darby, Jesus.

— Me promete! — gritei.

Ele segurou o meu rosto, desesperado para me acalmar.

— Vou manter vocês duas seguras. Eu juro.

— Como?

— A casa. Se você se mudar pra lá, eu consigo. Vou instalar um sistema de segurança de última geração. Posso chegar lá em menos de dez minutos. Tem uma delegacia a quatro minutos de distância. O vizinho que mora a quatro casas da nossa é policial dessa delegacia. Ele patrulha a área várias vezes durante o turno dele. É o lugar mais seguro pra você. — Ele soltou o meu rosto e me virou para encará-lo, apoiando as mãos nos meus joelhos.

Balancei a cabeça e dei uma risada. Ele queria que eu me mudasse para morar com ele depois de ter me contado que tinha violado a minha privacidade e escondido mais uma coisa de mim. Eu tinha que decidir quantos segredos ainda suportaria que ele escondesse, e se isso anulava sua capacidade de proteger a mim e à Feijãozinho.

— Não sei.

— Você não sabe? — perguntou Trex, espelhando a minha expressão.

— Não sei, Trex. Talvez, quando você perceber que tem uma bebê de verdade dentro de mim, que um dia vai nascer, chorar sem parar e encher as fraldas com a porcaria mais fedorenta que você possa imaginar, e que a nossa vida e o nosso relacionamento vão mudar pra sempre, talvez você decida que não me quer tanto assim, no fim das contas.

— Você está me ofendendo — reclamou Trex. — Não acredito que você disse isso.

— Ninguém espera que os relacionamentos terminem quando eles começam. Temos que ser realistas, porque eu não posso fugir.

— Nem eu. O problema é que você não quer morar comigo, é isso?

— Eu... — Suspirei. — Você está vasculhando o meu passado sem a minha permissão e dando pistas de onde eu estou pro psicopata do meu ex. Você violou a minha privacidade e nós nem estávamos morando juntos. Não consigo imaginar até onde você vai quando estivermos dividindo o mesmo teto. O sistema de segurança não é um conforto. Não quero alguém me vigiando o tempo todo. Eu me mudei pra Colorado Springs justamente pra fugir disso.

Ele franziu a testa.

— Eu não vasculhei o seu passado, Darby, e essa não foi a minha intenção. Eu estava vasculhando o Shawn, não você.

— Ninguém te pediu pra fazer isso! — Minha raiva súbita surpreendeu aos dois. Eu tinha sacrificado tantas coisas e tentado tanto ficar escondida, e Trex era a pessoa que me fazia sentir segura. Percebi que o simples fato de conhecê-lo tinha me deixado vulnerável.

— Você está certa. Eu não devia ter falado de você com a Val. Mas se mudar agora não vai te deixar mais segura. Seria o contrário. Você já pensou que o Shawn não se aproximou por minha causa?

— Tem muita coisa que eu não sei sobre você. Segredos demais.

Ele estendeu a mão para mim.

— Meu amor, não posso evitar isso.

— Uma parte você poderia evitar, sim. Eu não te conheço de verdade. E você quer que eu vá morar com você?

Isso o deixou com raiva.

— Você me conhece melhor que qualquer outra pessoa, Darby. Posso ter algumas coisas que são confidenciais, mas você me conhece.

— Eu nem sei o dia do seu aniversário!

— Dia 4 de junho.

Pisquei.

— Sério? Foi nesse dia que eu me mudei pra Colorado Springs.

— Parabéns pra mim.

— Você sabe o meu? — perguntei.

Ele assentiu.

— É em 22 de março.

Franzi a testa.

— O que mais você sabe sobre mim?

— Só isso. Eu não bisbilhotei.

— Não, porque isso seria uma violação *total* da minha privacidade. E você quer que eu vá morar com você? Com câmeras? Você é louco.

Ele ficou com raiva de novo.

— Você vai saber onde estarão todas elas. Vai ser exatamente como no hotel, mas com um sistema de segurança muito melhor. Se você for contra isso, durma num quarto diferente. Seremos colegas de quarto.

— Isso é ridículo.

— Assim como é ridículo eu comprar uma casa de cinco quartos num bairro perfeito e você insistir em morar num apartamento horroroso.

— Ninguém te pediu pra comprar uma casa de cinco quartos!

Ele inclinou o pescoço para me olhar por alguns segundos antes de se virar furioso para a estrada. Os carros passavam em alta velocidade por nós na estrada. O vento soprava os arbustos em volta das botas de Trex. Estávamos em uma região deserta, mas o mundo se fechava ao nosso redor.

— Você acha que eu ia expulsar você e a bebê? Você realmente acredita que eu faria isso, Darby? Confia em mim: a chance de o Stavros falir e você perder seu quarto no hotel é maior do que isso.

— O quê? O que você quer dizer? Você sabe de alguma coisa?

Ele suspirou, claramente frustrado por ter que compartilhar uma nova informação.

— Existem poucas coisas que eu não sei sobre as situações em que estou envolvido.

— O Stavros vai falir? Ele vai perder o hotel?

— Ele tem ajudado a Tilde a pagar a conta dos médicos, porque ela não tem plano de saúde. Isso está acabando com o dinheiro dele. O hotel ter ficado cheio toda noite durante o incêndio o ajudou a manter o saldo positivo todos os meses, mas agora...

Cobri a boca.

— Por que você não me contou?

Ele levantou os braços e os deixou estalar nas coxas.

— Eu esperava que, quando te contasse da nossa casa, você fosse querer se mudar pra lá.

— Isso não diz respeito a nós! Vou perder meu emprego. Você não pensou em me contar? Com você é um segredo atrás do outro. Achei que a vitória fosse de quem falasse mais verdades. Você nem chegou perto da verdade.

— O Stavros não quer que você saiba. Ele não quer que ninguém saiba. Ele ainda acha que pode se salvar.

— Ai, ai. — Engoli em seco, me sentindo enjoada. — Meu Deus. Coitado do Stavros.

— Ele vai pedir falência logo depois do primeiro dia do ano. Ele talvez consiga se manter até a primavera, se tiver sorte.

— Não tenho tempo de economizar pra morar num apartamento nem que eu quisesse ficar — falei, pensando em voz alta.

O maxilar dele tremeu.

— Isso realmente se refere à confiança? Ou você... simplesmente não quer morar comigo?

— Não posso confiar em você! — gritei. As lágrimas se acumularam nos meus olhos e escorreram.

— Está bem. Tudo bem! Então me deixa te ajudar! Eu arrumo um apartamento pra você. Só não... não vai embora — pediu ele, quase implorando. — Darby, eu te adoro. Você não vê isso? Não quero estar em nenhum outro lugar que não seja com você. Se você for embora... não me faz deixar a minha equipe.

— O que você quer dizer?

— Todos da minha equipe se mudaram pra Colorado Springs pra esse emprego porque eu pedi.

— Não estou te pedindo pra me seguir.

— Darby... — Ele ajeitou o peso do corpo, se preparando para o que estava prestes a dizer. — Você me ama? Me fala. Porque eu te amo. — Sua voz falhou. — E não tem nenhum lugar onde eu gostaria de estar que não seja com você.

Minha garganta estava seca e apertada. Sequei as lágrimas do rosto.

— Eu te amo.

Seus ombros desabaram, ele abaixou a cabeça e expirou.

— Graças a Deus — disse baixinho. — Eu entendo o fato de você ter problemas de confiança e que eu só piorei tudo. Eu me sinto sufocado só de pensar nisso.

— Você não vai pagar pelo meu apartamento.

— Não faz sentido. Você prefere se mudar pra uma cidade desconhecida, sozinha, sabendo que o Shawn pode estar te seguindo?

— Eu já fiz isso uma vez! — gritei.

Ele trincou os dentes por meio segundo antes de falar, com o rosto vermelho.

— Você quer que eu coloque a escritura no seu nome? Eu faço isso, porra.

— Não fala palavrão pra mim.

Trex suspirou. Ele estava se esforçando para ficar calmo, mas não estava conseguindo.

— Desculpa. Eu simplesmente não entendo. Por que você não me deixa te ajudar, Darby? Se nós nos amamos e queremos ser uma família, por que não podemos deixar tudo como está?

Pressionei os lábios, formando uma linha rígida.

— Porque você mentiu pra mim. E porque na última vez...

— Na última vez que você foi morar com alguém, o cara era um babaca abusivo.

— É.

Ele balançou a cabeça, com mais raiva do que eu já tinha visto nele, a voz baixa e controlada quando falou:

— Eu não sou ele, Darby. Não sei mais como te provar isso.

Por mais que ele parecesse com raiva e por mais que eu estivesse nervosa por Trex poder surtar em um lampejo de emoção, estendi a mão para ele. Lá no fundo, além de qualquer instinto de proteger a mim e à minha filha, eu sabia que Trex nunca me machucaria. Talvez fosse tudo de que eu precisava saber. Depois de um segundo de hesitação, ele pegou a minha mão. Seu polegar acariciou a minha pele, mas foi diferente. Até mesmo homens pacientes tinham seus limites. Estávamos juntos, e éramos quase uma família. Ele não entendia meu recuo, e eu não conseguia explicar para ele.

— Eu sei. Mas você mentiu do mesmo jeito.

— Eu acabei de saber hoje da sua boca qual o seu verdadeiro sobrenome. Me dá um tempo.

Olhei para a estrada. O barulho tinha sido abafado segundos antes, mas agora os caminhões enevoavam meus pensamentos.

— Fica — disse ele. — Quando eu estiver no trabalho, um sistema de segurança de altíssimo nível vai estar instalado, com câmeras, um sistema de alarme, botões de pânico em todos os cômodos. Vou transformar a casa numa fortaleza do caralho. Vai ser o lugar mais seguro pra você, eu juro. Não é só o fato do seu ex saber onde você está que me preocupa. Você pode tropeçar na escada, desmaiar, entrar em trabalho de parto precoce, você não tem celular... tem um milhão de coisas que podem acontecer.

— Podem acontecer com qualquer pessoa.

— Mas elas *não têm* que acontecer com você. — Ele suspirou, frustrado. — Podemos ser colegas de casa. Você pode morar na suíte principal no andar de baixo e eu moro no andar de cima. Você me paga um aluguel e algumas contas, e assinamos um acordo. Se tudo der errado, eu saio de casa até você encontrar outro lugar.

— Não quero ser sua colega de casa.

Ele colocou as mãos nos meus joelhos de novo, depois tocou na minha barriga.

— Me desculpa por ter mentido pra você. Sinto muito por tudo que aconteceu e por ter te deixado insegura. Me dá uma chance de compensar isso. Me dá uma chance de consertar tudo.

— Sinto muito — falei, secando o rosto.

Ele expirou como se eu tivesse dado um soco no estômago dele.

— Então você vai embora. Vai me deixar.

Balancei a cabeça devagar e comecei a chorar.

— Não, me desculpa por ter gritado.

Ele me abraçou com força, e eu senti os batimentos do seu coração.

— *Você* sente muito? Nossa, Darby. Eu não sei que raios estou fazendo. Estragando tudo, eu acho. — Ele me segurou à distância de um braço. — Isso significa que você vai ficar?

O desespero nos olhos de Trex era insuportável, e eu cobri o rosto. Eu nem sabia por que estava tão angustiada. Eu tinha passado por coisa muito pior com Shawn e não tinha derramado uma lágrima. Talvez fosse a gravidez, talvez fosse porque era a nossa primeira briga ou talvez fosse porque eu tinha acabado de admitir em voz alta que não conseguia confiar nele — nem em ninguém — e que isso deixava a Feijãozinho e a mim muito sozinhas.

— Vem cá — disse ele, me abraçando.

Eu me senti muito boba por soluçar na camisa dele, mas não consegui parar.

— Meu amor... — disse ele com uma voz tranquilizadora, me balançando. — Não chora.

— Está tudo bem — falei, recuando para secar o rosto. — É só que — funguei — você não merece que eu grite com você desse jeito, e é a primeira vez que você feriu meus sentimentos.

Ele entrelaçou os dedos no alto da cabeça, me vendo chorar com tanta culpa e vergonha que mal pôde se aguentar.

— Sinto muito mesmo, Darby. — Ele me puxou para um abraço, encostando o rosto na minha têmpora. — Estou me sentindo o maior babaca.

— E eu, a maior bebezona. — Olhei para ele, e ele beijou a ponta do meu nariz.

— Só... me escuta, e eu não vou mais falar nisso. Sendo essa bebê biologicamente minha ou não, se eu chutasse vocês duas pra fora da nossa casa, ainda seria um tipo especial de babaca. Eu não sou assim, Darby. Você sabe que não sou. Só... pensa nisso, pode ser? É tudo que eu peço.

Ele me soltou e foi em direção ao campo infinito ao lado da estrada, as botas esmagando o cascalho solto. Encarou o horizonte enquanto uma brisa delicada soprava as árvores dispersas ao longe.

— Ainda vamos pro leste? — Ele se virou e esperou a minha resposta.

Fiz que sim com a cabeça.

Ele voltou, garantiu que eu estava acomodada no assento, fechou a porta e contornou o carro até o outro lado. O silêncio era constrangedor e nos devorava como um parasita. Passamos pela placa de BEM-VINDOS AO KANSAS, depois por Kanorado. Trex apontou para uma enorme torre de água e falou pela primeira vez em quase uma hora.

— Lá está. Goodland, Kansas. Lar da Primeira Assembleia de Deus e de quinze outras igrejas, com quatro mil e quinhentos habitantes.

Trex entrou na segunda saída, depois passou pelas ruas até parar em uma pequena casa branca com um alpendre vermelho-escuro no fim de uma rua sem saída. Havia duas portas na frente, e eu a encarei por um instante, confusa.

— Eram duas casas geminadas. A igreja comprou e transformou em uma casa para ser a residência do pastor.

Ele saltou e abriu a porta traseira para pegar a mala que tinha me emprestado e a bolsa de viagem dele.

— Scottie! — Uma garota de cabelo loiro comprido saiu correndo da porta de tela à direita e saltou os dois degraus para pular em Trex. Ele resmungou, mas ela não pareceu perceber, envolvendo braços e pernas ao redor dele.

Ele a colocou no chão, todo sorrisos.

— Ei, sua peste — disse, bagunçando o cabelo dela.

— Você veio! — Ela olhou para mim, tirando o cabelo do rosto. — Oi, Darby!

— Oi — falei, inclinando-me para a frente e acenando. Olhei para baixo para soltar o cinto de segurança, e Trex correu para abrir a minha porta e pegar a minha mão para me ajudar a descer. Contornamos a traseira da caminhonete e encontramos os pais dele na base dos degraus. Os sorrisos sumiram imediatamente quando perceberam a barriga redonda se destacando sob a minha blusa.

— Mãe, pai... essa é a Darby. Darby, essa é minha mãe, Susanne, e meu pai, Scott.

— É um prazer conhecê-los — falei, estendendo a mão.

Os suspensórios marrons de Scott seguravam a calça da mesma cor, sua pele já vermelha ainda mais corada só pela presença do filho. Seu papo se mexia ao mesmo tempo que ele, a camiseta de baixo grudada na camisa social. Ele era grande e orgulhoso. Com a camisa passada e o cabelo cheio de gel, se esforçava para demonstrar indiferença.

Susanne pegou minha mão primeiro, com um sorriso sofrido no rosto. Trex havia puxado à mãe. Seus cachos castanho-avermelhados estavam soltos, roçando no queixo. Ela lembrava algumas fotos antigas da minha mãe, mas olhar nos olhos dela era como olhar nos de Trex.

— Igualmente. Bom, vamos entrar, crianças.

Scott e Susanne foram na frente, falando rápido em vozes sussurradas, e Trex me seguiu, carregando nossas malas enquanto caminhava ao lado da irmãzinha. Hailey não era tão quieta quanto os pais, sussurrando a pergunta de um milhão de dólares para Trex.

— A Darby está grávida?

— Ãhã — respondeu ele.

— Você vai ser papai?

— Ãhã.

— Eu vou ser titia?

— Vai, sim — disse ele, o tom mais doce e caloroso do que no resto da tarde.

Meus sapatos ecoaram no piso de madeira quando entrei. A casa da infância de Trex não era a casa clara e alegre que eu tinha imaginado. Em vez disso, as cortinas estavam fechadas, e as paredes eram decoradas com cruzes e pinturas religiosas em vez de fotos emolduradas da família. Placas de reconhecimento e prêmios comunitários recebidos por Scott tinham um lugar especial, de modo que fossem avistados pelos visitantes assim que eles entrassem. Eu estava começando a entender a aversão de Trex por voltar para casa. À direita ficavam a cozinha e a sala de jantar, e à esquerda havia uma grande sala de estar, com um piano no canto.

Susanne parou na entrada do corredor de trás.

— Nós, hum, colocamos vocês em quartos separados — disse.

— Não parece necessário — rebateu Scott.

Sorri.

— Quartos separados está ótimo. Estamos felizes por...

— A gente fica no meu quarto antigo, obrigado, pai — disse Trex.

Susanne apontou para o corredor.

— Você sabe onde fica.

Trex fez um sinal com a cabeça para eu segui-lo. Ele foi até o fim do corredor e virou à direita.

— Chegamos — anunciou, colocando as malas no chão. — A gente divide o banheiro do corredor com a Hailey, e isso sempre é divertido.

O painel de madeira ia até metade da parede; havia quadros de Jesus segurando um carneiro, cruzes e imagens de crianças sendo salvas por anjos penduradas na placa de reboco. Alguns troféus e livros salpicavam o quarto, que mais parecia um quarto de hóspedes comum, nunca usado.

— Isso é tão constrangedor... Eles me odeiam — falei baixinho.

Ele sorriu.

— Eles também me odeiam. Fomos feitos um para o outro. — O sorriso dele desapareceu. — Sobre mais cedo...

— Ainda sinto muito.

— Eu também. — Ele me abraçou e beijou meu rosto. — Vai ficar tudo bem. Eles só estão chocados. Minha mãe, principalmente, vai se empolgar até o fim do dia.

— Até admitirmos que a Feijãozinho não é sua.

Ele balançou a cabeça.

— Não conta pra eles, Darby. Eles não precisam saber.

Eu me afastei e me sentei na cama, que gemeu alto.

— Não posso *mentir* sobre uma coisa dessas.

— Você não precisa mentir. Eles vão supor.

Semicerrei os olhos.

— Você faz isso com muita frequência.

Os ombros dele afundaram.

— Eu não quero brigar. Vai dar tudo certo, você vai ver.

Cobri o rosto.

— O que estamos fazendo? Vamos deixar sua família achar que essa bebê é sua?

— Ela é *nossa* bebê.

Olhei para ele.

— É errado mentir.

Suas sobrancelhas se uniram, e ele me olhou com olhos desesperados.

— Eu não quero que eles saibam. Não quero que ninguém saiba.

— Não parece certo.

Ele suspirou e assentiu.

— Tudo bem. Eu entendo. Faz o que te deixar confortável. — Ele me deixou sozinha no quarto, e eu o ouvi conversar com a irmã no quarto ao lado. Ela falava mais do que ele, a voz aguda e doce abafada pela parede compartilhada.

Ela estava tão feliz por ele estar em casa. Ele era um bom irmão mais velho e se importava o suficiente com ela para voltar a este lugar, para ficar perto do pai e aguentar toda a crueldade que o pastor Scott inevitavelmente destilaria, só para deixar Hailey feliz. Ele seria um bom pai. E um bom marido um dia. Nós dois tínhamos mentido um para o outro, eu para me proteger e ele para me proteger. Era uma situação difícil que tentávamos levar do melhor jeito possível. Do que eu tinha tanto medo?

Fiquei em pé sozinha no antigo quarto dele. *Eu o amo? Sim. Ele é bom para mim? Sim. Posso confiar nele? Discutível. Eu acredito que ele ama essa garotinha que cresce dentro de mim? Totalmente.* Se o pior acontecesse, e Trex e eu decidíssemos que tudo tinha acabado, eu sabia que ele me daria a casa em vez de nos mandar embora. Meus medos eram completamente irracionais. Eu tinha que parar de puni-lo pelos crimes de Shawn.

22

Darby

Desfiz minha mala, agradecendo porque só íamos passar uma noite ali. Quando Trex voltou do quarto de Hailey, nem se preocupou em estender suas roupas. Ou, pelo menos, não me deixou estendê-las. O dia todo tinha sido uma avalanche de descobertas e discordâncias terríveis. Eu não estava acostumada a ter escolhas. Quando eu morava com os meus pais, eram sempre as regras da minha mãe. Quando morava com Shawn, só havia o que ele queria, esperava e acreditava. Não havia nenhuma discussão, nenhum confronto, nenhuma consideração pelos meus sentimentos.

Trex me esperou pacientemente na cama, calado e talvez um pouco chateado.

— Você acha — comecei — que o motivo para hoje ter sido tão difícil é que estamos nos conhecendo e isso não está dando certo?

Trex ficou pálido. Ele parecia exausto e arrasado por toda a discussão.

— Eu não quero brigar — falei, levantando as mãos. — É só uma coisa que passou pela minha cabeça, e eu gostaria que você fosse sincero. Isso normalmente acontece quando as pessoas se entendem, se elas forem compatíveis uma com a outra. Talvez... talvez a gente queira coisas diferentes. Talvez por isso tem sido tão difícil.

— Nós queremos as mesmas coisas. Só que as queremos em momentos diferentes. A gravidez me faz achar que tudo está correndo. E agora que eu sei sobre esse outro cara... Rick, ou Derek, ou qualquer que seja o nome desse diabo... tudo parece mais urgente. Eu entendo, Darby. De verdade. Você acabou de sentir o gosto da liberdade, e isso é tudo que eu conheço há dezesseis anos. Você quer ser independente, e eu estou pronto pra me estabilizar. Não temos sido sinceros um com o outro, mesmo que por um bom motivo. Mas isso não significa que não estamos dando certo. Significa perdão e acordo.

— Existe um acordo? — perguntei.

— O que você quer dizer?

— Me mudar. A verdade sobre a bebê. É possível termos um acordo?

Ele sorriu, os olhos ainda cansados.

— Eu te amo por perguntar isso. — Ele massageou a nuca. — Eu já fiz muita besteira e entendo sua falta de confiança. Mas você precisa saber que estou dentro. Se esse navio afundar, eu afundo junto.

— E eu entendo por que você fez o que fez.

— Sinto muito — lamentou ele. — Muito mesmo. Se eu pudesse voltar atrás, voltaria.

— Eu também. Então... está bem. Vamos fazer isso.

— Vamos... fazer isso? — ele perguntou. — Você está dizendo que vai morar comigo? — Ele tentou me analisar como sempre fazia. — Não brinca comigo, Darby. Isso é sério.

— Você estava certo. Ainda estou com medo. Ainda estou naquela casa, esperando ele chegar, eu... É uma desculpa. Eu estou te afastando, e você é a melhor coisa que já me aconteceu. — Olhei para ele. — E eu não quero te perder.

Ele se levantou e me abraçou apertado, beijando o topo da minha cabeça.

— Você não vai me perder.

Ele envolveu o meu rosto e pousou os lábios nos meus do jeito que só ele sabia, me fazendo sentir segura e amada incondicionalmente. Ninguém tinha me amado tanto quanto Trex. Eu o puxei para perto, permitindo que sua língua entrasse na minha boca. Ele deslizou a mão por baixo do meu vestido de algodão, por entre as minhas coxas e, no instante em que a ponta dos seus dedos entrou pela minha calcinha, Susanne nos chamou da sala de estar.

Ele gemeu de frustração. Apoiei a testa no peito dele com um sorriso, e ele me conduziu até a sala de estar, onde seus pais e Hailey já estavam sentados.

Hailey deixou o celular de lado e se ajeitou, com um sorriso iluminado no rosto.

— Quando o bebê vai nascer? — ela perguntou.

— Hailey Joy — repreendeu Susanne.

A garota nem pareceu notar.

— Vou ser titia! — Ela bateu palmas uma vez.

— A previsão é 1º de fevereiro — disse Trex, apertando a minha mão.

— Então — disse Susanne, tentando dar um sorriso. — Onde foi que vocês se conheceram?

Esperei Trex responder. Eu não tinha certeza do que ele queria que eles soubessem.

Ele pigarreou.

— Ela trabalha no hotel onde estou hospedado.

— Achei que você tivesse comprado uma casa — disse Scott. Suas palavras destilavam condescendência. Ele queria tanto ser melhor do que o filho.

— Vamos fechar o negócio na semana que vem.

— A mamãe disse que é bonita. E muito grande. Posso ajudar a decorar o quarto do bebê? — perguntou Hailey.

Eu ainda não tinha pensado nisso. No fundo da minha mente, eu sabia que seria necessário ter um berço, mas um berço não caberia no quarto do hotel. Nem mesmo um pequeno. E a Feijãozinho tinha um lindo quarto grande só para ela esperando na casa nova de Trex. De repente, me senti aliviada. Trex tinha resolvido isso antes mesmo de ser um problema.

— Seria ótimo, obrigada — falei.

Hailey bateu palmas, empolgada. Trex me olhou de relance, tentando não sorrir.

— Você trabalha no ramo hoteleiro? — perguntou Susanne, se levantando. Em seguida pegou um prato de pães e biscoitos e trouxe para a mesa. — Hailey, pegue a limonada.

— Eu trabalho na recepção — falei, pegando um pequeno biscoito redondo de aveia e passas e um quadradinho de limão.

— Há quanto tempo vocês se conhecem? — perguntou Scott, olhando para a minha barriga.

Trex tocou nela.

— Há pelo menos quatro meses e meio.

Hailey deu uma risadinha, mas Scott e Susanne não estavam se divertindo.

— Não estou vendo uma aliança — comentou Scott.

— Não mesmo — disse Trex.

— Vocês não vão se casar? — perguntou Hailey, surpresa.

— Agora não — respondeu Trex.

— Não estão prontos para esse tipo de compromisso, mas vão trazer um bebê para este mundo. Faz sentido — disse Scott.

— Pai — começou Trex, já irritado —, o casamento é um pedaço de papel. Não existe ligação mais forte que um filho.

— A Bíblia diz... — começou Susanne.

— Para nos submetermos um ao outro por amor e respeito a Cristo — falei.

— Você conhece a Palavra — disse Scott. — Então conhece a Primeira Epístola aos Coríntios, capítulo sete, versículos oito e nove.

— Em que Paulo fala que os solteiros e viúvos devem se abster ou se casar? Conheço, sim.

Scott parecia impressionado. Era por isso que Trex não estava se metendo. Ele sabia que eles estavam prestes a descobrir que o filho ateu tinha engravidado uma mulher temente a Deus. E, de algum jeito, isso transformaria um ato pecaminoso numa neta que os empolgaria.

— Que igreja você frequenta em Colorado Springs? — perguntou Susanne.

— Não frequento. Até recentemente, eu estava trabalhando dezesseis horas por dia — falei.

— Aos domingos? — indagou Scott.

— Ela descansa no domingo — disse Trex. — Ela rezou por isso, pai. Até deus descansou no sétimo dia.

Scott semicerrou os olhos.

— Como exatamente isso vai funcionar? Você sendo cristã e Scottie sendo ateu?

Eu me ajeitei no assento, tomando um gole de limonada.

— Já conversamos sobre isso.

— Você não se preocupa de seu filho crescer com influências ateias? — perguntou Scott.

— Melhor do que crescer sem pai — falei.

Scott quase rosnou.

— Não sei se Ele concordaria. Ele é o único pai de que precisamos se não tivermos uma influência divina, e a Bíblia diz muito claramente que, se alguém fizer os pequeninos tropeçarem no caminho para Deus, é melhor pendurar uma pedra no pescoço deles e jogá-los no mar — disse, bufando a cada versículo que cuspia.

— Você está certo, é uma ameaça séria — falei. — Mas não acho que isso signifique que uma criança ficaria melhor sem um bom pai. O Senhor não vai fazer café da manhã pra ela nem levá-la pro treino de futebol.

Trex abafou uma risadinha.

— Pai — disse Hailey, decepcionada. — Para com isso. O Scottie vai ser um ótimo pai.

— Scottie — disse Susanne num tom maternal. — Agora é mais importante do que nunca o seu retorno a Deus. Você quer o melhor pro seu filho, não é?

— Quero, sim. E é uma felicidade ela nascer bem aqui, nos Estados Unidos, onde o cristianismo é a religião principal e ela pode louvar o único deus verdadeiro.

Susanne franziu a testa.

— Não precisa ser irônico, Scottie. Falamos isso porque te amamos. É nosso dever levar a verdade àqueles que amamos.

— Eu sei — disse Trex. — Mas a Darby e eu decidimos respeitar as crenças um do outro, e vamos fazer o mesmo com a nossa filha.

Hailey levou as mãos à boca.

— Tem certeza de que é uma menina?

Sorri e fiz que sim com a cabeça, e Trex pegou uma foto do ultrassom no bolso traseiro, levantando-se e entregando a Hailey. Ela a encarou por um instante, depois Susanne se inclinou para o lado, apontando as feições.

Susanne sorriu, o primeiro sorriso de verdade desde que tínhamos chegado.

— Olha. Que menininha linda. Acho que ela vai ter o seu nariz, Scottie.

Trex sorriu e apertou a minha mão.

— Você acha?

Susanne pegou a foto da mão de Hailey para mostrar a Scott. Ele levou um minuto inteiro para suavizar a expressão, mas, quando Susanne apontou para o pé da Feijãozinho, ele finalmente deu um sorriso.

— Ela parece uma Trexler — disse ele.

Nós nos sentamos para jantar, falando sobre coisas normais, como a companhia de Hailey para o baile e o clima. Trex falou mais sobre a casa nova e mostrou fotos no celular. Tentei não parecer muito empolgada nem surpresa enquanto via as fotos. A família de Trex achava que eu já tinha visto a casa. Depois vi várias fotos de nós dois juntos. A maioria eram selfies, e algumas só minhas.

— Essa é boa — disse Susanne. — Vocês deviam emoldurar.

— Aqui foi nosso... quarto encontro.

— Macarrão — falei.

Ele deu uma risadinha.

— Grávidas se lembram pela comida.

— Ela estava grávida no quarto encontro? — perguntou Scott.

— No primeiro, na verdade — disse Trex sem a menor vergonha.

Scott franziu a testa.

Trex voltou às fotos da casa, parando em uma delas e apontando para o carpete felpudo na área de estar.

— Olha quanto espaço pra engatinhar — disse ele. E passou para outra foto. — Esse é o escritório em frente à suíte principal. Lugar perfeito para o quarto da bebê.

Fiz que sim com a cabeça, depois olhei para ele.

— É mesmo.

Os cantos da sua boca se curvaram para cima. Ele parecia tão diferente de uma hora atrás, no carro. Seu rosto estivera pesado de sofrimento, incerteza, preocupação. Agora ele estava aliviado e feliz.

— O jantar estava ótimo, Susanne. Obrigado — disse Scott, empurrando a cadeira para se levantar. — Tenho que estudar o sermão de domingo. Foi bom ver você, filho.

Trex fez que sim com a cabeça uma vez, encarando a mesa enquanto o pai ia para o local onde estudava os sermões. Assim que Scott saiu, Trex continuou a conversa, o ar mais leve do que estava momentos antes.

— Obrigado pelo jantar, mãe. Estava ótimo.

Susanne sorriu.

— Fiz todos os seus pratos preferidos. Espero que isso te convença a vir pra casa com mais frequência.

Ela se levantou, pegando os pratos sujos, e o restante de nós ajudou, a louça batendo enquanto esvaziávamos a mesa em minutos. Mais uma vez, a cozinha virou um centro de atividade, a torneira aberta na capacidade máxima, o vapor subindo da única pia.

Trex pegou um pano de prato com Hailey, mas eu o enxotei da cozinha.

— Posso ajudar — disse ele com uma risadinha.

— A gente cuida de tudo — disse Hailey. — Passa fora.

Trex levantou as mãos.

— Acho que vou tomar banho.

— Hailey, não se esqueça do seu dever de casa.

— Eu já fiz, mãe.

Susanne assentiu, me passando um prato para secar.

— Nunca tive que me preocupar com essa aí. Já aquele lá — ela apontou para o corredor — só me deu preocupação. Com quantos meses você disse que está?

— Vinte semanas e alguns dias.

— Na metade do caminho — disse Susanne, esfregando uma panela. — Estou surpresa. O Trex não é criança. Eu só pensava que ele fosse mais... esperto, acho.

— Mãe — alertou Hailey.

— Eu sei, eu sei. Eu não quis dizer nada com isso. Fico feliz por ele estar em casa. Ele não nos visita muito desde que decidiu, você sabe, que não acredita em Deus.

— Deve ser difícil pra ele — falei, olhando para o prato na minha mão. Movimentei o pano de microfibra sobre a superfície seca enquanto esperava Susanne me entregar a panela que estava lavando. O prato estava seco havia um minuto, mas eu precisava de alguma coisa para fazer com as mãos. — Saber que decepcionou vocês.

— Ah, acho que isso não o incomoda — disse Susanne, sorrindo pela janela sobre a pia. Estava escuro como breu lá fora, e eu me perguntei o que ela estava achando engraçado. — Às vezes eu me pergunto se ele só está fazendo isso pra se vingar do pai.

— Pelo quê? — perguntou Hailey.

— Não importa — desconversou Susanne, em seguida olhou para a minha barriga. — Ele tem um histórico de fazer coisas que sabe que vão chatear o pai. Desde que era pequeno. Quer dizer, desde que aprendeu a andar. É difícil dois homens determinados ficarem sob o mesmo teto.

— O papai também força a barra com o Scottie, mãe.

— Não estou dizendo que seu pai é inocente — disse Susanne. Sua voz parecia cansada. — Tem um grande rancor ali que eu simplesmente não entendo. Acho que eles também não.

— Mas ele te ama — falei. — Ele estava ansioso pra vir aqui.

Susanne finalmente me passou a panela.

— A irmã sempre foi o xodó dele. Ele vem em casa pra vê-la quando pode.

Fiquei incomodada por ela não admitir que Trex sofria violência, mas decidi deixar para lá. Ele não tinha falado muito sobre os pais, e não era minha função tentar curá-los. O que aconteceu deixou Trex marcado o suficiente para se afastar durante anos, apesar do grande amor que ele sentia pela Hailey, e talvez tenha se passado tempo demais para que alguma coisa mudasse. Eu sabia exatamente qual era a sensação. Só de pensar em consertar a dor que havia entre mim e minha mãe já era exaustivo.

— Você tem se sentido bem? — perguntou Susanne.

— O enjoo matinal foi bem intenso. Estou me sentindo melhor e voltei a ter só um turno no trabalho, então tudo parece mais fácil.

— Ah, que ótimo. A minha gravidez da Hailey foi bem mais difícil que a primeira. Talvez porque eu fosse muito mais velha... — Ela secou as mãos no avental de pano. — Obrigada pela ajuda. Espero que vocês nos mantenham informados. Sobre a nossa primeira neta e tudo o mais.

— Pode deixar. Claro — falei, esperando que a culpa que eu sentia não estivesse estampada na minha cara. — Boa noite.

— Vem — chamou Hailey, pegando a minha mão e me conduzindo para fora da cozinha.

Hailey se jogou numa poltrona no quarto de Trex. O chuveiro estava ligado no banheiro do outro lado do corredor. Eu me apoiei na cabeceira da cama, esperando Trex sair do banho. Ele tinha falado muito sobre a Hailey e estava certo. Ela iluminava o quarto. Era tão inocente e cheia de vida e até parecia ter uma influência sobre os pais que Trex jamais havia conseguido. Era difícil acreditar que os dois eram filhos dos mesmos pais.

Hailey bocejou.

— O Trex não vem aqui em casa faz um tempão. Fico feliz por ele ter um motivo, agora. Talvez eu seja aceita na CSU e, como vou estar mais perto, posso visitar vocês mais vezes. Quer dizer, se não tiver problema.

— É claro que não tem problema. Você é sempre bem-vinda.

— Sério? — ela perguntou, se endireitando.

Fiz que sim com a cabeça, surpresa por ela estar surpresa.

Ela sorriu.

— Legal. Achei que ele nunca fosse te encontrar, mas estou superfeliz por ele ter conseguido.

— Você está falando da teoria dele de estar apaixonado por mim antes de me conhecer?

— Não sei — cantarolou ela. — Você não me parece uma teoria. Ele fala de você desde o ensino médio. Ele te descreveu e tudo. É por isso que ele nunca ficou sério com nenhuma namorada, nem com a Laura. Ele sabia que ia te encontrar. Todos nós achamos que ele estava delirando ou só inventando uma desculpa, mas... aqui está você.

— Ele me descreveu?

— Ãhã. Mais o seu jeito como pessoa, e ele não estava errado.

— Isso é...

— Sinistro? — completou Hailey com uma risadinha.

— Não, é meio... reconfortante. Não admira ele não estar surtado com a coisa toda da gravidez e da casa como eu estou. Ele teve tempo de processar tudo.

Ela deu de ombros.

— Você não devia se preocupar com o Scottie. Eu vejo como ele te olha. Ele está perdidamente apaixonado.

— Estou mesmo — disse ele da porta. O cabelo ainda estava molhado, o rosto brilhando de limpo. Estava usando uma camiseta branca e uma calça de moletom cinza, com as mãos nos bolsos e descalço. Dava para sentir a combinação do sabonete líquido e do desodorante, e eu enchi os pulmões com o cheiro. Trex tinha se tornado meu cheiro preferido no mundo, minha pessoa preferida, minha noite preferida. — O chuveiro está livre. Ainda tem água quente.

— Obrigada — falei, pegando as minhas coisas.

Trex me seguiu até o banheiro e me mostrou como o chuveiro funcionava. Comecei a desabotoar a blusa e ele apoiou as costas na porta, com um sorrisinho no rosto.

— Obrigado por dizer aquilo.

— O que foi que eu disse? — perguntei.

— Tudo. Não sei de quanto tempo você precisa para ir morar comigo, mas eu realmente queria sua ajuda com o quarto de bebê.

— Você estava falando sério? Vai transformar o escritório num quarto de bebê?

— Vou — disse ele, tranquilamente. — Vamos precisar de um quarto cheio de coisas pra ela. Um berço, fraldas, lencinhos, lençóis, brinquedos...

Dei de ombros.

— Assim que a casa estiver pronta, eu acho.

Ele sorriu.

— Esse é um belo incentivo.

— Parece quase fácil demais dizer "sim".

— Nem tudo é bom demais pra ser verdade, Darby.

— Eu sei. Você está certo. Eu fico resistindo e argumentando porque parece muito... fácil. E fácil devia ser um bom sinal, e não um sinal de alerta. Como você disse... a gente se ama. Devíamos ser uma família. A Feijãozinho deve morar na casa que você comprou pra gente num bairro legal, se você ainda nos quiser, depois de toda a confusão que eu aprontei hoje, e se alguma coisa acontecer, se por algum motivo maluco não der certo... eu sei que você vai ser gentil.

Ele deu uma risada.

— Se eu ainda quiser — repetiu, então deu alguns passos na minha direção, me abraçou e me beijou com ternura. Ele cheirava tão bem, as mãos eram tão quentes. Eu as queria em todo o meu corpo, me cobrindo como um lençol. — Eu quero que você vá morar comigo. Quero que você me ajude a escolher os móveis, as tintas, os pratos, a transformar essa casa no nosso lar. Eu quero você. E ela — ele encostou na minha barriga — e qualquer outra pessoa que vier. Dez anos atrás, no primeiro dia em que nos conhecemos, quatro meses depois, daqui a quarenta anos... Vou continuar me sentindo da mesma forma. Nunca tive tanta certeza de nada na vida.

Trex estendeu a mão para segurar a bainha da minha saia, depois a puxou até ela cair no chão. Ele me encarou por um tempo, os olhos cheios de desejo percorrendo minha pele nua.

Toquei na minha barriga redonda, sentindo que devia mencionar o óbvio antes que ele pensasse nisso.

— Está crescendo.

Os músculos do braço dele ficaram tensos quando ele estendeu a mão para trás de mim para abrir a porta do box e virar a torneira. Conforme a água gemia através dos canos e começava a escorrer pelo bocal, as pontas dos dedos de Trex deslizavam sobre a minha pele esticada como seda.

— Nunca vi uma mulher tão linda.

Ele tirou a camiseta e a calça de moletom, depois me abraçou por trás e nos virou, parando quando suas costas estavam voltadas para o chuveiro. Andou lentamente para trás, até nós dois estarmos sob o vapor da água quente o suficiente para não queimar. Chovia na nossa cabeça quando ele encostou os lábios no meu ombro e no meu pescoço, as mãos deslizando pelas minhas curvas, os dedos parando entre as minhas coxas como se ele desejasse que eles voltassem a esse ponto desde a última vez em que estiveram ali. Minha respiração falhou.

Ele prendeu meu joelho no quadril e se mexeu na minha direção, movendo a mão para passar sua rigidez sobre a minha área sensível. Estendi a mão para baixo, usando-o para tocar em mim mesma. Ele segurou a minha bunda e olhou para baixo, onde nossos corpos se encontravam. Seus lábios estavam nos meus outra vez, e as línguas dançavam onde as bocas se encontravam. Ele me beijou de um jeito diferente de antes, com um pouco menos de cuidado, como se finalmente sentisse que pertencíamos um ao outro. Coloquei as mãos em cada lado do seu pescoço, puxando-o para perto, deixando meus dedos deslizarem pelo cabelo molhado. Ele tinha me falado tantas vezes que eu era tudo para ele e, pela primeira vez, eu realmente sabia que ele era a pessoa certa para mim. Eu sentia que tudo que estava quebrado dentro de mim voltava a se encaixar conforme me apaixonava mais por ele entre as paredes daquele box. Eu me entreguei a ele de várias maneiras, porque queria que ele me possuísse.

Ele me afastou, me dobrou um pouco, usando uma das mãos para me tocar pela frente e a outra para se guiar para dentro de mim. Encostei a testa na parede molhada do box, fechando os olhos com a sensação intensa da sua rigidez me penetrando e tentando abafar o gemido que subia pela minha garganta. Ele se afastou, e minhas entranhas o seguraram com força, a resistência provocando uma sensação forte mas prazerosa pelo corpo todo. Eu não sabia se era a gravidez ou Trex, mas tudo era mais intenso com ele. Ele sussurrava no meu ouvido que eu era linda, o quanto ele me amava, suas coxas molhadas batendo levemente na minha bunda conforme ele se movia num ritmo lento.

Os dedos de Trex deslizavam lentamente sobre a minha pele mais sensível, em sintonia com o modo como certos movimentos me faziam me contorcer sob o seu toque. Ele não tinha demorado muito para me entender, e explorava esse conhecimento do melhor jeito possível. Os dedos da sua mão livre apertaram meu quadril, me puxando para perto, e eu arqueei as costas, permitindo que ele entrasse. Um gemido baixo e gutural emanou da sua garganta, e eu senti meu corpo enrijecer ainda mais ao redor do seu pau. Ele se esforçava para ficar quieto, mordendo delicadamente o meu ombro. Mesmo por trás, ele fez amor comigo, outra primeira experiência que eu tive com Trex. Ele estendeu a mão para o meu maxilar, me virando para encará-lo, deslizando o dedo para dentro da minha boca. Fechei os lábios, usando os dentes para mantê-lo no lugar, e lambi seu dedo com um pouquinho de sucção. O ritmo de Trex diminuiu, e ele me segurou mais perto, se concentrando nos dedos entre as minhas coxas. Ele beijou meu pescoço, se movendo dentro de mim em pequenos círculos, aumentando a sensação. Eu gemi, e ele cobriu a minha boca, me permitindo gozar como eu queria. O orgasmo me tomou como um tsunami, onda atrás de onda, me deixando impotente até acabar.

Depois que meu corpo relaxou, Trex segurou meus quadris com as duas mãos, deslizando fundo dentro de mim e então se afastando, seu ritmo mais rápido do que antes. Coloquei as palmas na parede do box, levantando a bunda para mais uma vez lhe dar acesso total. Seus dedos apertaram meus quadris, um gemido estrangulado preso na sua garganta. Ele me deu mais duas estocadas, parando entre as duas, o corpo todo tenso por alguns segundos antes de me abraçar, encostando o rosto no meu, respirando com dificuldade.

Olhei por sobre o ombro para sorrir para ele, meu cabelo molhado grudado no ombro. Trex puxou os fios para o lado.

— É difícil acreditar — disse ele. — Que alguém como eu, que fez o que eu fiz, conseguiu tudo que sempre quis. — Ele me virou e envolveu o meu rosto, tirando gotas de água de baixo dos meus olhos com os polegares.

— É difícil acreditar que sou tudo que você sempre quis.

Ele beijou meu rosto e me virou lentamente de novo.

Eu ri.

— Sério?

Ele deu uma risadinha, estendendo a mão para pegar o xampu. Colocou um pouco na palma da mão e começou a massagear o meu cabelo.

— Você sabia que eu tinha pesadelos toda noite? Eu acordava ensopado de suor. Isso não acontece quando estou com você. Se a minha mente vagueia para coisas que aconteceram, eu simplesmente as substituo por pensamentos voltados pra você ou nosso futuro ou o dia em que conheci a Feijãozinho.

— Eu não sabia que o FBI era tão intenso. Estou feliz por estar ficando mais fácil.

Ele parou, pensando nas próximas palavras.

— Não está ficando mais fácil; está ficando melhor. Os sonhos me assombraram durante anos, e eu automaticamente começo a pensar em você quando eles aparecem. Eu sei que não foi fácil para você decidir confiar em mim. Isso pode até ir contra todos os instintos que você construiu ao longo dos anos. Admito que estou me sentindo impaciente porque esperei tanto tempo por você. Tive mais de uma década pra me preparar, e eu esqueço que é tudo novo pra você. Quero isso mais que tudo, e nada me deixa mais feliz do que saber que vamos comprar nossa primeira casa juntos. Sei que isso é o melhor pra Feijãozinho, mas... — ele suspirou — também não quero te pressionar a fazer alguma coisa pra qual não está preparada. De qualquer maneira, vamos dar um jeito. Então, me fala o que você quer de verdade, e eu vou te apoiar. Vou te ajudar a conseguir um apartamento, e podemos fazer isso de um jeito que seja confortável pra você. Mas se você realmente quiser ir morar comigo, vou te fazer uma promessa agora mesmo. Vou passar cada segundo de cada dia te provando que não sou ele, nem sua mãe, nem ninguém que você achou que te amava. Mesmo que você esteja com raiva de mim.

— Mesmo se eu gritar com você?

— Mesmo assim.

Eu o encarei.

— Sinto muito por ter gritado.

Ele beijou a minha testa.

— Não sente tanto quanto eu por ter feito você chorar. Nunca mais quero fazer isso.

Eu me afastei, deixando a água enxaguar a espuma do meu cabelo, e Trex beijou meu pescoço, aproximando-se de mim.

Envolvi os braços ao redor dele.

— Estou começando a pensar que você sente tesão em transar debaixo do mesmo teto que os seus pais.

— Não vou nem mentir. Sexo proibido é o melhor.

Dei uma risadinha em sua boca.

— Você parece um soldado.

Fizemos uma segunda rodada e depois nos secamos, nos vestimos e voltamos para o quarto dele.

— Hailey — disse Trex, surpreso. — Você ainda está aqui.

Ela arqueou a sobrancelha.

— Você esqueceu de mim, né? Não admira ela estar grávida.

— Hailey! — Ele meio que a repreendeu, meio que riu dela.

Eu me sentei na cama, me sentindo envergonhada. Trex se juntou a mim, e eu o ouvi rir e lembrar de coisas com a irmã mais nova. Observei como seus olhos se iluminaram quando Hailey perguntou sobre os nomes da bebê. Ele contou do jogo que havíamos feito no caminho para o Kansas, e ela apoiou os nomes preferidos dele.

Em seguida bateu palmas e levou as mãos à boca.

— Não acredito que vou ser titia. Tia Hailey. Vou ser a melhor tia! Espera. Sou a única? Você tem irmãs?

Trex olhou para mim.

— Tenho um irmão — falei. — Tinha. Eu tinha um irmão.

O sorriso de Hailey desapareceu.

— Ele morreu?

Fiz que sim com a cabeça.

— Sofremos um acidente de carro. Meu pai também estava no carro.

— Ele está bem?

Balancei a cabeça.

— Isso é terrível — lamentou Hailey, com um choque e uma tristeza genuínos na voz. — Sinto muito por isso ter acontecido com você.

— Foi há muito tempo — falei.

— Não importa. Pode não ser uma ferida aberta, mas deixa uma cicatriz — disse ela.

— Uau, Bells, que profundo — disse Trex, impressionado.

— Bells? — perguntei com um sorriso.

Ela revirou os olhos.

— Hailey. Hay bale. HayBells. Bells. Essa foi a progressão natural, de qualquer maneira. — Ela apoiou a bochecha na mão. — Posso ser babá?

— Vamos ver — disse Trex. — Pra falar a verdade, não consigo pensar em deixá-la com ninguém.

— Vamos ter que deixar em algum momento — falei. — Preciso voltar ao trabalho.

Ele franziu o nariz.

— Eu ganho muito bem. Por que você precisa deixá-la com uma desconhecida pra poder voltar ao trabalho? O hotel vai fechar, de qualquer maneira.

Arqueei a sobrancelha.

Hailey se levantou.

— É por isso que as pessoas não engravidam no início do relacionamento. Vocês dois ainda têm muita coisa pra resolver, certo?

Trex olhou furioso para ela.

— Falando nisso...

— Boa noite — disse Trex, de um jeito nem um pouco doce ou fraternal.

— Boa noite! — cantarolou Hailey.

Ele olhou para mim, parecendo exausto de novo.

— Temos mesmo, não é? Muita coisa pra resolver.

— Acho que esse é o problema de fazer tudo muito rápido.

— Não importa. Agora ou depois, nós vamos ter que descobrir, de qualquer maneira. — Ele baixou o olhar. — Só agora eu percebi o quanto estava sendo ingênuo, pensando que seria fácil. Eu te encontrei, você por acaso estava grávida. Sem problemas, eu cuido de você e da bebê, e nós vivemos felizes para sempre.

— Parece ótimo em teoria.

— Acho que foi uma fantasia. Imaginei que você ia querer ficar em casa com ela. Eu voltaria pra casa e encontraria vocês duas, e nós passaríamos as noites juntos. Mas você precisa de um pouco de espaço e independência, e eu entendo isso.

— Talvez eu consiga encontrar alguma coisa pra fazer em casa. Tipo vender maquiagem, leggings ou alguma coisa assim.

Trex assentiu, tirou a camiseta e subiu na cama, ajeitando-se no colchão.

— Por que você parece tão triste? — perguntei, encarando-o na cama. Estávamos a poucos centímetros um do outro, nossas mãos sob o rosto.

— Eu quero que isso dê certo.

— O peso do compromisso não cai totalmente sobre os seus ombros, sabe. Eu não sabia que ficar em casa com ela era uma opção. Eu adoraria isso.

Ele me abraçou e me puxou para perto, apoiando o queixo no alto da minha cabeça.

— Sabe o que eu penso? Eu me imagino voltando do trabalho pra casa, vendo você e ela no instante em que entro, nossa menininha com o punho na boca, babando pra todo lado, sorrindo pra você, e você com uma golfada na blusa, e eu preciso levar pra fora sete latas de lixo cheias de fraldas nojentas, mas eu te beijo, e você está fedendo, por sinal, e eu tiro todo o lixo, coloco a Feijãozinho na cadeirinha pra você poder tomar uma ducha e começo a fazer o jantar. Você sai toda brilhando e limpa, e nós cozinhamos juntos e falamos sobre o seu dia, não o meu, porque é confidencial, depois nos sentamos e comemos o jantar frio porque a Feijãozinho fez um drama do exato momento em que a comida estava pronta até o momento em que deixou de estar quente. Aí eu tomo uma ducha e nós a colocamos na cama e nos jogamos no colchão, cansados demais pra namorar.

— Isso parece meio terrível — falei.

— Não, isso parece a vida. Uma vida incrível. Um cara com quem eu trabalho, o Kitsch, me contou essa história uma vez. Ele tinha dois filhos e disse que pensava muito nesse dia. Que tinha sido um dia perfeito. E é isso que eu desejo.

— Bom saber que você não tem nenhuma ilusão sobre a realidade.

— Não. Vai ser horrível do melhor jeito possível.

— Você disse que o Kitsch *tinha* filhos.

— É — disse Trex, me puxando para perto. — Acidente de carro. A esposa também, quando ele estava fora do país.

— Ah — falei, encostando a testa no pescoço de Trex. — Coitado do Kitsch.

— É. Ele é um cara legal.

— Será que um dia eu vou poder conhecer algum deles ou...?

Ele suspirou.

— É complicado. Talvez.

— Eles sabem de mim.

Ele soltou uma gargalhada.

— Na verdade, eles estão cansados de me ouvir falar de você.

— Sério? — perguntei, levantando o olhar.

Ele olhou fundo nos meus olhos.

— Eu falo de você desde antes de nos conhecermos.

Abaixei a cabeça e me aninhei no seu pescoço, sonhando que os dias que estavam por vir fossem exatamente como Trex havia imaginado.

23

Trex

— Vire, senhor — disse o homem do outro lado das portas corta-fogo do Deep Echo pelo alto-falante. Ele tinha parado de se irritar alguns meses antes e simplesmente aceitado que íamos visitá-los todos os dias. O alerta era só um procedimento. Sem armas, sem ostentação.

— Vocês saem daqui de vez em quando? — Naomi perguntou ao homem, pelo intercomunicador. — Vocês pelo menos sabem que hoje é Dia de Ação de Graças?

— Virem e se mandem, mocinhas — disse o soldado.

Naomi se aproximou.

— Qual o seu nome, soldado?

— Logan, senhora. Este é o último aviso.

Ela levantou o punho e mostrou o dedo do meio.

— Boas festas, babacas.

— Obrigado — disse ele. — Boas festas pra você também, Naomi.

Ela e eu nos entreolhamos e depois voltamos pelo corredor Echo até o Delta. O Complexo estava silencioso, apenas uma equipe básica trabalhando na sala de controle e na segurança, e alguns funcionários essenciais. Nossos passos pareciam ecoar mais do que o normal na grelha de metal que levava ao Delta, a água que pingava do teto estava mais barulhenta, os sussurros mais altos.

— Você acha que um dia eles vão nos deixar entrar lá? — perguntou Naomi.

— Neste momento, minha maior preocupação é se aqueles caras nunca vão sair — falei. — Dinheiro nenhum no mundo faria esse contrato valer a pena.

— Talvez eles saibam demais, como aquele rato de laboratório falou.

— Então eu preciso cuidar da porra da minha vida. Hoje é nossa primeira noite na casa nova.

Naomi me cutucou com o cotovelo.

— Por que vocês demoraram tanto?

— Pintura. Os móveis acabaram de chegar. Estávamos deixando a casa segura pra bebê. Concordamos em esperar até estar tudo pronto antes de passarmos nossa primeira noite lá. E, como é Dia de Ação de Graças, pensamos que seria um bom dia para nos mudarmos e oficializar a situação.

— Vocês estão prontos? Está tudo encaixotado?

— Minhas coisas já foram entregues pelo depósito. Está quase tudo pronto. Já fiz o checkout do meu quarto. As coisas da Darby ainda estão no hotel. Ela tem umas duas caixas só. Vou passar lá pra pegá-las antes de ir pra casa.

— A gente devia ir ao McCormack's Pub pra comemorar. — Quando fiz uma careta, os ombros dela desabaram. — Poxa, a gente não sai todo mundo junto faz um século.

— Talvez.

Naomi sorriu, mostrando todos os dentes.

— Vou falar com os garotos.

— Eu disse talvez.

— Talvez significa sim. Eu sei disso. Você tem a mulher mais tranquila do mundo. Ela não vai se importar.

— Ela tem que trabalhar hoje à noite, então não, ela não vai se preocupar, mas ela quer conhecer a galera — falei. — Precisamos planejar isso.

Naomi franziu a testa.

— Você acha que tem algum problema?

— Dos grandes. Quando estamos todos juntos, costumamos falar do trabalho. Ela já tem uma ideia. Ela é esperta pra caralho. Não deixa nada passar. Não vai demorar muito pra confirmar as suspeitas.

— Bom, talvez a gente possa conhecê-la um de cada vez, então.

— Não é uma má ideia — respondi.

— Como ela está se sentindo?

Sorri.

— Ela só tem barriga. Quando você vê de costas, nem dá pra saber que ela está grávida, até ela se virar e aí... uau. Ela diz que a bebê empurra os pulmões e que está mais difícil respirar.

Naomi estremeceu.

— Esquisito.

— Logo, logo ela vai começar a ter consultas a cada duas semanas, depois uma vez por semana.

— Vocês já escolheram o nome do bebê?

— Da bebê. Já diminuímos as opções.

— Desculpa. Nossa. Você ficou sensível, desde que virou pai de alguém.

Sorri.

— A gente queria te perguntar uma coisa, na verdade.

— Sim, vocês podem chamá-la de Naomi.

Eu ri.

— Nós passamos pelo alfabeto todo. Naomi não foi mencionado na letra N, sinto muito.

— Quêêê? Qual foi o nome que superou o meu?

— Nina.

Ela fez uma careta.

— Eca.

— A Darby queria que eu te perguntasse se podemos chamá-la de Maddie.

— Claro. Quer dizer, Madison é um nome meio batido, se quiser saber minha opinião, mas...

— Madeleine. Mas ela quer chamá-la de Maddie. Em homenagem ao Matt.

Naomi parou. Depois que o choque inicial passou, seus olhos ficaram vidrados.

— Isso é muito legal. É. Bom, claro. — Ela pigarreou. — Ele ficaria honrado. Nós dois... nós dois ficamos muito honrados.

Dei um tapinha no ombro de Naomi.

— Obrigado.

— É oficial, então? Maddie?

— Madeleine Rose, eu acho. Ainda estou tentando convencê-la.

— Ah, Rose é fofo.

— É o nome do meio da Darby. Ela odeia.

Naomi riu.

— Claro que odeia.

Fomos até o centro de operações pouco antes do almoço. Martinez e Sloan já estavam lá, e Harbinger chegou logo depois de nós. Tínhamos o que era essencialmente um vestiário enorme com algumas mesinhas de trabalho para nós, mas parecia tranquilo demais.

Encarei a porta por um minuto e depois virei a cabeça para o intercomunicador preso à minha lapela.

— Trex para Kitsch, câmbio.

O resto da equipe esperou, congelada.

— Trex para Kitsch — repeti. — Você me copia?

— É Dia de Ação de Graças — disse Sloan.

— Eu sei — falei, encarando a porta e esperando uma resposta pelo rádio.

— Essa época do ano é difícil pra ele — disse Sloan.

— Eu sei — vociferei. — Trex para Kitsch. Você me copia?

O rádio estalou.

— Alpha Charlie, câmbio — respondeu Kitsch, sinalizando que tinha me escutado em alto e bom som.

Todos suspiramos e relaxamos.

— Viemos comer, e hoje é dia de comida caseira. Aparece aí.

— A caminho, câmbio — disse ele, e o rádio estalou de novo.

Martinez se recostou, deixando a cabeça bater no armário. Nenhum de nós ousava falar em voz alta, mas essas festas sempre nos deixavam tensos.

Kitsch tinha sete anos a mais que eu. Tinha se casado logo depois do ensino médio, e eles tiveram um filho, Dylan, pouco antes de ele ir para a primeira convocação. A filha, Emily, foi concebida na primeira semana que ele voltou para casa. Os três morreram instantaneamente em algum momento durante nosso conflito armado de seis horas a seis quilômetros a leste de Fallujah, quando foram atingidos por um motorista de caminhão que estava dormindo. Kitsch recusou a licença para ir aos enterros. Ele jamais retornou a Quincy depois disso, e não quis nem colocar os pés no estado de Massachusetts, mas carregava pelo mundo todo uma foto dobrada que havia mandado imprimir do Facebook da esposa. Karen, Dylan e Emily tinham viajado com a gente para quatro continentes e passado por uma guerra. Kitsch falava deles como se ainda estivessem vivos, em casa, esperando por ele, e nós deixávamos. Não era natural um soldado viver mais que a própria família.

— Convidei ele pra hoje à noite — disse Naomi. — Vou cozinhar, se vocês quiserem passar lá em casa — avisou ela para Martinez e Sloan.

— Posso levar uma companhia? — perguntou Martinez.

— Claro — disse Naomi. — Mas leva o Kitsch.

Ele fez que sim com a cabeça.

— Pode deixar.

O almoço foi uma fatia de peru assado, purê de batatas, molho pardo, salada de cranberry e torta de maçã com uma bola de sorvete de baunilha. Todos estávamos sentados quando Kitsch chegou à mesa, o rosto vermelho e manchado, os olhos inchados e injetados de sangue. Percebi que os nós dos dedos da mão direita estavam arranhados e ensanguentados, o guardanapo ensopado de vermelho.

— Você não vai me dar bolo, né, Kitsch? — perguntou Naomi.

— Hein? — disse ele, saindo do inferno em que estava. — Não. Estarei lá.

— Ótimo. Vou te pegar. Você é minha companhia — disse Martinez.

Kitsch assentiu.

— Todo mundo tem que levar bebida alcoólica. Vamos pra algum lugar depois, e o bar aumenta o preço nas datas festivas — disse Naomi. — E nós vamos sair hoje à noite. — Kitsch franziu a testa, e Naomi apontou para ele. — Você é o único que sabe dançar. — Ela fez um sinal para a mão ensanguentada dele. — Você vai limpar essa merda, depois vai me levar pra sair, porra.

— Tudo bem — resmungou ele.

Martinez sorriu. Naomi sempre sabia lidar com Kitsch quando ele estava mal.

— Vou ser o motorista da rodada — falei.

Ela sorriu.

— Você vai?

Fiz que sim com a cabeça.

— Alguém tem que dirigir pra vocês, seus babacas bêbados. Não quero ter que pagar fiança pra vocês chegarem ao trabalho na hora. Não gosto de deixar a Darby em casa sozinha no Dia de Ação de Graças...

— Leva ela — disse Sloan.

Franzi a testa.

— Não vou levar minha namorada muito grávida pra um bar. Além disso, ela tem que estar no trabalho às onze.

— Vocês deviam ir — disse Naomi.

— Ela passou o dia todo cozinhando.

— Então vai depois — disse Harbinger. — Vamos passar lá depois do jantar.

Fiz que sim com a cabeça.

— Tudo bem. Vou ver com a Darby. Tenho certeza de que ela não vai se importar. Vamos ficar até a hora de ela ir pro trabalho.

Kitsch remexeu no almoço, mas não comeu nada.

— Atenção! — gritou Saunders da porta.

Nós nos viramos e vimos o general entrar. Alguns pilotos do outro lado do refeitório se levantaram e prestaram continência. Paramos de comer e o encaramos, esperando para ver qual era a confusão. Ele veio até a nossa mesa.

— Trexler, parabéns, sua equipe ganhou o resto do dia para passar com a família, por cortesia do senador Bennett.

— O quê? — disse Naomi, irada.

— Calma, Abrams — disse o general. — A liberação é para todos os contratados civis.

Ela relaxou, apoiou os cotovelos na mesa e manteve a cabeça baixa.

— Aproveitem a refeição de Ação de Graças e guardem suas coisas pelo fim de semana.

— Pelo *fim de semana?* — perguntei. — O que vocês vão fazer com a segurança do Complexo?

— O Deep Echo vai cuidar de tudo. Vocês vão pra casa, eles respiram ar fresco e todo mundo sai ganhando. Boas festas. — Com isso, o general saiu, seguido pelo seu séquito.

Minha equipe se entreolhou, terminou de comer e guardou tudo. Em dez minutos, estávamos todos deixando a garagem em nossos veículos. Olhei para o presente embrulhado em papel lilás com fita roxa no banco do carona da minha caminhonete. Estava comigo havia um mês, esperando o momento certo de dá-lo a Darby. O Dia de Ação de Graças parecia uma data adequada.

Eu tinha imaginado dirigir até em casa depois do trabalho havia meses — desde que encontrei a casa —, parar na entrada de carros, andar até a porta e ver a Darby antes de qualquer outra coisa. Mas tive que passar na frente da casa e ir até o hotel. As únicas duas caixas de Darby estavam atrás do bar, seu quarto já limpo e desocupado.

O saguão do hotel também parecia vazio, sem todos os bombeiros de elite e oficiais do Departamento Florestal andando de um lado para o outro com uma caneca de cerveja na mão. Fiquei parado no bar vazio, achando que Stavros ia aparecer a qualquer momento. Em vez disso, Lane se aproximou com um sorriso no rosto.

— O que você tá fazendo aqui? — ela perguntou. — Achei que hoje fosse sua primeira noite na casa nova.

— E é. Vim buscar as caixas da Darby. Devem estar atrás do bar.

Lane se inclinou por sobre o balcão, empinando a bunda sem a menor vergonha. Desviei o olhar quando percebi o que ela estava fazendo.

— Não. Não tem nenhuma caixa. Acho que o Stavros tirou daqui pra não molhar.

— Droga — falei baixinho.

— Posso te ajudar a procurar... — Ela levantou os braços e apontou para o saguão. — Como você pode ver, não estou ocupada. Vou pegar a chave do quarto antigo dela pra ver se o Stavros colocou lá.

— Onde ele está? — perguntei.

Ela deu uma risadinha.

— É Dia de Ação de Graças. Ele não apareceu o dia todo.

— Tudo bem, então vamos lá. É melhor procurar no quarto dela primeiro.

Segui Lane até a recepção, esperei ela codificar um cartão-chave, depois seguimos juntos pelo corredor. Lane encostou o cartão na caixa preta, a fechadura clicou, e ela virou a maçaneta. Acendi a luz, seguindo-a até a área principal.

— Nenhuma caixa — disse ela. — São grandes? São pequenas o suficiente para caber embaixo da cama? — Ela se abaixou de novo e, mais uma vez, desviei o olhar. — Nada. — Ela se sentou no colchão, pulando. — É tão desconfortável quanto me lembro. Difícil acreditar que vocês dois viveram aqui durante tantos meses.

— Talvez estejam no quarto dos fundos — falei, apontando para trás de mim.

Lane colocou as mãos no colchão e se recostou. Ela não era voluptuosa como Darby, mas os botões da camisa se agarravam desesperadamente à vida.

— Aposto que vocês usaram esse colchão como o diabo. Eu me lembro de usar o seu como o diabo. Eu esperava que, quando assumisse esse emprego, nós pudéssemos, sei lá, recomeçar de onde paramos. Eu não sabia que você estava com a Darby.

— Falando na Darby, a gente devia ir, Lane. Tenho que voltar. Ela está me esperando.

Lane revirou os olhos e se levantou. Eu me virei para a porta e senti os braços dela deslizarem na minha cintura. De jeito nenhum eu sairia no corredor assim, então, em vez de colocar a mão na porta, agarrei seus pulsos e a afastei.

— Lane, para com isso — falei com o mesmo tom que usava com a minha equipe.

Ela não se intimidou, simplesmente se aproximou e inclinou a cabeça. Dei um passo para trás, com as mãos ainda nos pulsos dela.

— O que você acha que está fazendo, porra?

Ela soltou uma risada.

— Por que você está tão irritado?

— Porque estou apaixonado pela Darby, e você está tentando magoá-la.

— A única coisa que estou tentando fazer é te pegar.

Franzi o nariz.

— Eu parei de te mandar mensagens e de te ligar meses antes de ter alguma coisa com a Darby, depois bloqueei o seu número. Por que você acha que ainda existe algum sentimento? Você só pode estar maluca.

— Porque eu te vejo me encarando, Trex. Você pode fingir que é bonzinho pra Darby, mas eu sei a verdade. Isso só vai funcionar por um tempo.

— Você não sabe porra nenhuma.

— Eu sei que você não trepa com ela do jeito que trepava comigo.

— Porque eu não trepo com ela. Eu faço amor com ela. Fica longe de mim.

Ela riu e eu soltei seus pulsos, estendendo a mão para trás para pegar a maçaneta. Abri a porta e saí de costas. Lane me seguiu, passo a passo, perto demais. Quando a porta se fechou atrás dela, percebi alguém em pé na minha visão periférica.

Dei outro passo para trás, e desta vez Lane ficou parada.

— Oi, Ander — falei.

— Oi — respondeu ele, as sobrancelhas unidas, os olhos se alternando entre mim e Lane.

— Estamos procurando as caixas da Darby — contei.

— Ele estava procurando com *muita* vontade — disse Lane. — Por toda parte.

— Cala a porra dessa boca, Lane — rebati, indignado. Ela esperava que Ander contasse a Darby ou, no mínimo, a Stavros. Todo mundo sabia que Stavros não conseguia guardar segredos.

Ander apontou para trás dele.

— Estão nos fundos, perto da geladeira. O Stavros não queria que elas molhassem na área do bar. A Darby tem livros nas caixas.

— Obrigado — falei, dando um passo e parando para apontar para Lane. — Essa mulher é psicopata, porra.

— Eu sei — disse Ander quando passei por ele.

Corri até os fundos, empilhei as caixas e as carreguei até a caminhonete, colocando-as no banco traseiro. Dirigi vinte e cinco quilômetros acima do limite de velocidade, correndo para chegar em casa e impedir que Darby ouvisse o que tinha acontecido antes de eu poder contar.

Parei na entrada de carros, coloquei a marcha em ponto morto, deixei as caixas, peguei o presente e corri para dentro de casa.

Darby estava no fogão e se virou rapidamente quando entrei, assustada. Ela levou a mão ao peito, os olhos arregalados. Quando me reconheceu, relaxou.

— Ah, oi.

Fechei a porta depois de entrar.

— Desculpa, eu não quis te assustar.

— Eu só não estava esperando que você chegasse tão cedo. Você pegou as minhas caixas?

— Peguei. Estão na caminhonete. — Apontei para trás de mim.

O piso de madeira escura estava impecável, o carpete bege tinha sido aspirado, havia uma mistura de novos aromas no ar: tinta de madeira, tinta de parede, estofados e a delícia que Darby estava cozinhando. Eu não tinha pensado nesse bônus quando me apaixonei por uma garota do sul. Eu estava na casa dos meus sonhos, com a garota dos meus sonhos, prestes a estragar nosso primeiro dia por causa daquela porra de idiota no hotel.

Seus olhos brilhavam mais do que o candelabro sobre a mesa de jantar quando ela veio na minha direção, segurando uma colher. Ela me deu um beijo rápido e voltou.

— Estou mexendo um recheio de torta! Desculpa!

Eu a segui até a cozinha, tentando não rir. A blusa dela estava apertada, as listras horizontais creme e vermelhas se esticando para cobrir a barriga arredondada que abrigava Maddie.

— Hum, eu preciso falar com você sobre uma coisa — comecei, colocando o presente na bancada.

— O que é isso? — ela perguntou, pegando-o. — Pra mim?

Fiz que sim com a cabeça, e ela rasgou o pacote, ofegando ao ver o conteúdo.

— O que você fez?

— Você precisa de um celular, Darby. E se você entrar em trabalho de parto quando eu estiver no serviço?

Ela o tirou da caixa.

— Qual é o número?

Digitei na tela, mostrando a ela onde encontrá-lo.

— Não está no meu nome, né? — ela perguntou, olhando para a tela com os olhos arregalados e curiosos.

— Eu sei como te manter em segurança. Já fui agente federal. — Ela me olhou, e eu pisquei.

Ela me abraçou e beijou o meu rosto. Alguma coisa me cutucou, e eu olhei para baixo. Ela pôs o celular na bancada e segurou a barriga com as duas mãos, dando uma risadinha.

Eu me ajoelhei e acariciei sua barriga.

— Escuta aqui, mocinha, você não pode chutar o papai.

Darby levantou a blusa, e uma coisinha redonda se destacou apenas o suficiente para eu ver.

Recuei, depois olhei para Darby.

— Caralho.

— Eu sei. Parece que tem um alienígena dentro de mim. Ela estava rolando de um lado pro outro hoje. Me acordou.

Apertei delicadamente a protuberância, e ela empurrou em resposta.

— Maddie Rose, você está de castigo — provoquei.

— A Naomi aceitou? — perguntou Darby.

Eu me levantei, mantendo os dedos no cotovelo, no joelho ou em qualquer outra parte de Maddie que se destacava na barriga de Darby.

— Ela disse que se sentiria honrada.

A saliência desapareceu e surgiu de novo, desta vez num local diferente. Eu ri.

— Ela está brincando de se esconder?

— Acho que sim — respondeu Darby, dando outra risadinha.

O umbigo de Darby estava quase saltando. Uma linha escura agora saía desse ponto até o osso pélvico, e suas bochechas estavam um pouco mais cheias do que antes. Mas, tirando isso e o cabelo que crescia mais rápido e com mais vigor por causa das vitaminas pré-natais, não havia nenhuma diferença.

— Então — comecei.

— Merda! — disse Darby, se virando para mexer o recheio da torta.

— Baby, eu realmente preciso falar com você sobre uma coisa.

— Áhã... — disse ela, entretida com a panela.

— Quando eu fui pegar as suas caixas...

— O Stavros estava lá?

— Não — respondi com um suspiro —, quem estava era a Lane.

— É, ela me pediu pra assumir o turno dela — observou Darby, fazendo uma careta.

— Darby, as suas caixas não estavam atrás do bar. Eu fui com a Lane até o seu antigo quarto pra ver se estavam lá, e ela... Jesus...

Darby ficou imóvel e olhou para mim com uma expressão que partiu meu coração.

— Ela fez o quê?

Hesitei. Estragar nosso dia oficial de mudança e nosso primeiro Dia de Ação de Graças já estava me deixando puto. Eu não fazia ideia de como ela ia reagir ou se ela ia ficar chateada, e a ideia de vê-la chorando me fez perder a coragem de lhe contar.

— Elas estavam nos fundos, perto da geladeira — falei. — O Stavros achou que elas podiam se molhar no bar.

Darby arqueou a sobrancelha.

— Só isso?

Estremeci. Se eu contasse, estragaria nosso Dia de Ação de Graças; se eu esperasse, ela poderia descobrir por outra pessoa. Seria horrível de qualquer maneira.

— A Lane deu em cima de mim, mas não aconteceu nada.

A expressão de Darby desabou, e ela voltou a mexer o recheio.

— Vagabunda — ela resmungou. — O que aconteceu?

— Ela codificou um cartão-chave pra entrar no seu quarto e me levou lá pra olhar. Ela tentou me beijar. Literalmente se jogou em cima de mim.

Darby ficou imóvel de novo.

— Você beijou a Lane?

— Não! — respondi, indignado, e Darby retomou o cozimento do doce. — Eu estava saindo do quarto e ela me abraçou. Eu a afastei e saí de costas, mas ela veio atrás de mim. O Ander estava no corredor e viu a gente sair. Pegou mal, Darby. Admito que pegou muito mal, mas eu juro que não aconteceu nada.

Ela ficou calada. Tão calada que eu me apavorei, mas esperei, deixando-a processar o que eu tinha acabado de contar.

— Ela é linda — murmurou Darby. — E não está grávida.

Eu a abracei e beijei seu pescoço.

— Mas eu não amo a Lane. Não estou nem aí pro que ela é. Ela não é horrorosa, mas é maluca.

Darby soltou uma risada.

— Ela é uma peça. Mas não vou deixar essa mulher estragar o dia de hoje. Depois eu cuido dela.

— Não se preocupa com ela. Ela não significa nada.

— Verdade.

Eu a envolvi de um jeito firme, mas delicado, e encostei os lábios no seu rosto. Ela se apoiou no meu beijo, me lembrando da primeira vez que a beijei no saguão do hotel. Parecia que uma vida inteira havia se passado. Agora tínhamos uma casa juntos, uma bebê a caminho, e eu tinha tudo o que sempre havia desejado, o que era apavorante à beça, porque, quando eu não tinha nada, também não tinha nada a perder.

— Como foi o trabalho? — ela perguntou, ainda mexendo o creme, que tinha começado a borbulhar.

— É nossa primeira noite na nova casa e nosso primeiro Dia de Ação de Graças, então pode dizer "não", se você quiser, mas a Naomi chamou todo mundo pra casa dela pra um brinde depois do jantar.

Ela sorriu.

— Parece divertido.

— Ela também quer sair depois, e eu me ofereci pra ser o motorista da rodada.

— Tenho que trabalhar — disse ela, franzindo a testa. — Como vou encontrar a Lane e não dar um tapa na cara dela? Não consigo acreditar que ela tentou te beijar! Que piranha!

— Babe — falei com uma risada. — Não fica irritada com isso. Não vale a pena.

— Você vale a pena — resmungou ela.

— Ah, você está querendo defender a minha honra? Porque isso é meio foda.

Ela tentou não sorrir, mas fracassou.

— Posso te levar lá, te dar um puta beijo e mostrar quem pertence a quem — falei. Levantei o celular dela. — Depois eu telefono sem parar nos dez minutos seguintes.

Darby balançou a cabeça.

— Ela vai achar que você foi lá pra vê-la. Ela é maluca a esse ponto.

— Puta merda — falei.

Darby desligou o fogão e o forno, e eu tirei o peru enquanto ela arrumava a mesa. Ela me observou cortar a ave com a faca elétrica novinha que eu tinha comprado na Target na semana anterior, depois levamos todos os pratos para a mesa.

— Tem problema se eu rezar? — perguntou Darby.

— Nenhum.

Ela segurou minhas mãos sobre a mesa e fechou os olhos. Eu a observei com um sorriso.

— Pai celestial — começou ela —, por favor, abençoe essa comida para nutrir nossos corpos. Agradeço por esta linda casa nova, pela saúde da Maddie e pelas muitas bênçãos que o Senhor proporcionou na minha vida. Obrigada, Senhor Jesus, pelo seu sacrifício para que pudéssemos ter a vida eterna, e obrigada pelo Trex. Sei que só o Senhor poderia ter me abençoado com alguém tão gentil, tão amoroso e fiel. Em seu nome precioso eu rezo, amém.

— Amém — falei.

Seus olhos se abriram, e ela sorriu.

— Eu quase rezei pela Lane. Mas é Dia de Ação de Graças, e eu simplesmente não sou grata por ela.

Não consegui evitar uma risada. Darby estava séria, mas sua tentativa de ser revoltada era fofa demais. Falamos sobre o dia dela e a próxima consulta com a obstetra, e tentei saborear a comida em vez de engolir. Estava muito boa. Eu só tinha comido algumas refeições caseiras em mais de um ano, mas essa era apenas mais uma coisa em que Darby era incrível.

Ocupamos o silêncio da enorme casa com risadas e transformamos a escuridão com velas. Era o Dia de Ação de Graças mais íntimo e maravilhoso que eu havia tido, e eu sabia que o ano seguinte seria ainda melhor.

Limpei a cozinha enquanto Darby se vestia para trabalhar, depois fui com ela até a casa de Naomi. Havia vários carros estacionados na rua, mas não reconheci todos. Eles deixaram um espaço para nós na entrada, mas, antes de chegarmos ao alpendre, metade da equipe estava do lado de fora, fazendo uma cena.

— Eles já estão bêbados — falei.

— Ótimo — respondeu Darby com um sorriso.

Segurei seu braço enquanto ela carregava uma torta de pecã pelo quintal. Estava escuro, era um terreno desconhecido, e eu não queria que ela caísse.

— Obrigada — disse Naomi, pegando a torta.

— Olá, lindona — disse Sloan, abraçando Darby.

— Hayden Sloan — falei. — Eu te apresento a Darby — apontei para sua barriga redonda — e a Maddie.

— Darby! — disse Martinez, abraçando-a.

— Othello Martinez — falei.

— Apenas O — disse Martinez, dando um passo para o lado. — Ou Martinez. Tanto faz.

Apontei os demais.

— E Terrell Kitsch.

Ele só acenou.

— John e sua família estão lá dentro — disse Naomi. — Entrem!

Seguimos em frente, e John se levantou para nos cumprimentar.

— John e Caroline Harbinger — falei. — Os filhos, Henry e Miles.

John apertou a mão dela, e Caroline a abraçou. Era divertido ver as pessoas que abraçavam terem que se dobrar por cima da barriga.

Não demorei muito para descobrir de quem era o carro e a caminhonete que não reconheci. Zeke e Watts estavam sentados à mesa oval, com uma garrafa de cerveja na mão. O senador Bennett estava na sala de estar, vendo as notícias esportivas sobre o jogo de futebol americano. Zeke se levantou e foi até Darby. Ele beijou o rosto dela, e eu senti o sangue do rosto ferver. Olhei de relance para Naomi, e ela piscou para mim, claramente sabendo de algum segredo que eu não sabia.

— Trexler — disse Zeke, estendendo a mão para mim. — Parabéns pela casa nova. Achei o máximo.

— Obrigado — falei, sem perceber que estava com a mão na barriga de Darby até ela colocar a mão dela sobre a minha.

— Trex? — disse Darby. — Preciso me sentar.

— Tudo bem? — perguntei.

— É, acho que só preciso descansar — disse ela, massageando a barriga.

Eu a conduzi pela mão até a mesa e puxei uma cadeira.

— T-Rex! Você se transformou num cavalheiro de verdade! — elogiou Martinez, me dando um tapa nas costas.

Caroline trouxe um copo de água gelada para Darby.

— Obrigada — agradeceu Darby.

Zeke sussurrou alguma coisa no ouvido de Naomi e depois seguiu pelo corredor até o banheiro. Watts tentou me dar uma garrafa de cerveja, mas eu recusei.

— Sou o motorista da rodada hoje à noite.

— Você vai sair com a gente? — perguntou. Ele já tinha bebido alguns drinques e estava relaxado e feliz.

— Depois que eu deixar a Darby no trabalho, se ela estiver se sentindo melhor — falei, olhando para ela.

— Eu estou bem — disse ela.

— Você ainda está trabalhando à noite, Darby? — perguntou Watts.

— Ãhã — respondeu ela. — O que você tem aprontado?

— Tenho viajado, basicamente. Um dos caras tem uma casa na praia. No México. Passo muito tempo lá. Aquela Laney ainda está trabalhando à tarde?

O sorriso de Darby estava tenso quando ela olhou para mim para responder.

— A Lane? Ãhã.

— Oh-oh — disse Naomi, me dando um copo de água. — O que foi isso?

— Obrigado. Fui lá hoje à noite depois que nos liberaram, pra pegar as caixas da Darby — sussurrei.

— E?

— Aquela piranha maluca tentou trepar comigo no antigo quarto da Darby.

— O quê? — disse Naomi, tentando manter a voz baixa. — A Darby sabe?

— Sabe, eu contei pra ela quando voltei. Ela está com muita raiva, mas não de mim.

— Vai ser uma troca de turnos bem constrangedora. Ainda bem que você contou pra ela. Melhor jeito de evitar um mal-entendido idiota.

— Eu quase não contei. Fiquei morto de medo de estragar nossa primeira noite na casa.

— Olha que beleza. Você tem uma namorada sensata. Parabéns. — Naomi brindou com a garrafa de cerveja no meu copo, e nós dois bebemos.

— Eu te disse que valia a pena esperar por ela — falei.

— Você ainda acredita nessa merda de que ela é a mulher certa, né?

Darby ria e conversava com Caroline e com a minha equipe, meu passado se misturando com meu futuro, algo que eu nunca havia imaginado.

— Não tenho a menor dúvida — respondi, tomando outro gole de água.

Meu celular apitou, e eu verifiquei. Val tinha me mandado uma mensagem com apenas quatro palavras.

Cuidado. Ele está aí.

— Merda — falei, guardando o celular.

— O que foi? — perguntou Naomi, instantaneamente tensa.

Kitsch veio do alpendre.

— Nomes, você tem uma lanterna?

— Em todos os cômodos da casa — provocou ela.

Ele não achou graça.

— Preciso da mais próxima.

— Na cozinha. Gaveta à esquerda da lava-louças.

Kitsch foi até a cozinha, vasculhou por um segundo e voltou, apressado.

— É à direita da lava-louças — corrigiu ele.

— Está tudo bem? — perguntei.

Ele empurrou a porta de tela, apontando a lanterna para o chão.

— O que ele está fazendo? — perguntou Naomi.

— Chefe — chamou Kitsch lá de fora.

Naomi e eu fizemos a mesma cara, e eu segui Kitsch até o alpendre. Ele estava no degrau de cima, apontando com a cabeça para o quintal. A lanterna destacava uma pilha de coelhos mortos.

— Que merda é essa? — disse Naomi, pegando a lanterna da mão de Kitsch. Ela seguiu as carcaças com a luz, me entregou a lanterna e correu para dentro.

— O que está acontecendo? — perguntou Martinez, parando quando viu a pilha.

Naomi voltou com meia dúzia de lanternas nos braços, incluindo uma de cabeça. Sloan e Harbinger saíram, e ela as entregou aos membros da nossa equipe. Todos acenderam uma lanterna e apontaram na mesma direção.

— O que está acontecendo, porra? — perguntou Harbinger.

Zeke e Watts saíram, conversando e rindo, mas se calaram no instante em que perceberam o que havia no quintal.

— Isso não estava aí dez minutos atrás, quando saímos pro Watts fumar — disse Zeke. — Alguém... alguém está fazendo uma piada de mau gosto?

— É mais de uma pessoa. Um cara não conseguiria fazer tudo isso em tão pouco tempo — afirmou Naomi, apontando a lanterna de cabeça para as carcaças.

— Concordo — comentou Harbinger.

A porta de tela se abriu mais uma vez, e eu me virei para ter certeza de que não era Darby. O senador carregava uma garrafa de cerveja e se encolheu ao ver a bagunça no quintal.

— Isso é...?

— É — respondi, irritado.

Olhamos para as carcaças de coelhos na grama morta, iluminadas por seis fortes fachos de luz, formando apenas uma palavra: MINHA.

24

Trex

Entrei na casa de Naomi com um sorriso no rosto. Caroline e Darby ainda estavam conversando, mas pararam e levantaram o olhar no instante em que a porta de tela bateu atrás de mim. Ela se abriu mais uma vez, quando Naomi passou em disparada para a cozinha e abriu silenciosamente o armário sob a pia, depois voltou com uma caixa verde e laranja na mão, indo direto para o quintal.

— Está tudo bem? — perguntou Darby.

Caroline se levantou, se esticando para olhar pela janela.

— Onde o John está?

Os outros estavam abaixados no quintal, pegando os pequenos corpos dos coelhos. Eu não queria que Darby os visse porque, como eu, ela saberia imediatamente quem tinha deixado a mensagem. Naomi segurava sacos de lixo pretos enormes para os caras jogarem os bichinhos ali dentro.

— Trex? — chamou Darby.

— Ah, eles estão, hum... fazendo alguma besteira. Não sei. Como você está se sentindo?

— Melhor. — Ela sorriu.

Meu coração se apertou. Eu não estava sendo sincero outra vez, mas não podia falar a verdade. Ela estava no terceiro trimestre de gravidez e não precisava se estressar com a súbita aparição de Shawn e seus amigos bem ali na porta.

— Que ótimo, babe. A gente devia...

— Ah — disse ela, levantando-se e apertando a mão de Caroline. — Foi muito bom te conhecer.

— Igualmente — retribuiu Caroline. — Me avisa se quiser marcar um almoço.

— Pode deixar. Feliz Ação de Graças.

Eu a ajudei com o casaco, e fomos em direção à porta depois que Darby se despediu de Henry e Miles. Ela olhou para eles por sobre o ombro.

— Eles são tão educados. Eu perturbei a pobre da Caroline a noite toda pra saber os truques.

— Ela adora falar dos filhos, de ser mãe e de todas essas coisas. Provavelmente essa foi a melhor noite dela nos últimos tempos — falei.

O senador Bennett cumprimentou Darby quando ela saiu no alpendre.

— Tenha uma boa noite, Darby.

— Obrigada, senador.

— Pode me chamar de Peter. Feliz Ação de Graças e, se não nos virmos antes, boas festas. Boa noite, Trex.

— Boa noite, senhor — falei, ajudando Darby a descer os degraus.

A equipe contornou a casa enquanto íamos para a caminhonete. Martinez, Harbinger, Kitsch e Sloan a abraçaram, mantendo as mãos ensanguentadas longe das roupas dela. Felizmente, estava escuro.

— Foi muito bom te ver de novo. Tenho certeza de que vamos nos ver em breve — disse Naomi, com as mãos para trás.

— Obrigada pelo convite. Eu adorei conhecer todo mundo — disse Darby com seu doce sotaque sulista.

— Volte quando quiser. Vai ser ótimo ver o Trex com mais frequência de novo.

Eu a abracei.

— Obrigado, Nomes.

— Claro.

Quando Darby se virou, todos os sorrisos cordiais desapareceram. Estendi a mão para destrancar o porta-luvas e acenei para Naomi. Ela me observou dar ré na entrada de carros, com uma expressão preocupada no rosto. Naomi sabia tanto quanto eu que precisávamos de um plano.

Darby certamente não desconfiava de que alguma coisa séria estava acontecendo, empolgada por ter conhecido Caroline e as crianças. Ela estava mais do que feliz por ter sido apresentada a um senador, e eu estava contente por poder falar a verdade a ela: ele tinha crescido com Naomi.

— O Kitsch... parecia estar numa noite difícil. Foi por isso que todo mundo foi lá fora com ele?

Fiz que sim com a cabeça.

— Essa época de festas é muito difícil pra ele. Ele passou o dia todo meio triste.

— Você se preocupa com ele todos os anos, não é?

— É. Fico feliz por estarmos todos juntos este ano. É mais fácil ficar de olho nele. Nos outros dias, ele consegue fingir que todos ainda estão vivos, e nós deixamos assim. Mas, no Dia de Ação de Graças e no Natal, ele simplesmente não consegue.

— Isso é muito triste. Ele é tão legal. Você conheceu a mulher dele e os filhos?

Pigarreei.

— Eu os vi algumas vezes. — *Nas saídas e chegadas das convocações e nos bailes dos fuzileiros navais, basicamente.*

Ela se recostou, alisando a barriga.

— Você está bem? — perguntei.

Ela suspirou.

— A Maddie está tentando se esticar. Ela está ficando sem espaço. Não sei como nós duas vamos aguentar até fevereiro.

— A dra. Park disse que meados de janeiro era uma boa época pra ela.

— Vamos esperar que a Maddie queira nos conhecer tanto quanto nós queremos conhecê-la. Não consigo respirar.

Segurei a mão dela.

— Sinto muito, amor. Deve ser bem desconfortável pra você.

Ela me olhou com um sorriso no rosto.

— A Maddie vale a pena.

Entrei no estacionamento do hotel, parando embaixo da marquise da entrada. Estendi a mão para as chaves na ignição, mas Darby me interrompeu.

— Tudo bem. Nem precisa sair pra abrir a minha porta. Não quero que ela tenha a satisfação de pensar que você entrou ou saiu da caminhonete na esperança de vê-la. Você sabe que é isso que ela vai pensar.

Dei de ombros, com a mão ainda nas chaves.

— Quem se importa com o que ela pensa? Ela é maluca.

— Eu não devia, mas me importo.

Eu me recostei, deixando a caminhonete ligada.

— Está bem. Tenha uma boa noite. Te vejo de manhã.

Darby se inclinou lentamente para me beijar, deixando os lábios carnudos se demorarem nos meus.

— Te vejo daqui a oito horas!

Franzi a testa.

— É muito tempo.

Ela riu ao abrir a porta e saiu.

— Tem certeza de que não precisa de ajuda? — perguntei.

Ela desceu e fez uma pequena reverência.

— Tá-dá!

— Eu te amo — falei com um sorriso. — Não esquece de me mandar mensagem com o novo celular.

— Ah — disse ela, erguendo-o. — Eu esqueci! Vou te mandar mensagens a noite toda. Você vai jogar esse celular no lixo quando eu chegar em casa.

— Não me provoca com tentações...

Ela deu uma risadinha, e o som pareceu um sininho cortando o ar noturno.

— Te amo.

A porta se fechou, e eu a observei entrar e imediatamente tirar o casaco. Eu me perguntei se Lane estava nervosa com o confronto que estava prestes a acontecer, mas provavelmente não. Conhecendo Lane como eu conhecia, achei que ela se sentiria inocente porque, na cabeça narcisista dela, nós dois havíamos nos conhecido antes. Lane gostava de qualquer homem que lhe desse atenção e, depois do segundo encontro e alguns amassos no meu quarto, ela tinha certeza de que estava apaixonada por mim. Foi mais ou menos nessa época que eu soube que ela definitivamente não era a mulher certa. Mesmo depois que parei de atender seus telefonemas e de responder às suas mensagens, ela ainda passava no hotel para me ver e, mais de uma vez, foi para o quarto de alguém, na esperança de me deixar com ciúme.

Olhei ao redor, verificando se havia alguma atividade suspeita no estacionamento, e decidi dar uma volta de carro por ali. Eu tinha acabado de estacionar na lateral do prédio quando meu celular tocou.

— Trex — atendi.

— Sua namorada está no trabalho? — perguntou Naomi.

— Está. Acabei de deixá-la. Vasculhei o estacionamento.

— Onde você está agora?

— Ainda no estacionamento. — Lane saiu pela entrada, os braços cruzados, a cabeça baixa. — A Lane acabou de sair. Está com o rabo entre as pernas, como se a Darby tivesse acabado com ela.

— A Darby não me pareceu ser do tipo ciumenta.

— Ela não é. Ela só avisou a Lane que o que ela fez mais cedo não foi cristão.

— Eu sabia que gostava dela — disse Naomi, soltando uma risada. — Você não vai sair hoje à noite, né?

— Não.

— Ainda bem que eu parei de beber há uma hora. Parece que vou ser a motorista substituta. Você ligou pra Val?

— Vou ligar pra ela de manhã. Não tem muita coisa que ela possa fazer neste momento. Provavelmente ela está com a família.

Naomi suspirou.

— Que foda, T-Rex. Está na cara que ele é psicopata.

— A Darby mencionou isso.

— Você está armado?

— Ãhã — respondi. — Uma Glock 19 deve fazer uns buracos nele, mesmo que ele não seja humano.

— A Darby falou isso?

— Falou.

— Ele não está sozinho. Com certeza ele também está armado, então fica esperto.

— Copiado.

— Como você acha que ele encontrou ela?

— A Darby disse que ele tem um irmão que trabalha na TI do governo. Pode ter sido qualquer coisa. Mas minha intuição me diz que foi quando a Val fez uma checagem sobre ela.

— O que você quer dizer? — perguntou Naomi.

— Eu cometi o erro de contar sobre a Darby pra Val. Ela fez uma checagem. Isso pode ter chamado a atenção do irmão.

— Quando foi isso?

— Pouco depois de nos conhecermos.

— Aparentemente, ele é um psicopata paciente.

— Leva tempo pra bolar um plano — falei, meu maxilar tremendo.

— Que merda, Trex. Isso é uma merda federal.

— Ficar na defensiva não é o meu forte. Gosto de tomar a frente das coisas.

— Tudo bem, então — ela disse, e pude ouvir o sorriso em sua voz. — Liga pra Val de manhã e avisa a gente.

— Vai ser uma noite longa — falei, esfregando os olhos com a mão livre. Eu estava acostumado a acordar às cinco da manhã.

Pisquei algumas vezes, mantendo os olhos no estacionamento escuro.

— Quando o Kitsch estiver bem e bêbado a ponto de desmaiar, eu o coloco na cama e passo aí com um café.

— Grande, por favor.

— Pode deixar. Me liga se precisar de mim antes disso.

— Está bem...

— Espera. Caralho. Estou ouvindo de longe uma garota te detonando no bar. Ela é linda. O que você fez com ela? — Naomi perguntou, rindo.

— Quem?

— Ela também está falando da Darby. — Ela fez uma pausa, ouvindo. — Ah, ela trabalha com a Darby.

— A Lane. — Fiquei irritado.

— Ela está com uns caras. Parece que eles vieram aqui em busca de confusão. É melhor eu entrar.

— Me dá notícias.

— Pode deixar. Te vejo daqui a pouco.

Naomi desligou, e eu esperei. Nenhum grilo cantando, nenhum sapo, só os aquecedores trabalhando e o ruído ritmado da estrada. Ninguém entrava nem saía, as janelas estavam escuras. As poucas pessoas que estavam viajando para comemorar o Dia de Ação de Graças estavam na cama, dormindo em um coma alimentar e tentando ter uma noite decente de descanso antes de voltar para a estrada cedo na manhã seguinte. Eu queria estacionar em outro lugar para ter uma visão melhor de Darby, mas, por causa do risco de ser visto, optei por observar a porta da frente, a única entrada que dava acesso para o lado de dentro, à noite.

Deu meia-noite, e uma da manhã chegou voando. Vinte minutos depois da hora cheia, um par de faróis quicou na entrada com quebra-molas do hotel. Naomi estacionou ao meu lado, sorrindo enquanto segurava um copo enorme perto do rosto. Ela saiu e se esgueirou até o lado do carona na minha caminhonete, batendo a porta.

— Calma, Nomes, que saco!

— Ah, está tudo bem. Para de ser fresco. — Ela me entregou o copo. — Um café gigantesco da parada de caminhoneiro.

— Obrigado — falei, tomando um gole. — Ai, porra, que delícia.

— Cansado? — ela perguntou.

Fiz que sim com a cabeça.

— Quanto tempo você pode ficar?

Ela deu de ombros.

— Amanhã estou de folga. O tempo que você precisar.

— O que você tem aí? — perguntei.

Ela deu um tapinha nas costas.

— A Vicky não quis que a sua Glock ficasse sozinha.

Fiz que sim com a cabeça. Vicky era sua Glock 26. Ela também tinha uma Ruger chamada Chuck Norris e uma Beretta chamada Cecil. Em vez de animais de estimação, Naomi comprava armas. Ela as limpava, dava nomes e as tratava como membros da família.

— Também trouxe o Walter.

Franzi o nariz.

— Que merda você planeja fazer com ele?

Ela baixou a mão e puxou uma faca de caça tática de trinta centímetros da bota. O cabo era preto fosco com uma lâmina fixa e tão agressiva quanto Naomi. Eu não esperava nada menos do que isso.

— Tem mais de um. Preciso ter mais de uma arma — explicou ela de um jeito casual.

Eu ri.

— E aí, vamos derrubá-los logo de cara ou vamos usar a abordagem diplomática?

— Bom, considerando que a primeira opção é ilegal, acho que devemos dar um aviso pra eles e garantir que ele não volte.

— Trex. Ele é violento e está fazendo ameaças.

— Mesmo assim, temos que seguir as regras, Nomes. Não estamos mais na guerra.

Ela olhou pela janela e rosnou.

— Ela vai dar o nome da bebê em homenagem ao Matt. Vou matar qualquer um que chegar perto dela com alguma coisa que não seja comida e presentes pra bebê.

— Obrigado pelo café. E obrigado por ser uma boa amiga.

Naomi encolheu o ombro mais próximo de mim.

— O que aconteceu com a Lane?

— Eu estava certa. Os caras que estavam com ela queriam confusão.

— E?

— Coloquei um contra a parede. Dava para ver, quando eles se aproximaram, que não estavam interessados. A Lane perguntou onde você estava. O Kitsch acha que eles estavam te procurando.

Franzi a testa, confuso.

— Irmãos mais velhos, talvez? Defendendo a honra dela?

Ela ergueu a sobrancelha.

— Aquela ali nunca teve nenhuma honra. Um deles estava com a mão na bunda dela, então não é da família. Os outros dois eram seus capangas. Faziam o que o outro mandava e olhavam pra ele pra saber o que fazer. Ainda mais depois que eu peguei o grandão. E todos tinham mais de um metro e oitenta e seis, fácil.

— A Lane perguntou por mim antes ou depois?

— Antes. Ela foi lá te procurar. Depois eles apareceram. O grandão abriu o bico.

— Locais?

Ela balançou a cabeça.

— Acho que não. O chefe ficou zoando a gente. Zoou até o senador. Como se estivesse provocando pra ver quem ia brigar com ele.

— Acho que ele descobriu.

— Fiquei entre ele e o Kitsch, depois o grandão achou que ia me coagir, e eu coloquei o cara na linha.

— Que pena que eu não estava lá pra ver.

— Não. Você precisava estar aqui.

— É — falei, encarando a porta da frente.

Meu celular apitou, e eu sorri.

— Uau. Quem provocou essa felicidade toda?

— Dei um celular pra Darby hoje. Ela acabou de me mandar uma mensagem pela primeira vez. Mandou um coração.

— Radical — debochou Naomi.

Como está aí?, digitei.

Devagar. Calmo. O problema de ter uma casa grande e incrível é querer estar lá.

Pede demissão, se quiser.

Você sabe que eu não posso.

Pode, sim. Você só não quer.

Vou ficar com o Stavros até ter a bebê ou o hotel fechar. Devo isso a ele.

Ele tem sido bom com você, é verdade. Mas você trabalhou muitos turnos duplos pra ele. E fez isso por um tempão. Você não deve nada a ele.

Devo muito mais do que turnos duplos. Ele me salvou. E, se ele não tivesse me dado esse emprego, eu não teria te conhecido.

A gente teria se conhecido, sim.

Desculpa se eu te acordei. Te vejo daqui a algumas horas.

Prefiro conversar com você a dormir.

Você devia me mandar todas as coisas que escrevia no seu celular no trabalho, pra eu poder ler.

Entrei em “notas”, copiei tudo e colei na mensagem. Em seguida apertei “enviar”. Eu me recostei e relaxei por alguns segundos antes de vasculhar o estacionamento.

— Acabou a conversa? — perguntou Naomi.

— Ela pediu pra eu mandar todas as coisas que eu escrevia pra ela no trabalho. Vai demorar um tempinho pra ler tudo.

— Vocês dois são nojentos — provocou ela.

— Eu te avisei disso há anos. — Olhei para o meu relógio de pulso. O fuso horário em que a Val estava marcava uma hora a menos do meu, então eu só poderia ligar depois de pegar a Darby no trabalho.

— E você? — perguntei. — Que história foi aquela do senador estar lá ontem à noite?

— Foi só um jantar. Ele não podia ir pra casa. Ninguém deve ficar sozinho no Dia de Ação de Graças. É por causa dele que tivemos o fim de semana de folga.

— Aposto que ele tinha esperança de passar com você.

Ela soltou uma risada.

— Ele me pediu pra ir lá em casa amanhã.

Dei de ombros.

— Ele não parece ser tão ruim, Naomi.

O sorriso dela desapareceu.

— Ele não é o Matt.

— Você nunca vai encontrar outro Matt. Mas isso não significa que não possa ser feliz com outra pessoa.

— Meu Deus, você parece a minha irmã. Eu estou bem. Não quero mais ninguém. Já conheci o amor da minha vida. Ele morreu. Se eu não puder ficar com ele, não quero ninguém. Não somos obrigados a estar com alguém, sabe. Não estou sozinha. Tenho você, e os caras e o Walter — disse ela, dando um tapinha na bota. — Estou feliz assim, pensando bem.

— Tudo bem, tudo bem, só achei que eu devia mencionar isso.

— Não mencione — disse ela, os olhos se arregalando por um segundo ao falar a primeira palavra.

— Entendido — falei, olhando de novo para o relógio. — E o Zeke e o Watts? O que eles estavam fazendo lá?

— Eles não iam ficar sozinhos — respondeu ela, irritada.

— Só estou perguntando.

— Falando em perguntas que não são da conta de ninguém, você já contou tudo pra ela?

Franzi a testa.

— Tudo, não. Não sobre o emprego, é óbvio.

— E aquele pequeno detalhe sobre você ser fuzileiro naval?

— Ainda não.

Ela ergueu as sobrancelhas.

— Trexler, que merda!?

— Eu sei, eu sei. Tive algumas chances de contar pra ela, mas o foco das nossas discussões era sempre sobre eu esconder algumas coisas. Então, agora, acho melhor guardar essa informação.

— E como você vai fazer isso? Como é que ela não sabe? Você tem uma tatuagem da corporação no ombro.

Balancei a cabeça.

— Ficou toda ferrada durante a cirurgia. Está um horror. Não dá pra identificar o que é.

— Ela não perguntou?

— Perguntou. Falei que eu era novo quando fiz, que foi uma aposta e que ficou toda ferrada num acidente. E não deixa de ser verdade.

Naomi se ajeitou no assento.

— Ela vai ficar muito puta. Você tem que contar pra ela, Trex.

— Sinceramente, eu não sei como. É tarde demais.

— Não é tarde demais até ela descobrir de outro jeito que não seja por você. Aí, sim, vai ser tarde demais.

— Você está certa. Eu sei que você está certa. As coisas estão tão boas agora, e com o Shawn bisbilhotando por aqui, eu simplesmente... Não é um bom momento. Vou esperar a bebê nascer.

Ela balançou a cabeça.

— Você está se arriscando demais, amiguinho. Ela já disse uma vez que não pode confiar em você. Ela perdoou o lance de vasculhar a vida dela porque você estava tentando protegê-la.

— Eu não vasculhei o passado dela — resmunguei.

— Isso é mentira. Ela te conhece o suficiente pra saber que você não é como o Shawn. Essa foi a sua primeira desculpa, não foi?

— O problema é esse. Parece que ela está sempre me comparando a ele. Ou, pelo menos, estava quando tudo isso aconteceu. Quando ela concordou em morar comigo, Nomes... Eu só quero deixar o passado pra trás. As coisas estão muito boas.

Ela colocou a mão na minha.

— Espero que dê certo. De verdade. Mas você precisa contar pra ela. Cada dia que você espera, piora as coisas.

Fiz que sim com a cabeça.

— Podemos mudar de assunto?

— Claro.

Conversamos sobre tudo, menos possíveis namorados para Naomi, até o nascer do sol. O emprego, a casa dela, Zeke, Bennett, o general, as últimas notícias sobre nossos colegas ainda em serviço. Naomi ficou mais meia hora e depois saltou do banco do passageiro. Ela acenou antes de se afastar, virando para a casa dela.

Dei partida na caminhonete, parei embaixo da marquise e esperei Darby sair, como fazia todas as manhãs, de segunda a sexta-feira. Ela acenou para mim de trás da mesa de recepção e terminou de encerrar o turno. Maya me cumprimentou quando passou na frente da caminhonete, as portas de entrada se abriram e, alguns minutos depois, se abriram novamente, deixando passar minha linda namorada. Ela não tinha um fio de cabelo fora do lugar, e o batom vermelho ainda estava vibrante como no instante em que o aplicou em casa. Saltei e dei uma corridinha até o lado do passageiro. Abri a porta e segurei sua mão enquanto ela subia.

— Bom dia — disse ela, um pouco cansada.

— Acho que é uma boa hora pra ter um veículo mais baixo — falei.

— Nem ouse. Eu gosto dessa caminhonete.

— Talvez um segundo veículo, então. — Corri de volta para o lado do motorista e me sentei atrás do volante.

— Trex, não tenho dinheiro pra um carro, e você não vai comprar um pra mim.

— Você tem alguma ideia de quanto eu ganho? Posso comprar um carro pra você — falei, dando partida. Segui em frente, vendo Darby balançar a cabeça na minha visão periférica.

— De jeito nenhum. Um dia eu compro um carro.

Quando passamos pelo outro lado do hotel, um sedã branco chamou minha atenção, com quatro sombras sentadas dentro dele. Lane estava no banco traseiro, e o homem ao lado beijava seu pescoço. Ela me encarou com um sorrisinho no rosto. Os outros dois homens, que ocupavam o assento do motorista e do passageiro, olhavam para a frente, sem se abalar com a movimentação atrás deles.

Dirigi até a estrada e virei em direção à minha casa. O sedã ficou parado no hotel, mas não consegui afastar a expressão esquisita no rosto de Lane. A vingança gritava, mas os olhos não mentem. Havia muito mais no sorriso de Lane do que a esperança de uma reação ciumenta vinda de mim.

— Você está quieto — disse Darby. — Está tudo bem?

— Sim. Só estou cansado.

— Percebi que você está com as mesmas roupas de ontem à noite.

— Ah, estou de folga hoje. Te falei?

— Está? — ela perguntou, empolgada, depois segurou o meu braço com as duas mãos.

— Por isso eu vesti as mesmas roupas de ontem à noite. Mas não dormi porra nenhuma. Acho que preciso de você na cama.

— Você está dizendo que vamos pra cama juntos quando chegarmos em casa?

— Isso é exatamente o que estou dizendo. Eu até tomei esse copo de café, mas mesmo assim estou pronto pra cair na cama.

— Isso não é um copo, babe. É tipo... um litro de café. — Ela apertou o meu braço. — Mas estou superfeliz de vestir uma roupa confortável e me deitar na cama com você!

Peguei sua mão e beijei a palma, entrelaçando nossos dedos. Havia inimigos por perto, e a situação de Lane era altamente suspeita. Eu ia me deitar com a Darby até ela cair no sono, depois ligaria para a Val.

25

Darby

Stavros equilibrava-se em uma escada, esticando-se para colocar os últimos enfeites no topo do pinheiro artificial de quatro metros e meio localizado no canto do saguão. A arrumação havia levado uma tarde inteira, e eu tinha ido ajudá-lo, inclusive para matar o tempo antes de Trex sair do trabalho.

— Assim? — perguntei, virando uma pequena árvore de cerâmica sobre a mesa. — Stavros?

— Hein? Isso. Está ótimo, obrigado.

Fui até ele e toquei seu braço.

— Como a Tilde está?

Seus olhos ficaram vidrados.

— Você devia passar lá em casa, Darby. Ela não está bem.

— Vou, sim. Vou hoje à noite, antes do meu turno.

Ele fez que sim com a cabeça.

Lane não ficou tão feliz com a posição em que coloquei a decoração.

— Está bem na minha frente — disse ela, empurrando a árvore para a ponta da mesa.

— Você podia pelo menos esperar até eu ir embora para fazer do seu jeito — falei. — Não seria a primeira vez.

A boca de Lane se abriu.

Stavros apontou para ela antes de ir até o bar.

— Não finja que você não merece isso.

Eu o segui até o canto do saguão, cercado pelos colegas Jim Beam, Captain Morgan e Kim Crawford. Ele limpou o balcão pela terceira vez naquele dia, apesar de ter tido poucos clientes.

— Ela está sentindo muita dor? — perguntei.

Ele assentiu.

— Como o Ander está?

— Ele está tendo mais dificuldade do que pensei que teria. O único momento em que ele não está ao lado dela é quando está no trabalho. A Maya já concordou em cobrir o turno dele quando for preciso. Você sabe... Depois que a Tilde...

— É muito gentil da parte da Maya. — Eu o puxei para um abraço. — Sinto muito.

Ele me abraçou e limpou uma garrafa de cima a baixo antes de acenar.

— Vou pra minha sala. Tenho que cuidar de uma papelada. Obrigado pela sua ajuda hoje.

— Por nada — falei, vendo-o desaparecer ao virar a esquina.

Lane veio andando na minha direção, olhando por sobre o ombro para o corredor aonde Stavros tinha ido.

— Precisamos conversar — disse ela.

— Na verdade, não precisamos, não.

Ela revirou os olhos.

— Tudo bem, eu tentei beijar o papai do seu bebê. Mas acho que você não sabe a história toda.

— Ele me contou tudo, Lane. Já tivemos essa conversa. Tem certeza que você quer insistir nisso?

— Ele te contou que já demos muito mais do que um beijo?

Eu a encarei por um instante.

— Você está mentindo.

— Ele já esteve aqui, Darby. Você acha que ele era todo recatado antes de você? Nós nos conhecemos no Cowboys. Ele me trouxe pra cá — ela olhou para cima —, para aquele quarto.

— E daí? Nós não estávamos juntos nessa época — vociferei.

— Tem muito mais coisa que o Trex não te contou sobre o trabalho dele. Ele é cheio de segredos. Esse é um jeito simpático de dizer que ele não pode contar a verdade. Tudo que ele sabe fazer é mentir, mesmo quando o assunto não é importante. Ele simplesmente não consegue falar toda a verdade. Então, sim, eu tentei beijar o Trex. Tinha uns sentimentos não resolvidos entre nós. Mas, desde então, descobri que só sinto pena de você. Eu terminei tudo com ele. Mas você... você está trazendo um bebê pra esse mundo com um homem que consegue olhar nos seus olhos e mentir na sua cara como se não fosse nada. Como você consegue confiar em alguma coisa que sai da boca dele? Ter um homem que decide o que você pode e o que você não pode saber? Não que eu esteja interessada, pode acreditar.

Lane estava satisfeita com a expressão no meu rosto. Levei a mão à barriga, empurrando um tendão dolorido que se esticava conforme Maddie crescia.

— Como você sabe do emprego dele? — perguntei.

— Pergunta pra ele.

Franzi a testa, vendo a caminhonete de Trex parar embaixo da marquise. Ele saltou com um sorriso no rosto, feliz de me ver algumas horas antes de eu ter que voltar ao trabalho. Eu tinha que decidir naquele momento se ia ou não confrontá-lo, e isso partiu meu coração. A luz nos seus olhos ao me ver enquanto atravessava as portas já estava se transformando em suspeita. Não fazia sentido tentar esconder o que eu sabia. Ou ele ia ver na minha cara ou Lane ia abrir a maldita boca.

— Oi — cumprimentou ele, me abraçando. Ele beijou meu rosto antes de falar de novo. — O que aconteceu? Está tudo bem? — Seus olhos se alternavam entre mim e Lane. Ela exibia uma expressão presunçosa, e a última coisa que eu queria era dar a ela a satisfação de uma discussão.

— A Lane me contou sobre... antes — falei.

Trex franziu a testa, e seu olhar se dirigiu a ela. Os ombros dele afundaram.

— O que você está fazendo? Estou apaixonado por essa garota.

Lane cruzou os braços.

— Então, por que mentiu?

— Eu não menti, Lane. Não valia a pena mencionar.

— Não foi isso que você disse naquela época — soltou ela.

— Eu não disse nada naquela época. Parei de te ligar quando descobri que você era maluca.

Tentei não sorrir e pressionei os lábios. Trex interpretou minha expressão como raiva.

— Baby... — ele começou.

Dei um tapinha em seu peito.

— Está tudo bem. Vamos.

Passei por ele, me virando quando ele não me seguiu. Lane e Trex estavam parados, atônitos.

— Você já disse que não valia a pena falar dela. Também acho. Vamos, por favor.

Trex se apressou para andar ao meu lado enquanto íamos até a caminhonete. Ele me ajudou a entrar, depois correu para o outro lado, me olhando enquanto dava partida no motor. Quando saímos, ele pigarreou.

— Você está com muita raiva? — ele perguntou.

— Estou furiosa — falei, virando-me para encará-lo. — Você sabia que um dia ela ia jogar essa bomba na minha cabeça. Por que não me contou? Eu sei que não vale a pena falar dela, mas você pelo menos podia ter me poupado da humilhação de descobrir tudo através ela.

Primeiro ele se encolheu, mas, enquanto eu falava, ele se esforçou para não sorrir.

— Isso não é engraçado, Scottie!

O fato de eu usar o primeiro nome dele arrancou o sorriso do seu rosto.

— Eu sei. Sei que não é e sinto muito. Mas, quando você fica furiosa e o Texas escapa da sua boca... é a coisa mais fofa que eu já ouvi.

Olhei furiosa para ele.

Ele estendeu a mão para mim, mas cruzei os braços sobre minha barriga enorme.

— Baby... você está certa. Eu devia ter te contado. Realmente não houve um bom momento pra falar da Lane.

— Então você podia pelo menos não ter fingido que não conhecia ela, né?

— Não era isso que eu estava tentando fazer. Eu estava tentando demonstrar a minha indiferença. Ela me perseguiu umas cinco semanas depois que tentei terminar com ela numa boa. Eu fiquei meio apavorado quando ela conseguiu o emprego no hotel.

Olhei pela janela, tentando não me sentir lisonjeada. Mas as outras coisas que ela disse me vieram à mente.

— Ela disse que sabia do seu emprego. Disse que você tinha muitos segredos. Não gosto do fato de ela saber coisas sobre você que eu não sei.

— Ela não sabe de nada, Darby.

— Ela sabe alguma coisa.

Ele suspirou.

— Não posso te contar, Darby. Você sabe disso.

Ele estendeu a mão de novo, e desta vez eu a peguei. Ele a apertou.

— Ela disse que você não é capaz de dizer a verdade. Disse que eu não devia confiar em você. Só pra você saber, seu emprego é o único segredo que você pode manter — falei. Quando ele não respondeu, inclinei o pescoço para ele. — Trex.

— Combinado — ele disse rapidamente e beijou meus dedos.

26

Trex

A madeira estalava dentro da lareira, com duas meias vermelhas com barrado de pele branca e outra bege minúscula de tricô com barrado vermelho penduradas no aparador acima. Eu as havia encomendado pouco depois de nos mudarmos, com nosso nome bordado, inclusive o de Maddie. A meia dela dizia MADDIE ROSE, apesar de Darby ainda não ter concordado com o nome do meio. Eu já tinha juntado os dois, e Darby tinha parado de discutir ao vê-la enfeitando a lareira.

O cômodo estava iluminado com uma luz suave, e Darby relaxava no sofá com os pés descalços no meu colo, a barriga balançando enquanto ela dava risinhos me vendo tentar pintar seus dedos do pé inchados.

— O que foi? — perguntei, sorrindo, mas tentando me concentrar. — Fica quieta! Eu já sou terrível nisso, e é muito mais difícil com seus pés se sacudindo toda vez que você ri de mim.

— Não consigo evitar! — Ela pegou o celular e tirou uma foto.

Levantei o olhar.

— Sério? — perguntei com frieza.

Darby caiu na gargalhada, e eu balancei a cabeça, tentando de novo. Não me incomodava nem um pouco, mas Darby se divertia tanto por dificultar as coisas para mim que eu fingia que me incomodava. Depois que terminei, passei óleo de cutícula nos dedos do pé dela e massageei seus pés, e ela se recostou e pareceu serena e feliz. Eu adorava essa parte, nossas noites silenciosas em casa antes de ela ir para o trabalho. *A vida não pode ser melhor do que isso.*

O celular de Darby tocou nas mãos dela. Ela olhou para a tela e me mostrou. "Número desconhecido" aparecia no topo.

Estendi a mão, pedindo o celular. Darby se esticou ao máximo, bufando quando voltou à posição anterior. Deslizei o polegar pela parte inferior para atender.

— Alô?

Alguém respirava do outro lado. Não era uma ligação acidental. A pessoa que tinha ligado aguardava na linha.

— Quem está falando? — perguntei.

Mais respiração. Não do tipo que se espera de um pervertido ou de uma criança entediada. Uma respiração de alguém que aguarda, na escuta.

— Quem é? — perguntou Darby.

A respiração parou, e a ligação foi interrompida. Franzi a testa para o celular.

— Ninguém. — Eu ia ligar pra Val e pedir mais um favor, apesar de já estar devendo uns dez.

— Você, o Stavros, o Ander e a Maya são as únicas pessoas que têm o meu número. E o consultório da minha obstetra. — Ela sorriu ao dizer a última parte.

Ela estava tão orgulhosa de finalmente ter um número para lhes dar, e eles se sentiam aliviados por ela ter acesso a um celular. A dra. Park enfim me aceitou, confiando nas minhas intenções. Usei minha hora de almoço para acompanhar Darby a todas as consultas, feliz porque isso não fazia diferença para o general. Bianca não tinha nem perguntado os detalhes. Eles só sabiam que a minha namorada estava grávida.

Darby se virou para olhar para o grande relógio pendurado na cozinha.

— Essa é a única coisa que eu não gosto no meu emprego. Os hotéis funcionam trezentos e sessenta e cinco dias por ano. É noite de Natal, a lareira está acesa, e eu tenho que começar a me arrumar para o trabalho daqui a pouco.

— Você já falou com o Stavros?

— Não posso — disse ela, com uma pitada de tristeza na voz. — A Tilde ainda está na casa de repouso. Ela está durando um mês a mais do que eles pensaram. Ela vai embora a qualquer momento.

— Como ela está? — perguntei. Darby a visitava quase todos os dias.

— Parece um esqueleto. Ela dorme a maior parte do tempo. É cruel. Trex? Não me deixa... Não deixa isso acontecer comigo, tá?

Coloquei seus pés no chão com cuidado e me aninhei nela. Darby não falava sobre o nosso futuro com muita frequência e não fazia ideia de como eu me sentia em relação a isso. Até conversar sobre um final de vida assustador era reconfortante para mim, pois eu poderia amá-la todos os dias nesse intervalo.

— Nós vamos morrer juntos na nossa cama, quentinhos e felizes.

— Estou falando sério.

— Não vou deixar — prometi. — Eu nunca deixaria nada de ruim acontecer com você.

Darby pareceu satisfeita e relaxou no meu ombro. Entrelaçamos nossos dedos sobre a barriga dela, rindo quando Maddie se mexeu.

— Será que a gente deve contar pra ela? — perguntei. — Quero dizer... eu estava pensando: ninguém sabe que ela não é minha. Nós podíamos... você pode usar o meu sobrenome, e ele apareceria na certidão de nascimento. Isso é supercomum.

Darby ficou calada um bom tempo, e fiquei preocupado de tê-la chateado.

— A menos que você... a menos que você não queira — falei rapidamente.

Ela me olhou, uma lágrima escorrendo pelo nariz.

— Você acabou de me pedir em casamento? Porque isso foi terrível.

Ela sorriu, me fazendo soltar um suspiro de alívio.

— Posso fazer isso de um jeito muito melhor, se você quiser.

— Eu quero — disse ela.

— Sério? Você se casaria comigo?

Ela fez que sim com a cabeça, e eu me inclinei para tocar meus lábios nos dela. Nesse momento entendi por que Kitsch fingia que sua família não havia morrido, por que Harbinger fez meses de terapia para ser o melhor pai possível para os filhos. Família era tudo. Valia a pena morrer por ela, perder a cabeça por ela e encarar seus maiores medos.

— Não vou te fazer esperar muito tempo — falei.

— Faltam cinco semanas e meia, rapaz.

— Não dá tempo de preparar uma festa de casamento.

— Quem precisa de uma festa? — disse ela com um sorriso choroso.

— Você está falando sério, então? — perguntei. Ela assentiu, e eu a beijei de novo. — Eu te avisei que seu sobrenome seria Trexler.

Darby me abraçou com força, como se não nos víssemos havia muito. Depois me puxou, apertando o rosto contra o meu.

— Estou tão feliz, Trex. Tão, tão feliz. Tenho muita sorte de você achar que eu sou a pessoa que você sempre amou. Espero que eu seja. Vou tentar ao máximo ser essa pessoa.

— Essa pessoa é você, Darby. Não tenho a menor dúvida. — Certo. Eu devia ter contado a ela naquele momento. Ela estava de bom humor, sabia que pertencíamos um ao outro e que eu não era como os outros soldados que ela achava que a amavam. Mas era noite de Natal, e estávamos falando de casamento, e a última coisa que eu queria era admitir que eu guardava mais um segredo.

— A gente devia contar pra ela bem cedo que você a adotou e que a amou desde o início. Se ela descobrir de outro jeito, que não seja por nós, Trex...

— Tem razão. — Beijei seu cabelo. — Claro que você tem razão. Às vezes eu tenho umas ideias malucas.

— Eu gosto da parte em que ela tem seu sobrenome. Em que nós duas temos seu sobrenome. — Seu sorriso se transformou em preocupação.

— Desistiu? — perguntei.

Ela apertou a lateral da barriga, como fazia quando Maddie se espreguiçava, crescia ou seus tendões se esticavam.

— Uau, sua barriga está uma bola perfeita, agora — falei.

— Está dura — disse ela.

Levantei sua blusa e toquei sua pele nua. Ela estava certa. A barriga costumava ceder, exceto nos pontos onde Maddie estava, mas a área toda estava dura como pedra.

— É uma contração?

— De treinamento.

Assenti, aliviado.

— Ótimo. Ainda temos algumas coisas pra ajeitar.

O quarto de Maddie estava quase pronto, com um tapete que parecia um buquê de rosas em diversos tons de rosa. O berço de madeira, as paredes, a cadeira de balanço e a poltrona eram brancos. Nas paredes havia um entalhe de madeira que dizia MADDIE em letras manuscritas, cercado de rosas de papel que combinavam com o tapete. O lençol do berço e a almofada na poltrona eram do mesmo material rosa florido. Parecia quase idêntico à foto que Darby havia me mostrado no Pinterest. Fiz questão que ela tivesse tudo que queria. Tínhamos macacões, pijamas, alguns vestidos e um armário cheio de roupas infantis para Maddie usar até os doze meses, meias, algumas faixas de cabeça, fraldas, lenços umedecidos, hidratante, xampu e cortador de unha para bebês e uma lâmpada azul de plástico que eu não fazia a menor ideia da utilidade, mas Darby tinha certeza de que precisávamos dela. O carrinho estava comprado e guardado no armário, o assento de carro já instalado no banco traseiro da caminhonete.

A bolsa de bebê já estava arrumada e pronta para levar para o hospital havia uma semana.

— Do que mais precisamos? — ela perguntou, se esticando para criar mais espaço para respirar.

— Tenho certeza de que falta alguma coisa — falei. — Parece que estamos nos esquecendo de algo.

Darby sorriu.

— Você sabe que a Maddie não vai esperar até estarmos prontos.

Eu me inclinei para beijar a pele nua de Darby e depois a cobri.

— Eu sei. Eu só quero estar preparado.

— Mas nós estamos preparados — disse ela, olhando ao redor. — É uma casa linda de verdade. Temos tudo de que precisamos. Não sei como isso aconteceu, mas realmente temos sorte.

— Tenho mesmo — falei. — Então... preciso te contar uma coisa.

Ela arqueou a sobrancelha.

— Meus pais têm um lance na igreja, mas a Hailey quer vir nos visitar amanhã. Ela só me contou hoje, mas ela não vem desde a semana em que nos mudamos, e eu não pude dizer "não".

— Por que você diria "não" pra ela? É sua irmã, e é Natal.

— Porque eu ainda não tinha falado com você.

— Você não precisa falar comigo sobre as visitas da sua irmã. Eu amo a Hailey. Ela pode vir sempre que quiser.

Deixei a cabeça cair para trás.

— Eu me esqueço de como você é tranquila. Eu não me conformo.

— Quem ficaria com raiva disso?

Eu me sentei, me lembrando de épocas menos alegres.

— A Laura. Ela não gostava de surpresas.

— Bom — disse Darby, tocando na barriga. — Toda a minha vida é uma grande surpresa. — Ela se levantou. — Vou me arrumar pro trabalho.

— Espera! Tenho um presente de Natal pra você. — Corri até a árvore, em seguida voltei e me sentei ao lado dela. A caixa era pequena. — Alerta de spoiler: não é uma aliança de noivado.

Ela puxou a fita branca e abriu a tampa.

— Ai, meu Deus. — Darby pegou o anel de ouro branco e o segurou contra a luz. Era rodeado de minúsculos diamantes, com uma única ametista no centro, do mesmo tamanho das outras pedras. — Trex! — ela exclamou, colocando-o no dedo do meio.

O anel serviu perfeitamente, e meu peito inflou um pouco.

Os olhos de Darby ficaram vidrados.

— E se ela chegar mais cedo?

— Já combinei com o joalheiro. Ele simplesmente vai trocar a pedra. Olha o que está escrito dentro.

Ela o tirou e semicerrou os olhos, cobrindo a boca com a mão livre.

— Madeleine Rose — leu em voz alta. Ela o colocou de novo e jogou os braços ao redor do meu pescoço. — Eu amei.

— Eu te amo — falei, vendo-a se recostar e secar as lágrimas de alegria sob os olhos.

— Eu comprei umas coisinhas pra você de Natal. E não são tão especiais.

— Você está aqui comigo, nesta casa, linda e gerando minha bebê. O que mais eu poderia querer? — perguntei.

Ela sorriu, secou os olhos de novo e olhou para o anel.

— Não foi isso que eu planejei pra mim mesma. Eu não queria isso. Eu não fazia ideia de que você, a Maddie e tudo que estamos construindo me fariam mais feliz do que eu jamais fui... me fariam sentir mais em casa do que nunca.

Afastei os fios de cabelo cor de mel do seu rosto e segurei seu maxilar. Suas bochechas estavam um pouco mais cheias, mais rosadas do que antes, e seus lábios, nariz, dedos e pés estavam inchados. Eu nunca tinha visto uma mulher mais linda, nunca tinha sentido o amor de uma mulher tão gentil e, de algum jeito, eu a fazia feliz.

Ela se inclinou para beijar a palma da minha mão, fechou os olhos enquanto seus lábios roçavam minha pele, esforçando-se para sair do sofá.

— Caralho! Vou precisar de um banho frio pra ir trabalhar. Ah, e não esquece que, depois da próxima consulta, elas vão ser semanais.

Fiz que sim com a cabeça.

— Já pedi folga no trabalho.

Ela se inclinou para beijar meus lábios.

— Já é um bom pai.

Ela foi até o quarto, e eu fiquei sentado, aturdido, sem conseguir responder. Meus olhos ficaram marejados e eu sequei as lágrimas rapidamente, pigarreando. Eu não fazia ideia do quanto precisava ouvir isso. Meu pai tinha sido tão deplorável, e só naquele momento eu percebi que precisava me libertar do medo de ser igual; um medo que eu nem sabia que tinha.

— Obrigado — falei para o cômodo vazio.

As luzes brancas de Natal piscaram, lançando um brilho quente e prateado sobre o laranja que tremeluzia na lareira. A sala de estar toda estava banhada por uma luz suave, e eu me sentia quase eufórico. Um anel de noivado estava no cronograma no segundo em que as lojas abrissem depois do Natal. Eu precisava me casar com essa garota.

Eu me recostei e relaxei, ouvindo Darby cantarolar uma canção de ninar para Maddie enquanto se vestia. O celular dela vibrou, a tela iluminada chamando minha atenção. Era uma mensagem de Stavros, dando notícias de Tilde.

— Baby — chamei, pegando seu celular. — O Stavros te mandou uma mensagem. É alguma coisa sobre a Tilde.

— Lê pra mim, por favor.

Toquei na mensagem e abri o texto. Falei alto para Darby me escutar.

— "A Tilde faleceu uma hora atrás, cercada por amigos e pela família. Obrigado por ter passado um tempo com ela nesses últimos dias. Eu sei que ela gostou. O dia e a hora do enterro serão anunciados em breve."

Desnorteada, Darby saiu do quarto vestindo apenas um roupão. Eu me levantei e estendi as mãos para ela.

— Sinto muito, amor.

Ela me abraçou apertado, os punhos agarrando minha camisa. Eu me balancei de um lado para o outro, prestando atenção nas reações dela para ajudá-la da melhor forma possível.

— Ela agora está com o Senhor — disse ela, soltando minha camisa. — É difícil saber que você não acredita nisso.

— De qualquer maneira, o sofrimento dela acabou — falei.

Darby assentiu, depois me abraçou de novo, e eu a confortei.

— A última vez em que fui a um enterro foi no de Chase e do meu pai. Fico arrasada de pensar em outro.

— Você não precisa ir. O Stavros entenderia. Talvez ele até prefira que você vá trabalhar em vez de ir ao enterro, se for de manhã, durante o turno do Ander.

— Não, eu tenho que ir. Você vai comigo?

— Claro — falei, abraçando-a com delicadeza. — Você sabe que eu vou.

Ela fez que sim com a cabeça e voltou para o quarto, andando mais devagar desta vez, sem empolgação. Seu celular estava frio e pesado na minha mão. Olhei para a tela, ainda curioso em relação ao número desconhecido. O fato de Shawn estar na área duas vezes em tantos meses tinha me deixado tenso. Val estava de olho nele, mas ela também descobriu que seu paradeiro estava sendo encoberto. Derek, o irmão de Shawn, provavelmente o estava ajudando. Ela também estava investigando isso, mas ela não era um gênio da computação, e tínhamos que ser cuidadosos em relação a quem pedir ajuda.

Apesar de estarmos sendo cuidadosos, alguma coisa parecia errada. Eu sabia que era Shawn do outro lado da linha. Meu polegar pairou sobre o botão do celular e, antes que eu conseguisse me impedir, cliquei em "chamadas recentes". Desci a lista, vendo que ela já tinha recebido duas ligações de números desconhecidos.

Abri a porta da garagem, liguei a caminhonete para aquecê-la para Darby e fui para a sala de estar. Eu me sentei, de olho na porta do quarto. Rolei a lista de contatos, apertei o nome da Val e esperei.

— Aahh — disse ela. — Me ligou pra desejar feliz Natal?

— Também — falei. — Como estão as coisas?

— Indo. E você? Como está a casa nova?

— Tudo bem.

— Ah, é? Que ótimo. Parabéns. Ainda estou no apartamento.

— Seu marido ainda está aí? — perguntei.

— Claro que está. Quem sair perde o apartamento. É por isso que o divórcio ainda não foi finalizado. Ele quer o apartamento.

— Mas era seu. O Sawyer foi morar com você, não é? E, se ele gostava tanto do apartamento e de morar com você, provavelmente não devia ter trepado com a agente Davies.

— É, bom... não dá pra colocar juízo na cabeça de um idiota. E, se você estiver se perguntando, sim, ele está me ouvindo.

— Então... eu estava pensando. Alguma movimentação?

— Sim, mas nada preocupante.

— Você ainda acha que o irmão está interferindo?

— Sem dúvida. O Sawyer está cuidando disso.

— O Sawyer?

— Ele é nosso rastreador, e ele é bom nisso. Ele sabe lidar com um computador. Não é do nível do Derek, mas consegue ver onde a localização atual do Shawn foi apagada. O Derek pode estar ajudando o cara a sair da base.

— Estamos em desvantagem.

— Por enquanto — disse Val. Sua confiança era reconfortante, mas não era suficiente.

— Ele está planejando alguma coisa, Val. Não podemos ficar dois passos atrás. A Darby vai dar à luz daqui a quatro semanas. Estou preocupado de ele achar que essa bebê é minha, estar esperando o momento certo de ela ficar sozinha, ou seja, quando ela tiver a bebê, para pegá-la de volta. Para sequestrá-la. Ou, se ele descobrir, de algum jeito, que a bebê é dele...

— Trex, ela tem seis fuzileiros navais extremamente perigosos à disposição. Você é esperto. Você pode estar na defensiva, mas você tem uma equipe incrível.

— Me faz um favor. Fique na cola dele de novo. Isso vai disparar alguns alertas, mas acho que, a essa altura, não importa.

— Pode deixar — disse ela, desligando.

Deixei o telefone de lado e me sentei no sofá, esfregando as mãos. Val estava certa, mas eu não queria esperar até alguma coisa acontecer para agir. Eu tinha que localizar Shawn e... pensamentos sombrios disparavam pela minha mente, coisas que eu tinha visto acontecer com civis em aldeias ou espiões suspeitos; coisas nas quais eu nunca mais queria pensar.

Vou precisar de corda, e muita.

— Trex — disse Darby da porta do quarto.

Levantei o olhar.

— Oi, babe. Está pronta? — Dava para ver que não estava. Ela estava sem calças e o cabelo estava preso no alto da cabeça.

— O que você está fazendo? — ela perguntou, segurando a barriga.

Olhei ao redor.

— Só estou esperando você se arrumar.

— Você estava no celular.

— Ah, sim. Só desejando feliz Natal pra antigos colegas de trabalho.

Ela fechou os olhos, os cílios empurrando as lágrimas que haviam escorrido pelo rosto. Ela se virou e foi novamente para o quarto, fechando a porta.

Eu me levantei, a segui e bati duas vezes antes de entrar. O quarto estava escuro, a única luz vindo do banheiro. Entrei e a vi escovar o cabelo e chorar.

— O que aconteceu?

— Ela estava certa. Você consegue me olhar nos olhos e mentir na minha cara?

— *O quê?!* Quem estava certa? — perguntei, confuso.

Ela sacudiu a cabeça, os cachos loiros soltos se balançando.

— Algum dia eu vou poder confiar em você? Posso confiar nas coisas que você me disse até agora?

— Darby, não estou entendendo...

— A Val. Eu ouvi você falando com ela. Quando é que você ia me contar? O Shawn esteve aqui? Não é você que decide o que eu posso saber quando se trata da minha vida e da minha segurança!

Levantei as mãos.

— Tudo bem, só um segundo, me deixa explicar. Você está quase no fim da gravidez. Está tendo contrações mais fortes e mais frequentes a cada dia. Não estou mentindo pra você, só não estou te contando coisas que podem te angustiar. Estou tentando cuidar disso sozinho, pra você poder relaxar e curtir o restante da gravidez.

Ela balançou a cabeça.

— Um dia desses, Trex... você vai esgotar as desculpas. Você *não tem* o direito de esconder isso de mim.

Ela passou um pouco de maquiagem e vestiu a calça; calçou os sapatos e ficou parada perto da porta. Em seguida digitou algo no celular.

— Você está pronta? — perguntei, me sentindo um cachorro chutado.

— Vou pegar um táxi.

— Darby, eu te levo. É mais seguro, de qualquer maneira.

Ela secou uma lágrima.

— Eu devia ter seguido os meus instintos e me mudado.

— Babe — contestei, enterrando o rosto em seu pescoço e abraçando-a com cuidado. — Eu te amo. Só estou tentando proteger você e a Maddie.

Ela se virou, apontando para mim com o celular.

— Eu não gosto do fato de ser tão fácil pra você mentir na minha cara! O que mais você não está me contando?

Minha boca se abriu. Antes, eu não contava a ela sobre o meu passado porque não queria estragar o momento. Agora eu estava com medo de ela ir embora. Suspirei.

— Darby, eu já te falei tudo que podia. O resto não importa.

— Não, mas poder confiar em você importa. Que inferno você provar que a Lane estava certa!

Ela abriu a porta com violência e saiu cambaleando para a caminhonete. Corri atrás dela, abrindo a porta do carro e ajudando-a a se sentar no banco do carona. Ela colocou o cinto de segurança e olhou para a frente. Quando sentei atrás do volante, Darby estava chorando com o rosto escondido nas mãos.

— Baby, me desculpa. Por favor, não chora.

— Quer dizer que o Shawn esteve aqui? Ele sabe onde eu estou?

— O importante é que você está protegida. Ele não vai se aproximar de você.

Ela secou os olhos, a expressão de dor, medo e estresse voltando ao seu semblante depois de tanto tempo. Darby entrou de novo naquele buraco e ficou lá durante toda a viagem até o trabalho. Nem as luzes de Natal nas casas a trouxeram de volta. As lágrimas secaram, e a luz nos seus olhos foi se apagando, até sumir completamente.

Parei a caminhonete embaixo da marquise e a coloquei em ponto morto.

— Darby...

— Estou bem — disse ela, pegando suas coisas.

— Estamos juntos nisso.

— Na verdade, eu nunca me senti tão sozinha em toda a minha vida.

— Quando ela saltou da caminhonete, desliguei o motor e fui atrás dela.

Maya se preparava para deixar o seu turno. Já pendurava a alça da bolsa no ombro. Parecia exausta.

— Onde a Lane está? — perguntou Darby.

Maya deu de ombros.

— Não apareceu pro turno dela. O Ander e o Stavros estão com a família, e você está prestes a parir. Então... eu fiquei.

— Desculpa. Ela nem telefonou?

Maya balançou a cabeça.

— Perdão, Darby, mas estou morta de cansaço. Te vejo de manhã, tá?

— Feliz Natal, Maya. Dirige com cuidado — disse Darby, afastando seus itens pessoais e se conectando ao computador.

Estávamos sozinhos no saguão, o único som vindo das portas da frente se abrindo e se fechando quando Maya saiu. O ar-condicionado armou, fazendo a decoração pendurada no teto balançar. Fiquei em silêncio enquanto Darby arrumava sua estação de trabalho.

Ela estava determinada a não falar comigo, decidindo o meu destino sem a minha interferência. Resolvi deixá-la se acalmar e fui me sentar do outro lado do saguão. Pedi uma comida gostosa demais para Darby ignorar — talvez para ganhar alguns pontos —, apesar de não estar com a menor vontade de comer. Disquei para um restaurante asiático e mandei uma mensagem para Naomi enquanto esperava.

Ela foi tão antipática quanto achei que seria. Naomi tinha me falado para ser sincero. Achei que eu podia controlar a situação. Eu tinha conduzido equipes por situações muito mais perturbadoras do que essa, então julguei que o fato de Darby me afastar por eu ser militar seria menos complicado. Eu estava totalmente errado em todos os sentidos.

Quando a comida finalmente chegou, Darby demorou o tempo que o cheiro levou para invadir o saguão para levar sua parte até a mesa da recepção. Ela comeu em silêncio, deixando os olhos pousarem em qualquer lugar, menos em mim.

— Darby — falei quando ela parecia ter acabado.

Ela embrulhou a comida.

— Vai embora.

Voltei para minha poltrona e esperei. Esperei a noite toda, na esperança de que, quando o turno acabasse, ela estivesse mais aberta a ouvir meus argumentos; ou, pelo menos, a me ouvir implorar. Uma hora antes do fim do turno, decidi tentar mais uma vez.

— Eu sei que você está com raiva — comecei.

— Com raiva? Eu me sinto traída, enganada, manipulada... *raiva* é pouco para o que estou sentindo. — Ela tremia enquanto falava. — Você sabia exatamente como eu me sentia em relação a pedir pra Val bisbilhotar o meu passado.

— Eu estava tentando encontrar o paradeiro do Shawn, Darby.

— Há quanto tempo você sabe? Quando foi que ele começou a vir a Colorado Springs?

Enfiei as mãos nos bolsos.

— Já faz um tempo. Eu não queria te preocupar.

— Você não levou em consideração nada do que a gente conversou, nem os meus sentimentos, nem os meus direitos... Você não é o meu *dono,* Trex. Você não tem o direito de tomar essas decisões por mim.

— Não, eu não sou o seu dono, mas eu te amo, e isso me dá o direito de tentar cuidar de você do melhor jeito que eu conheço.

Ela balançou a cabeça.

— Não posso ficar com alguém em quem não consigo confiar. Por favor, vai embora.

— Darby! — Minha voz saiu mais alta do que eu pretendia, o choque parecendo raiva. — Eu não vou embora. Nós vamos conversar e resolver isso.

As portas se abriram, e Darby levantou o olhar com um sorriso de miss que rapidamente se transformou em medo. Ela piscou algumas vezes, deixando o olhar desviar de quem tinha entrado. Eu me virei e vi dois homens, um que eu reconheci como passageiro do sedã branco estacionado no hotel na noite do Dia de Ação de Graças.

— Feliz Natal — disse o homem em voz bem alta, como se estivesse falando para um saguão cheio de gente. Estava usando roupas civis, mas o cabelo tinha o corte militar padrão. Suas feições eram angulosas, o queixo comprido mas quadrado e, apesar de ser o mais baixo dos dois, tinha um metro e oitenta e seis. A leve barba por fazer no maxilar ocultava os lábios finos. Eu soube imediatamente quem era quando ele mirou os olhos azul--claros em Darby. Suas pupilas ocupavam a maior parte das íris, o nariz comprido levemente empinado na ponta, o queixo com uma divisão discreta. Parecia o Kurt Cobain com um péssimo corte de cabelo.

Eu me aproximei de Darby. Minha Glock estava no porta-luvas da caminhonete, longe demais para ser útil.

Darby estendeu lentamente a mão para a gaveta embaixo da caixa registradora, abriu uns dez centímetros, o suficiente para enfiar a mão e bater a unha numa pistola minúscula. Eu só olhei para ela, mas, pelas informações que consegui captar no segundo em que meus olhos foram atraídos pelo som da unha dela no metal, parecia um modelo Baby Browning do fim dos anos 1960. Eu não tinha a menor ideia de como ela havia conseguido uma arma que custava facilmente mais de setecentos dólares, mas lá estava ela. Eu tinha esperança de que, se desse merda, ela estivesse carregada e pronta para usar.

— Shawn — disse Darby.

Havia alguma coisa na tensão da sua voz que eu nunca tinha ouvido, uma coisa que excitou Shawn. Ela ainda tinha medo dele, e ele se alimentava disso. Se eu achava que demônios existiam, ele era um deles.

— Quanto tempo, coelhinha.

— Não me chama assim — vociferou ela.

Shawn apoiou os cotovelos no balcão e se aproximou. Ela deu um passo para trás, e ele sorriu.

— Senti saudade. Acho que você não tem ideia do que fez comigo quando me deixou plantado no altar. Levei meses pra raciocinar direito. — Ele voltou o olhar para mim. — Sou o Shawn. Mas você já sabe.

— Trex — falei, olhando furioso para ele.

— É um prazer finalmente te conhecer, Trex. Essa — disse Shawn, apontando para Darby — é a minha noiva. Talvez ela tenha mencionado isso quando vocês estavam trepando.

— Tenho certeza de que você precisa estar noivo pra chamá-la assim — falei.

— Ah — disse Shawn, com a voz macia —, ainda estamos noivos. Nós nunca nos casamos, sabe, então ainda somos noivos. — Ele olhou para Darby. — Precisamos corrigir isso, coelhinha.

Darby se encolheu.

— Vai embora — falei.

Shawn deu uma gargalhada e se afastou.

— Esses fuzileiros navais. Tão confiantes! Que maldição! — ele disse para o amiguinho, que cobriu a boca. — Desculpa, coelhinha. Eu sei que você não gosta dessa palavra. — Ele voltou, apoiou os cotovelos no balcão da recepção e se inclinou, olhando direto nos meus olhos. — Nunca gostei de fuzileiros navais. Babacas arrogantes.

— Foi isso que você disse pra Naomi quando ela colocou esse cara contra a parede? — Olhei para o amigo dele. — Era você? Como você se sentiu?

Darby me olhou, confusa.

Meu coração começou a martelar no peito, minha respiração acelerando para acompanhar.

— Baby...

Darby recuou, parecendo tão sozinha quanto se sentia. Suas mãos trêmulas tocaram na cintura do tamanho de uma bola de praia.

— Quero que todo mundo vá embora. Você primeiro — disse ela para Shawn. Ela estendeu a mão para o aparelho da linha fixa do hotel e o levantou para todos verem. Sua voz parecia um pouco mais corajosa do que antes, mas os olhos ainda estavam no chão. — Senão eu chamo a polícia.

— O que a polícia vai fazer? Alguma vez eles fizeram alguma coisa? — perguntou Shawn, estendendo a mão para ela.

Ela soltou o aparelho e deu um passo para trás, e eu me coloquei entre eles. Darby estava apavorada, o corpo todo tremendo, mal conseguindo respirar.

— Eu te mato se você encostar nela — falei. — Isso não é uma ameaça. Eu rasgo a sua garganta, porra, e atiro na sua cara até não sobrar mais nada pra identificar.

O sorriso de Shawn desapareceu, e de repente ele pareceu cansado. Ele apontou para a barriga dela antes de deixar o braço esticado cair na mesa.

— É meu?

Darby levou um instante para falar.

— Ela é minha.

— Ela? — perguntou Shawn, os olhos ficando vidrados. — É uma menina?

Darby assentiu.

— Coelhinha...

— Sai daqui, porra! — rosnei. — Ele não vai pra casa com você. Ela não se casou com você porque você é um merda de um abusivo.

Shawn apontou para mim.

— Você sabia que ele era fuzileiro naval, Darby? Sabe quantas pessoas ele já matou? Sabe por que ele e a ex se separaram? Ele não era legal com ela. Você devia perguntar pra ele em algum momento, se bem que ele não vai te dizer a verdade.

— Do que você está falando, porra? — perguntei.

— Você sabe como o melhor amigo dele morreu?

— Vai se foder — falei.

Shawn apontou para mim outra vez.

— Ele é um babaca mentiroso, esse aí. Você não precisa ir pra casa comigo, mas você não vai querer esse cara. Ele não é nada do que você pensa.

Os olhos vermelhos e marejados de Darby me imploravam para negar tudo, mas eu não podia negar que era fuzileiro naval e, por isso, ela não ia acreditar no resto. Seu lábio inferior estremeceu, e ela olhou para Shawn, estendendo a mão para o telefone de novo e digitando três números.

— Você tem dez segundos.

— Tudo bem — disse Shawn, levantando as mãos.

Ouvi a despachante do outro lado da linha atender.

— Nove-um-um, qual é a emergência?

Darby observou Shawn indo embora, o sedã branco saindo do estacionamento.

A despachante repetiu.

— Hum, estou no Hotel Colorado Springs. Tinha uns caras aqui com comportamento suspeito, mas eles foram embora quando eu liguei.

Darby explicou vagamente a situação, deixando de fora o fato de que Shawn era seu ex. Quando desligou, ela cobriu a boca, se esforçando para controlar a respiração.

Estendi a mão para ela, mas ela se afastou.

— Sua vez.

— Darby...

— Eu vou embora — disse ela, com a voz falhando. — Vou pegar minhas coisas mais tarde. Eu gostaria que você não estivesse em casa quando eu fizer isso.

— Não. Para — implorei, sem saber mais o que dizer. Tentei parecer calmo, mas, por dentro, o pânico estava quase me dominando. — Não acredita nele, Darby. Não deixa ele fazer isso com a gente. O que ele disse não era verdade.

— Qual parte? — Ela não gritava. Sua voz estava baixa, sem emoção. Eu não costumava sentir medo de verdade, mas, naquele momento, estava apavorado. Ela falava comigo e me olhava como se eu fosse um desconhecido.

— Está certo, eu era fuzileiro naval — comecei.

— É tarde demais.

— Mas eu te falei a verdade sobre a Laura — soltei. — O Matt morreu salvando o resto da nossa equipe. Ele se jogou numa granada ativa. Eu não te contei que era fuzileiro naval porque todo mundo no hotel sabia que você era inflexível em relação a não sair com determinado tipo de cara.

— É tarde demais.

— Depois que você me contou do Shawn, eu amarelei pra contar a minha história com os militares, porque fiquei com medo de você não querer mais me ver. Mesmo depois que você ficou tranquila por eu ser agente federal. Mesmo depois de você me pedir pra ser sincero. Houve umas mil oportunidades pra eu ter te contado, e todas as vezes eu deixei meu medo de te perder me convencer a não contar.

— É. Tarde. Demais. — Ela não estava chorando. Só começou a organizar o espaço de trabalho, agindo como se eu não estivesse ali.

— Baby — falei, indo em direção a ela.

Ela se virou para me encarar, erguendo a sobrancelha, me dizendo claramente, sem palavras, para eu não me aproximar.

Engoli em seco.

— Nós nos damos bem. Tudo isso... é o meu passado, Darby. Você é o meu futuro. A Maddie é o meu futuro. Nós vamos nos casar. Vocês duas vão ter o meu sobrenome. Nós vamos ser felizes. Nada disso vai importar daqui a alguns anos.

— Porque só vamos saber o que você decidir compartilhar?

— Não, porque nós nos amamos, somos felizes e nossos filhos também vão ser.

— É melhor você ir embora — avisou ela, voltando para o trabalho.

— Você disse que estava dentro.

— Eu estava — disse ela, finalmente demonstrando um vislumbre de emoção nos olhos. — Tudo que eu pedi foi sinceridade. Você não pode confiar a verdade a mim, e eu não posso confiar que você vai contá-la. Não vou ceder. Não vou. Não me importa o quanto a sua casa seja bonita ou quanto tempo eu gastei no quarto de bebê ou o quanto eu te amo. A Maddie merece coisa melhor, e eu também.

— Jesus Cristo, Darby, eu estou fazendo o melhor possível. Você não pode simplesmente...

— Foi *você* que fez isso, não eu. Eu te implorei pra ser sincero comigo! Você teve mil oportunidades de fazer isso.

Senti o sangue queimar sob as bochechas.

— Tudo que eu queria era te proteger. Eu queria que você se sentisse segura. Cometi mais do que alguns erros, mas não foi porque eu queria controlar o que você sabia e quando. Fiz isso porque eu estava com medo de te perder. Não significa que você não pode confiar em mim. Significa que você pode contar comigo não importa o que aconteça. — Tentei manter a voz calma. — Você viu o Shawn, as emoções estão fervilhando, você está com raiva, eu entendo. Mas não me fala que eu escolhi isso. Não é isso que eu quero. Não existe nada como nós, Darby. Duas horas atrás nós estávamos felizes. Nossa vida era incrível. Quero estar em qualquer lugar onde você esteja. Esse é o meu lugar. Perto de vocês duas. Sou seu. Seu e dela.

— Por favor, vai embora.

As palavras me tiraram o fôlego.

— O Shawn está em Colorado Springs, Darby. Não posso te deixar aqui sozinha.

Ela pensou por um instante.

— Parece que eu não tenho muita escolha.

— E se... e se eu esperar na caminhonete lá fora? Só pra garantir. Não vou te incomodar.

Seus lábios formaram uma linha rígida, e eu percebi que ela não deixaria a raiva atrapalhar o bom senso.

— Tudo bem.

— Você realmente quer que eu esteja fora quando você for pra casa?

Ela me olhou diretamente nos olhos.

— Quero.

— Tudo bem, eu... vou mandar a Naomi vir te buscar e ficar de olho. Pelo menos até sabermos que o Shawn saiu da cidade.

— Acho que é uma boa ideia.

Meus ombros cederam.

— Pra onde... pra onde você vai?

Ela não respondeu e, antes de cair em um poço sem fundo de desespero, me agarrei à raiva.

— Só pra esclarecer. Eu não quero fazer isso. Não quero me afastar de nenhuma de vocês duas. Você está me afastando.

Ela digitou no teclado, e eu tive certeza de que eram apenas suas unhas nas teclas.

— Darby.

— Trex, vai embora! — disse ela, fechando bem os olhos.

— A Hailey... ela vem hoje — falei, sentindo as lágrimas queimarem meus olhos. — Preciso de você em casa. É Natal, porra.

— Não fala palavrão pra mim. — Sua voz estava tão baixa. Seus cílios empurraram as lágrimas manchadas de rímel que escorreram pelo rosto. Ela cobriu a boca.

Meu celular começou a tocar o tom de chamada da Hailey. Se fosse qualquer outra pessoa, eu o teria silenciado, mas eu sabia que ela tinha planejado estar na estrada antes de o nascer do sol e poderia estar perto ou já na cidade. Tive medo de ela chegar em casa e eu não estar lá.

Pigarreei antes de atender.

— Hailey?

— Trex? — ela gritou. — Trex!

Meu mundo parou.

— Você está chorando? O que está acontecendo?

— Ele bateu em mim!

— *O quê?*

— Acabei de sofrer um acidente! No cruzamento! O cara bateu no meu carro, e eu não consigo sair!

— Onde você está? Não importa, eu consigo achar sua localização. Fica aí. Estou chegando.

— Corre!

— Estou chegando! — Baixei o celular. — Era a Hailey. Ela se envolveu num acidente. Tenho que... tenho que ir.

— Ela está bem? — Darby perguntou. Era a primeira vez que ela não parecia me odiar desde que Shawn tinha ido embora.

— Não sei. Desculpa, eu tenho que ir.

— Vai — disse ela.

Encontrei seu olhar. Aquela única palavra foi seu adeus. Por mais que eu quisesse ficar, eu tinha que ir até minha irmãzinha. Sair de perto dela foi a coisa mais difícil que eu já tinha feito, mas eu me virei e corri até a caminhonete, saindo do estacionamento segundos depois.

27

Darby

— Você está com uma aparência pior do que a minha — disse Maya, arrastando-se para dentro com um copo grande de café.

— Obrigada — falei e vesti o casaco.

— Você andou chorando?

Massageei a barriga dolorida. Tive contração de treinamento durante todo o turno.

— Não.

A impressora vomitava os papéis da auditoria noturna, e eu tinha acabado de me desconectar do sistema. Eu já tinha reservado meu antigo quarto e codificado um cartão-chave. Não me dei ao trabalho de contar a Maya que eu ia voltar a morar no hotel. Não queria ter que falar disso até que fosse necessário.

Esperei Naomi e, como ela não apareceu, chamei um táxi. Imaginei que ela devia estar com Trex e a irmã dele. A expressão de Trex quando saiu ficou gravada na minha mente. Eu me convenci e voltei atrás sobre sair de casa pelo menos duas dezenas de vezes ao longo da noite. Minha cabeça e meu coração ainda guerreavam quando peguei algumas caixas vazias no bar e saí para entrar no táxi. O frio soprou no meu rosto no instante em que as portas se abriram. Coloquei a mão na maçaneta do táxi quando ouvi uma voz familiar dizer o meu nome — aquele que eu mais odiava.

— Oi, coelhinha. Pra que essas caixas?

Eu estava diante de Shawn, e o ar ao meu redor de repente ficou escasso demais para respirar.

Ele contornou por trás do táxi, pegou as caixas da minha mão e entregou a um dos dois homens parados a poucos metros de distância.

— Vai pra algum lugar?

— Só estou... levando pra casa.

— Não está, não.

Meus olhos ficaram marejados, e eu estendi a mão para a maçaneta de novo. Shawn cobriu a minha mão com a dele, envolvendo a mão livre na minha cintura e enterrando o rosto no meu pescoço.

— Aquela casa não é sua, coelhinha. Sua casa é comigo. — Ele puxou o ar pelo nariz. — Meu Deus, como senti saudade.

— Me solta — falei. Eu estava quase ofegando, mas não consegui evitar. Estar nos braços de Shawn outra vez era um pesadelo que eu tivera muitas vezes desde que tinha entrado no ônibus para Colorado Springs, e agora eu estava revivendo isso.

Seus dedos se enterraram na minha cintura.

— Vem pra casa comigo, Darby. Você ter fugido, tudo que eu passei depois que você foi embora... não importa mais. Temos um bebê agora. Vamos ser uma família.

Fechei bem os olhos.

— Ela... ela não é sua.

Ele agarrou o meu cabelo e puxou a minha cabeça para trás com força, e eu gritei.

— Vai se foder, sua piranha! — ele rosnou.

O motorista do táxi saltou, nervoso, mas determinado a não ficar só olhando.

— O que você está fazendo? — ele perguntou com um sotaque pesado. — Solta ela!

Shawn soltou o meu cabelo e agarrou o meu braço, me puxando consigo.

— Ei! — gritou o motorista do táxi. — Vou chamar a polícia!

Os faróis de um carro branco se acenderam. Shawn abriu a porta traseira no lado do carona e me jogou no banco. Em seguida me empurrou e se sentou, batendo a porta.

— Shawn — disse o motorista —, não foi isso que a gente combinou, cara.

— Dirige, seu babaca, senão eu dou um soco na sua nuca.

O motorista colocou o carro em marcha à ré e pisou fundo no acelerador. Bati a cabeça no apoio do assento e de novo na janela quando ele saiu em disparada e fez a curva.

— Pra... pra onde estamos indo? — perguntei. Quando ele não respondeu, eu gritei: — Pra onde você está me levando?

— Cala a boca, sua vagabunda idiota! — ele gritou na minha cara. Depois se recostou, bateu na testa várias vezes e pegou a minha mão. — Desculpa, desculpa, só estou tentando pensar. Terry, passa na casa dela.

— Você quer levar ela pra casa? — disse o cara no banco do carona. Ele era o maior dos três, provavelmente o que Naomi tinha colocado contra a parede no bar, na noite de Ação de Graças.

— Passa lá! — ordenou ele.

Fiquei preocupada de que Trex e Hailey estivessem em casa. Eu não tinha a menor ideia do que Shawn estava planejando.

— Não machuca eles. Eu vou com você.

Shawn tirou meu cabelo do rosto.

— Você vai comigo de qualquer jeito. Não vamos parar lá, coelhinha. Só vamos passar. — Ele sorriu para mim como se não tivesse acabado de me sequestrar e me tratar com grosseria, como se estivéssemos em uma viagem de Natal.

Eu me inclinei para longe dele, tentando pensar em um jeito de fugir do carro. Se eu pulasse, poderia machucar Maddie. Não havia nada que eu pudesse fazer até o carro parar. Quando Terry diminuiu a velocidade no cruzamento, coloquei a mão na maçaneta.

Shawn encostou uma faca na minha barriga.

— Não faz isso.

Olhei para baixo.

— Shawn...

— Eu te furo se você não ficar sentada nessa porra de banco como uma menina boazinha. Está me ouvindo?

Fiz que sim com a cabeça rapidamente, as lágrimas quentes escorrendo pelo rosto. Em dez minutos, estávamos no meu bairro e passávamos na frente da delegacia e de várias casas vizinhas. O sol estava acima das montanhas, refletindo nas nuvens. As entradas das casas estavam vazias ou cheias de carros, todo mundo passando as festas em algum lugar. Suspirei quando vi que a caminhonete de Trex não estava na garagem.

Shawn se esticou por cima de mim, abriu a janela e agarrou meu celular.

— O que você está fazendo? — perguntei, vendo-o jogar o aparelho no quintal. — Por que você fez isso?

Ele fechou a janela.

— Vamos pra casa, Terry.

O homem assentiu, e eu cobri o rosto e chorei.

— Você brigou com aquele canalha depois que eu saí? Ficou com raiva porque ele não te contou que era fuzileiro naval? — perguntou Shawn.

Não consegui responder. Só consegui chorar. Fiz exatamente o que Shawn queria. Falei para o Trex que eu ia embora, ele veria o celular que tinha comprado para mim jogado no quintal e pensaria que eu tinha decidido não levar nada. Não seria a primeira vez.

Segurei a barriga com as duas mãos. Estava dura como uma pedra de novo, se esticando tanto que começou a doer — de verdade — pela primeira vez. Não eram só dores. Eu gemi, sabendo que provavelmente era tarde demais, mas precisava me acalmar. Eu estava entrando em trabalho de parto. Inspirei pelo nariz e expirei, devagar e pausadamente. Na segunda vez que fiz isso, Terry percebeu e mencionou o fato para Shawn.

— Acho bom ela não parir no carro — disse Terry. — Não quero ter mais esse sangue nas minhas mãos. Você foi longe demais, Shawn. Nós todos vamos pagar pelo que você fez.

— Você disse que ela queria ir pra casa — disse o cara no banco do carona.

Shawn franziu a testa.

— Vai se foder, Todd. Ela quer. Não quer? — ele disse, me olhando e apontando com um gesto para o banco da frente.

Fiz que sim.

— O que aconteceu com a testa dele? — perguntei, encarando o curativo ensanguentado na cabeça do cara.

— Bati de lado no carro de uma adolescente.

Fechei os olhos.

— A Hailey?

— Precisávamos de uma distração. Achei que *eu* fosse persistente. Jesus, parecia que aquele parasita nunca ia sair do hotel. Quando o Derek disse que a irmã dele estava indo pra cidade, agarramos a oportunidade que apareceu. — Ele apertou minha mão e viu o anel no meu dedo do meio. — Que porra é essa?

— Presente de Natal — falei. — Ela está bem?

— Dele? — indagou Shawn, a raiva nos olhos voltando.

Balancei a cabeça.

— Uma colega de trabalho.

Ele riu.

— Não foi a Lane, aquela piranha de merda.

Meu lábio inferior tremeu.

— Onde ela está? Ela não apareceu pra trabalhar.

Shawn olhou pela janela, parecendo nervoso. Os outros também ficaram calados.

— Você machucou a Lane? — perguntei.

— Ela estava tentando trepar com o seu cara. Ela tentou te irritar de tudo quanto é jeito e plantar sementes pra te fazer questionar o cara. Ela só queria ele — disse Shawn, cuspindo no chão.

— Por favor, cara! — pediu Terry.

— Vocês, mulheres, são foda. Fazem a gente pensar que vocês desejam a gente até conseguirem o que querem. Ninguém me usa.

Mantive a cabeça baixa.

— O que você fez?

— Dei uma lição nela.

— Você estava certo. Era uma bela bunda — disse Todd, rindo para a janela.

— Ela está bem? — perguntei.

— Provavelmente não — disse Shawn com uma risadinha. — Não se preocupa com ela. Eu não estou nem aí pra aquela vagabunda. Eu consegui você de volta e isso é tudo que importa. Vamos nos livrar disso aí — disse ele, apontando para a minha barriga — e depois podemos seguir com a nossa vida.

— Eu menti — falei. — Ela é sua, Shawn. Faz as contas. Estou com quase trinta e seis semanas. Só faltam quatro semanas pro parto. Conta os meses. Ela é sua. Quando ela nascer, você vai ver. Ela é nossa.

— Uau — disse Terry. — Parabéns, cara.

Ele rosnou:

— Você já mentiu antes. Como vou saber se não está mentindo agora?

— Só... espera até ela nascer. Você vai poder ver. Ela vai se parecer com você e comigo. Não vai se parecer com o Trex. Ela é sua filha.

Shawn olhou para a minha barriga e afastou a faca.

— Ela é minha?

Fiz que sim com a cabeça. Peguei a mão dele e a coloquei sobre minha barriga muito redonda. Lágrimas escorriam pelo meu rosto, e eu apertei a garganta para não soluçar enquanto Shawn acariciava o meu ventre, falando com Maddie numa voz suave que eu nunca tinha escutado.

Ele olhou para mim, irritado.

— Por que você mentiu pra mim?

— Eu... estava com vergonha por ter fugido. Desculpa ter te magoado. Eu estava nervosa e fiz uma coisa idiota. Depois fiquei com vergonha demais pra voltar. Eu vou... eu vou compensar isso.

Shawn analisou o meu rosto, tentando decidir se queria acreditar em mim ou não.

— Ah, mas vai mesmo.

Quando os cantos da sua boca se curvaram para cima, eu soube que tinha ganhado um pouco mais de tempo para mim e para Maddie.

28

Trex

Hailey andava devagar, mas, com a minha ajuda, conseguiu ir da caminhonete até a porta da frente. Cinco veículos estacionaram no meio-fio em frente à casa. Naomi estava na porta, esperando que eu e o restante da minha equipe levássemos minha irmãzinha para dentro.

Tentei não apressar minha irmã, mas Darby não tinha respondido às mensagens que enviei nem atendido as minhas ligações, e eu estava desesperado para saber se ela realmente tinha ido embora. Eu tinha mandado Naomi para o hotel e depois para casa, mas ela não relatou nenhum sinal de Darby. Era meio-dia, e não havia nenhuma indicação de que ela tinha vindo em casa. A ideia de Darby me deixar era ruim o suficiente. Ela ir embora da cidade grávida e de mãos vazias me deixava quase em pânico.

— Trex — disse Kitsch. Eu me virei e o vi segurando o celular de Darby. — Estava no quintal.

Meu estômago embrulhou.

— Não faz o menor sentido. Eu vi a filmagem do circuito de segurança. Ela não esteve aqui.

Sloan levantou cuidadosamente Hailey nos braços, empurrando a porta com o ombro.

— Vai — disse ele, apontando para dentro de casa. — Talvez você tenha deixado passar alguma coisa.

Pela primeira vez em toda a manhã, eu me permiti ter esperança. Empurrei a porta, chamando Darby imediatamente. Verifiquei o quarto, o banheiro, o quarto do bebê; todas as coisas de Darby e Maddie continuavam ali. A escova de dentes de Darby ainda estava no suporte ao lado da pia. O vestido rosa florido de Maddie, que ela tinha escolhido e comprado, ainda estava pendurado no armário.

— Darby? — chamei, meu coração acelerando.

— Ela não está aqui? — perguntou Hailey, decepcionada.

Naomi levou um copo de água para a sala de estar, abriu o frasco de remédios da Hailey e deu o medicamento à minha irmã. Depois virou o pulso para ver as horas.

— Se preocupe com você. Você teve sorte de só quebrar umas costelas e ter uma concussão. Se a polícia não encontrar o canalha que bateu em você, eu vou encontrar.

— Seus pais estão a caminho? — perguntou Harbinger.

Fiz que sim com a cabeça. Hailey tinha sido atingida na lateral, no cruzamento a poucos quarteirões de casa. Ela não conseguiu falar muito sobre a pessoa que a atingiu, só que era um cara de olhos escuros e que ele tinha fugido a pé.

— Não faz sentido a Darby ir embora sem nada — falei, vasculhando a sala de estar.

— Não seria a primeira vez — disse Naomi.

— Mas não voltar aqui, mesmo sabendo que eu não estava em casa pra incomodar, nem pra pegar as coisas dela? Nem as coisas que ela comprou pra Maddie?

O celular de Darby tocou, e Kitsch o jogou para mim.

— Alô.

— Trex? — disse Stavros, surpreso.

— Você viu a Darby hoje? Teve alguma notícia dela? — perguntei.

Ele hesitou.

— Não.

— Stavros, é importante. Minha irmã se envolveu num acidente. Acabei de chegar em casa. Ela não está aqui. — Pigarreei, lutando para dizer as palavras. — Nós discutimos hoje de manhã. A última coisa que ela me disse foi que ia levar as coisas de volta pro hotel.

— Pro hotel? Que merda você fez com ela, Trex?

— Eu... é uma longa história. Ela deixou o celular. Eu só quero saber se ela está bem.

— Liga pro hotel. A Maya deve ter visto a Darby hoje de manhã. Me avisa quando encontrá-la.

— Pode deixar. Obrigado. — Desliguei, busquei o número do hotel e liguei diretamente para o balcão de recepção.

— Hotel Colorado Springs — atendeu Maya.

— Maya, oi, é o Trex. A Darby está aí?

— Não desde hoje de manhã. Ela levou umas caixas e pegou um táxi pra casa. Parecia estar muito chateada.

Inclinei a cabeça e passei a mão na testa, mal conseguindo falar.

— É, a gente teve uma manhã difícil.

— Não, ela estava, tipo, gritando com o motorista do táxi.

— Ela fez o quê? — perguntei. — Isso não é a cara dela. O que ela estava dizendo?

— Não sei. Eu só ouvi uns gritos. Quando fui lá fora, o táxi já tinha ido embora.

— Ela não voltou mais? — perguntei.

— Não.

— Você pode pedir pra ela me ligar quando encontrar com ela? Estou preocupado.

— Claro.

— Obrigado — falei e desliguei. Desesperado, joguei o celular para o outro lado da sala e ouvi quando ele se estilhaçou na parede. — Maldição! — gritei.

Minha garganta se fechou, meu nariz ardia e as lágrimas surgiram. Abaixei a cabeça e apertei a bancada até minhas palmas ficarem brancas, me esforçando para manter o controle enquanto contava até dez. Minha equipe já tinha me visto perder o controle. Era um lado meu que eu nunca quis que a Hailey visse. Minha visão ficou borrada. Senti vontade de vomitar, me encolher num canto, me anestesiar, qualquer coisa para fugir da dor.

— Trex — começou Harbinger. Sua voz estava calma e equilibrada, me tirando do precipício em que todos estivemos mais de uma vez, um precipício do qual só nossos colegas soldados sabiam descer.

Eu me virei, olhando furioso para os pedaços no chão, e desviei o olhar, já arrependido. Minha expressão desabou quando percebi.

— Não. Por favor, porra, não — falei, lutando para tirar meu celular do bolso. Então dei uma olhada na filmagem da câmera da porta da frente e nas da entrada de carros entre sete e oito e meia da manhã, desta vez procurando mais do que apenas Darby se aproximando da porta da frente. Foi aí que eu vi. O celular dela foi jogado no quintal por um veículo de passagem. Deu para ver de relance uma parte de um possível sedã branco quando passou.

Olhei para a minha equipe.

— Ele está com ela. Temos que ir. Agora.

— Quem? O Shawn? — perguntou Naomi. — Vamos dar um passo de cada vez. Ainda não sabemos de nada.

— Estamos perdendo tempo — falei e corri até o meu quarto, levando o celular ao ouvido, implorando em silêncio para Val atender. Quando ela atendeu, mal a deixei falar a primeira sílaba de "alô".

— Preciso que você encontre uma pessoa pra mim — pedi.

— Mais um fav...

— O Shawn está com a Darby! Pelo amor de Deus, Val, para de bobagem e só encontra ela!

O outro lado da linha ficou quieto por tempo demais, mas, quando comecei a me perguntar se Val ainda estava lá, ouvi unhas batendo em um teclado.

— Me atualiza.

— O Shawn apareceu no hotel. Uma funcionária de lá relatou que ouviu a Darby gritar com um motorista de táxi, o que não faz o menor sentido.

— Verificando as câmeras de segurança... — disse ela.

— Bateram no carro da minha irmã e eu tive que deixar a Darby sozinha no hotel. Mandei a Naomi pra lá, mas, quando ela chegou, perto das sete e meia, a Darby já tinha saído. Ela não esteve em casa.

— O táxi saiu sem ela. Ela está com outra pessoa, mas está quase fora do campo de visão da câmera, espera...

Mais cliques.

— O carro que bateu na sua irmã era roubado — disse ela.

Suspirei.

— Eles montaram uma isca pra mim, porra.

— Seguindo um sedã branco do cruzamento que você mencionou pouco depois das sete e meia da manhã. Saiu da cidade... espera, estou pegando as câmeras da estrada... — Ela suspirou. — O sedã branco está a caminho do Texas. Quatro passageiros. Uma mulher que se encaixa na descrição da Darby.

Enchi uma bolsa de viagem com roupas e armas de fogo e entrei na sala de estar. Hailey e minha equipe me encararam, esperando que eu dissesse o que ia acontecer em seguida.

— Era a Val no telefone — falei. — Ele está com ela. Vou pro Texas.

— Sozinho você não vai. — Naomi olhou para Hailey por sobre o ombro.

— Eu fico — disse Harbinger.

Naomi assentiu.

— Uhuu. Vamos lá, meninos.

Naomi se sentou no banco da frente, com Martinez, Sloan e Kitsch no banco traseiro. Dirigi a cento e cinquenta quilômetros por hora pela I-25 sul, com Naomi verificando duas vezes todos os sedãs brancos e paradas de caminhão pelos quais passávamos. Val nos mantinha atualizados. Eles estavam cinco horas adiante de nós, até Val pegar Shawn em uma câmera de posto de gasolina em Amarillo, Texas. O sedã branco não saiu do estacionamento por várias horas, e, quando ela os viu saindo, estávamos apenas uma hora atrás.

— Tem um motel ao lado. Pode ser que eles tenham cochilado e comido antes da segunda etapa da viagem — disse Val pelo alto-falante. — Definitivamente é a Darby. Ela está muito grávida. Não vi usarem cartão de crédito em nenhum local. Eles devem estar pagando tudo em dinheiro.

— A Darby está bem? Ela estava no mesmo quarto de motel com o Shawn? Onde estavam os outros dois?

— Não sei — disse Val. — Ela está andando. Isso é um bom sinal.

Franzi a testa, meus dedos embranquecendo com a pressão enquanto eu apertava o volante.

— E o Derek? É possível que ele esteja brincando com você? — perguntou Naomi.

— Não — respondeu Val.

— Como você sabe? — perguntou Naomi.

— Porque ele foi preso três semanas atrás e acusado de comunicação voluntariosa de informações confidenciais pra uma pessoa não autorizada sob a Lei de Espionagem de 1917. No entanto, temos informações de que ele cobrou favores e depois fez uma ligação pro Shawn sobre o paradeiro da Hailey.

— Droga — disse Sloan.

— Isso explica por que o Shawn resolveu agir — concluiu Naomi. — O irmão dele não está por perto para cobrir seus rastros nem pagar a fiança. A última coisa que o Derek pôde fazer pelo irmão foi ajudá-lo a criar uma distração.

— Sem ajuda, ele está desesperado e provavelmente decidiu que não tem nada a perder — falei, dirigindo mais rápido.

Dirigi até escurecer, depois Kitsch foi para o volante. Naomi se sentou entre nós e, apesar de Val estar de olho nas câmeras entre Amarillo e Fort Hood, eu verificava todos os carros brancos de quatro portas. Não conversamos muito, exceto para bolar um plano improvisado para quando encontrássemos o carro. O objetivo era tirar Darby de perto de Shawn e seus capangas antes que eles soubessem que estávamos lá.

— Jesus — falei —, ela deve estar apavorada.

— E estressada. Martinez, espero que você esteja preparado pra isso — alertou Naomi.

— Sempre estou — disse ele. E levantou a maleta de médico pela alça.

O sedã branco parou em Lubbock por mais uma hora, e de novo apenas meia hora depois. Estávamos vinte minutos atrás quando eles saíram do George's, um restaurante em Tahoka, Texas.

Pouco depois de Justiceburg, vi um par de lanternas traseiras. Finalmente, o sedã branco apareceu no meu campo de visão.

— São eles!

— Tudo bem, pega leve — avisou Naomi. — Fica pra trás, Kitsch. Temos que ser espertos.

O sedã diminuiu a velocidade de cento e doze para cem por hora, depois noventa e parou em um estacionamento de trailers.

— Passa direto — falei. — Vamos a pé.

Kitsch passou pela entrada de terra, e eu me virei no assento, observando o carro deles quicar no terreno irregular. Kitsch apagou os faróis e virou o volante para a esquerda, cruzando a faixa e fazendo a caminhonete deslizar em um gramado. Estacionou um quilômetro ao sul da localização de Shawn.

— Você acha que eles nos viram? — perguntou Naomi, dando dois nós nas botas, prendendo o cabelo na nuca e tirando a jaqueta. — A lua está cheia. É como se tentássemos nos esconder em plena luz do dia.

— Não tenho certeza — respondi. — Esteja preparada pra tudo.

Verifiquei minha Glock, destravei e assumi a liderança, conduzindo Sloan e Martinez para a linha externa enquanto o restante de nós seguia em frente, formando uma linha de ataque em V. *Como nos velhos tempos.*

A quinze metros da fileira de árvores que cercava a clareira, consegui ver Darby por entre os galhos. Ela estava sentada sobre os joelhos, a calça molhada pela lama embaixo de si. As portas traseiras do sedã estavam escancaradas, a luz fraca da cabine do carro destacando a camada de suor no rosto dela.

Darby segurou a barriga e gemeu. Eu me lancei para a frente, mas Naomi agarrou a minha manga e balançou a cabeça.

Assustada, Darby pôs as mãos no chão, ofegando enquanto olhava adiante.

— Você tem que... você tem que me levar pro hospital — implorou ela.

— Cala a boca! — rosnou Shawn. — Estou pensando.

— Não temos tempo! — gritou Darby.

Meu maxilar tremia, e eu apertei o punho da minha arma.

Naomi fez um sinal com a mão para eu ser paciente.

Nós nos escondemos atrás das árvores que cercavam o estacionamento de trailers. Só havia o sedã branco e dois campistas. Dava para ouvir Shawn e os outros dois conversando em um tom angustiado.

Eu só conseguia ver o topo da cabeça de Darby. Ela estava agachada ao lado do carro.

— Merda — falei, apoiando as costas na árvore atrás de mim. — Ela está perto — sussurrei.

— Isso complica as coisas — disse Naomi, a voz pouco mais que um sussurro. — Mas também pode funcionar a nosso favor.

Os outros estavam nos flancos, à espera de uma ordem.

Darby gritou de novo.

Eu me inclinei, tentando ver melhor. Olhei para Martinez. Ele sinalizou que conseguia vê-la e apontou para o relógio de pulso. Nosso tempo estava se esgotando.

— Por favor! — gritou Darby.

— Cala a boca dessa garota! — disse o altão.

— Ah, eu vou fazer muito mais do que pôr esse valentão contra a parede, desta vez — sussurrou Naomi.

Fiz sinal para agirmos e, como uma unidade, nos aproximamos.

Darby nos viu primeiro. Ela segurava a barriga, ensopada de suor. Nesse momento, ela começou a sorrir e chorar ao mesmo tempo.

— Você veio — disse ela, as lágrimas escorrendo pelo rosto.

— Estou aqui, baby — falei.

Shawn se virou, me deu uma olhada e estendeu a mão para Darby. Apertei o gatilho da minha Glock e a manga da jaqueta dele rasgou. Ele gritou e segurou o braço, mas eu só rocei no tecido, um buraco de bala aparecendo no carro atrás dele. O altão correu, e Naomi deu três tiros no chão ao redor dos pés do cara até ele parar.

— A Hailey está bem? — perguntou Darby.

— Ela vai ficar bem. Vou te levar pra casa.

Ela me deu um sorriso cansado.

— Podemos parar no hospital antes? — Sua expressão mudou, e ela se dobrou. — Foi ele — rosnou ela, levantando a mão trêmula para apontar para o altão. — Todd. Ele bateu no carro da Hailey pra criar uma distração.

Olhei para ele.

— Você bateu no carro da minha irmã?

Ele pareceu perdido no início, olhando para Shawn em busca de orientação. Quando Shawn não disse nada, a expressão de Todd ficou desafiadora.

— É, eu bati nela, sim, porra. — Ele tirou uma pistola da parte de trás da calça, engatilhou e levantou apenas na metade do caminho antes de eu apertar o gatilho da minha Glock. Todd caiu de joelhos, com uma expressão atordoada no rosto e o sangue escorrendo do peito.

Baixei o queixo e encarei Shawn.

— Agora todos nós temos um motivo pra ir pro hospital.

O outro amigo de Shawn se jogou em cima de Darby, agarrou seu cabelo e a arrastou para o carro.

Darby gritou, estendendo a mão para o cabelo.

— Pra trás! — disse ele.

— Eu arranco essa sua mão de merda se você não soltar ela agora mesmo — falei, gritando a última parte.

— Solta ela, Terry — disse Shawn, com os braços ainda estendidos.

— Pra trás! — repetiu Terry. Ele soltou o cabelo de Darby, pegou uma arma atrás de si e encostou o cano no pescoço dela.

— Vocês estão em menor número — disse Naomi. — Solta a garota. Entra no carro e vai embora. Agora.

Terry e Shawn se entreolharam. Todd estava ofegando.

— Solta ela e vai cuidar do seu amigo — disse Martinez. — O buraco no peito dele está se enchendo de sangue. Ele está mais perto de sufocar cada vez que respira.

— Ninguém se mexe, porra! — gritou Shawn.

O rosto de Darby se transformou quando a dor tomou seu corpo. Ela gritou, assustando Terry. Sloan apertou o gatilho, e Terry tombou com uma bala no peito. Ele caiu em cima do carro, deixando para trás uma mancha vermelha enquanto escorregava até o chão.

Fiz sinal para Darby engatinhar até mim, ficando de olho em Shawn.

— Darby! Não faz isso — rosnou Shawn.

Ela congelou. Estava quase ofegando, mas fechou bem os olhos e continuou. Dei alguns passos na direção dela, com a arma apontada para Shawn, e a ajudei a se levantar.

— Você está bem? — perguntei, abraçando-a e beijando sua têmpora.

Ela me olhou com lágrimas nos olhos, mas com um sorriso aliviado no rosto.

— Melhor agora — disse, com dificuldade para respirar.

Eu a segurei ao meu lado, deixando-a apoiar todo o peso em mim.

— Tira as mãos dela! — gritou Shawn. — Ela é minha!

— Martinez — rosnei. Martinez quebrou a formação para cuidar de Darby. Ele a pôs no chão e a observou.

— Solta essa arma, covarde — disse Shawn.

— Quer encarar? — perguntei. — Quer descobrir como é lutar com alguém que sabe revidar?

— Trex, não — disse Darby, entre os dentes. — Ele está... — ela rosnou, se dobrando.

— Solta a arma. Agora somos só você e eu, miolo mole.

— Trex — alertou Darby. — Ele está... — ela grunhiu, depois gritou por causa da dor.

Deixei minha Glock no chão e fui em direção a Shawn.

— Isso vai doer como o diabo, só lembra que eu... te avisei... — Dei o primeiro soco com toda a raiva acumulada que eu tinha por ele desde que conheci Darby. Meu punho acertou o maxilar de Shawn. O sangue escorreu da boca quando sua cabeça foi jogada para o lado, mas ele se endireitou, olhou para mim e sorriu com dentes vermelho-escuros.

No início não notei a ferroada sutil na lateral, até Darby gritar.

— Você também não vai ficar com ela — disse ele, puxando a faca lentamente, esfaqueando de novo e girando.

Ele foi jogado para trás com um tiro no ombro e, quando veio de novo para cima de mim, a cabeça se inclinou para o lado. Naomi estava com Vicky diante de si, com uma fumaça fraca saindo do cano. Shawn caiu no chão com um baque, e eu cambaleei para trás, a ferroada aumentando e virando uma dor abrasadora.

Caí ao lado de Darby. Tudo ficou em silêncio por um instante. O zumbido nos meus ouvidos era o único som, e de repente só havia barulho.

Martinez rasgou minha camisa e correu para pegar sua maleta.

— Trex? — disse Darby. O suor se acumulava em sua testa. O cabelo estava ensopado. Ela parecia exausta.

— Deita aqui — disse Kitsch, me ajudando a deitar apoiado na maleta.

— É só um cortezinho — falei, sentindo o sangue quente escorrer pela lateral.

Martinez franziu a testa.

— É mais do que um cortezinho, seu idiota. Que merda foi aquela?

— Sempre bancando o herói — disse Naomi, irritada.

— É só fazer um curativo. Vamos levar a Darby pro hospital.

— Trex? — disse Darby, estendendo a mão para mim.

Peguei sua mão e a beijei.

— Estou bem, baby. Já sobrevivi a coisa pior do que isso. Vamos te levar pro hospital pra gente conhecer a nossa menininha.

— Vamos tirar vocês dois daqui — disse Kitsch, observando Martinez trabalhar, preocupado.

Martinez carregou Darby, e Sloan pulou na traseira da caminhonete para dar espaço. Entrei no banco traseiro com Darby e Martinez. Kitsch dirigiu, e Naomi ficou no banco do carona.

— Está tudo bem aí? — perguntei, tirando o cabelo molhado e colado nas bochechas de Darby.

— Já estive melhor — disse ela através dos dentes trincados. — E você?

Balancei a cabeça e retorci o lábio.

— Não está nem doendo.

Ela soltou uma risada, depois se inclinou para a frente, uma fileira de palavrões escorrendo da sua boca.

Ergui as sobrancelhas e olhei para Martinez.

— Os intervalos são de apenas alguns minutos — disse Martinez. — Darby, você pode me fazer um favor? Coloca a mão lá embaixo e veja se consegue sentir a cabeça dela.

— *O quê?!* — exclamou Darby.

— São quarenta minutos até o hospital mais próximo — disse Martinez.

— Isso em velocidade normal — interrompeu Kitsch. — Chego lá em vinte.

— Darby — disse Martinez, com a voz calma e controlada. — Coloca a mão lá embaixo e veja se ela está coroando.

Darby empurrou o chão com os pés e pôs a mão dentro da calça preta que tinha vestido para trabalhar na noite anterior. Ela balançou a cabeça.

— Quase, mas ainda não. — Ela olhou para mim e sorriu. — Consegui senti-la.

Beijei sua testa.

— Aguenta firme, baby. Estamos quase chegando.

— Quinze minutos — informou Sloan.

Darby respirou algumas vezes, se encostou no meu ombro e fechou os olhos. Ela estava exausta. Eu tinha perdido tanto sangue que não estava muito diferente.

— Fica com a gente, Trex — disse Martinez, me dando uns tapas na cara.

— Não vou a lugar nenhum — falei. — Tenho um jantar marcado com duas garotas bonitas.

— Sinto muito — disse Darby, com a respiração entrecortada.

Balancei a cabeça e comecei a falar, mas Martinez me interrompeu.

— Darby, você vai hiperventilar se não controlar sua respiração — explicou Martinez.

— Inspira pelo nariz — pedi, inspirando com ela, embora respirar fundo doesse à beça. — E expira — instruí, expirando por cinco segundos. — De novo... ótimo, assim está ótimo.

Darby gritou, trincando os dentes e se inclinando para a frente, seu cabelo loiro-mel, normalmente liso, embolado e ensopado de suor nas raízes.

— Trex — disse ela, com a voz estrangulada. — Me ajuda. — Ela começou a chorar. — Por favor, me ajuda.

Segurei a mão dela e apertei.

— Kitsch!

— Seis minutos! — ele respondeu, gritando.

Senti a caminhonete dar um tranco para a frente, depois ouvi o barulho de algo jorrando, como se alguém tivesse derramado uma garrafa de água no chão.

— A bolsa estourou — gritou Martinez. — Darby, vamos tirar sua calça. Pode ser que o parto aconteça na caminhonete.

— Não — choramingou Darby. — Não consigo, eu...

— Darby? — falei, mantendo a voz calma. — Estamos todos aqui pra cuidar de você. Martinez é médico. Vai ficar tudo bem.

Darby me olhou com a testa franzida, depois assentiu. Ela se ergueu, e Martinez a ajudou a se despir. Naomi se virou e pôs a jaqueta em cima das pernas dela. Quando Darby se encostou em mim, Martinez a examinou rapidamente e em seguida me encarou.

— Tenta não empurrar e a gente vai conseguir chegar até o hospital. Relaxa o corpo ao máximo entre uma contração e outra.

A caminhonete quicou quando entramos no pátio do Cogdell Memorial Hospital, e Kitsch passou rápido pela administração, desceu uma faixa de rua e estacionou embaixo de uma marquise. Todos saltaram, e minha porta foi aberta de repente. Naomi me ajudou a sair, e Martinez carregou Darby pela entrada da emergência.

— Precisamos de um médico, rápido! — gritou Martinez.

Um pequeno grupo de enfermeiras correu, e ouvi Martinez explicar a situação de Darby e a minha. Darby foi colocada numa cadeira de rodas.

— Espera — disse ela, apontando para mim. — Ele é o pai. Preciso dele comigo.

As enfermeiras se entreolharam, e uma delas correu para pegar outra cadeira. Estendi a mão para Darby, e ela a pegou.

— Qual o nome de vocês? — perguntou uma das enfermeiras atrás de Darby enquanto nos empurravam pelas portas duplas.

— Scott Trexler — falei. — Ela é Darby.

A loira apontou para si mesma.

— Sou Deirdre. Essa é Leslie — disse, apontando com a cabeça para a morena sorridente.

— Sou uma futura Trexler — anunciou Darby.

Apertei a mão dela.

— É mesmo — falei com um sorriso.

Elas nos conduziram até a Sala de Exames Dois, ajudaram Darby a vestir uma camisola e se deitar na cama.

— Primeiro bebê? — perguntou a enfermeira.

— É — respondeu Darby.

— Primeiro corte de faca? — ela me perguntou.

— Na verdade, não — respondi.

Todas as mulheres do cômodo se entreolharam, inclusive Darby.

— Ele é fuzileiro naval — explicou ela.

As enfermeiras assentiram e continuaram a trabalhar. Deirdre cortou minha camisa, usando como guia o rasgo que Martinez havia feito.

— Ai, meu Deus — disse ela, levantando o curativo. — Seu amigo tem experiência médica, imagino?

Fiz que sim com a cabeça. Ela tinha o mesmo sotaque de Darby, e isso me fez sorrir.

— É, estou bem.

— Está muito feio. Você perdeu muito sangue. — Ela olhou para Leslie. — Devíamos colocá-lo na Sala de Exames Três.

— Vou ficar por aqui até ver minha filha chegar ao mundo, depois vocês podem me levar pra qualquer lugar que precisarem.

— Trex — disse Darby.

— Eu sonho com este momento há meses. Não vou perdê-lo. — Toquei o curativo. — Já estive muito pior do que isso.

Leslie hesitou.

— A médica não vai gostar.

— Acho que ela vai ficar mais interessada na história — disse Deirdre. — Eu estou.

Darby prendeu a respiração, depois gritou. Leslie a observou por menos de um segundo.

— Ela está coroando.

As duas enfermeiras começaram a agir, ajeitando os estribos e uma mesa lateral. Eu me esforcei para me aproximar na cadeira de rodas.

— Eu ajudo — disse Leslie, me ajeitando de modo a ficar sentado ao lado de Darby.

Peguei a mão dela e beijei os dedos.

— Você vai se sair muito bem, amor.

— Olá — disse uma mulher usando uniforme azul e jaleco branco ao entrar no quarto. Ela ficou na pia por um bom tempo, lavando as mãos antes de calçar as luvas e se sentar em um banquinho, empurrando-o para a frente até estar posicionada entre as pernas de Darby. — Sou a dra. Barnes. Parece que vou fazer o parto do seu bebê em poucos minutos. — Ela me analisou, olhando por cima dos óculos retangulares. — Vai ser uma boa história para as festas de aniversário.

Deirdre se posicionou de um lado de Darby, Leslie no outro e, quando chegou a hora de empurrar, elas pegaram os pés de Darby e empurraram os joelhos em direção à barriga, com a palma das mãos na sola dos pés. Quando chegou a hora de descansar, elas voltaram as pernas de Darby para cima dos estribos. Prendi a respiração a cada empurrão, contando com as enfermeiras. Nos trinta segundos, mais ou menos, que Darby tinha para descansar, ela se virou e sorriu para mim.

— Eu te amo — declarou ela. — Não sei o que estava pensando. Eu não estava pensando. Só estava...

Ela gritou e empurrou, e Deirdre e Leslie pegaram seus pés de novo, contando até dez.

— Você está se saindo muito bem — disse Leslie.

— Muito bem — repetiu Deirdre, assentindo. Em seguida olhou para mim. — E você, pare de prender a respiração, senão não vai estar consciente quando o bebê nascer.

— Sim, senhora — falei, respirando fundo e expirando.

Seis empurrões depois, o rostinho de Maddie apareceu. Com mais seis empurrões, o resto do seu corpinho escorregou de uma vez, como uma ervilha na vagem. A dra. Barnes colocou Maddie na barriga de Darby enquanto Deirdre massageava o corpo minúsculo de Maddie com um cueiro.

Esperei o primeiro choro. Pareceu demorar uma eternidade, mas, finalmente, Maddie respirou fundo, e o som mais lindo que já ouvi encheu o quarto.

Darby ria e chorava, e eu também. A bebezinha pequena, gosmenta e rosada com cachos escuros e molhados na cabeça tremeu e gritou na barriga de Darby, e eu me senti honrado de ser testemunha disso.

Darby me olhou com um sorriso luminoso, e as horas de dor que tinha acabado de suportar foram instantaneamente esquecidas. Dei dois beijinhos em seus lábios, depois sorri enquanto observava as enfermeiras trabalharem.

— Ela nasceu um pouco cedo — disse Deirdre.

— Ela está bem? — perguntou Darby.

— Melhor impossível — respondeu Deirdre com um sorriso.

— Vamos cortar o cordão? — perguntou a dra. Barnes.

Olhei para Darby para receber autorização e, depois que ela assentiu, peguei a tesoura da médica e cortei entre as duas pinças, como ela orientou.

— Porra — falei. — Isso aconteceu mesmo.

— É verdade — disse a médica. — Bom trabalho, papai.

Soltei uma risada, sentindo as lágrimas queimarem os olhos. Eu era pai. Eu era pai da Maddie.

Deirdre pinçou o cordão e embrulhou Maddie em outro cueiro antes de colocá-la delicadamente nos braços de Darby.

— Minha nossa — disse Darby para Maddie, tocando no narizinho e nos dedinhos em miniatura. — Você está aqui!

— Bebê de Natal — disse Leslie, com as mãos nos quadris.

— Olha o que você fez — falei, tocando no rosto de Darby, vendo-a arrulhar e sussurrar coisas doces para Maddie. — Definitivamente vou ter que trocar aquela pedra zodiacal — comentei com um sorriso.

Darby me olhou, seu sorriso se transformando em preocupação.

— Você está pálido. Dra. Barnes, poderia dar uma olhada nos ferimentos do Trex?

Pisquei, me sentindo cansado de repente.

— Estou meio esquisito mesmo.

— Trex? — disse Leslie. Sua voz parecia estar debaixo da água.

— Trex? — chamou Darby. — O que está acontecendo? Ai, meu Deus! Ajuda ele!

— *Trex*? — repetiu Leslie ao meu lado. Ela segurou o meu pulso para ouvir os batimentos. Eu queria falar, dizer que estava bem, mas nada funcionava.

— Vamos levá-lo pra Sala de Exames Três! Agora! — gritou a dra. Barnes.

29

Darby

Quando meus olhos se abriram, instintivamente estendi a mão para o lado de Trex na cama. Levei apenas um segundo para lembrar que ele não estava ali. Agarrei seu travesseiro e o puxei para o peito, abraçando-o, inspirando-o. O cheiro dele era meu preferido, agora junto com o cheiro do cabelo de Maddie depois do banho.

Dava para ouvi-la arrulhar pela babá eletrônica, o colchão do berço estalando quando ela se mexia. Soltei o travesseiro e me sentei, com os pés pendurados na lateral da cama. Maddie adorava acordar antes do nascer do sol, exatamente como Trex. Apesar de seu nascimento ter sido cercado de morte, ela ainda era uma luz na escuridão; apesar de perder Lane, e até mesmo Shawn e... Fechei os olhos, recusando-me a pensar no resto.

Enfiei os pés nos chinelos e peguei meu roupão na ponta da cama, enrolando ao meu redor enquanto saía do quarto e atravessava o corredor até o quarto de bebê. A casa estava quase silenciosa, parecendo ainda maior do que antes. Agora que Shawn e seus amigos não eram uma preocupação, eu estava ainda mais livre. Ninguém poderia machucar Maddie e a mim novamente.

Empurrei a porta de madeira do quarto de bebê, e a luz fraca da cozinha entrou. O berço de Maddie estava vazio.

— Bom dia, mamãe — disse Trex baixinho, segurando Maddie encostada ao peito. Ele a ninava, acariciando delicadamente o cabelinho loiro.

Ela era tão pequenina e estava tão relaxada nos braços dele, os dedinhos compridos envolvendo um dedo de Trex.

Eu me apoiei no batente da porta, cruzando os braços.

— Se divertindo sem mim, olha só — sussurrei.

Maddie se mexeu e virou a cabeça na direção da minha voz.

— Estávamos tentando te deixar dormir. Pesadelos de novo?

Balancei a cabeça.

— Desde que o senador ajudou a garantir que não haveria acusações contra nenhum de vocês, os pesadelos ficaram menos frequentes. São os meus seios. Eles se transformaram em despertadores.

— Que bom saber dos sonhos. Não sei se é bom saber dos seios.

Maddie choramingou.

— Oh-oh. Alguém quer tomar o café da manhã — disse Trex.

Ele se levantou, e eu estendi os braços. Nós trocamos de lugar, e eu deitei Maddie no colo, levantando a blusa e encaixando-a sem esforço no meu peito. Trex pôs um travesseiro embaixo da bebê enquanto ela sugava. Ele me deu dois paninhos de boca, e eu coloquei um no ombro e outro embaixo do sutiã de amamentação. Já éramos uma engrenagem bem lubrificada.

Ele se abaixou para me beijar.

— Que tal café da manhã pra você?

Suspirei.

— Qualquer coisa. Eu agora acordo faminta.

— Ovos e bacon a caminho. — Suas meias dispararam pelo carpete, e ele saiu para o corredor. Seus passos eram silenciosos, mas dava para ouvi-lo mexendo na cozinha sem fazer muito barulho.

Olhei para baixo, encontrando o olhar de Maddie. Ela era igual a mim: meus olhos, meu queixo, minha estrutura óssea. Eu queria ter minhas fotos de bebê para mostrar a Trex como ela se parecia comigo, mas ele não precisava ser convencido.

— Bom dia, meu amor — arrulhei, dando impulso com os pés para balançar a cadeira.

Trex tinha tirado duas semanas de licença-paternidade no trabalho, mas todo mundo estava de licença por causa do Ano-Novo, e esperávamos a visita de todos os nossos amigos. A equipe toda de Trex estava vindo, além de Hailey, dos meus sogros, Stavros e Ander, os bombeiros de elite da equipe Alpina e alguns de outras equipes que eu tinha conhecido no hotel. J.D., Carly e as filhas também vinham. Eu não via Carly desde que ela me deixara na rodoviária de Killeen, Texas. Estava ansiosa para abraçá-la e agradecer. Se não fosse por Carly, eu não estaria neste quarto com a minha filha, e meu namorado cozinhando para mim. Era mais provável que eu nem estivesse neste mundo.

Eu tinha pensado em como explicar tudo isso para Maddie um dia, ser sincera do jeito mais delicado possível, mas eu simplesmente tinha que esperar que a ideia viesse. Não havia um jeito fácil de dizer que Trex não era o pai verdadeiro dela e que Shawn tinha me machucado de um jeito que eu nunca poderia admitir. Que ele tinha sido morto tentando acabar com a vida de Trex depois de assassinar uma jovem cujo único crime fora tentar usar Shawn para provocar ciúme no ex-amante.

— Eles finalmente oficializaram. O obituário da Lane — falei.

— Eu vi — disse Trex, com o rosto sombrio. — Ela era terrível, mas não merecia aquilo.

Balancei a cabeça.

— Eu sei o que ela sentiu. Conheço a dor, tudo que ele a fez passar. Não consigo parar de pensar nisso. E o Stavros e o Ander, sofrendo sem a Tilde...

— E você também, sofrendo sem a Tilde.

Assenti. Agora Trex e eu conversávamos livremente sobre tudo. Com todas as coisas que tinham acontecido, eu precisava fazer isso.

— Como foi que você fez? Seguiu em frente normalmente depois de saber o que você sabe e ter visto o que você viu?

— É uma normalidade nova. Leva tempo. Às vezes é necessário ter acompanhamento psicológico, e tudo bem.

Olhei para Maddie, sabendo que eu precisava me curar por ela.

— É uma boa ideia.

— Podemos ir juntos, se você quiser.

Pesei os prós e os contras de omitir a verdade e deixar minha menininha seguir sua vida sem esse peso. A ideia de Trex, semanas antes, de esconder a verdade de Maddie não me parecia tão ruim. Ninguém vivo, exceto Trex e eu, sabia que ela não era filha biológica dele. E ninguém jamais precisava saber.

Quando Maddie terminou de mamar, eu a levantei, dei tapinhas e massageei suas costas até ela soltar um pequeno arroto. Depois a deitei de novo no berço. Ela se agitou por alguns segundos antes de cair no sono.

— Trex? — falei, juntando-me a ele na cozinha, com o monitor na mão.

— Sim, baby? — disse ele, concentrado em não derramar os ovos enquanto os transferia da panela para os pratos.

— Eu estava pensando... Tenho praticamente administrado o hotel, de qualquer maneira. Não quero que ele feche. Temos tantas lembranças boas de lá.

— O que você está pensando?

— Pensei... talvez a gente pudesse considerar entrar no ramo hoteleiro.

Ele não hesitou.

— Você seria boa nisso. E aposto que o Stavros te faria uma oferta incrível.

Sorri.

— É?

Ele assentiu.

— É. Você adora aquele lugar.

— Talvez eu faça isso. — Hesitei.

— Mais alguma coisa?

— Aquilo que você disse antes, sobre adotar a Maddie?

— Sim? — ele respondeu, usando as pinças para pegar o bacon e colocar as fatias nos pratos. Ele apagou o fogão e se virou, com um prato em cada mão.

— Andei pensando em como vamos explicar tudo isso pra ela. Você devia adotá-la e pronto. Ela é sua. Ela sempre foi sua.

— O que você quer dizer? — ele perguntou, as sobrancelhas se unindo.

— Acho que você está certo. Omitir a verdade pra proteger alguém que você ama não é a pior coisa do mundo. Não consigo pensar num único motivo para sobrecarregar a Maddie com a verdade sobre o Shawn. Acho que devíamos enterrar tudo e nunca mais tocar no assunto.

— Então... nunca contar pra ela...

— Você é o pai dela. Eu sou a mãe. Essa é a verdade.

— Tem certeza?

Fiz que sim com a cabeça.

— Você está dentro?

Trex colocou os pratos na mesa e me abraçou. Ele me beijou com delicadeza, deixando os lábios se demorarem um pouco antes de responder.

— Pro resto da vida.

Eu me sentei à mesa de jantar ao lado de Trex, segurei sua mão enquanto fazia uma oração rápida e caí de boca nos seus famosos ovos mexidos. Gemi de satisfação.

Trex suspirou.

— Uau, como eu sinto saudade desse som.

Dei uma risadinha.

— Mais quatro semanas e meia.

Ele se encolheu.

— Totalmente compreensível, mas uma tortura absoluta.

— Temos muita coisa pra fazer hoje — falei. — Vou fazer a faxina, você pega as bebidas e...

— Tiro a iluminação de Natal da casa e guardo os enfeites. Além disso, vou comemorar o primeiro Ano-Novo em que não estou de ressaca.

Sorri, apoiando o queixo na mão.

— Eu me lembro da primeira vez que te vi, como você era irritantemente persistente na delicadeza, como você cuidava de mim sem eu pedir e sem esperar nada em troca. Você me mostrou como devia ser o amor antes que eu soubesse que te amava. Mesmo quando eu não tinha certeza, agia com teimosia, você me amava mesmo assim. — Apontei para a casa. — Você comprou tudo isso pra gente na esperança de que eu também quisesse. — Balancei a cabeça. — Como? Como foi que eu tive tanta sorte?

Ele sorriu, pegou minha mão e beijou a palma.

— Não, definitivamente fui eu que tive sorte.

— E eu não parava de brigar com você.

— Valeu a pena — afirmou ele, mastigando o pedaço de bacon que tinha acabado de colocar na boca. Olhou ao redor. — Você é o meu lar. Este é o nosso lar, e a Maddie o torna completo. Acredite em mim, eu passei a vida toda não sendo bom pra ninguém. Se eu sou bom, é por sua causa. Se sou gentil, é porque você me dá vontade de ser assim.

Toquei seu rosto, deixando os dedos passarem pela barba por fazer no maxilar.

— Eu te amo tanto.

Ele suspirou, o rosto repleto de pura satisfação. No instante seguinte, seus olhos se iluminaram.

— Merda. Eu ia fazer isso mais tarde, quando todo mundo chegasse. — Ele se levantou, foi até a árvore de Natal e pegou uma caixa nos galhos de trás. — Não posso deixar de fazer isso agora. É um momento perfeito demais.

Ele colocou a caixinha na minha frente, e meus olhos ficaram imediatamente marejados.

— Alerta de spoiler — disse ele.

— Não é o que estou pensando? — perguntei, abrindo a tampa. Era o meu anel, a ametista substituída pela pedra zodiacal de dezembro, de Maddie, uma tanzanita azul-escura. À direita estava a pedra de junho, de Trex, e a minha, à esquerda.

— Pedra da lua pra mim, porque sou macho e pérola não ia dar. E a sua é água-marinha. Parece que alguns meses, como março, têm algumas opções. A sua também podia ser um jaspe-sanguíneo, mas eu gostei da combinação da água-marinha com as outras. Espero que você goste.

O restante das pedras em cada lado eram diamantes minúsculos.

— É lindo — falei, mal conseguindo acreditar no que via.

— E, enquanto eu estava lá... — Ele segurou um segundo anel entre nós.

O aro era de ouro, o diamante era oval com uma dúzia de pequenos diamantes ao redor e nas laterais.

Cobri a boca com uma das mãos, encarando a perfeição na mão dele, meus olhos inundados de lágrimas.

— Primeiro as coisas importantes — disse ele, apoiando-se em um dos joelhos. — Não foi assim que eu planejei. Mas, quando você me disse que me amava desse jeito, todos os planos foram por água abaixo. Darby... — Ele suspirou e sorriu. — Há anos eu digo que você estava em algum lugar do meu futuro. Assim que eu te vi, percebi que existia amor à primeira vista. A noite em que ficamos horas conversando no saguão do hotel, nosso primeiro encontro, a primeira vez que passamos a noite juntos, a primeira vez que eu fui com você à obstetra, a primeira vez que você disse que me amava, a primeira vez que você viu esta casa... tudo isso forma os melhores dias da minha vida... até hoje. E tudo isso junto não se compara ao momento em que vi você segurar a Maddie pela primeira vez. Você e aquela menininha — disse ele, parando um instante para pigarrear —, vocês me deram uma coisa que eu nunca tive. E seria uma honra e um privilégio se você fosse minha esposa. Darby Rose Dixon, você aceita se casar comigo?

Sequei as lágrimas e assenti, meus ombros se sacudindo enquanto eu chorava. Trex, como sempre, esperou pacientemente. Tudo fazia sentido. Eu estava perdida e ele me encontrou. Assim que consegui formar uma palavra coerente, respondi:

— Aceito.

Trex colocou o anel no meu dedo e se ergueu para me abraçar. Enterrou o rosto no meu pescoço, as faces tão molhadas quanto as minhas.

— Eu te amo — sussurrou ele.

— Nós te amamos — falei, sabendo que Maddie não se importava de eu falar por ela enquanto ela dormia.

Daquele momento em diante, teríamos dias perfeitos, dias chatos, dias difíceis, dias que nos deixariam deitados na cama um ao lado do outro, exaustos, mas de mãos dadas. O tipo de perfeição em que, naqueles momentos mundanos e às vezes caóticos, encontraríamos a aceitação e a felicidade que ambos procurávamos.

Agradecimentos

Obrigada a Tyler Vanover por me ensinar tudo que eu sei sobre bombeiros de elite.

A Andrew Thomure por me ensinar tudo que eu sei sobre o FBI.

A Christie Kersnick por me ensinar tudo que eu sei sobre os fuzileiros navais. Você, meu amigo, foi durão naquela época, e tudo que superou desde então faz de você um durão agora!

Também agradeço muito a Robert Madson por responder a perguntas tarde da noite sobre hierarquia, gírias militares e por preencher lacunas.

Impresso no Brasil pelo Sistema Cameron da Divisão Gráfica da
DISTRIBUIDORA RECORD DE SERVIÇOS DE IMPRENSA S.A.